岭上无狼

上册

LINGSHANG
WULANG

张志江

著

读者出版传媒股份有限公司

敦煌文艺出版社

图书在版编目（ＣＩＰ）数据

岭上无狼：上下 / 张志江著． -- 兰州：敦煌文艺
出版社，2024. 11. -- ISBN 978-7-5468-2576-2

Ⅰ. I247.5

中国国家版本馆 CIP 数据核字第 20243GT806 号

岭上无狼（上、下）

张志江　著

责任编辑：赵　静
装帧设计：马吉庆
封面题字：王　锋

敦煌文艺出版社出版、发行

地址：（730030）兰州市城关区曹家巷 1 号新闻出版大厦

邮箱：dunhuangwenyi1958@126.com

0931-2131373（编辑部）

0931-2131387（发行部）

兰州银声印务有限公司印刷

开本　710 毫米 ×1020 毫米　1/16　　印张 50.5　　插页 4　　字数 740 千

2024 年 11 月第 1 版　2024 年 11 月第 1 次印刷

ISBN 978-7-5468-2576-2

定价：98.00 元（全二册）

谨以此作献给陕北这片伟大的土地和生活
在这片土地上的人们

第一章

袁国良出生的那天夜里，雁栖岭一带美美墩了一场老黑雪。

北方的冬天黑得很早，又是农闲日子，也没什么事情可干，天刚一擦黑，所有人就早早地睡了，偌大的山岭一派死寂，只有牛背梁袁家大院前院的中窑里还亮着一星微弱的灯光。在这微弱的灯光下，袁家四位寡妇正和她们的亲家刘米氏一边做着零碎的针线活，一边家长里短地聊扯着。紧连火炕的灶口里，干透的劈柴噼啪作响，橘黄色的火光从灶口的缝隙里钻出，投射到对面的窑壁上，一片暖融融的斑驳。大黑铁锅里的水汽被不断地从木锅盖的缝隙挤压出来，嗤嗤作响，使得不大的窑洞里溢满了绿豆和老南瓜的清香。

"你说老太爷当年怎就能下定那么大的豪横呢？"

"唉！好亲家呢！谁能解开呢！"

"你们说他老人家对这事后悔不？"

"你想呢！说不后悔那是假的！虽然都说老太爷是百年狼王转世，但再怎么也还是娘生肉胎，茂腾腾的五个儿子一下就全搭进去了，能不痛心吗？只是老人家悍性硬，把所有的伤痛都深深埋到心底了！二十年了，虽然一直该干啥就干啥，但每到五个儿子的忌日，还总要在他们的坟地坐上半天。"老大袁刘氏一边叹息一边说。

"那咱继耀真是狼叼来的？"

"这肯定不假。就在掌柜的他们出事的来年五月端午那天，老太爷领着长工们在'捞饭盆'锄谷子。歇晌的时候，地塄猛然间蹿上来一条狼，嘴里还叼个娃娃。一群人就扛着锄头挣命地追，等追到跑马梁的时候，那狼就把娃娃丢下，从梁后面翻过去跑了。"老二袁吴氏说。

"常听人说呢！又信又不信。"

"我记得真真的，那天晌午饭刚熟，正准备往山上送，猛然间听见院子里娃娃号呢！一开始，我们还当是庄里的婆姨串门来了，但紧接着就听见老太爷喊叫：'赶紧！把伤口洗一下，再给上点伤药！'我们几个急忙跑出去，就见老人抱个娃娃，满脸是血，可怕人呢！"老三袁马氏说。

"哦！"

"我们就问这娃娃是哪的？老人上气不接下气地说：'狼嘴里夺下的，我也不知道哪的，派人分散打问去了。'但十几个长工一连跑了好几天，把方圆几十里所有的庄子都问了个遍，可谁家都没丢娃娃。你说怪不怪？"

"就是嘛！狼那东西可是惨火呢！把羊牲口叼走后，只要稍微有一点点机会儿就照喉咙一口给断气了，根本不留活口！这几十里地都没丢娃娃，还真是怪事！"

"约莫一个月以后，还没人来认，老太爷就把我们几个叫到中窑说：'看来这娃娃是没人要了，我决定把他当孙子养着，这说不准还真是老天不绝咱袁家，派神狼给咱献子来了！仁、义、礼、智、信也殁了快一年了，守信还没成家，就不说了。你们四个该守的丧都守了，该尽的情分也都尽了，你们还年轻，大（注：陕北方言，爸的意思）真心希望你们都能往前迈一步，再找个人家。当然也不强迫。反正从今天开始，愿意再走一步的，大全力支持，还要像出嫁女子一样给你们备办嫁妆；愿意招赘上门儿的也行，大一定会像对待自己的儿子一样对待你们的男人，反正不管后走还是招赘，大刨挣下的这份家当将来都要按份儿分到你们手里。至于袁家，你们都放心，有大在，天就塌不下来。再说咱现在也算是后继有人了，怕甚呢！'"

"唉！老人家一辈子强性性，就是命不太好，从小遭排了那么多磨难不说，关键五个儿殁的时候连一个孙小子都没给他老人家留下！”

“你还说呢！都怨我们几个不争气，打赛赛养女子！”

“亲家，我不是这个意思，都是命！”

“唉！不论怎说真是对不住老太爷！虽然老人家说了好几回，但我们几个都不愿意走。那年过年，老太爷又发话了：‘既然你们都不想走，大也不能赶你们走。那是这，狼娃儿以后就由你们几个共同抚养，等将来成家后最少生他五个小子，把他五个老子的门儿全给开了，一子开五门嘛！’就在狼娃儿成亲的时候，老人家还对狼娃儿家的说：‘养一个小子一百个元宝，五个起步，上不封顶。’狼娃儿家的还笑着说：‘爷爷呀！我是你们老袁家娶来的孙媳妇，又不是捉来的老母猪！’”

“死女子！说话就一满没个轻重！”

“那是人家爷孙俩逗笑呢！老爷子对狼娃儿家的看得很重。”

“我们娃娃能到你们家真是祖上积了八辈子仁德了！我甚都不盼，就盼这死女子真能养一群小子。”

“不要愁！保险是小子。前天老太爷还逗狼娃儿家的，说她肚子里怀的是双驹子，还都是公驹子。狼娃儿家的说：‘你那老狼眼还能看穿肚皮呢？’他还嘿嘿笑着说是庙里的送子娘娘给他说的。”

就在几亲家你一句我一句絮叨的当间儿，袁继耀的婆姨红椒已经睡着了。硕大的肚子已不允许她平睡了，只能面朝二婆婆袁吴氏侧躺着，圆鼓鼓的肚子几乎堆满了小半边火炕。

红椒是四十里外米面梁刘财主的大女子，模样虽不算俊俏，但身板很是扎壮，奶大屁股圆，正是老太爷眼里的“好女人”，正如他常说的那样：“婆姨家冋子拓，准是养小子的货。”这不，头年腊月过门没多久，肚子就有了动静，按推算已经临时靠月了。前几天，袁继耀就将丈母娘接了过来，为红椒守起了月子。这刘家虽然也算是财主，但相比袁家却还差了不少，加之都是仁义之家，所以她们从来都不像岭上其他儿女亲家那么相互看不顺眼，多时不见竟然有着说不完的话，好得就像亲姊妹一样。

眼看又一壶灯油就要熬干了，几亲家也都略略有了些睡意，袁吴氏便放下手里的活计下了炕，从黑铁锅里给她们每人满满盛了一碗热滚滚的绿豆南瓜汤。几位妇人便将腿夺拉在炕楞檐喝了起来。可就在这当间儿，昏睡的红椒猛地挥了几下胳膊，随即大喊了一声："狼！"

这一声厉喝当即使几只黑瓷碗齐刷刷地掉在了脚地上，但她们已经顾不上收拾泼下的瓜汤了，争着爬到红椒面前。

"死娃娃！这关门闭户的，哪有狼呢？"

她们显然都认为她是因为身子虚，做噩梦了。

红椒硬扎挣着半爬起身子，眼睛瞪得老大，大汗淋漓地指着脚地中央惊恐地喊叫道："那不是嘛！一条狼，还有一只羊鹿子。"

"好娃娃呢！快不要瞎说了，明明甚都没有嘛！你这是睡糊涂了！"刘米氏一边安慰，一边不无惊恐地朝女儿手指的脚地中央看了几眼。

"看看看！还给我笑呢！你们怎就看不见呢？"

恐惧的气氛很快就蔓延开了。

"快叫继耀！"刘米氏大喝了一声。

睡在边窑的袁继耀早已听到了响动，还没待刘米氏的话音落地就冲了进来。几位妇人就像看到救星一样抢着问他："脚地上有狼没？"

"说甚怪话呢！甚狼？"

这当间儿，红椒又猛地喊了一声："我要生了。"随即便一声接一声地喊叫起来。

"亲家，快挖灰！继耀，赶紧把你婆姨身下的被褥抽了，糊擦开就糟踏了！"

在这种场合下，已经有了几个孙子的刘米氏自然成了主心骨，就像临阵的将军一样不停地发布着号令。

袁继耀应声上炕，很快将婆姨身下的被褥抽走。由于这个窑里的火还没灭，二婆婆袁吴氏便跑到边窑挖来满满一簸箕灶灰，唰啦一下倒在红椒身下。

红椒凄厉的喊叫声显然让第一次经见这种场合的袁继耀完全手足无措了，他也不知道自己此时究竟应该干点什么，只顾搓着手在婆姨身边打着圈儿地乱转。

"快到外面去！女人家生娃娃，你一个男人家杵在这儿干甚呢？"

袁继耀这才跳下炕出了门，焦躁不安地在门台上乱转着。窑里那撕心裂肺的喊叫声让他周身不由得一阵阵发紧。为了让自己镇静下来，他赶忙跑到这些天起居的边窑取来烟锅子，满满装了一锅子旱烟。正当他摸出火镰准备点火的时候，一声清脆的婴儿的哭声便于一派闹心的杂乱中从窑里冲将出来。

"哎哟哟！感谢送子娘娘，真是小子！"刘米氏几乎是哭一般地吼道。

这一声喊叫猛然让袁继耀的心安定了下来，这才一屁股蹲在门台上，就着初为人父的喜悦美滋滋地抽起了旱烟。可没待一锅烟的工夫，红椒竟然又嘶喊了起来！袁继耀终于按捺不住了，猛地掀开门帘冲了进去。

"进来干甚？还有一个呢！双生。"他四妈袁党氏一边包裹老大，一边冲着他大喊。

袁继耀便又转身出了窑洞。就在跨出门槛的那一刻，他猛然感觉到似乎有雨点儿滴在他的脸上，湿湿的，凉凉的。他慢慢仰起头，这才发现天空竟然飘起了雪花。那雪花越来越密，在呼啸的夜风中不停地上下翻飞，天女散花一般。正当他木然地望着乱麻麻的夜空时，又一声婴儿的啼哭传了出来，并且明显比刚才那声要响亮多了！

"天的神神哟！真是一对公驹子！"此时的刘米氏已经高兴得忘记了辈分。

"狼娃儿！快给老太爷报喜，双生小子！"

袁继耀唰的一下蹿到当院，撩开两条长腿朝后院跑去。他猛地推开老太爷的窑门，急促地吼道："爷爷，红椒生了，真是双生小子！"

他本以为老太爷一定会像往常一样不慌不忙："晓得了，老爷心里有数呢！"

但没想到窑里却出奇地安静。他赶忙凑到炕楞前，摸黑在老太爷常睡的炕头摸了一把，却只摸到一片刺拉拉的纱毡。

老太爷不在。

袁继耀急忙跑回前院找了一盏马灯，旋即冲出了院子。

"提灯干甚呢？知道就行了，不要让老太爷起来，操心凉了！"

此时的袁继耀已经顾不上窑里的指令了，只管朝前庄马玉山家跑去。

这马玉山本是更北边的绥州县人，比老太爷整整小了一轮。当年，老太爷"二返长安"带着他来到雁栖岭的时候，他还不满十六岁，起先也在耿老东家那里趴了三年长工，等老太爷另立了门户以后，就一直在袁家当长工头。一直以来，两个人虽然明面上是东家与伙计的关系，但私下里却好得像磕头弟兄，袁继耀也就一直按爷爷的辈分叫他"干爷"。马玉山五十岁那年，袁老太爷专门给他操办了一场隆重的"退休典礼"，并将位于西风梁和麻地湾的六百亩土地整个划给了他，使他一跃成为岭上仅次于袁耿两家的第三大东家。也由此，岭上人便都怀疑当年老太爷从口外带回来的那笔横财里面本来就有他的份子，也就是说，这六百亩土地本来就应该是他的，只是出于某个不宜人知的想法一直没有分家而已。几年前，他们的老婆相继殁了，两条老光棍的关系也似乎更加密切了，几乎每天都要相互串门，隔三差五还会猜拳喝令地啜上几杯雁回头，喝多了就干脆在对方家里过夜了。

袁继耀径直推开马玉山家厚重的老榆木门板，大声吼道："爷爷！红椒生了，双生小子！"

"狼王不在我这儿嘛！"马老汉睡意蒙眬地说。

"放你的老马屁！"

"真的嘛！哈呀！一对小子？那狼王还真能看穿肚皮呢！"马老汉一边自顾自地嘟囔，一边从枕头下面摸出火镰吮吮对打了起来。

就着微弱的亮光，袁继耀才发现马老汉真没哄他，心里咯噔一下就慌了，便再未纠缠，急忙跑到长工院，喊起所有的长工，分头找老太爷去了。

雪已经在地面上铺了不薄不厚的一层，咯吱咯吱的声响不断从脚下传来。

"快！老太爷在这儿呢！"庄前头的打谷场方向终于传来了消息。

等袁继耀跑过去的时候，现场已经聚集了不少人。老太爷正面北端坐在场边的那棵老榆树根底，一条腿微微向上蜷起，另一条腿平展展地放在地面，一条胳膊自然依搭在旁边的青石碌碡上，头紧靠着树干微微仰起，但眼睛还没有闭上，只稍稍有些迷离，那感觉就像是在眺望遥远的北方他那未知的老家一样。袖筒上、肩膀上、手织羊毛帽的褶皱处已经落满了蓬松的雪花。

"爷爷！"袁继耀的声音里充满了战栗。

随后赶来的马玉山急忙蹲在老太爷面前，将手指横到他的鼻孔前停了停，随即转过头满脸悲戚地说："狼王升天了！"

袁继耀扑通一声跪倒在纷乱的雪地上，凄厉的哀号声滚雷般刺破了大雪纷飞的夜空。

雪更大了，风更紧了，片片雪花在凛冽的寒风里杂乱地翻飞着，在十多盏马灯的照射下有如一群群扑火的蛾子。

当袁老太爷终于被众人用门板抬到他家硷畔上的时候，几个儿媳妇都颠着小脚，连滚带爬地从大门涌了出来，围着人群放开嗓门号哭了起来。

"行了！先回！不然硬得没法穿衣裳了！"马玉山朝几位妇人喊道。

老太爷被暂时安放到了后院中窑的炕上。马玉山当即吩咐袁继耀取来一坛烧酒给他净了身面，并叫袁刘氏取来早已准备好的寿衣，一件一件给老人穿好。这当间儿，长工牛三已经抱来了一捆谷秆，在脚地上打了个草铺。袁继耀便按照指点，面朝门口跪到炕楞下。众人合力将老太爷从他的头顶抬过，安置到了草铺上。长工头老杜转身从袁刘氏手里接过几张麻纸，准备给老人覆"纸被"，可正当他要将老人的脸盖上的时候，马玉山就像突然记起了什么似的吼道："不要盖！你忘记老骨殖后晌说甚了？"

就在当天后晌，老太爷突然像发神经似的将儿媳、孙子、马玉山和整个牛背梁村的男人们都叫到了一块儿，当场宣布了一件让所有人都深感惊诧的事儿："阎王爷今响午给我捎话，说他今儿黑里想请我喝烧酒呢！我看这个面场还短不了给，所以把你们叫来安排一下我'捣糕盆'的事儿。平辈的上炕坐下，小辈的都给我在脚地上跪下！"

"好好的胡说甚呢！是不想我奶奶？"袁继耀笑着说。

"让你跪你就跪，老爷甚时候胡说过？"老太爷瞪了他一眼喊道。

"跪跪跪！"袁继耀一脸无奈地说。

待十几名后生在脚地上跪好后，老人家便转着脸将炕上的平辈弟兄们环视了一圈，然后对着跪在脚地上的晚辈们点了点头，随即开口说道："玉山，你再给咱把副总管当上！"

"怎还是副的？我都给你当了一辈子副手了，如今你这'糕盆'一捣，我是不是能扶正了？"马玉山显然没把这当回事儿，笑着调侃道。

老太爷爱惜地瞟了他一眼，一本正经地说："再等等！老汉我当了一辈子总管，埋自个儿的时候还要请人？我丢不起那个人！"说完便像平日里在红白喜事上当总管一样逐一做起了安排，就连神态、语气也一如往常那般轻松自在："步高，你继续负责出孝。这孝布里面的道道可多呢！弄不对就会惹事儿。当然你是老出孝的了，我放心着呢！可是你要赶紧带徒弟呢！你也六十几了，哪天两腿一蹬，咱牛背梁就连个出孝的人都没了！牛三，你还和你的饸饹面，你小子注意点儿，正月栓牛迎婆姨那饸饹面就不行，一捞一个短节节。这回再和不好，老爷半夜三更非捣你的窗门子不行……"

待"葬礼"相关事宜全部安排妥当后，老人家稍稍停顿了一下，点了锅旱烟，接着又对袁继耀说："狼娃儿！从明天开始，你那'少'字就去了，就正式成了袁家掌柜了。这掌柜怎当，我之前该教照的都给你教照了，就不啰唆了，只叮咛一个事：这雁栖岭所有人都是咱老袁家的恩人，没雁栖岭的人就没咱袁家，所以咱老袁家永世万辈子都不能在这岭上逞强称霸,不当'门槛大王'! 你记住了没?"

此时,所有人的表情都已经凝重起来了,袁继耀也不例外,眼泪汪汪地回应道:"记住了!"

老太爷点了点头,吮吮将烟灰磕掉,然后重新装满点着,双手端到马玉山面前一脸凝重地说:"玉山,老哥这打狗烟锅子以后就是你的了。可也不白给,戏里的刘备不是给诸葛亮托孤呢吗?你小我一轮,身体也还硬朗,就也给老哥当一回诸葛亮。如果狼娃儿以后不务正,胡弄,你就拿着这杆烟锅子把我袁家给接管了,不要管他愿意不愿意!直到我袁家出现扛硬'顶门杠'为止。总之一个目的,这个家不能散架。"说完又对四个儿媳妇和袁继耀说:"你们都听好了,从今以后这烟锅子就是我,你马干大拿着烟锅子说的话就是我说的话,谁都不能拧跩,尤其是狼娃儿你!"

"有这个必要吗?狼娃儿是你一手教照出来的,这几年的表现你也知道,怎可能不务正呢!"马玉山赶忙拒辞。

老太爷脖子一拐,目光冷峻地盯着马玉山说:"怎?我就不信我在你这儿连这点儿恩情都没落下?"

话说到这个份上,马玉山也就不好再说什么了,便急忙起身跪倒在他面前,颤抖着双手将三尺长的玛瑙嘴烟锅子接到手里,拉着哭腔说:"哥,好好的,你这是怎了嘛!"

老太爷什么话都没说,只指挥着他的四个儿媳妇和袁继耀朝马玉山手里的烟锅子一连磕了三个头,随即朝跪在地上的晚辈们抬了抬手:"没事了,都起来吧!"正当大家准备起身的时候,他又像突然记起了什么似的大声说:"哦!还有个事儿。我袁海宽自认为这辈子行得端走得正,从来都没做过见不得世人的事儿,所以不要给我盖蒙脸纸,我要脑朝得高高的,官官样样地过奈何桥!"

女人们依旧扯着信天游一般的调子哀号着。

这时候，长工牛三神神秘秘地将马玉山叫到院子里，对着他耳语了一番。

"甚？"

"我刚才在老太爷老磕（注：陕北方言，去世的意思）的地方看见一道狼踪，朝雁头峁方向去了。"

老人一惊，急忙回到窑里掀开老太爷身上的纸被，一边查看一边问："刚才穿寿衣的时候，看没看见哪里有伤？"

这突如其来的发问让大伙有些摸不着头脑，但在最初的惊悸过后，所有人都纷纷摇头表示了否定。

马玉山将纸被重新盖回老太爷身上，旋即站起来对袁继耀说："把马灯提上跟我走！"

一行人很快又来到了打谷场。马玉山从袁继耀手里接过马灯，仔细查看了起来。漫天大雪已差不多将之前纷乱的脚印填平了，可就在向着雁头峁的榆树枝下，一摊硕大的狼踪依然清晰可辨。他猛地蹲了下去，将马灯靠到近前仔细查看了一番，然后长长地舒了一口气："哈呀！这老骨殖还真是狼王转世。"

众人带着震惊回到大院。马玉山转身对袁继耀说："让她们先别号了，把两个狼儿子抱来让狼王看看。"

"刚跌地的娃娃，操心……"袁刘氏说。

"没事，狼王在此，神鬼不侵。你看他那狼眼还瞪得像环一样，不看一眼怕是闭不上！"马玉山打断她说。

刚刚离开母体的两个孩子很快就被裹得严严实实地抱了过来。袁继耀双膝着地跪倒在老太爷身边，连哭带喊地说："爷爷！红椒生了，双生小子，咱袁家有后了，你老人家就放心地走吧！"

话音一落，一声雄壮有力的狼嚎就从雁头峁方向传了过来，那声调几分忧伤几分豪壮，给这纷乱的冬夜陡增了几分神秘。

袁继耀慢慢打开包裹，依次将两个孩子的小手掰开，抓起来伸到老太爷的脸上摸了一圈。当他掰开第二个孩子的小手时，猛然发现这娃娃的左手心里竟然有一块和老太爷左手心里几乎一模一样的狼爪状胎记，便悄悄捅了捅身边的马玉山。马玉山抓起那小手愣愣地端详了半天，两滴浑浊的眼泪扑簌簌滑出了眼眶，饱经沧桑的脸不停地抽动着："这老骨殖还不放心，又转回来了！"

袁继耀转身问袁刘氏："这是老大还是老二？"

"老二。"

他点了点头，旋即将满含惊诧的目光移到了儿子的脸上。就在那一刻，这个出生还不到两个钟头的娃娃竟然慢慢睁开了眼睛，看着他笑了起来，那笑容是那么甜蜜，那么淡然，那么温暖！

袁继耀愣愣地看了一会儿，然后转身把儿子递给袁刘氏，随即按照马玉山的指点给老太爷送终去了。

只见他左手端了一只盛满凉水的黑瓷碗，右手抓着一根筷子，在一众乡亲的陪同下慢慢朝村口走去，一边走，一边用筷子敲碗，嘴里还不停地喊着："爷爷，阴间的路修开了，阳间的路挖断了……"

雪依然在下，鹅毛大的雪片在呼啸的西北风的裹挟下飞蛾扑火般砸向大地。天地之间一片怆然的苍茫。雁头峁上，雄壮尖厉的狼嗥一声接着一声：啊——哦——啊——哦——

第二章

　　袁老太爷投胎转回袁家的事儿风一般地在整个雁栖岭乃至方圆几十里的地面上传播开了，这离奇的消息无疑让本就神秘的袁家又增了几分传奇。

　　"看来老太爷还是不放心，又转回来了。如果真是这，狼娃儿的那个二小子将来肯定不是个凡人，够他老耿家吃喝！"

　　"对对吩！老太爷钢骨了一辈子，只是因为当初'二返长安'回到岭上的时候得过耿老东家的恩情，才一直让着耿家。"

　　"对着呢！耿老东家咽气的时候我就在场呢！抓着袁老太爷的手千安万顿要他招呼耿家后人。老太爷当场表态，说只要袁家能在这岭上立住脚，耿家的旗就倒不了。耿老东家就是听了这话才咽气的。"

　　"狼娃儿的五个老子都是死在耿茂盛手里的，这谁不知道！但就是因为耿老东家的那份恩情，老太爷终究还是把这口恶气给咽了。可狼娃儿就不一定有这个忍劲儿了，他那儿子就更不用说了，即便真是老太爷转世，我就不信他还能记得上辈子的事儿？就算记得，该还的人情上辈子也都已经还了。你们等着，有好戏看呀！"

　　……

　　几十年来，袁、耿两家的喜怒哀乐从来都是岭上人茶余饭后最主要的谈资。的确，只要翻开雁栖岭的近现代史，无论如何都绕不开这两个大家族，甚至完全可以这样讲：整个雁栖岭的近现代史其实就是袁耿两家的兴衰争斗史。而这一切还要从岭上特殊的"地缘政治"讲起。

这雁栖岭并不是一座单独的山头，而是一列纵横几十里的庞大山脉。整个山脉大致分为四个层次：最高的雁头峁雄踞正中，一直被当地人尊称为"释迦佛祖"；次之的十八座山头由东向西对称地分列主峰两侧，号称"十八罗汉"；第三梯队的三十六座山头绕圈拱卫于"十八罗汉"四周，是为"三十六天罡"；最下面的七十二座塌、台、梁、涧就像妇人宽阔的裙摆，平展展地散布于"三十六天罡"周围，便是"七十二地煞"了。

从地理上讲，雁栖岭就是陕北两条主要水系的分水岭之一，从山南各条山沟石缝里渗出的涓流一路向南，于二十里外的龙居谷口与源自靖州地界的一条河流汇合，之后继续一路南下，先后汇集了桃花溪、西河等支流，到肤施县城后挥袖朝东，最后在百里之外的天尽头汇入黄河，此为延水水系；岭北山脚泉眼涌出的清流汇成青羊河，于四十里外的伏牛坪流入大理河，随即折向东北，在绥州县城汇入无定河后调头沿东南而下，最后在青州县的河口村注入黄河，此为无定河水系。

从行政区划来说，雁栖岭自古就是陕北两个行政区的传统分界线，大体以"释迦佛祖"和"十八罗汉"的中脊线为界，南麓（当地人唤作"面水山"）属于延州府的延北县，北麓（当地人唤作"背水山"）则由沙城府的靖州县管辖。

这面水山和背水山看似一山之隔，但气候方面的差异却很明显。南麓受"释迦佛祖"和"十八罗汉"的庇护，冷空气不易南下，雨水也较为充沛，几乎连年丰收，正是那种"把拦羊铲子插到地里都能开花"的上等地。而北麓就略差一些。由于"释迦佛祖"和"十八罗汉"阻挡了南来的暖湿气流，致使降雨量明显比面水山少。加之北边南下的冷空气极易在山前汇聚回流，使得背水山一带遭遇冰雹的概率明显大于面水山，正如当地俗谚所言："北云靠大岭，千万过山顶。若遇倒流云，冷子铺一层。"但不论怎么说，在沟壑纵横的陕北白于山区，这七十二座湾、塌、梁、涧无疑都能算作上等地了，所以雁栖岭也自古就是方圆百里出了名的"粮攒子"。只有"释迦佛祖"和"十八罗汉"顶部因为地高气寒不宜耕种，早已成了百草的王国。细高丛密的旱芦苇铺天盖地，羊群进去竟没了踪影，只在有风吹过的时候才会露出短短一截脊梁。因为没有种植水稻等喜水作物的习惯，加之河道过于狭窄，光照不足，岭下的河谷地也一直荒着，茂密的水草塞满了所有河谷，几乎到了人畜罕至的地步。也因此，每年春秋两季，南来北往的大雁都会在这些河谷湿地里歇翅休整。其时，咕噜咕噜的叫声直冲云霄，很是热闹，所以当地人便将这些候鸟唤作"雁咕噜"。因为在山下觅不到足够的吃食，加之自袁老太爷重回雁栖岭之后就一直将这种曾经机缘巧合救过他性命的候鸟视作"圣鸟"，严禁山民围猎，所以这些族群庞大的过客们的胆子便越来越大，经常成群结队地侵入半山的村子里，在打谷场、牲口圈等一切可能觅到食物的地方肆无忌惮地上蹿下跳，如若正好碰到谁家滚碾子推磨，就扑棱着翅膀争抢着吃，赶都赶不走。光绪版《延北县志》有载："北界有大岭，春秋雁栖营。结阵村中过，不忌人与牲。"于是这道大岭便有了"雁栖"这样一个极富诗意的名字。

据延州和沙城两地府志记载，这雁栖岭自古就是兵家必争之地，于是便有了"上郡咽喉，北门锁钥"之称。秦时，始皇帝开辟的秦直道穿岭而过，于"十八罗汉"中的鸦嘴山口劈开了一条齐斩斩的巷子，至今清晰可见。唐安史之乱，杜甫从长安一路北上，途经岭上雄庐关时，感慨于当时的局势，留下了"延州秦北户，关防犹可倚"的千古名句。北宋时期，这里更是杨家将抗辽的前沿阵地，直到现在，岭上依然流传着许多关于杨家将的故事，比如"十八罗汉"里的"大担山"和"二担山"，相传就是杨家将为阻御辽国骑兵的冲击而专门从百里之外的保安县担来填堵山口的。

但是，这些只是史学意义上的记载和传说。事实上，经过几千年的兴衰变换，这里的一切不知已被重新洗了多少次牌！而关于雁栖岭最完整、可连续记载的历史，目前只能追溯到清道光年间，因为按照袁老太爷的说法，他就是道光二十七年，也就是公元一八四七年来到雁栖岭的。

据老太爷讲，那年他才九岁，因为老家大沙涧（具体属于哪个州县，他自己也说不清楚，只知道自己本来姓李）一带连遭了两年"年成"，饿死了不少人，乡亲们就成群结队地到据说受灾较轻的南老山逃命，他也跟着父母加入了逃荒的队伍。在一个刮着黄风的午后，他妈终于没能顶住饥饿的折磨，一个猛子栽倒在路边一尺多厚的尘土里，去世了。他便跟着他大继续前行。第二天，他大摸着他的头说："来毛！你就在这里等着，我到前边讨点吃的，一会儿就回来接你。"他就藏在路边的沙柳丛里，目送着他大的背影消失，但从此以后，那背影就只能永远地保留在他的记忆里了。

此后，他便独自踏上了逃荒路，又整整走了十几天，才终于在雁栖岭安顿了下来。也许是为了给自己的人生添加一点魔幻色彩，据老太爷说，当他来到面水山王官梁村的打谷场时，因为过于饥饿昏死了过去，当一个早起拾粪的老汉发现他时，一条母狼正蹲着给他喂奶呢！老汉喊来众人把狼赶走后，竟然发现他嘴唇周围全是白花花、黏糊糊的狼奶。因此，王官梁村的东家王茂元便认定他是一个有星宿的人，就收留了他。

但好景不长，就在他瘦弱的身子日渐恢复元气的时候，王东家的老娘竟然连续十多天做了一个同样的梦，说是一条通身赤红的狼娃子总跟着她，甩都甩不掉。王东家便请来阴阳先生给老娘安镇，没想到那阴阳一进门楼就两眼直勾勾地盯着他不放，并且详细询问了他的生辰八字。他也不知道自己的具体生辰，只知道是九月初九那天生的。听他这么一说，那阴阳倒吸了一口凉气："哈呀！这娃娃乃百年狼王转世，八字太硬，一般人服不住。"

他当下就慌了，好不容易碰上王东家这么一个善人才捡了条命，如果再留不下的话，真就只有死路一条了！于是便急忙跪下，给王东家和阴阳先生磕起了头。

王东家似乎也不忍心赶他走，就对阴阳先生说："我实在舍不得这娃娃，身子勤快，头脑又活，我还想让他给我为儿呢！就再没办法了？"

那老阴阳思索了半天，嘬了口气，慢吞吞地说："倒也不是没办法，要是找个没男人的主户，阴阳调和一下倒也行。你把我的话听上，这娃娃将来肯定不是个凡人！"

第二天，王东家就按照阴阳先生的指拨，把木瓜峁的袁家寡妇叫来，将事情的前因后果向她做了一番交代，还说只要她收留了这娃娃，他不仅要认这娃娃当干儿，还要给她二十亩良田、四只绵羊。

这袁寡妇的男人几个月前打窑洞塌方被压死了，只留下她和一个刚满三岁的女儿过活，如今白白得了这么一个茂腾腾的儿子和一份田产不说，还和财大气粗的王东家攀上了亲戚，自然很是欣喜，便当即应承了下来。

从此，这"李来毛"就成了"袁海宽"。

这袁海宽果然不同凡响，小小年纪就像大人一样，见天跟着袁寡妇上山下地，春种秋收样样不在话下，没几年就将袁家的破落光景打理得有模有样了。十三岁那年年三十，他又突然向他妈提出要去王东家那里趴长工。

"咱家这点儿地，你和我妹妹就能侍应了，把我这么大的后生拴在这儿纯粹就是磨洋工呢！还不如让我到我干大那儿趴长工算了，多挣一点儿是一点儿。"

起初，袁寡妇不同意："你还小，哪能遭下那茬子罪呢！这世上就数个揽工人难，熬煎不说还要受气，就像你大活着的时候唱的：'东家打烂瓮，两头都有用，筒筒套烟洞，底底当尿盆；伙计打烂瓮，挨骂受背兴，你能做个甚？真是丧门星！'"但袁海宽却很执着："妈，我是苦出身，还怕个受苦受气？再说，和我当年一个人逃荒比，趴长工就等于'坐席吃八碗'呢！况且我也绝不会趴一辈子长工，没有十年的远话说，我一定让你过上王老太太那种日子！"

就这样，正月十五一过，袁海宽就到王家趴了长工。本来，因为年龄太小，王东家想让他继续拦羊，但经过他的一番死缠烂打，总算勉强同意他跟着其他长工一块儿下地了，不过只记半个工。

谁承想，刚一下地，这小子就给所有人来了个下马威，不光样样行行有板有眼，就连劳动量也与老长工们不差毫厘。他的表现自然被王东家看在了眼里，所以秋底结算的时候便主动提出按全工对待，却被他严词拒绝了。

"不不不，干大，我知道你老人家是一片好意，但咱说君就是君，说臣就是臣，就按年初说定的来，你老人家不能逼着我失威信啊！"

无奈之下，王东家便只好按照半个工的薪酬给他盘了粮，只是不论斗还是升子，全都圪尖戴帽。

但待六斗谷子、六斗糜子、三斗小麦全部盘好，分别堆到当院后，袁海宽竟然顺手从一名长工手里要过了斗，直接将自个儿粮堆里的粮食盘出一半："干大，要不是你老人家当年善心收留我，我恐怕早就不在人世了，所以我只拿一半，剩下的这一半就孝敬你老人家了。我知道只这点粮根本不能报答你老人家的救命之恩，但多少也算是我的一点心意。"接着又换了升子，把各样粮食又往其他长工的粮堆里每堆匀了一升："干爷干大们！这一年没少受你们的招呼和指教，这点粮就算拜师了！"说完便将剩余的一斗半谷子和一斗半糜子装了两小半口袋，然后拿绳子往一块儿一链，一弯腰扛起就走了。

王茂元嘴张得老大，痴痴地盯着袁海宽那坚定的、渐行渐远的背影，就像被点了穴一样，直到他完全消失在大院旁边的山湾里，才旁若无人地发出了一连串惊叹："哈呀！这孙子娃娃还真是狼王转世，来三去四滴水不漏，将来非踢打一场世事不行！"

就这样，袁海宽一连在王家趴了五年长工，还当了一年长工头。

十八岁那年八月十五晚上，王东家突然将袁海宽叫到正窑，开了一坛陈年雁回头，还专门弄了两个下酒菜，和他掏了一番心窝子："海宽，干大算是看开了，不要看我王家现在发旺，但这雁栖岭迟早都是你娃娃的天下。"

这突来的一出差点把袁海宽喝进肚子里的烧酒给惊出来，他急忙跪在东家面前："你老人家放心，你王家对我有救命之恩，我袁海宽永远都是你王家的臂膀，子子孙孙都是，绝对不会有非分之想。"

王东家微笑着将他扶起，一脸真诚地说："羔娃，干大不是这个意思。你听干大说：是龙它盘不住，是虎它卧不住。你娃娃天生就是人尖子，谁都压不住。从明年开始，你就不要来我这儿趴长工了，我再把箭杆梁那一百来亩地给你，拿上闹你的世事去。当然，你娃娃可要听好，我这地也不白给你，还有个条件，那就是你要给你的子孙后代都安顿好，如果我王家哪天没落了，希望他们能给我的后人一碗饭吃。"袁海宽再三拒辞，但王东家的态度却很是坚决："这事儿就这么定了。反正那块地以后就姓袁了，至于种庄稼还是'摇黄蒿'就是你娃娃的事了。"

有了王东家的支助，袁家很快就成了在整个面水山都能挂得上号的厚实庄垄了。仅仅三两年之后，有人就开始叫袁海宽"袁东家"了。

二十岁那年，在老娘的主张下，袁海宽和妹妹粉桃成了亲，直接来了个"肥水不流外人田"。可正当一切都顺水顺风的时候，一场突来的灾难瞬间让所有的美好和希冀全都化成了泡影。

同治元年（公元1862年）八月十六那天晚上，割了一整天谷子的袁海宽早早就睡了。半夜时分，一阵惨烈的雁叫声将他从沉睡中惊醒。起初，他还以为是雁群里进狼了，这也是常有的事儿，便没太当回事。但不大一会儿，他就觉得这雁叫声似乎和平常不太一样，如果是进了狼，叫一会儿也就消停了，但那晚的雁叫声非但迟迟没有消停，反而越叫越烈，撕心裂肺一般，后来好像还夹杂着人的哀嚎声。他赶忙穿上衣服出了窑洞，顺手拉了一把铁锨跑到脑畔上。就在那一刻，他惊讶地看到沟对面的王官梁竟然火光冲天，人哭马叫乱成一团。他还以为是王家遭土匪了，扛起铁锨就朝那边冲去。可等他翻过深沟来到王家大院后山的时候，所有的哭喊声却都停了，取而代之的是一片咿里哇啦听不懂的喊叫声。借着冲天的火光，他看到至少有几百个持刀的歹徒喊叫着，嬉笑着，魔鬼一般在王官梁各家院子里进进出出。院子里、硷畔上，到处都是横七竖八的尸体。惨烈的景象瞬间让他目瞪口呆，周身发冷。他猛地抓了抓头发，强迫自己镇定下来。"如果这时候冲上去，除了再添一具尸体之外便没有任何意义了"，这样一想，他便转身朝家里狂奔而去。

等他跑回家里的时候，老娘和婆姨已经穿好了衣服，正在脚地上站着等他呢。

"快跑，有人造反了，把王官梁的人全杀完了。"

老娘当即拉起了哭声："你赶紧引上粉桃跑，妈这小脚跑不动。快！"

袁海宽身子一纵跳上炕头，打开箱子一边取钱一边喊道："赶紧！要跑一块儿跑，要死一块儿死。"

话音刚一落地，猛然间听见一声惨叫。他扭头一看，老娘已经倒在了地上，手里还攥着一把剪刀，刀尖已经深深地刺进了喉管。他大哭一声爬到老娘身边，发现老娘已是只有出气没有进气了。他只好哭叫着将老娘丢进了院角的洋芋窖，一鼓劲儿将旁边的土院墙推倒在窖里就算是埋了，随即扛起粉桃朝旁边的深沟里跑去。粉桃也是小脚，根本跑不动，便不停地乞求他将自己丢下，但他只顾猫着腰，喘着粗气往前跑。眼看贼人就要追上来了，粉桃便趁男人不注意，猛地挣脱，连滚带爬地跳下了旁边的石崖。袁海宽只能惨号一声，转身撩开双腿往前跑了。

这一跑就是整整五年。等他再回到雁栖岭的时候，一切早已物是人非。王家大院已被新来的耿家所占，他家那两孔土窑洞也住进了一户姓林的人家，就连所有的山峁沟梁也齐齐换了一茬名字。据耿老东家说，他们是三年前才从甘肃庆城过来的，窑院和土地都是从官家手里买的。事已至此，袁海宽便没有道出自己的真实身世，只说自己是河东逃荒过来的，暂且屈身于耿家趴了长工。

直到一百多年之后的今天，岭上依然流传着袁海宽当年带着马玉山"二返长安"来到雁栖岭的故事：身穿羊皮大袄，脚蹬牛皮长靴，腰里紧贴肉皮束着一根一拃多宽的麻布带子，不论冬夏昼夜从不离身……

之后不多时，耿家遭了一场匪患，正当耿老东家束手无策之时，袁海宽挺身而出，带着马玉山成功将十多名土匪逼退。耿老东家感其恩德，不仅为他牵线娶了邻村的一位牛姓女子，还将自己位于背水山的几十亩飞地赊给了他，帮着他另立了门户。

而让所有人震惊的是，第三年冬天，袁海宽和马玉山从河东探家回来，竟然一次性将背水山的五千多亩官地收入囊中，还在雁头峁下的牛背梁营造起一处十分泰气的石窑院落。也就是从那时候起，雁栖岭就基本奠定了"南耿北袁"的格局。

后来，袁海宽又瞅准机会向耿老东家表明了自己的身世。一开始，耿老汉还半信半疑，直到袁海宽带着他到之前住过的窑院问寻老娘遗骨的时候才信了，因为按照窑院的新主人老林的说法，他是那场灾难之后第一个来到雁栖岭的人，那洋芋窖里也的确有过一具尸骨，被他移埋到后山的红柳湾了，岭上其他人的遗骨也都被官家按村落集中合葬到各个山峁上了。

身世公布于众后，袁海宽很快给老娘和从未谋面的老子袁四毛迁了坟、并了葬，随后又带着老林挨个儿找到岭上各个村落的合葬墓，还从岭外买来几十块青石碑，逐一按之前的人名和村名书写了碑文："恩公王茂元家族及王官梁众乡亲之墓""水路畔众乡亲之墓""桑树洼众乡亲之墓"等。不幸的是，他婆姨粉桃的尸骨却没能找到，当然应该就在木瓜峁村的那座合葬墓里，但已经无法辨别了。

袁海宽这一连串非凡的举动着实让岭上的人震惊了一把，但面对大家的疑问，他始终坚持说这钱都是从山西一位有钱的把兄弟那里借来的。只不过大家似乎都没太相信他的这番"鬼话"，因为岭上早已传开了一个说法，说他和马玉山腰里的那两根从不离身的麻布带子里插着满满两圈金条，并且好几个人都表示他们曾无意中摸到过，可尽管如此，眼不见即不能为实。

几十年后，袁海宽的重孙袁国良在绥远一带抗日的时候，曾无意中听当地的老人们讲了一个故事：说他们小的时候，附近的官道上经常有商队和镖师通过，其中有一个姓袁的镖头，长了一副狼样，左手心里还有一块清晰的狼爪状胎记，所以人们都叫他"狼爪袁"。这"狼爪袁"一身侠气，胆略超群，曾带领弟兄们连窝端掉了长期荼毒当地的土匪据点雁翎寨，手刃匪首黑头罗三，在当地赢得了很高的声望，但之后不久就不见了。后来听过往的驼队说，那"狼爪袁"竟然带着弟兄们在国界上"敲"了一支"老毛子"的商队，得了不少"黄货"，跑了。说者无心听者有意。袁国良便进一步询问："你们见过那'狼爪袁'没有？"几位老人齐声回答："见过嘛！常见呢！"袁国良当即脱下军帽："那你们看那人长得像我不？"老人们仔细打量了一番，异口齐呼："像，太像了！"袁国良又笑着亮出自己手心里的狼爪胎记："我就是那个'狼爪袁'，那商队就是我'敲'的，只不过那都是上辈子的事儿了。"

尽管那"狼爪袁"不一定就是袁海宽，但等袁国良把这个故事带回岭上后，几乎所有人都对此深信不疑，就连袁继耀也笑着调侃道："看来楚立革我干大也是命不好，吃生米的端端就碰上个吃生谷子的！"

从此以后，岭上袁家便又有了一个新的称呼——土匪种子家！

第三章

之后没几年，耿老东家就因为"羊毛疗"意外去世了。他的长子耿茂盛接班掌管了整个家族。也就是从那时候起，岭上的格局便出现了一些微妙的变化，袁、耿两家人一改之前的相扶相依，逐渐进入了激烈相争的局面。

但如果从严格意义上讲，似乎又不存在真正的"争"，因为在之后充满戏剧性的几十年里，袁海宽总是信守着自己当年对耿老东家的承诺，不管耿家做得多么过火，他永远是只守不攻。而耿家却似乎越来越来劲儿了，一路步步紧逼，一副不整垮袁家誓不罢休的样子。好在袁海宽的确不是个善茬，不仅总能巧妙地化解耿家一波接一波的凶猛进攻，而且每次挨整之后，他的声望总能出乎意料地大涨一截，以至于再后来，尽管耿家还是见孔就钻，但越来越乱了章法，直到那次声震四方的"百里拔寨"事件之后，岭上才终于再次迎来了相对意义上的平稳。

这一切都得从袁海宽和耿老东家的一场交易说起。

耿老东家去世的前一年，袁海宽突然产生了一个想法：重新给耿家修造一处院落，然后将王家大院置换过来，给王家弄个祠堂。当他试探着向耿老东家表明自己的想法后，老东家感其重情重义，便没有为难他，还主动提出修造新院落的花费由两家共同承担，两好并一好。看老东家如此通情达理，袁海宽便决定按照超出王家大院的标准建造新院落，还专门从绥州请了几名手艺高超的石匠。仅仅几个月，一座占地八亩，明五暗四六厢房式的四合窑洞院落便在王家大院对面的官帽梁落成了。

这本来是一件相互得便的好事，但就在王家祠堂的改造工程刚刚铺开的时候，问题出现了。

那天后晌，袁海宽带着一众长工在王家大院旁边的阳湾里取土，无意中挖出了一个二尺高的黑瓷坛子，坛口还用猪血桑皮纸死死地封着。他当即就明白了个大概，便没有擅动，而是打发伙计将耿家新任掌门人耿茂盛叫过来之后才在众目之下开了坛。

正如袁海宽所料，坛子里果真是白花花的银子，全部为十两小锭，坛口处还放着一小块羊皮，上书"王官梁王茂元"几个大字。至此，这钱的来路便一目了然了，接下来便是如何处置的问题了。耿茂盛提出见者有份，所有人平分。但袁海宽却提出了一个颇为复杂的处置方案：在场的人除他自己之外，每人分走二十两，然后划出四十两重建岭上已经坍塌了的五狼庙，其余全部用来开凿公用崖窑。他之所以这么打算，是因为在自己亲身经历的那场暴乱中，东边青州县一带的好多百姓正是因为躲进了崖窑才免遭屠杀的，而谁又敢保证类似的灾难不会再次发生呢？如果连命都保不住，还要银子干啥呢？眼前的这坛银子不就是鲜活的教训吗？

他的这一提议当即得到了大家的一致拥护，这也是他预料之中的事儿，因为对于其他人来说，无论执行哪一种方案，自己都能分得一些银子，但按照袁海宽的建议，还能另外多一个公用崖窑，说不准哪天还真能派上用场。也许是因为众望所归，耿茂盛也当即表示了支持，还大度地放弃了自己的那一份。

当年秋收一停当，开凿崖窑的工程就动工了。经过整整两个冬天的凿挖，两处十八孔连排，碾磨坊、仓库、火炕、水井等各类生活设施一应俱全的庞大崖窑群就分别在面水山鹰嘴口和背水山柳叶沟的峭壁上落成了。但因为工程过于庞大，实际花销远远超出了预算，袁耿两家又各自拿出三百两银子作为补贴。竣工那天，两家人还各自捐出四只羊，举行了一场隆重的暖窑礼。

但就在暖窑之后没几天，耿茂盛就气冲冲地找上门来，硬说袁海宽把他给拐了，理由就是他听说当时挖出的王家硬货远远不止一坛子，都被袁海宽黑走了，之后修庙、凿崖窑，袁家倒是名利双收，但耿家非但没得任何好处，还生硬被挖了三百两银子的老肉，并且认为就连之前的置换窑院都是袁海宽给耿家布好的局。

面对耿茂盛的发难，袁海宽只感到背心一阵阵地发凉，但他还是很快就镇静了下来，和他掏了一番心窝子。"兄弟啊！你有这个怀疑我能理解。但是这么些年了，我的为人你多少是有些照识的。我这么给你说吧！咱暂且放下为人不说，你就想想，如果我要黑你的话，为甚不连那坛子也黑了呢？浮财嘛，谁碰上就是谁的，你能把我怎？我为甚叫你，不就是想证明一下我的清白嘛！兄弟有所不知，我逃难离开的那几年一直给山西的一个大户跑堂，后来和他拜了把子，合伙做生意发了点小财。不是老兄我在兄弟面前夸海口，就我目前的家产，不要说我这辈子，哪怕再生上十个八个儿子，每个儿子再生上几个孙子，节省点儿估计也够花。所以就家当来说，我根本就用不着回雁栖岭搅稠稀了。只是这里的人救过我的命，有恩于我，我对这片土地有感情。我回来是报恩来了，不是争名夺利来了。我挑头修庙、凿崖窑赚了声望这不假，但你说我黑你，这就真委屈老哥了。如果你不信，咱可以赌咒，你说哪座庙上的神神灵验咱就去哪儿。但看在你家曾经有恩于我的分上，咱就只赌个单面咒，就是说：只要我袁海宽在王家硬货的事儿上私吞了哪怕指甲盖这么大点银两，就让我袁家'黑灯'了算了！你看怎个？"

这番入情入理、推心置腹的话让耿茂盛也一时无言以对，加之又没什么证据，便也慢慢泄了怨气。

"那算了，就当我没说。我也是一个人坐下胡盘算呢！"

袁海宽笑着拍了拍他的肩膀："反正你想好。既然咱今天把话拉开了，老哥还想多说两句。咱都好好的，不要争，这么大一座雁栖岭还容不下我袁家和你耿家的两把老镬头？我如今既然到了背水山，就不会把筷子往你面水山的碗里探伸，不光我不会，我的子孙后代也不会。土地我是绝对不再扩张了。纵有广厦千万间，睡觉只需三尺宽。要那么多地干甚呢！就我现在的这几千亩地，实际上也是替整个雁栖岭人种着呢！当年要不是王老太爷和雁栖岭的人救了我，我还能坐在这里跟你拉话？所以我对这雁栖岭有一种刻记在心的情感。尽管现在的岭上人已经不是当年那茬子了，但道理是一个道理。所以一旦再遇上个年成，我袁家的余粮就是整个雁栖岭的。不知兄弟你经见过饿死人的年头没？哈呀！那真能吓死人，这会儿想起来我都浑身打战战呢！"

通过袁海宽的一番掏心扒肺，王家硬货的事儿就算是过去了。可一波刚平，一波再起。之后没几年，一张无意间出现的旧羊皮再次将袁耿两家推向了激烈的纷争。

那年秋天，雁栖岭一带连着下了将近二十天的雨，导致王家祠堂的厢房墙上出现了一道一指宽的裂缝，成了危房。而就在袁海宽拆除这座危房的时候，无意间在榆木房梁上面发现了一块写着雁回头配方的羊皮。这雁回头是当年王家自酿烧酒的名号，据说因为香气过于浓郁，以至于每到秋天开锅的时候，就连南飞的大雁都忍不住要回头看上几眼，所以便有了这样一个名字。这酒，袁海宽当年曾喝了不少。按他的说法，当年其他东家出山的时候都带水，但王家不光带水，还要带烧酒，歇息的时候让长工们啜上几口，真是又解乏又解渴。

发现这个配方后，袁海宽也没有据为己有，而是将其作为整个雁栖岭的共享财产任人抄写，当然也包括耿家。但不知为什么，同样的配方，同样的工艺，耿家酿出的雁回头始终没有袁家的地道。其间，耿家还曾以拜师学艺为托词，派人到袁家酒坊整整监视了一个流程，但最终也没能发现他们所怀疑的猫腻，而且袁家还主动将他们的水源地——黑龙沟掌半崖上流出的"龙涎水"与耿家共享了，这事儿也就慢慢淡了。但后来，随着袁家的酒坊越来越火，尤其是当袁海宽的几个儿子渐次成人，在几百里外的沙城开了一家"袁记雁回头"酒坊，大把大把的银子被不断驮回雁栖岭之后，耿茂盛就又坐不住了，又开始怀疑袁海宽在配方上做了手脚，进而越来越坚信自己当初对袁海宽置换窑院动机的判断了。他越想越着气，便开始琢磨起如何杀一杀袁家的"鬼气"了。

之后不久，正在青羊湾赶集的袁家老二袁守义突然被盘踞在靖州龙山寨的土匪天杀狼绑票了，并且张口就要一百两银子的赎金。袁海宽便掏了一百两将儿子赎了回来。还没过两个月，那家伙又将袁家四子袁守智给绑走了，硬逼着袁家又花了一百两银子。说来这天杀狼也真是个贪得无厌的主儿，第二年秋天又半路设伏，将袁家往沙城运送烧酒的驮队给"敲"了，并将三子袁守礼和几位脚夫一并掳回了寨子。这一次，天杀狼直接来了个狮子大张口，将赎金由一百两涨到了三百两，并且限期十天。正当袁海宽琢磨怎么处理这场危机的时候，桃树洼的高三老汉一大早就连哭带喊地跑来了，说是天杀狼把他的一个儿子和一个侄儿也绑走了，并且指名道姓地要袁海宽来赎。

袁海宽正蹲在碾畔上吃早饭呢，听了高三的哭诉后，饱经世事的老脸刹那间黑成了一块坚硬的生铁疙瘩。约莫一锅烟的工夫，他猛地站了起来，唰的一下将一双筷子直直地甩向几米外的一棵老梨树。那筷子就像两只急速旋转的飞镖，嚓嚓两声，分别从两颗黄澄澄的大梨上穿了过去，留下了两个齐扎扎的洞眼。

"老爷斗了半辈子虎狼，还能让你个碎猫儿子一而再再而三地骑到脖子上拉屎撒尿？"

于是，一场惊心动魄的"百里拔寨"大戏就在这位年过五旬的汉子心里酝酿开了。

第二天，袁海宽亲赴龙山寨交涉，并与天杀狼达成协议：放回其他人，只留袁守礼继续作为人质，袁家于一个月内交足赎金，否则直接撕票。

从龙山寨回来后，袁海宽便以商谈扩建五狼庙事宜的名义，将背水山十几个村庄的几乎所有男人都叫到自己家里，当场将拔掉龙山寨的决定告诉了大家。

"我看这狼不在龙山寨，就在这雁栖岭。这明显就是雁栖岭有人给我袁海宽下巴底支砖呢！这些年咱背水山靠谁罩着大家心里都有数。如果我袁家不好过，估计你们也好过不了！这回敢绑桃树洼的人，下回就敢绑你杏树梁的。这龙山寨就是一个永远都填不满的无底子天窖，所以我决定把这个狗屁寨子给连根拔了。各个庄子的青壮年，包括我家长短工，凡愿意跟我拔寨的，我袁家每人发给土地三十亩，回不来的，每人再给三十亩，并且保证将你们的儿女抚养成人，直到男婚女配，成家立业。守礼还在寨子里扣着，估计是回不来了，但我还要把剩下的四个儿全部押上。我倒要看看那小毛贼的胃口究竟有多大……"

从此，袁海宽便开始利用深夜练兵了，并且十几天后就带着背水山四十八壮士百里奔袭，最终以折损十三人（包括自己五个儿子）的惨重代价一举荡平了龙山寨，成功将匪首天杀狼擒回了雁栖岭。

班师回岭的当天后晌，袁海宽就派马玉山到官帽梁请耿茂盛去了，说是让他欣赏一下天杀狼的人头。耿茂盛一听天杀狼已经死了，便放心地来了，并且一进袁家大院就装模作样地趴在袁家老大的棺木上放声大哭了起来："我的娃娃们啊！都年轻轻的！宽哥哟！不就三百两嘛！咱一块儿凑嘛……"

袁海宽神态自若地走到他跟前，伸手拍了拍他的肩膀："兄弟不要哭！能为护佑咱雁栖岭而死，也算是娃娃们的荣耀了！"随即将他让回了正窑。

可就在掀开门帘的那一刻，耿茂盛就明显地感觉到了一股异样的气息。这正窑一直是袁家的会客室，他以前也不止一次地来过，但今天的摆设却与平常不同。以往就是一张方桌、几把靠背椅，除此再无其他。但今天，除了中堂前的桌椅，两边还十分对称地摆了两行木凳，并且已经齐刷刷坐了两排客人，有背水山的，也有面水山的，几乎涵盖了整个雁栖岭几十个村庄各个姓氏的管事人。这阵势让他的心不由得一阵猛跳，但他还是硬撑着按照袁海宽的导引坐到了方桌左边的靠背椅上。

袁海宽在右边的椅子上落了座，转着脸把所有人扫视了一圈，随即转身对坐在旁边的马玉山说："把客人请过来！"

马玉山带着几名长工很快就将五花大绑的天杀狼押了进来。

一看到天杀狼，耿茂盛当即感觉天地快速旋转起来，额头上不由得渗出了一片谷粒大的汗珠。

"跪下！看活剐了你孙子不。"一名长工一脚将天杀狼踩倒在地。

"把绳子解了，再寻把凳子让坐下，来了就是客嘛！"袁海宽依旧像没事人似的说。待天杀狼坐定，他又开口了："后生，把头抬起来！男人家，天塌下来都不能低头。"

天杀狼颤巍巍地将头抬起，迎面就撞上了袁海宽那犀利的眼神，头便又低了下去。

"你是哪里人士？"

"葭州的。"

"我袁家可曾与你生过过节？"

"没有。"

"那你为甚一而再再而三地与我过不去呢？"

天杀狼用余光扫了一眼耿茂盛，唯唯诺诺，一副欲言又止的样子。

"年轻人，老汉我从不吹牛放炮。我耍刀弄枪的时候，你娃娃还没来到人世上呢！所以你千万要相信，我这辈子过的桥比你走的路都多，吃的盐比你吃的米都多！对其中的道道，我心里跟明镜儿一样。但我明白是一码事，你说不说是另一码事。这儿人多呢，我袁海宽向来一口唾沫一根钉，只要你把实情说出来，我保证放你一马，绝不伤害你，这事儿就算过去了。"

天杀狼的脸上瞬间闪过了一抹明亮的色彩，扑通一声跪在地上，和盘托出了整个事情的来龙去脉。

没想到天杀狼刚一开口，耿茂盛就咚的一声跪在了袁海宽面前，歇斯底里地辩解开了："宽哥呀！你可千万不敢相信这小子的鬼话，这天杀的纯粹是血口喷人，栽赃陷害呢！咱多少年了，我能干出这号屙黑血事呢？"

但袁海宽并没有理他，只面无表情地听着天杀狼的讲述，直到所有的事情都讲完后，才不置可否地看了天杀狼一眼，说："好，后生，你可以走了。但在走之前我还想啰嗦几句。我不想劝你立地成佛，因为那是你自个儿的事，只希望你能给方圆百里所有的好汉王都把话捎到，以后南来北往发财最好绕着我雁栖岭走。

我的为人处世你大概已经有所感受了，套用古戏里的一句话：犯我岭上者，虽远必诛！实话告诉你，你的龙山寨并不是我拔掉的第一个土匪寨子，但我希望是最后一个。"

天杀狼三跪九拜地谢过不杀之恩后便转身离开了。袁海宽这才俯身扶起耿茂盛："兄弟，你这是干甚呢？老兄我虽然是个受苦人，但脑子不坏！你家我干大一辈子大仁大义，家教森严，你怎可能干出这号牲口事呢！我能相信他的话？这天杀狼虽然可恨，但当年也是他妈怀里的奶娃娃，这天下就没有娘生下的坏人嘛！如果当时拔寨的时候把他弄死的话也就弄死了，但既然活抓了，那就是一条命啊！再说了，即便把他剁成肉酱包了扁食，咱的十三个后生也活不过来了！有甚用呢？"

耿茂盛双腿打战地站了起来，顺手在脸上抹了一把："这遭雷劈的……"

袁海宽笑着将他重新让回座位上，装了一锅子旱烟点着递给他："咱两家是甚关系？不就是两口锅吃饭的一家人嘛！虽然也有过一些小隔阂，但那都不伤根本，亲兄弟还拌嘴呢，对不对？"然后又转身对众人说："我说过，咱雁栖岭虽然不大，但容几十把老钁头还是能行的。咱所有人以后都好好的，不要争高论低。甚是高甚是低？没争头。至于我袁家，之前怎以后还怎，有甚事儿你们就言传。虽然我的五个儿都殁了，但只要我这把老骨头不散架，袁家的大架就倒不了。你们说呢？"

耿茂盛捣蒜一般不停地点着头："对对对，都听你的！"说完又慌忙起身对其他人说："咱以后就都听宽哥的！宽哥就是咱雁栖岭的土神爷！"他自然明白，袁海宽的这些话听似暖心，实际上就是给他亮明底线呢！当然，他也更明白，如果再敢触碰这条底线，等待他的将是什么。

从此以后，岭上便进入了难得的平稳期，直到袁海宽百年的时候，这一用血换来的平稳局面都没有被打破过。岭上也再未遭过匪患，而龙山寨自然就成了袁海宽一生中拔掉的最后一个土匪寨子了。

第四章

　　一场声势浩大的葬礼过后，袁家大院很快就冷清了下来。长工们都领了薪水回家过年了，偌大的院落只剩下袁继耀两口子和他四位寡居的婶娘了。尽管刚出生的双生小子给这个财旺人不旺的院落增添了不少喜庆，但对袁继耀来说，却丝毫不能弱化因老太爷的突然离去而造成的空落感。

　　十多天了，他一直都没有完全接受老太爷去世这个事实，每天睡觉前还总要习惯性地到老太爷起居的后院走一趟，直到看到门窗紧锁才怅然返回自己的窑里，耷拉着双腿呆坐在炕楞边上，抓摸着狼疤脸痛心上一会儿。

　　"狼儿子，把烟锅子给爷爷拿来！"

　　"叫狼儿子就不给你拿。"

　　"嘿！你个碎孙，爷爷是狼王，你不是狼儿子是甚？你当这狼儿子谁想叫就叫呢？能的他！你要记住，咱老袁家的后生必须钢巴硬正，哪怕放个屁都要比别人亮！"

　　"我才不放屁呢！人家笑话呀。"

　　"爷爷迟早变驴呀，到时候你就是狼王了。狼王就要有狼王的样子，可不敢活成癞皮狗。"

　　"我马干爷说你能活'驴万年'呢！"

　　……

　　每当翻腾心事的时候，袁继耀总会想起自己和老太爷的点点滴滴，心里就不由得泛起阵阵哀伤。是的，尽管老太爷已经七十多岁了，尽管他也明白谁都逃不脱生老病死这一亘古不变的铁律，但他似乎从来都没有认真思谋过老太爷离世这档子事儿，就好像老人家真能活"驴万年"似的。

其实，早在他十六岁的时候，老太爷就高调宣布隐退了。从此，每当遇事，老人家就不出面了，大多只是给他指拨几句。后来就慢慢不再事先指拨了，只等他将事情处理完之后才略略点评几句，诸如哪里还欠考虑，哪里还不够到位等等。再后来就干脆撒手不管了，成天拿一根三尺长的打狗烟锅子，庄里庄外到处闲转，只有他在某件事情的处理上出了明显的偏差和纰漏的时候，才用商量的语气和他"探讨"几句。

但无论如何，袁继耀始终明白，老人家其实一直都是名退实不退。尽管这几年来，他作为"袁家少掌柜"已经赢得了不少肯定和赞誉，但这在很大程度上都是因为有老太爷在后面戳着，从某种意义上讲，哪怕年龄再大，只要还有一口气，老太爷就还是袁家乃至整个雁栖岭这艘大船的舵手，也是他施展拳脚的底气之源。而如今，老人家突然撒手人寰，将这艘大船彻底交给了他，他心里还是难免有些发毛。

老人家留下的遗产太多了，但大多是些看不见、摸不着的东西，而且正是这些东西给他造成了很大的压力。如今的袁家不论家道还是声望，基本上已经登峰造极了，且不论在整个雁栖岭，就在这方圆百里，"岭上袁家"和袁老太爷绝对可以说是仁义和勇武的化身。尤其是"百里拔寨"之后，就连靖州的历任县太爷也都无一例外地把拜访袁老太爷作为一项例行公事固定了下来，光各色牌匾就送来了十几块。

老太爷已经把袁家推到山顶了，他所要做的就是竭尽所能不让袁家从山顶滚下来，而这又谈何容易啊！更要命的是，老太爷给了他这么大的压力，却又没给他留下哪怕一个帮手！虽然他也知道自从"拔寨事件"之后，特别是最近几年，老人家已经为自己的百年做了不少布局——与老工头马玉山结了儿女亲家，并一手将其扶持为仅次于袁耿两家的岭上第三家，还有较以前更大幅度地广行善事、广纳人心等等。虽然这都符合老人家一贯的行事风格，但也不能绝对排除是为他的接班和袁家的未来而网络联盟。可是，这些仅靠所谓的"恩典"结成的联盟的牢固性究竟能有多强呢？这的确是很值得怀疑的！袁耿两家不也曾是这样的联盟吗？而现在又是怎样一种状况了呢？尽管自从"百里拔寨"后，耿家便再没敢刁难袁家，甚至从表面上看，两家的关系已基本上修复到了最初的水平，但这一切都是因为老太爷当年诛人诛心的威慑力还没有过劲儿，以至于耿茂盛虽然已经老憨几年了，但只要一提起老太爷，嘴里还总是嘟囔："再不敢挑袁家的刺儿了，不然那老狼就真要我的命呀！"可问题是"不敢"和"不想"绝对不是一个概念啊！也许是他过于敏感了，在老太爷的葬礼上，他就明显能从耿家人的神态里觉察到一股源于内心深处的释放和轻松感，如果这一感觉真的准确，如何处理与耿家的关系就必将是他眼下所要面临的最大挑战了。

这么盘算的时候，袁继耀总会回头瞄上几眼睡在炕头的大臭和二臭。两个孩子快满月的时候，他们的大奶奶就按照"赖名儿好养活"的传统给他们取好了名字。这些天，他是越来越希望他的二臭就是老太爷投胎转世了，若真是这样，那么，在不远的将来，他的一切担忧也许就都不是问题了。就这样，几乎整整一个冬天，他一直都在盘算着这些事情，心里督乱得就像猫抓一样。

但督乱归督乱，却也并没有完全乱了阵脚，毕竟自从袁继耀稍稍懂得些事理之后，老太爷就开始从各个方面对他进行有针对性的培养了。十几年下来，在处理问题方面虽然尚不能说是得心应手，但也已经懂得了一些起码的路数。

在他六岁的时候，老太爷就给他找了一个沙柳篓子，让他每日将村前院后山路上的牲口粪捡拾回来，倒在家里的粪窝子里，而且每天都要对他的劳动成果进行一番评判，表现好了就给他一个馃馅或者干炉吃，否则就得挨训。起初，他总是睡到天大亮以后才动身，收获也总是少得可怜，只能勉强遮住篓底。有一次，他又背着小半篓驴粪回来，老太爷便瞪着眼睛将他狠狠训斥了一顿。

"你这叫'粪爬牛搬家'呢！怎拾这么点？"

"路上就没粪嘛！"他喏喏地说。

老太爷把烟锅子在马槽上敲得咣咣响："讨吃都要赶早门子呢！你睡到晌午的话才没有，明天我叫你。"

第二天天刚麻亮，老太爷真就隔着窗子将他叫了起来，亲手将粪篓搁到他背上，自己也背了一个更大的篓子转身出了门楼。

与他们同样早起拾粪的老头们纷纷打趣："狼儿子，你就不要起，安安睡你的懒觉。这老坏种，圈里的羊粪都用不完，还让娃娃拾粪干甚呢！"

老太爷一边和众人说笑一边给他传授拾粪的诀窍，比如哪里粪多，哪里粪少，如何最快地将铲子里的粪块搁进背上的篓子等等。那天早上他真就拾了不少。当他背着满满一篓子粪回家的时候，那些和他们逗笑的老汉们又都夸赞了起来："哈呀！这肉就都往胖人身上长呢，看这狼儿子背这篓子粪亲不！"

尽管他一直都很反感别人叫他"狼儿子"，但就是那天，他似乎第一次从别人的夸赞声中体味到了劳动的神圣和收获的喜悦。从此以后，每天早上窗纸稍稍泛白，他就摸索着穿好衣服，背着粪篓出发了，而且每天都能背回满满一篓子粪。有时候因为起得太早，路上就他一个人，自然也会感到害怕，尤其是听到恨虎（注：陕北方言，指猫头鹰）哀叫的时候，心里就不由得一阵阵恐惧。他便试探着向老太爷倾诉，谁知老人家哈哈一笑："气你大呢！狼儿子还怕个恨虎？它再叫唤，你就学狼嚎，看谁怕谁！"从此以后，几乎每天早晨，牛背梁一带都能听到一声接一声稚嫩的狼嚎："啊——哦——啊——哦——"

光拾粪这项活计，袁继耀就整整干了三年。过完第九个生日（他的生日被定为狼口脱险的那天，也就是五月端午）的第二天，老太爷就从存放农具的仓窑里翻出镢头、铁锹、锄头、镰刀、绳索等一整套小号农具摆在他面前，神情庄重地说："这都是你五个老子小时候用过的。咱老袁家的后生不吃十年闲饭，从今儿以后，你就跟着我出山，我们干甚你干甚，而且要好好干，可不能让人看下马了，给咱老袁家丢人！"

之后，袁继耀就撂下拾粪篓子，跟着老太爷和一众长工出山了。也就是从那天起，他就从小灶转到了大灶。

自从买下那五千亩地，老太爷就将灶务分成了大灶和小灶两个标准。大灶扎在大院旁边的长工院里，满年以粗粮为主，只在过节和农活繁忙的时候才加点细粮；小灶设在大院内，食材粗细相间，烹制也相对精细一些。按照老太爷立下的规矩，不管东家还是长短工，只有女眷和九岁以下、五十岁以上的男人才能享受小灶，其余人一律在大灶就餐，不得偏另。一开始，几位婶娘心疼袁继耀，也曾背着老太爷给他偏过几次小灶，但有一次正好被老太爷撞见了，便黑着脸吼了起来："锅圪塄种不出好南瓜，心不狠培养不出好娃娃。咱这是培养顶梁的柱子，不是养秀女小姐呢！"从此，他就再没有违背过家里的任何规矩。当然，那时候的他尚不能理解其中的深意，所以大多只是被动屈从，心里还憋了不少怨气。而如今，他终于完全明白，正是这些苛刻的规矩和近乎残酷的苦难教育，赋予了他明显有别于岭上其他同龄人的精神气质。也正是这种气质，才使他在面对如今重担压肩的局面时不至于过分慌乱。这也许就是岭上人所说的"袁家的祖传狼性"吧！

闲愁闲愁，闲下来就愁。正月十五一过，长工们陆续回来了，又一年的活计也便跟着来了。修补农具，备办籽饷，两千多只黑头绵羊也进入了产羔期，袁继耀整日忙活得脚不沾地，也就顾不上考虑这些杂事儿了。是的，愁有何用！无论如何，日子总得往前过，袁家这艘大船总得往前开啊！

惊蛰过后，天气渐渐回暖了，封冻了一个冬天的土地很快又恢复了柔软。向阳的山湾里，蒿草已经迫不及待地探出了嫩叶，毛茸茸地惹人疼爱。庄前院后的柳树又活泛起来了，一串串嫩芽儿精灵般地摇摆着、舞动着，使人不由得心生柔软。没几天，漫山遍野的山桃花和杏花也开了，一片一片的粉白霞云一般落满了山山洼洼。总之，荒芜正在消退，生命已慢慢复苏。当然，西北风还会光临，但已明显是强弩之末了，似乎是鼓了很大的劲儿才越过了北边的大漠，然后一股脑地将随身携带的沙尘抖落得到处都是。在这微扬的沙尘中，歇了一冬的驮队又出现在了北方天地相接的山梁上，婉转高亢的信天游伴着清脆的串铃声，又在这片古老厚重的黄土地上飘荡开了。

　　二月里杏花白生生，赶脚的队伍过大岭。
　　雁栖岭山头高入云，袁家老爷是狼托生。

　　"给咱对回去！"袁继耀转身对旁边的黑栓说。
　　黑栓便昂起乱蓬蓬的头颅，扯着破锣嗓子唱开了：

　　过路朋友听我明，光景得过谁出门！
　　财神不催赶路人，喝罢烧酒再起身。

　　东家好意心里领，贸然搅扰心不宁。
　　来去本是一股风，难承东家真心请！

　　攒下银钱勾命精，交下朋友护身兵。
　　山挪水转满乾坤，莫非怕我扰贵门？

　　东家一贯好人情，再若推辞实不恭。
　　拴住骡马停住镫，歇脚暖心到府中。
　　佛心疼我出门人，念在嘴上记在心。
　　积善高门出贵人，旺了财气旺子孙。
　　黄金白银大秤称，儿孙个个状元顶。

在这一唱一和中，串铃声便渐渐近了。正在排粪的袁继耀俯身放下粪兜，简单向工头老杜交代了几句接待事宜，便大步到北边的山口迎接驮队去了。按照袁家的惯例，凡是路过雁栖岭的驮队，不管来自哪里，也不管向哪里而去，每年开驮的时候都要请回家好酒好菜地招待一番。

"少东家，都好着呢哦？"

"好着呢！这么早就开驮了？"

"唉！好我的少东家呢！穷神爷催着呢嘛！老神仙也康健着呢哦？"

"殁了！"

"殁了！甚时候的事儿？害病了？"

"唉！也没害病，突然就殁了！"

"唉！事已至此，老侄儿也不要过于伤心，老人家硬正了一辈子，也积善行德了一辈子，理应有个好回手。"

当袁继耀带着一众脚户回到大院的时候，酒菜饭食已经准备妥当了。脚户们很快卸了驮子、拴好骡马，在袁继耀和老杜的导引下入了座。这当间儿，院子里突然传来耿家第三代当家人耿茂盛的二儿子耿得禄的声音："哈呀！看这架势又有贵客临门了！"

袁继耀急忙循声迎了出去，并将耿掌柜礼让到紧靠田驮头的位置落了座。

"我常说，这袁家的人气，我耿家八辈儿都撵不上。你看这，高朋满座。哈呀！好好好！"耿得禄满脸堆笑地说。

"都好着呢！你们岭上人都好，这也是我们赶脚人的福气。"田驮头笑着说。

袁继耀也谦然一笑："甚福气！出门人嘛！谁还背家带炕呢？"

耿得禄哈哈一笑："哈呀！真是龙生龙凤生凤，你看我侄子是不是也有几分老太爷的架路呢？"

说话间，酒菜就上桌了。袁继耀抬眼看了看耿得禄："二干大，你老给咱说两句！"

耿得禄脖子一拐："看你这娃娃！你主家还是我主家？再说我马干大也在这儿呢，怎能轮上我呢！"

"你老也是主家嘛！我干爷年纪大了，给咱当压阵神仙就行了！"

听袁继耀这么一说，耿得禄便仰头哈哈大笑了一声，然后面朝田驮头故作愠怒地说："哈呀！好我的拜识呢！这些娃娃们把我抬不到干草上就不歇心，但我这人还就爱戴这二尺高帽，那就咯曩几句？"

"说嘛！"众人齐声应和着。

耿得禄便在这一片应和声中端起酒杯开口了，内容也无非就是吃好喝好之类的客套话。

宴席一直持续到太阳落山时分才结束，田驮头和不少脚户都喝醉了，袁继耀便打发黑栓将他们安排到后院睡了。马玉山也在儿子马子杰的陪同下早早回去了，席间只剩袁继耀、耿得禄、老杜和胡三等几个人了。

耿得禄又仰头喝了一杯，然后用充满试探的口气说："狼娃儿，干大有个事想和你拉谈一下。"

"甚事？"

"是这么个事儿。五狼庙庙会马上又到了，你看咱今年怎个弄法？"

袁继耀敬了耿得禄一杯，不紧不慢地说："哎呀！一冬忙乱的，你不说我还真把这事给忘了。既然你老人家征求我的意见，那我就把我的想法说说。"

耿得禄一边点头一边做出一副洗耳恭听的样子。

"本来这事儿一直是两位太爷掌管着，但他们二老如今殁的殁、憨的憨，是该换会长了。我看这会长迟早还得从咱两家出，所以按我的想法，干大你老人家就辛苦一下，把这摊子事儿给咱领料上。你看怎个？"

耿得禄一听讨到了上卦，内心不由得腾起了一股喜悦。但他还是强忍欢喜，故作坚定地辞拒道："你看你说的！这五狼庙是你家我干大撑头重修的，会长也一直由他老人家担着，如今老太爷是成神了，不还有你呢嘛！你就放心把这摊子事儿给咱撑起，干大给你在后面戳着，只要咱两家'两钵桃树一条心'，就甚事都没！我就不信……"

还没等耿得禄说完，袁继耀就打断了他："干大说这话就不对了。我爷爷当年是撑头了，但你耿家也没少出钱，岭上其他人也都出工出力了，这好事儿可不能都记在我袁家的头上。当然，如果我的几个老子还在的话，那还真得考虑考虑我袁家。但他们都殁了，我又年轻，还品不见个咸淡，神体之事嘛，万一有个不周不到怎办？那可不是要要呢！"

耿得禄捋抹着下巴假装思索了一小会儿。"道理也倒是这么个道理。那是这，咱父子俩在这儿争扯没用，今年的戏，去年庙会上已经写好了，也没甚影响。至于会长的事儿，我看就交给五狼神，让神神老人家自己定夺。你看怎个？"

袁继耀又敬了耿得禄一杯："倒也行。不过我把我的态度表明，反正我是绝对不当。我想这五狼神也是明事理的，不能把这么重的担子搁到我一个小后生的肩膀上，家里这一大摊子事儿就够我忙了。"

"这就不由你了！我就不信你还敢违抗神意？"

"那你看着，我肯定有我的办法！"

耿得禄哈哈一笑："好！我倒要看看你娃娃有甚办法。"说完便一纵身站起来："走，看看你那两个狼儿子。"

袁继耀便将他导引到前院正窑里，几个婶娘也正好在场，都热情招呼耿掌柜上炕。耿得禄满脸堆笑地摆了摆手："炕就不上了。来，把两个狼儿子抱过来让我看看。因为老太爷成神，你们也没过满月。常说要来，乱七八糟的事儿一直抽不开身。今天正好来了，顺便看看狼娃儿这两个儿究竟是龙还是虎。"

红椒很快将两个孩子移到炕楞边上。

"哈呀！真是两个好脏娃娃（注：陕北习惯说法，跟赖名好养活一个道理），虎眉正眼的！"说着便俯下身子亲昵地逗弄起来。两个孩子一见生人，哇的一声就哭开了。耿得禄将脸一板："老爷吃你们家锅底稠的了？一见老爷就号！"随即抬头哈哈一笑："哪个是老二？都说这碎孙是老太爷转世，让我看看。"说着便按照红椒的指点将二臭的左手掰开，仔细端详起来，那块狼爪状胎记显然也让他很是震惊，老半天才回过神来："哈呀！我考虑以后还敢不敢给这碎孙当干爷了！"

袁继耀哼哼一笑："你也说呢！我到尔格（注：陕北方言，指现在）都没敢给当大，你看这事儿闹的。"

耿得禄哈哈一笑，然后从袖筒里摸出两块用红线绳绑好的银圆："来之前想了半天，你家甚都不缺，也就没拿甚，就给娃娃绾了个锁儿。"袁继耀急忙拒辞，但耿得禄两眼一瞪："你看你，这是抬举娃娃的，又不是给你的。"说完依次将银圆戴到两个娃娃的脖子上，向众人打了声招呼便要转身离开。

袁继耀急忙提起柜顶上的马灯："天黑了，把灯提着！"但被耿得禄摆手拒绝了："你干大还没到老眼昏花的时候，熟熟的路还能走到沟里？"说完便一转身出了窑门。

等袁继耀送完耿得禄回来，几位婶娘还在中窑里坐着，个个心事重重的样子。见他进来，他二妈就忧心忡忡地说："狼娃儿，我看这耿得禄就是黄鼠狼给鸡拜年——没安好心。你可千万要防着点。"

袁继耀淡然地笑了笑："不要把人都想得那么坏嘛！"可话虽然这么说，他自己心里也很明白，袁耿之争的新戏很快就要开锣了，只是他这些天已经为这出大戏定好了脚本，或者干脆说已经备好了"黄鼠狼夹子"，并且已经征得"摄政王"马玉山的同意，只待五狼庙庙会那天咣的一声了。

此刻，他又记起了老太爷曾多次对他说过的那句名言："拳头之下的礼让是'仁'，没有拳头的礼让那就叫'尿'！"正这么想着，突然放了个响屁，直惊得睡在炕头的两个儿子又哇的一声哭开了。

第五章

天气愈加暖和了。清明前夕，从关中地刮来的东南风带来了一场春雨，淅淅沥沥地下了好几天。天一放晴，整个山岭就像撒了酵母一样，几乎一夜之间便重归了新绿。山桃花和杏花已经谢了，一串串玛瑙般的果实缀满了枝头。但粉嘟嘟的桃花却开得正盛，那一枝一树的粉红在温润的春风里于庄前院后颤巍巍地摆动着，给一座座已经沉闷了小半年的村落陡增了一抹舞动的灵气。北返的雁阵又渐次在南边遥远的天际出现了，并很快将队形由"人"字变换成"一"字，咕噜咕噜的叫声再次响彻整座山岭。换了新毛的羊群天女散花一般撒满沟沟岔岔，发出阵阵愉悦的叫声。"十八罗汉"下面的梁、峁、台、涧上，到处都有农人耕作。你看，他们全都打着赤脚，将裤脚高高挽起，扬鞭驱牛，来来回回地游走在属于自己的舞台上。身后，新翻出的湿漉漉的泥土正尽情地散发着芬芳，蒸腾着希望。尽管劳作并不轻松，但丝毫不能压制他们内心的愉悦。你听，有人正停住牛犋，仰着脖子与对面梁的拦羊汉子对歌呢！那腔调也一改冬日的凄凉和哀婉，变得激越起来了：

拦羊的哥哥哟你把羊打转，你给我吃上一口羊奶奶饭。
交朋友就要交拦羊的哥，梭牛牛和马奶奶常给我！

这当间儿，不知是哪个冒失鬼受了刺激，竟然肆无忌惮地骚起了情：
碎花花袄袄绿裤裤，你是谁家的媳妇妇？

我不爱烧酒不爱肉，专爱妹子的绵肚肚。

这就是亘古流传于这片土地上的劳动号子，酸得清爽，火得热辣，粗得雅致，俗得唯美。和着这火辣辣的劳动号子，时令正一步步踏入四月，一年一度的五狼庙庙会也就到来了。对于雁栖岭的居民们来说，这无疑是他们一年一度最为期盼的大事、盛事。一时间，似乎连空气都因为这场盛会的临近而充满了激越。

相较岭上到处散布的其他庙宇，这五狼庙还的确有些意思，因为它并没有供奉真武祖师、观音菩萨和龙王、关公等神仙，而是破天荒地供奉着五条向来被农耕文明视为仇敌的狼。当然，这狼并不是普通的狼，而是五条神通广大的"神狼"，其中一条通身尽赤，三条一体苍灰，还有一条通体雪白的母狼，其中赤狼贵为主狼神，其余四条分列左右。据祖祖辈辈流传在岭上的说法：千百年来，每逢小乱就会有一条神狼托生来到岭上，用智慧和英武尽心尽力地维系着岭上居民的福祉。若遇大乱，五条神狼就倾巢出动，渡岭上人于水火。而待它们完成使命再次齐聚天堂，一个崭新的盛世便要降临人间了。

这庙会历时三天，四月初七后响挂灯，初八进入正会，直到初十下午才算结束。

按照袁继耀和耿得禄的事先商定，今年的庙会正式开始之前又加了一道手续——确定新的会长和副会长。对岭上人来说，这事儿显然要比看戏本身有趣和刺激得多！因为在他们看来，新任会长的产生其实就是岭上力量格局变化的昭示，加之人们好像都已经明显感觉到，自从袁老太爷去世后，岭上几十年来的固化格局似乎已经出现了某种微妙的变化。当然，他们也清楚地知道，无论格局怎么变，这"令牌"最终也只能在袁耿两家倒腾，其他人就只能是台下的看客了。

大戏年年唱，可今年不一样。因为这是袁继耀全面接管袁家之后的第一次真正意义上的亮相。所以从某种意义上来讲，今年的戏台其实并不属于穆家秦腔班的名角"红遍天"，而是属于袁家的新一代掌门人袁继耀。至于他最终唱的是《金沙滩》还是《走麦城》，那就得看他的能耐了。而他们所关注的正是这个。于是，四月初七晌午刚过，各个村落的人和袁耿两家的长短工们就几乎一人不落地齐聚五狼庙，等待着这一精彩戏码的上演。

日下三竿，袁继耀和耿得禄终于在一片翘首企盼中相跟着过来了。但令人意外的是，二人竟然一直有说有笑，和谐得简直都叫人有些失望了。

"二干大，我看人都到齐了，是不是能起轿了？"待与众人打过招呼之后，袁继耀便来到耿得禄面前，用几近于请示的语气问道。

耿得禄威严地将现场环视了一圈："好！那就起。"

从二人此时的气场来看，袁继耀显然更像是耿掌柜的跟班，而耿掌柜倒像是一位大胜之后巡视战场的将军，器宇轩昂。

"来！面水山和背水山各上两个后生，给咱把神轿抬起。"

四个后生立即来到已经绑好轿杆的神轿旁边。其中来自背水山的胡三和黑栓分别抓住神轿的左前杆和右后杆，一纵身扛到了肩膀上。此时，马玉山的二儿子马子杰已经点燃了黄表纸。但神轿的正前方，耿得禄和袁继耀还在互相谦让着让对方担任"施问"的角色。在袁继耀的一再坚持下，耿得禄便一屈膝跪在地上，朝神轿磕了一头："恭请主神老人家附轿！"

神轿当即绕着庙宇一连转了两圈，然后便在他面前两米远的地方摆正停了下来。

耿得禄又磕了一头，清了清嗓子开问了："好，今年的庙会又到了，但在庙会正式开始之前，还有个事体要请你主神老人家定夺呢！你老人家也知道，以前庙会的事儿一直都由袁老太爷和我大耿茂盛操办，但当下两位老人殁的殁、憨的憨，所以我们考虑是不是将操办人换一下？请你老人家明示。"

神轿绕着五间神殿小跑了两圈，又定到了他的面前。

"按理来说这会长本该由袁家袁继耀担承，但继耀坚持说他年轻不懂事体，拒不承接，那就只好请你老人家指定了，如果你老人家同意的话请上前两步！"

话音一落，神轿便直直地向前挪了两步。

"好！那就指吧！"

众人一齐瞪大了眼睛，等待最关键一幕的上演。耿得禄也站了起来，背着双手站在袁继耀侧前半步的地方，情绪似乎已经有些激动了，原本黑黢黢的脸上不由得泛起了一抹热辣辣的红晕。而袁继耀则面无表情地立在侧后，一副事不关己的样子。

神轿又绕着神殿兜起了圈子，一连几圈过后，便照直朝耿得禄冲了过来，轿杆眼看都要戳到他的前胸了。但正当他浑身的血脉开始剧烈偾张的时候，那神轿竟然猛地来了个急转弯，将轿杆直直地戳到了耿家老大耿得福的胸口上。

耿得禄原本绯红的脸刹那间切换成了一块黢黑的生铁疙瘩，冰冷冰冷的。他显然是被这突发的情况惊呆了，张嘴瞪眼地愣在了那里。袁继耀似乎也深感意外，猛地向后仰了一下身子，一双大眼不停地在耿家两弟兄之间瞟来瞟去。就连突然受宠的耿得福也呆若木鸡地立在原地，一副不知所措的样子。

约莫一锅烟的工夫，耿得禄才终于在众人的吵嚷声中缓过神来，原地跪下，从嘴角挤出一丝硬邦邦的笑意："你老人家是不是想让我大哥耿得福操办庙会呢？如果是这，请把神轿摆正！"

神轿应声后退了几步，端端正正地定在了场地正中。

耿得禄的脸色愈加难看了。但一切已是既成事实，没有丝毫回旋的余地了，他便只好强忍着内心的愤慨，发出最后一句号令："好！那就请新会长谢领神旨！"

此时，因宠而惊的耿得福依然没有缓过神来，呆呆地站着，直到马子杰过去催促他的时候，他才飘飘忽忽地跪到了他兄弟之前跪着的地方，结结巴巴地领了神旨。

耿得福的确太有些受宠若惊了。几十年来，作为耿家长子，他一直都勤勤恳恳地扮演着"太子爷"的角色，吃苦耐劳，勤勉上进，样样活计都不在话下，他也总以为自己就是"耿家掌柜"当然的接班人了。可他无论如何都没有想到，老爷子十多年前交权的时候，竟然毫不犹豫地选择了老二，直接将他晾到了一边，理由就是他不如老二硬气。在他看来，这就是老爷子对他的全盘否定，并且这种弃长立幼的做法不仅让他在整个雁栖岭都挂不住面子，甚至在家里的地位也猛然跌了一大截，在之后的十来年里，他越来越明显地感觉到，就连他的老婆和儿女对他都不如过去那么顺从了。真是把人都活成鬼了！而此刻，在最初的惊悸过后，他就感觉到那股已经泯灭多时的进取心又开始在自己的胸腔里萌发、躁动了，尽管还不是那么清晰，但他的确已经感觉到了。于是，他便朝着神轿深深地磕了三个响头，长长吸了一口气，随即便履行起了会长的职责。

"主神老人家，现在开始指定副会长，请你老人家明示！"

神轿又后退了几步，随即直端上前，将轿杆直直戳到了袁继耀胸前。

袁继耀受惊一般扑通一声就地跪下："尊神老人家！不是凡人我违抗神旨，而是我实在太年轻，不懂事体，害怕耽搁了神体大事，求你老人家看在我袁家多年来一心向神的份儿上，就原谅我的不恭吧！如果你老人家真信任我，我给你推荐个人，我看马子杰我干大比我更合适，如果你老同意的话，请后退两步！"

神轿似乎犹豫了那么一会儿，但最终还是端直后退了。于是，五狼庙新一代正副会长就这样产生了。

此时的耿得福终于从惊悸中缓了过来，举起胳膊朝戏台处大吼了一声："挂灯！"

一阵紧凑的锣鼓过后，折子戏《黑虎坐台》便在一片嘈杂中开演了。

在大伙看戏的当间儿，正殿里已经召开了新班子到位之后的第一次事务性会议。参会的除了正副会长之外，还有岭上各个村落的管事人，当然也少不了袁继耀和耿得禄这两个关键人物。当袁继耀步履平稳地走进正殿后，耿得禄已经在靠近角落处的一把凳子上坐定了，但袁继耀还是装作没看见一样用眼神搜寻了一圈，随即拉了一把凳子走了过去，一边落座一边笑着在耿得禄的肩膀上拍了拍："看你老人家还不信！这会长就是轮都轮到你耿家了。"

耿得禄生硬地笑了笑："这都是承你娃娃的谦让啊！"但心里想的却是另外

一句话："你给老子等着！"

折子戏一散，所有的事务也都商议完了。临出大殿的时候，袁继耀又将耿家两兄弟叫住："好我的干大们呢！你们还别说，这神仙老人家考虑问题还就是比咱凡人周全，我琢磨了半后响才琢磨明白，这神仙老人家肯定是担心我和我二干大家事繁忙，有意选择了我大干大给咱架力呢！侄子我当着五位尊神表个态，我虽然不管事，但神还是要敬的，以后这庙上不管甚事，我袁家照旧全力支持，你耿家掏多少钱，我袁家就掏多少。哎呀！也不能哦！圪塄让差开嘛！那是这，假如你耿家掏一百个元宝，我就掏九十九个。大干大，你老人家就放手给咱弄，就像我二干大说的，只要咱两家站在一条线上就屁事都没！"

耿家兄弟一真一假地表了一番谢意后，三人便相跟着出了大殿。走到路口处准备分开的时候，袁继耀又猛地转过头笑着说："哈呀！险忽把一件大事给忘了。我大干大今儿被封了这么大个官，是不是要暖一下呢？我看怎都得个老绵羊杀。二干大，家事由你管，杀不杀？"

耿得禄只感到心头的怒火正在呼呼上蹿，但最终还是被他强行压制了下去，强逼着自己发出了一阵僵硬的笑声："哈哈哈！能行嘛！暖，不就一个羊嘛！那是个屁事！"

"好！"袁继耀挥了挥手，转身大踏步走了。走出大约几百米，他又偷偷回头朝耿家两兄弟离去的方向望了望，脸上浮出了一抹似乎被压制已久的、本为小人所专属的那种坏笑，接着便低声哼起了小曲儿："三月里桃花花开，妹子你走过来，蓝袄袄，红鞋鞋，你站到哥哥跟前前来……"

当他兴冲冲地推开大门的时候，发现刚刚回到大院的长短工还有本村和邻近村落的不少人正黑压压地聚集在他家院子里，似乎正在等他。几位婶娘也都在门台上坐着，见他进来后都满脸怨气地盯着他，他三妈袁马氏更是直接对着他吼了起来："就你这副软骨殖，老太爷打下的江山迟早往你手里败呀！"

看他们一个个大难临头的样子，袁继耀突然记起了老太爷曾经说过的那句玩笑话："再熟的搅团都生着呢，再精的婆姨都憨着呢！"这么一想竟然差点儿笑出声来。但他还是强忍住笑意，硬劝说几位婶娘各自回了窑，然后转身对大家说："人家五狼神就不要咱嘛！有甚办法？你们都记住，千万不能因为这事儿怪罪耿家，以后见了耿家的人该怎还怎，绝对不要胡来。"

山的那一边，耿家两兄弟一前一后地朝着官帽梁走着，一路上都没说一句话，直到马上到家的时候，耿得福才开了口："兄弟，我看这羊还短不了杀，就从我年底分红里扣除算了。"耿得禄一听就火了，黑着脸几乎是吼一般地回应道："一个烂羊还从你分红里扣？你是不是真怕那狼儿子笑话不上咱呢？"说完便灰头盖脸地回到了耿家东院，咣地踹开窑门，连鞋都没脱就上了炕，顺手拉过一只枕头斜倚着躺在炕头上了。

耿得禄越想越憋气，他无论如何都没想到袁继耀竟然会给他来这么一出。倒不是因为他眼红他大哥，非得当这个会长不行，而是他已经清楚地判定，这会长和副会长哪是五狼神的旨意，分明就是袁继耀那小子指定的，并且他已经强烈地意识到，这小子一手导的这出刁戏，已经恶毒地在他们兄弟之间撬开了一道缝子，而且这道缝子很快就会不可避免地放宽、变大，直至耿家这座大厦轰的一声彻底崩塌。可这一切都已经无可挽回了，再怎说这"轿杆定人"的办法也是他提出的。"一个连獠牙都没长坚实的碎狼儿子，竟然轻而易举地就把一条恶臭无比的'血叉裤子'套到了他老爷的头上，而且只能乖乖顶着，没一点办法，真是把八辈子先人都给亏完亏尽了！"正这么想着，老婆耿党氏颠着小脚端来了一碗疙瘩汤，絮絮叨叨地劝他吃饭。他再也忍不住了，火一下子就蹿上了头顶，便一个猛子坐了起来，劈手夺过饭碗，咣的一声砸到了窑壁上："吃吃吃，就知道个吃，家都快散架了，还吃屁呢！"

不一会儿，那疙瘩汤里的面糊就在窑壁上浆出了一个碗口大的亮点，极像一个放大的印章。耿得禄皱着眉头痴痴地看了半天，随即恨恨地发布了一道"政令"：

"不要把这擦了，这就是那狼儿子盖在咱老耿家脑门心的耻辱戳子！"

就在耿得禄大发雷霆的同时，一墙之隔的耿家中院却又是另外一番景象。当了"官"的耿老大满心喜悦地回到窑里，抱起孙子啧啧地猛亲了几口，猪鬃般的胡子扎得刚满百天的孙子哇哇大哭。他嘿嘿一笑："这么好的事儿，你碎孙还号甚呢！"正在炕头纳鞋帮的老婆耿张氏显然看出了男人的兴奋劲儿，便急忙停住针脚问："甚好事儿把你愣挣（注：陕北方言，高兴的意思）成这样儿？"耿老大便将后响庙会上发生的事儿一五一十地给老婆讲了一遍，妇道人家显然更高兴："哎哟，这真是天大的好事！赶紧上炕，我给你跌几颗鸡蛋吃。"

耿得福一纵身上了炕，笑眯眯地逗弄起了孙子，但很快就像记起了什么似的转头对老婆说："事倒是好事，就是我品见老二好像不太愿意，一后响黑着脸，回来的路上也一句话没说。"

"为甚？"女人停住打鸡蛋的手问道。

"我品见那好像想当呢！"

"呸！他二和尚真是狗占八堆屎，把五狼庙也当成耿家大院了，真是霸道得没边没沿了，要不连神神都……"

"哈呀！低声些，操心隔墙有耳！"耿得福赶忙制止。

但女人的嗓门却更高了。"怕怕怕！就知道个怕。他二和尚骑在你脖子上拉了多少年屎了！"说完便揽起锅台上的蛋壳，拧着腰肢出了门，刚一跨出门槛就顺手把手里的筲帚甩了出去："啊呦呦！这和尚老公鸡，一盆子食就紧你杂儿子吃呢！你和尚小子霸道过头的话，连神神都不要你！"

第六章

袁继耀丢掉会长的事儿当即在整个雁栖岭产生了爆炸性效应。我们完全可以想象得到，就在当天晚上，岭上各个村落的每一孔土窑洞里是如何激烈讨论这一新鲜事的。只是不知道人们有没有想到，这件新鲜事对他们的吸引力竟然仅仅维持了不到半天，就让另外一件更具爆炸性的新鲜事儿给轻而易举地冲淡了！

这件更大的新鲜事儿是由"出门人"马子俊带来的，抑或干脆就说与他有关吧！

这马子俊是马玉山的大儿子，袁海宽的三女婿，也就是袁继耀的三姑父。自从袁家五虎殁了以后，他就一直在沙城为老丈人打理酒号，算来也已经有二十来年了。

四月初八正会那天后晌，马子俊突然回到了岭上，并且径直去了会场。可他刚从坡底上来，整个会场就像滚烫的油锅里浇了一瓢凉水一样，炸锅了。人们惊讶地发现，这位经见过大世面的马掌柜竟然没了辫子，取而代之的是一袭秃楚楚的掩耳短发，那造型就像雨后从破膛老柳树里长出来的柳蘑。

这一石破天惊的怪事立即吸引了所有人的注意力，一时间竟让穆家班冷了场子，就连正在台上唱戏的角儿们也跳下戏台，争相欣赏起了这个亘古未见的西洋景。

一看到儿子这副"二鬼样子"，马玉山当场就晕了过去，被众人掐了好大一会儿人中才终于缓了过来。这位声望在整个雁栖岭仅次于袁老太爷的老汉一骨碌爬起来，连哭带嚎地拎着拐杖，满滩追打起了这个丧门风儿子。

"老马家祖宗八代的人都让你丢尽了，秃楚楚的跟没尾巴野鹊一样，阎王爷都不收你……"

马子俊一边跑着躲闪一边大吼："革命了！早就革命了嘛！"滑稽的样子直引得众人一阵哄笑。

袁继耀急忙将马玉山拉住，瞪着圆溜溜的大眼问："把谁的命要了？"

"不是把谁的命要了，革命党革命了！"

"究竟谁把谁的命割了嘛？"

马子俊一时也不知道怎样才能给他解释清楚，便跺着脚说："把皇帝的命革了，就是没皇帝了嘛！"

"那就是又改朝换代了？甚时候的事儿？"

"年前冬上的事儿。"

"那又谁当皇帝了，姓甚？"众人问。

"给你们说没皇帝了嘛！"马子俊急得满脸通红。

"没皇帝那不乱杆（注：陕北方言，乱套的意思）了？"

"乱杆不了，有民国呢嘛！"

"甚锅？"

"不是锅，是国，国家嘛！"

"国家是个甚？"

"就跟以前的朝廷差不多，只不过头头不叫皇帝了，叫大总统，姓孙，叫个孙文。"

"碎老子哟！你这颗杏脑真是不想长了？竟然敢叫皇帝的名讳！你想死就跳崖去，不要连累一大家子人。"马玉山再次要动手教训这个儿子，但又被众人架开了。

可不论马子俊怎么解释，大家始终没能明白"民国""总统"等一大堆奇怪的概念。直至戏散，马子俊到袁家大院交盘酒号账务的时候，还有不少人攮着来到袁家探寻究竟，并且好多人都已经被震得面如土色了。在他们看来，一场大动乱似乎已经到了眼前，虽然他们都没经历过改朝换代，但古戏没少看，哪一次不是血流成河！哪有太太平平的？这姓孙的坐朝不也一样嘛！

"放你们的心，乱不了。孙大总统已经和清家都拉好了。清家已经把天下让出来了。以后这天下也不是老子传儿，儿传孙子了，投票，也就是说孙大总统之后有可能是王大总统，也有可能是李大总统……"

"偷票？到哪儿偷？让官家抓住那不麻烦了？"

"票是甚东西，贵不？"

"不是偷人那个偷，就是推选，选定谁就是谁。"

"那怎选？是不是也拿轿杆子戳呢？"终于有明白人听懂了个大概。

"你以为那是咱五狼庙选会长呢？还拿轿杆子戳！"

众人齐刷刷地将目光投向袁继耀。可他好像并不在乎，只静静地听着。

"那怎弄呢？"

"夯胳膊呢嘛！你比如我和狼娃儿都想当大总统，咱就坐一块儿商议。主事人说'同意袁继耀当大总统的把胳膊夯起'！然后再说'同意马子俊当大总统的把胳膊夯起'！谁的胳膊夯得多就谁当。"马子俊终于想出了这么一个大体差不多的解释来。

就在众人点头表示明白的时候，黑栓把脖子一拐："那能弄成个屁呢！比如你夯赢了，但人家狼娃儿兵马多、势力大，就不服。怎办？"

正这么闲扯着，马玉山就被马子杰搀扶着进来了，手里还拿着袁老太爷的打狗烟锅子。见窑里烟蓬雾罩乱作一团，便黑着脸吼道："羊下羔撑得你们狗屁股疼，那朝廷八辈子还能轮上你们坐呢？散了，该干甚干甚去！"

所有人便都悻悻地走了，但显然都还有些意犹未尽，这不，就在临出门的时候，还有人感慨地说："哈呀！这好事来得迟了，如果早几年的话，咱就给袁老太爷夯胳膊，保险是个好朝廷！"

此时，窑里只剩袁继耀、马玉山和马子俊兄弟了。马玉山又恨恨地剜了大儿子一眼，然后转向袁继耀，将烟锅子往他面前一横，以从未有过的强硬语气开门见山地问："认得这个不？"

"我爷爷的烟锅子嘛！"

"那你还直晃晃杵这儿干甚呢？"马玉山加大嗓门吼道。

袁继耀当即跪下，朝马玉山和烟锅子磕了一头。

"狼王临走前怎说的？"马玉山恨恨地瞟了他一眼问道。

"让袁家上下把你老人家当他一样对待，大事上必须听你的。"

马玉山点了点头："好！那我问你，这改朝换代算不算大事？"

"大是大，但这跟咱有甚相干呢？他就是一天改八回，估计也改不到咱头上嘛！"

马玉山的脸色唰地一下就变了，黑红黑红的，将烟锅子在炕楞上咣咣敲了两下："你这是甚混账话？这改朝换代我没经见过，但戏我看过，哪有不血流成河的？怎能跟咱没相干呢？"

袁继耀笑了笑："那你老说怎办？"

见袁继耀满脸轻松，老汉又无奈地扬了扬烟锅子，随即面朝马子杰喊道："把你守仁嫂子她们几个都叫来！快！"

袁刘氏她们四妯娌很快就过来了。

马玉山直了直身子，一脸严肃地说："你们老人临殁的时候多次给我安顿，要我在大事上给你们定盘心呢！自打我十二那年让老太爷从柳林的黑煤窑里赎出来以后，我就跟在他屁股后面了，这一跟就是一辈子，也就是说，没有老太爷就没有我马家的今天。所以老太爷的托付我必须照办。现在摊上大事了，天塌的大事儿，从今天开始，袁马两家的人都必须听我的。你们有意见没？"

袁刘氏她们几个也已经知道马玉山所说何事了，便赶忙应承道："没意见，都听你老的。"

"那就好！"老汉点了点头，随即做起了安排："咱们要尽快把粮食和锅碗瓢盆运到柳叶沟崖窑，做好藏崖窑的准备，牛背梁和背水山其他人也都给通知到，愿意来的就来，不来拉倒，不强逼……"

马玉山安排的时候，袁继耀一直埋头蹲着，拿一根筷头粗的小柴棍儿不停地在地上划拉着。

马玉山这下真沉不住气了，瞪着眼睛大吼了起来："你那是画门神呢？"

"我算一下看今年种的套黍够不够酿酒。"

这颇具戏谑的回答让马老汉彻底火了，一烟锅子将他手里的柴棍拨飞出去："不要修你爷爷的筋了！出了这么大的事，你还有心思盘算你那几亩烂套黍呢？真是不想活了！"

袁继耀站起身子笑了笑说："干爷！甚是大事？咱受苦人种地打粮才是大事，其他的和咱真没甚相干。不管谁坐朝，也不管他是皇帝还是总统，咱平头百姓还不是该种地照常种地，该缴粮照样要缴粮嘛！我就不信他还喝西北……"

"老爷还用你指教？还没个规矩了！你还真把自己当袁东家了，信不信老爷捶你？"马玉山厉声打断他。

几位妇人一看事法不对，赶忙责怪起了袁继耀，并要他给老人当面认错。

袁继耀嘿嘿一笑："我这是专门让我干爷骂我呢嘛！自我爷爷老磕以后，我干爷对我就比以前客气多了，连狼娃儿都不叫了，一口一个继耀，一满不舒在。"

他的这番认㞞话显然让老汉的气消了不少。马玉山拐了拐脖子："你还知道这？老爷那是往起树你娃娃的威信呢！虽然就咱两家来说，你袁家永远是君，我马家永远是臣，但你小子也不要高兴得太早，老爷哪天不高兴，就也像那西太后一样给你小子来个垂帘听政。"说着还挥了挥手里的烟锅子。

第二天一大早，袁继耀和马子杰就按照"摄政王"马玉山的指示分头准备去了。

柳叶沟崖窑自打凿成以后就一直没派上用场，几十年来早已沦为野鸽的天堂了。几百只鸽子在里面筑窝繁衍，每年都会积下大量的鸽粪。这鸽粪是上好的肥料，尤其适合种荞麦。所以每到种荞麦的时候，牛背梁人就将积了一整年的鸽粪刨挖起来堆积到崖根儿，然后均分给每家每户。

光清理鸽粪就足足用了一天时间，详细清扫和其他准备工作又耗费了两天。直到第三天，袁继耀才带着袁马两家的长工和其他愿意到崖窑避难的村民往上运送粮食和其他生活用品了。因为这崖窑高悬于峭壁半空，距离地面少说也有二十来米，上下全部使用绳编软梯，极具危险性。这不，就在运送粮食的头一天，墩峁梁的闫栓子就因为一脚踩空掉下崖壁，摔了个当场不出气。

由改朝换代造成的恐怖气氛很快就蔓延开了，面水山那边也紧接着开始行动了，不到五天时间，岭上三十六庄几乎所有人都上了崖窑，只有一些黄土没脖的老汉们似乎很是镇定，依然在各自的窑院里坚守着。也是，无论谁来，他还能把这些人怎样？

这是雁栖岭几十年来的第一次集体避难，加之时间紧急，准备工作自然不会太充分，所以没过几天，各种问题就接连出现了。首先是暴饮暴食的问题。几乎所有人都认为，既然所有的粮食都统一调配，吃成大锅饭了，那我就不能吃亏，能吃两碗就吃三碗，能吃三碗就吃四碗，攒子里的粮食像消雪一般呼啦啦地往下降。马玉山一天骂八回："连夜穷！吃上你们的死式子了？咱烧的黑豆柴，炕的黑豆油，你们当这是吃大户呢？"虽然没人顶嘴，但也根本没人听，你骂你的，我吃我的，骂上又不疼呢！后来又被迫采取了供给制，根据男女年龄逐人定量。可这样一来就更乱了，十三的说他十五了，六十的说他五十八了，就连那些在年龄上无窍可占的人也有他们自己的一套说辞："干爷，你这就不对嘛！我妈生我就饭量大嘛！你给骆驼吃四两，给麻雀儿也吃四两，最后骆驼饿死了，麻雀儿撑死了！这弄成屁了！"饱暖思淫欲。吃饱喝足无所事事之后，一些人就背着马玉山在边窑里拾闹起了"明宝"场伙，不过两场就有人把祖传的十几亩薄田给抖打得差不多了。这一下，婆姨不干了，跑到崖窑口，双腿奓拉在崖壁上就要跳崖，直到马玉山拿出袁老太爷的打狗烟锅子，将所有参与赌博的人归置了一番，并当场宣布赌账无效后才勉强平息了事态。但即便这样，群居避难的生活也只勉强维持了六天就散伙了。但这一散伙，更大的问题就跟着来了，统一调配的余粮分不开了，几乎所有人都坚持认为自己饭量小，在这几天的大锅饭生活中吃亏了，直吵得天昏地暗，直到马玉山当众宣布这六天的粮食开销全部由袁马两家承担后才安静了下来。

"我看这天下没乱，咱自个儿倒先乱了！"等好不容易把那群斤斤计较的乡邻们打发走后，袁继耀嘿嘿地笑着对马玉山说。

马玉山气得老脸黢黑，吼叫着骂道："老狼以前常说狗不能喂得太饱，人不能对得太好，这话一点儿都没错！以后天塌下来他老爷都不管了！"

就在马老汉着急上火地应付这群乡邻们的时候，袁继耀倒是落了个清净。这些天，他一直都按照马老汉的安排，跟他三姑父马子俊一道在雁头峁望风儿呢！当然，他俩心里都很清楚压根儿就没有什么风可望，所以便瞅了一处向阳避风的山湾，用铁锨戳了个土灶口，沐着初夏温润的山风，见天风干羊排、雁回头伺候着，神仙一般快活。他们边喝边聊，话题自然大多与"割命"有关。当然，好多事情他也听不懂，至少是似懂非懂，但他这人有个好处，就是爱问，比如剪辫子的事儿，他就一时弄不大明白，便指着他姑父的"蘑菇头"问："那人家割命，你把辫子割了干甚呢？"

马子俊便从李自成造反、崇祯殉国、八旗入关、嘉定三屠、扬州十日、天地会、同盟会、武昌举义以及辫子的来历和民国政府强行剪辫子等所有连他也是刚听来或看到的事儿仔细讲述了一遍。

袁继耀这才知道，原来男人并不是自古就扎着辫子的！于是便深深叹了口气，满脸厌恶地说："哦！我还当男人自古以来就一直扎辫子呢！你还别说，这辫子除了混虱子真还屁用都没，还不如牲口尾巴，牲口的尾巴还能赶恶蟒呢！每天光扎辫子的时间就能翻二亩地……"

话虽这么说，但他对他姑父的话一时也不敢全信。倒不是他不相信他姑父，而是这一切实在是太新奇了，所以便不停地追问："真的？"

马子俊也是聪明人，便开始进一步引导他："是不是真的，你一看不就知道了！你千万别当咱雁栖岭就是个天。你到沙城看看就会发现，自个儿其实就是那井子里的蛤蟆——只见过碟子大的个天。"

他的这番话还真的吊起了袁继耀的兴致，就在崖窑避难结束的第二天，他就以巡查账房为由，跟着马子俊到沙城去了。

当他们抵达城门附近的时候，果然老远就照见有荷枪实弹的革命军拿着剪子，强行为进出城门的男人们剪辫子，便又不由得探手摸了摸自个儿的辫根儿。马子俊当然明白他还是没有下定决心，便笑着说："你先把辫子盘起来，把帽子戴上在这儿等着，我过去给守门的长官说说，等你进城看了以后再决定剪还是不剪。"

"人家长官能听你的？"袁继耀不无担忧地问。

马子俊哈哈一笑："你当我这袁记雁回头掌柜的白当着呢？"

他们果然顺利进城了，但并没有急着去酒号，而是顺街道转了一圈。袁继耀一路走一路看，一切果然正如他姑父所言，全都变了。架着袁记雁回头掌柜的名号，这马子俊在沙城显然已经算是个人物了，竟然直接将他带进了县衙。那些官员们一听这后生才是"沙城第一坊"真正的老板，明显对他热情多了，都微笑着和他打起了招呼，一时还让他有些不适应。就在他为此感到矜持的时候，马子俊突然指着迎面过来的一位胖乎乎的中年男人说："继耀！这就是沙城的柳知县！"

一听是知县大人，袁继耀当即扑通一声跪在地上磕了一头，这一磕不要紧，帽子掉了。

柳知县显然对他的这一举动有些始料未及，急忙问："马掌柜，这后生是谁？"

"袁记雁回头真正的掌柜的，姓袁，叫袁继耀。我就是个照摊摊的。"马子俊一边扶扯袁继耀一边说。

那知县点了点头："哦！袁掌柜！你怎还不革命呢？你要再不革命的话，我就不敢喝你的雁回头了！"

"回大人的话：割割割，立马就割！"袁继耀慌忙应承道。

他慌乱的神态竟然把知县给逗笑了："袁掌柜，眼下都革命了，平等了，就不能再一口一个大人了，也不能再跪了，别说我一个知县，以后就是见了孙大总统都不用跪了。"

……

袁继耀终于完全相信了马子俊的话，离开县衙来到袁家酒号后便直接进到马子俊起居的后房，咣的一声把褡裢往炕头一甩："是这么个的话，他老爷也'割命'了！"说着便顺手拿过他三姑针线笸箩里的剪子，咔嚓一声就将自个儿脑后的辫子齐根儿剪了。

第七章

后来的事实证明，马玉山关于世事动乱的担忧的确是多余的。尽管后来的史学家们对这次"改朝换代"的深远影响给予了高度评价，并将其定位为中国几千年来最具有划时代意义的历史事件之一，但对于雁栖岭人来说，这件改天换地的大事充其量就像一颗杏核子掉进了水缸里，并没有掀起多大波澜。一切正如马子俊所说的那样："受苦人该种地的照常种地，婆姨人该养娃娃的照样养娃娃，甚事都没！"甚至除了马子俊和袁继耀，男人们脑后的辫子也都照旧扎着，女人们的小脚也照样缠着，就连闲谈中也依旧开口朝廷闭口皇上。的确，对于这些偏居深山的老百姓来说，山外世界的一切似乎都与他们无关。他们有自己的总主义：不管你们"割命"不"割命"，只要我们小老百姓还有一碗黄米干饭熬酸菜吃，就绝对不会跟你们瞎掺和。唯一一个变化就是民国元年（公元 1912 年）秋天，上边对雁栖岭的行政归属重新作了一番调整，将背水山的十几个村庄全部划归了山南的延北县，但这就更无足挂齿了！"都是管，谁管都不是一个样嘛！"

就这样，直到公元一九一三年，雁栖岭非但没有因为革命而受到任何影响，反而较以前显现出了不少更加兴旺的迹象。一年多来，各个村落的伟大女性们至少又给岭上增添了几十个新生命，夏秋两季的庄稼也获得了近十年以来少见的大丰收，整座大岭都沉浸在一片朴素的喜悦之中，天更蓝了，地更宽了，信天游更加高亢了，就连酒场上的猜拳喝令声也似乎更有底气了。

可就在九月十五那天晚上，袁继耀突然接到了一个让他一时摸不着头脑的消息：前一天刚到任的延北新任知县楚立革将于明天专程登岭拜访袁家。

这消息是由区公所的公差送来的。本来，自从"百里拔寨"之后，接待县老爷对袁家来说早已经算不上新鲜事了。二十多年来，靖州县的历任县令都曾前来拜访，就连沙城知府也曾来过一次，但问题是这姓楚的知县居然说他家老太爷对他有再生之恩，这就让袁继耀一头雾水了。他急忙仰起头，将袁家几乎所有的社会关系都捋抹了一遍，但悬顺都找不出一个姓楚的熟人或亲戚，便只好向公差问询："你知道这楚知县是哪里人？"

那公差也很迷茫："我也不知道。我只听里正大人说这新知县一再嘱咐说这纯属他的个人行为，不必提前通报，也不须搞迎来送往那套。但里正考虑到这是新知县到任后第一次来境巡视，担心出现什么纰漏，所以一回到公所就直接差我前来通报了，除此之外也再没说甚。"

新知县刚到任就专程前来拜访，这当然不可怠慢。袁继耀急忙招呼公差用了饭，然后便立即着手安排起了接待事宜。

按照他的安排，工头老杜当即指挥几个长工挑了最大最肥的两只绵羊羯子杀了。几位婶娘也撮了几斗刚入囤的新荞麦，连夜磨起了新面。第二天一大早，袁继耀又带着十多个长短工，把大院和前庄后院的村道挨个儿打扫了一遍，就差清水洒地了。待一切准备妥当后，他又不由得琢磨起了这件怪事，可绞尽脑汁也没能理出个子丑寅卯来。"想这干甚呢！大不了再吃喝一顿，送点'硬货'。"这么一想，他便转身回窑，换了见人的衣裳，去前庄叫上马玉山和马子杰父子，直奔官帽梁耿家大院去了。

太阳已经漫山，耿掌柜自然不会在家，袁继耀便径直来到耿家的打谷场。耿得禄正顶着用麻袋临时套成的帽子扬场呢，扬好的糜子已经攒起了一大堆，红亮亮的煞是惹眼。

尽管自从去年庙会以后，老耿就一直对他怀恨于心，但表面上也还得糊抹，所以看到他后，先是愣了愣，随即便将木锨插到糜堆上，猫着身子从尘土飞扬的场地中间钻了出来，一边拍打着身上的尘土一边大声问道："怎还有时间过来转呢？庄稼都打完了？"

"好干大呢！还顾打庄稼呢！又堆上大事儿了。"袁继耀一边帮他拍打背后的尘土一边说。

耿得禄周身一震，脸上很快就涌上了一抹幸灾乐祸的神采。

"怎了？甚大事？"

"夜黑里区公所的差使猛然来通报，说是新来的县太爷今天要来我家呢！"

老耿本来已经做好了拿袁家的难肠事儿开心一番的准备，猛然间听见是这么个事，原本轻松的脸瞬间又绷了起来。为了不使袁继耀看到自己的心绪变化，他急忙转过身，一边弯下腰继续拍打双腿，一边故作轻松地说："我还当甚事儿呢！这不常有的事儿嘛！"

袁继耀脖子一拐："不是嘛！刚还给我马干爷说呢，这县老爷还说我家老太爷对他有再生之恩，可我夜黑里想了半夜，生硬都没搞清楚这家伙究竟是劁猪的还是骟驴的。"

"不管他是劁猪的还是骟驴的，正常接待不就行了嘛！你家老太爷的神秘事儿多了，只咱能搞清楚呢？"

袁继耀一听就知道他又是在暗指"王家硬货"和雁回头配方的事儿呢，但也没有在意，只故作可怜地说："反正我心里一满没底！你老人家能不能跟我到雁栖关迎接走？万一有个甚事也好给我戳着。"

老耿板了板脸："不还有我马干大呢嘛！"

袁继耀顺手搂住耿得禄的肩膀："多个人多份儿力嘛！你侄儿子的事不就是你的事？你老人家可不能看红火不怕事大。反正你不去我心里就瞀乱得不行。"

耿得禄很明白，袁继耀并不是真的瞀乱，也并不是真需要自己为他戳着，这只是他惯用的伎俩罢了。这小子这些年一直都是这样，在一些虚头巴脑的事儿上恨不得把你抬到天上，一股劲儿地把二尺高帽往你头上按，但在真正关乎真金白银的事儿上却又寸步不让，休想占他半点便宜。可问题是你明知道这样，却又悬顺想不出个有效的破解之术来。抬手不打笑脸人。人家就开口一个"二干大"闭口一个"老人家"，你能把人怎？这些年，他虽然一听见"二干大"和"老人家"这两个词就有些恶心，但恶心归恶心，应承还得应承着，就说现在，你不去能行呢？这狼儿子！

早在公差前来通报的时候，楚立革就带着一名跟班上路了。作为陕北人，他也知道"午后不祭坟"的风俗，而按照县署所在地兴隆寨到雁栖岭的路程，只有摸夜动身才能赶在晌午前到达。

秋夜的延水川一派静穆。一轮满月静静地挂在东山顶上，将溶溶的月光泼洒得到处都是。在这溶溶的月光下，二人各执一骑，一路溯水北上。因为正值秋汛，延水的水量较平时明显涨了不少，满槽的清流有如一条宽展展的丝带，在月光的辉照下白茫茫地飘逸在两山之间的河川里，发出哗啦啦的动人声响。湿漉漉的水汽拌合着艾草的清香，随着微凉的夜风阵阵飘来，清爽极了。在这寂静的秋夜里，嘚嘚的马蹄声似乎更加清脆了，直惊得沿途村落的家狗们一阵狂吠，惹得它们的主人纷纷提着马灯，探头探脑地查看起了究竟。

"小郭子，看来咱又扰民了。"

"没事！大人您不是急着赶路嘛！"跟班不以为然地说。

楚立革笑了笑："你这一句话就犯了两个错误。第一，都民国了，还一口一个大人，像个甚！"

"那怎叫呢？"

"办公务的时候当然要叫知县，平时就按咱陕北人'大一轮长一辈'的规矩叫老叔，不情愿的话叫老楚也行。你完了把我的意思给县署的人都说到！"

"说倒是简单，可这不乱套了？"跟班似乎还在品磨着"大人"的意思。

"乱不了！民国都快两年了，要改的地方很多，如果光换几块牌子、剪几根辫子的话，这命就白革了！"

"那第二个错误呢？"

"古人云：'民为贵，社稷次之，君为轻。'意思是说老百姓的事都是大事。眼下农人们正忙着秋收，一天熬死熬活的，这狗一叫就睡不好，你怎能说没事呢？"

那跟班似乎很不以为然。"嗨！这是个甚事！过去的大人们出门上路还捣锣呢！"

"所以百姓就要造反嘛！"

"闹了半天，清廷倒台就是因为捣锣？"

"对！就因为捣锣。"楚立革顿了顿，继续说道，"我问你，狗一叫主家就得起来查看，这说明个甚？"

"这能说明个甚？"跟班反问道。

"这说明咱这儿治安还是有问题的嘛！咱都是为百姓办事的，就要注意这些细节……"

说话间已行至两个村落的过渡地带，楚立革便停马下鞍，转身对跟班说："把褡裢拿来。"

那跟班还以为知县要替他驮褡裢，便侧身说："就在我马上搁着不也一样嘛！"

楚立革笑了笑："把褡裢扯了，把马蹄子包起来，这样声音就小了，就不扰民了！"

"那不装公务了？"跟班问。

楚立革扯过褡裢一边撕扯一边说："公务要装在心里，光装在褡裢里屁都不顶。"

跟班便只好按照知县的吩咐动起手来，一边包马蹄子一边想："没一点官老爷的式子！"正这么想着，竟然脱口说了出去，当即就把自己吓得目瞪口呆。可正当他一脸惊悸地愣在那里的时候，楚立革却哼哼笑了："没有就对了，咱当官可不能光知道耍式子！"

待马蹄包好后，突然下起了秋雾，整个河川都被浓浓的雾气笼罩着，仙境一般缥缈。二人各自从马鞍上拿过羊皮袄穿上便重新上路了。没走几步，那跟班又不由得感慨："知县，你看咱像不像腾云驾雾呢？"

楚立革抬眼看了看四周，哼哼一笑："还真像！"

"那你老就是神仙，我就是跟班的神童了。"得到了"大人"的肯定，跟班似乎胆大了不少。

"不，我不是神仙，你也不是神童，咱拿着百姓的俸禄，就要为百姓办事，可不能脚不着地当神仙……"

正说着，前边村落里的狗又争相叫了起来，楚立革回转身子细声细语地笑着说："看来咱连话都拉不成了！"

之后直到天明，他们都再没有说话，尽管还是听到了几次狗叫，但明显没有之前那么狂烈了。

一路上，小郭子一直在心里思谋着心事。在他看来，这新知县真是怪得很！十多年来，他已经伺候了好几位知县了，前朝的就不说了，就连刚刚被提拔到沙城道担任盐检司的何知县，他也跟了一年多，但这楚知县似乎跟谁都不一样。之前，每当有知县到任，总是拐弯抹角地探问县里哪里富足、哪里大户多等等。就说这雁栖岭吧！他之前也曾陪同好几位知县去过，他们尽管都说是去拜访当地乡绅，但每次去的时候总要多带几匹骡马，说是换脚用的，可每次回来，总是小山一般地驮着一大堆东西。而且有好几次，他还看到师爷往褡裢里装一拃多长的"响洋棒子"呢。所以刚才动身的时候，他还提醒这位新来的知县要不要多带两匹马换脚，可他似乎还很纳闷："拢共百八十里路，还要换脚？"

真是个生瓜！

天刚一放亮，二人就来到了龙居区公所。里正何世满早已在村口迎候了，看到知县来了，便急忙上前准备牵马，但没等他过来，楚立革就已经下了鞍，自己牵着马缰走过去了。

按照约定，他们就在这里用早餐，所以简单将公所的几孔公窑巡视了一番，便在最东边的窑洞里落了座。很快，满满一黑瓷盆羊肉和一盆荞面饸饹就上桌了。里正急忙起身拿起勺子准备为知县盛肉，但楚立革却伸出筷子将勺子按住，仰头问道："这羊是现杀的？"

"你老人家放心，夜后晌还活着呢！"

"专门给我杀的？"楚立革继续问道。

里正笑得更灿烂了："那肯定嘛！你老人家鞍马劳顿，得补补。"

楚立革点了点头，然后一脸严肃地问道："这一只羊在咱这儿能换多少谷米？"

里正仰起头算了一小会儿："大概五斗。"

"五斗谷米够一家人吃几天？"楚立革继续盯着里正问。

这时候，里正才终于感觉到事法有些不对劲儿了，犹豫了一小会才颤颤巍巍地说："按五口之家算，差不多能吃两个月。"

"五个老百姓两个月的口粮让我一顿就吃了，你这是把我当骆驼喂呢？"

"下官不敢！只是想让你老尝尝鲜。"里正的额头已是汗津津一片了。

"这鲜我尝不起。撤了！"楚立革说完便起身盛了一碗荞面饸饹，向里间要了点盐面一调，狼吞虎咽地一连吃了两碗，然后一边擦嘴一边盯着里正说："老辈人常讲'嘴无贵贱，吃倒州县'。这还是对老百姓说的，如果当官的也都放海了吃，那就不是州县的事儿了，那是要倒国的！"

"是是是，知县大人教训得对！"里正一个劲儿地点头。

楚立革吃过饭小坐了一会儿便又起身了。里正本来也要陪同着去，但楚立革坚持说是他个人私事儿，不用陪同。见知县如此坚决，里正也就没敢再坚持，只相跟着来到村口，目送知县远去之后便转身回去，一屁股坐在饭桌前，满满盛了一老碗羊肉，一边吞咽一边恨恨地骂道："这老尿要不就是装着呢，要不就是憨着呢！如果真那副尿样儿，当官顶屁呢！"

河道越来越窄了，两边也几乎看不到下游的那种缓坡了，取而代之的是一道道齐斩斩的红砂石崖。河水的流量也较下游小了许多，却更加清澈了，绸带一般在石崖之间打着 S 弯，在两边形成了一块块状如簸箕的台地。台地上到处都是正在落叶的柳树，其中有不少都是几人才能合抱的古柳，主干已经腐朽，裂开了一道道足可容人的口子，木质也已经被沤成了土质，几乎只剩一张树皮勉强支撑着偌大的树冠。但从树上现有的和已经落到地上的叶子来看，这些摇摇欲坠的老树依然保持着十分旺盛的生命力。再往前走，台地就越来越小了，直至完全消失，整个谷底都被湿漉漉的河槽所占，高耸的峭壁也愈加给人一种强烈的挤压感。其中横在河流拐弯处的一座浑然天成的崖壁上，赫然镌刻着"雁栖雄关"几个大字。那字大如磨盘，笔触雄浑劲健，一气呵成。据《延州府志》记载，北宋名将范仲淹曾在此成功伏击西夏军，全歼敌军万余，是为"雁栖关大捷"。就着大捷的豪气，将军挥毫泼墨，写下了这几个气势磅礴的大字，并叫人于此勒石为记。楚立革驻马细观，果然发现右下角刻着"延绥镇守使范希文"几个小字。

此时的小郭子却没有丝毫兴趣去欣赏这一古迹，因为之前他每次陪同知县大人巡视雁栖岭，岭上的财东乡绅都会带着各个族姓的管事人早早来到这里跪迎，但今天却没见任何人影，简直无礼至极！可正当他准备对楚立革抱怨时，突然想起了他一路上的种种怪异行为，便将到了嘴边的话咽了下去。好在知县似乎并未感到不妥，正紧锁着眉头查看四围的山形地貌呢！不大一会儿，楚立革突然转过头说："这么好的水，白白淌走实在是糟蹋了。如果在这里筑一座坝，再修一条灌渠，把水一直引到南边县界，把整个延水河川的土地都改造成水浇地，那这川就真成米粮川了！"

听了他的这番"怪话"，小郭子直想笑，他甚至已经从心里对这位新上司产生了一股强烈的蔑视。"走路都不像个唱段的！一天放下正事不干，尽考虑些羊下羔子驴下驹的没名堂事，不是怕人睡不好包马蹄，就是怕人吃不饱修水渠。铁打的衙门流水的官，到时候手里没点硬头货，看你怎往上爬？真是扛起碾盘打月亮——你不知碾盘的轻重就不看天高低？"但心里这么想，嘴里当然没敢这么说，只皮笑肉不笑地嘿嘿了一声："好是好，但你当那是捏面花呢？"

楚立革顺手掏出烟袋，满满挖了一锅子点着，猛地抽了一大口，用力从鼻腔压出两股青烟："我还真想捏这么个面花。"说完就又翻身上马，继续向前而去了。

当他们顺着不断抬升的曲曲弯弯的山路来到官帽梁村口的时候，袁继耀他们还在耿家东院闲聊今年的收成呢！这当然不是他们故意失礼，而是因为公差并没有通报他们知县会连夜出发。按常规来说，如果知县大人天亮动身，怎说也得半后晌才能到岭，所以他们还打算吃过午饭再去雁栖关迎驾呢！

眼见四山的农人们该打场的照样打场，该放羊的照样放羊，丝毫没有要迎接知县的意思，小郭子终于忍无可忍了，顺手狠狠勒了一下马缰，身下的青马便得令仰起脖子嘶叫了一声。

袁继耀一惊，当即快速跑了出去，迎面就看到一老一少骑着一红一青两匹马，远远地走了过来。老者一袭青袍，少者一身短衣，正当他准备走近查看究竟时，小郭子就开口了："袁少东家！知县大人登岭巡视，为何不迎？"

袁继耀周身倏地紧了一下，当即将上次在沙城学到的新礼节忘了个一干二净，还没等耿得禄他们跟上来便扑通一声就地跪下磕了一头："小民袁继耀叩拜知县大人！"接着便颤颤巍巍地做起了解释："小民不知道……"

楚立革受惊一般翻身下马，撩开大步跑到袁继耀跟前，伸出双手将他扶起："都民国了，还跪呢！你就是袁继耀？"

"是的！小民袁继耀。"

楚立革点了点头："哦！果然好后生！我记得你家应该在山那边吧？"

"对，在背水山的牛背梁。"

袁继耀又把自己没想到知县这么早就能来，以及准备过了晌午再到雁栖关迎驾等事做了一番解释。楚立革笑着在他肩膀上拍了拍："甚都不用说。楚某乃负罪之身，此次专程登岭拜访，包括来延北任职都是为了赎罪。"说完便仰头望了一会儿高耸入云的雁头峁和"十八罗汉"，不由得发出了一声感叹："真乃神岭也！"

因为楚立革一再坚持先去祭奠老太爷，袁继耀便只好将他带到了袁家祖坟。

袁家祖坟位于紧挨雁头峁的东翅梁上，是老太爷当年邀请高阴阳踏勘下的风水宝地。按照高阴阳的说法：本来整个雁栖岭数雁头峁风水最好，但那里不太适合扎祖坟，一是因为那里是方圆百里的制高点，有与神比肩的嫌疑，过于硬气了；二是因为它还有一个不太文雅的别名——日天峁，虽然只是民间浑称，但多少有些不雅，谁愿意把祖坟扎到"那玩意儿"上呢！这东翅梁虽然地势低了不少，却更加宽展，与高高昂起的雁头峁和西边的西翅梁一道构成了一只展翅欲飞的大雁。按照高阴阳的说法，从各个方面看，东翅梁也绝对算得上是一块宝地，唯独有一个不足：这翅膀总是要扇动的，所以难免会有震荡，建议老太爷考虑成熟之后再做定夺。谁知袁老太爷只考虑了一锅烟的工夫便下了心："就这儿吧！我看震荡也不一定就是坏事。寻吃鬼的日子倒平稳，顶屁呢！"于是，袁家的祖坟就扎在这东翅梁了。

九月的东翅梁百草枯萎，一片萧瑟。从北边大漠刮来的西北风不停地撩拨着已经明显萧瑟了的旱芦苇，发出阵阵口哨般的啸鸣。面南的小山湾里，一圈新栽的幼柏围拢着三排已经长满杂草的坟冢。其中最上边那座是袁寡妇和她男人袁四毛的合葬墓，居中一字排开的三座依次埋葬着袁海宽、他的原配夫人粉桃（因为尸骨无法找到，所以只埋了银人）和续配夫人袁牛氏，最下面那座是袁海宽的长子袁守仁的独葬墓。因为按照雁栖岭的风俗，祖坟里光棍不宜太多，所以其他几兄弟便只能暂时择地别埋了。

楚立革紧跟在袁继耀身后，一脸庄重地沿着羊斜小道行进到袁家坟圈里。正在坟冢旁边觅食的一群山鸡被这纷乱的脚步声惊动了，扑棱着翅膀朝旁边的雁头峁飞去。就在这时，楚立革猛然看见一条体形硕大的狼正蹲在坟地上面的山洼上，眼巴巴地朝这边望着。他突然想起何里正刚给他讲过的关于袁老太爷是百年狼王转世的事儿，心里不由得一惊，随即就地跪下磕了一头："恩公在上，罪人楚立革前来谢恩！"那狼慢慢站起身子，将硕大的头颅高高仰起，冲天来了一声悠长的嗥叫，然后便转身上了雁头崂，很快就消失在一片茂密的旱芦苇林里。

　　望着渐渐消失的狼影，楚立革瞬间泪如泉涌，再次将头深深地磕了下去。就在这时，马玉山突然发现这楚知县的脖颈处竟然有一道与他当年在天杀狼脖子上划下的一模一样的人字形伤疤！他当即一惊，剧烈地蠕动了几下嘴唇，随即发出了一声惊叫："天杀狼！"

第八章

马玉山这一声惊呼就像一股强劲的寒流，瞬间让现场完全冷了下来。包括他本人、袁继耀、耿得禄以及所有前来看热闹的乡亲们，几乎都不由得向后欠了欠身子，有胆小的甚至已经一边后退一边死死地盯着跪在地上的楚立革，做好了逃跑的准备。

楚立革的肩膀微微颤了一下，随即起身从跟班手里拿过一把干柴草，掏出洋火点着，将香把子伸到蹿起的火苗上，直到阵阵香味随风散开才直起身子，将香把插到坟地的左上角，然后便按照陕北人的规矩由上而下、从左到右挨个儿烧起了纸钱。猎猎的山风吹得火苗不停地蹿动着，呼啦作响。燃过的纸灰在风力的作用下忽明忽暗地翕动着，蝶翅一般。

待五座坟头全部烧完，楚立革才双手扶膝慢慢站了起来，转身朝众人一连鞠了三躬，说："天杀狼已经被天杀了！鄙人现在叫楚立革，此番枉授延北知县就是专门来赎罪的，以求将来到了那边能有脸面见老神仙，有资格为老人家牵马坠镫。我不奢求大家现在就相信我，咱慢慢来吧！"说完又深深鞠了一躬。

众人依旧呆呆地站在原地，整个山湾出奇地安静，就连秋风似乎也停了下来，时空猛然进入了永恒。

袁继耀一脸慌乱地看着马玉山，一副手足无措的样子。

马玉山也一脸茫然，约莫一锅烟的工夫才缓了过来，赶忙朝楚立革走去："知县，咱下山吧！都是过去的事了，只要你学好就比甚都强。狼王当年放你，还不是盼你学好呢嘛！他也知道你来了，刚还在那儿照你呢！这会儿估计也高兴着呢！"

楚立革再没说什么，只点了点头。

一阵急促的秋风吹过，一颗圆滚滚的泪珠唰地一下飞出他的眼眶，旋即消失在旁边的蒿草林里。

马玉山转身戳了一把袁继耀："你先回去，方方面面都给咱安排好！我陪着知县随后就到。"然后又扯了扯楚立革的衣袖："走吧！狼王甚都明白。"

当他们走出坟地的时候，袁继耀已经下到了半山腰了。他知道马玉山是让自己提前回去稳定几位婶娘的情绪，以免生出什么枝节来，所以便一路小跑。当他气喘吁吁地跑进村口时，刚才那条狼竟然又在打谷场后面的小山峁上蹲着，两眼死死地盯着他一连嗥叫了两声，像是给他叮嘱什么。他便一边跑一边扭头朝它吼道："放心！我晓得呢！"

那狼便真就像放心了似的转身走了。

下到梁下的平地后，楚立革硬让马玉山上了他的马，自己从跟班手里拿过马缰，一手牵缰、一手扶鞍地走在队伍最前面，边走边抬头打量着四围的山形地貌。

山下的风显然比山上小了许多，加之已近晌午，气温也回升了不少，羽毛一般柔软。倏忽间，一首婉转高亢的信天游从远方的山梁悠然飘来：

崖畔上开花崖畔上红，
受苦人就盼个好光景。

黄米那个干饭熬酸菜，
神仙的生活咱都不爱。

春有那种来秋有收，
天塌下来咱都不愁！

楚立革的心头蓦地涌上了一抹久违的温暖。要知道,这曾经也是他的愿景啊!就着这抹温暖的触动,那些已经模糊了的过往又在他的思绪里慢慢复活了。

五十四年前,他出生在距此六百里的葭州县的一个名叫漩水岸的小村里。小村位于黄河峡谷西岸,村前是长满百年老枣树的河滩,村后是连绵的石山。但在山大沟深、地僻人穷的葭州县,这漩水岸无疑算是一方宝地了。加之受一河之隔的山西的影响,人们普遍崇文重教,他的祖父便曾是县里的拔贡。所以起先,他家还算富足,几十亩河滩地和上百棵老枣树足以让他们全家衣食无忧。

但后来,因为他大染上了赌博,不几年就将这些底产抖了个底朝天,还欠了不少外债。在他十四岁那年,他大就一奔子跑到口外躲债去了,只丢下他们母子和两个年幼的妹妹在家苦熬。那年十月,家里突然闯来一伙土匪,说他大欠了他们的钱,硬逼着他老娘交出家里的元宝。可他家已是吃了上顿没下顿了,哪还有什么元宝!但他们不信,在言语相逼无果后便将她娘扒了个精光,赤条条地吊到一棵老枣树上,用已经脱了叶子的枣树枝将周身上下抽了个遍,然后点着了柴垛上的枣树桩,用烧红的铁锨在她血肉模糊的后背和腿弯处烙了半天。

在这惨绝人寰的过程中,他和两个妹妹一直被反锁在窑里,外面还有一个拿刀的土匪守着。不用说,他们都被吓惨了,趴在窗子上撕心裂肺地哭叫着。两个妹妹很快就晕了过去,但他依旧趴在窗子上,一边哭一边大声叫骂。后来,他也不知道自己什么时候止了哭,两只手死死地抓着堵在偏窗上的羊毛毡。等这伙恶魔撑着船过了黄河以后,他的十指竟然已经深深地锲进了羊毛毡里,血肉模糊。

从此以后,他的母亲就再也没能站起来,虽然也曾多次请过郎中,但一直都不见好转。那年冬天,他和妹妹按照老年人的指点,每天都从山上背回一堆黄土,用棒槌捣碎,再用面箩细细过上一遍,在锅里炒热后平摊到母亲身底。刚开始,这办法的确很奏效,一个多月后,伤口就慢慢开始结痂了。可第二年春草发芽前后,腿弯处那片最大的伤疤竟然又开始腐烂溃脓,并很快引发了全身感染,发出阵阵逼人的恶臭。大约一个月后,老娘便在这难熬的痛苦中离开了人世。紧接着,最小的妹妹也因为出天花夭折了。后来，在族人们的商议下，他便到本村的刘东家那里趴了长工，大妹妹也被送到邻村做了童养媳，但很快就因为不堪虐待跳了黄河。

接连的刺激使他的性格完全变了，整日寡言少语，并且开始好勇斗狠，对暴力的崇拜几乎达到了痴迷的程度，接连在村里惹了不少事，实在待不下去了，便跟着一位本家叔叔走了西口，在归绥的一家皮号落脚做了学徒。前两年是有饭没工钱，到了第三年，工钱是有了，可那黑心的老板动辄以各种差错为由进行克扣。皮匠的活本来就很苦，但当驴做马地干了一年，到头来非但毫厘未赚，反而倒欠不少赔偿款。震怒之下，他便带着十多位伙计要了那黑心老板的命，连夜逃离了归绥城。再后来，走投无路的他带着一众伙计辗转投奔了靖州的龙山寨，并在老当家的死后接了他的位子，直到被袁老太爷端掉寨子。

当他被五花大绑扔进一口棺材抬进袁家大院的时候，总以为自己这辈子就这么完了，甚至就连老太爷承诺只要他如实交代便放他一马的时候，他也只是受内心隐藏着的那丝尚未彻底湮灭的良知的驱动才和盘托出了事情的原委，并没有对活命抱有太多幻想。但老太爷不仅真的放了他，还给了他一头骡子、五块银圆和一服治疗刀伤的药，甚至连他之前为非作歹的刀具也一并还给了他。而就在那一刻，一道炽烈的亮光闪电般地划过了他那业已阴暗了多年的心角：绝对不能再这么混账下去了！

回到龙山寨，他将自己多年积攒下的家当起了出来，骑着老太爷给他的那头骡子重走了口外，并把姓氏由父亲的"胡"姓改为母亲的"楚"姓，把名字由原来的"胡庆魁"改为"楚立革"。他先是在一家瓷号当伙计，后来又自己经营了一家骡马店。因为经济实惠，加之他又讲义气，骡马店一直很受走西口的穷汉子们的欢迎，生意很是兴隆。十多年后，他无意间遇见了一位过去的绿林兄弟，这兄弟给他讲了半夜有关清廷腐朽、割地赔款、民不聊生的事儿，并邀请他参加了一个名叫"哥老会"的组织。从此以后，他就以开店为掩护，大力发展会员，并很快成了绥远一带"哥老会"的"龙头大爷"。

又过了几年，那位兄弟又来了，还随身带来了陕西革命党头领景务木先生的亲笔信，请求他以化整为零的方式将绥远一带的"哥老会"会员尽快调集到关中一带增援革命。之后不到一个月，他便将堂会全部两千余名会员秘密分散转移到了千里之外的蒲城县，正式就任绥远援陕革命军统领，并在随后的征战中屡建战功，尤其是在甘军围攻乾州一役中，他带领绥远援陕革命军，协助主力坚守孤城三月不退，受到了景务木先生的高度赏识。清廷倒台后，革命党与"哥老会"渐生嫌隙，并开始着手削弱"哥老会"的势力，但唯独对他网开了一面，非但没有刁难，反而要他去西府担任道尹一职。但他找到景先生，将自己的过往向其推心置腹了一番，坚持说自己文化浅薄，不能胜任道尹一职，能回到陕北当个知县就行了。景先生感其诚恳，便依了他，于是便有了今天的登岭造访。

待楚立革他们快到牛背梁的时候，村口的打谷场上已经聚集了黑压压一群人。他们看到知县竟然给马玉山牵马坠镫，简直惊奇极了，一时竟忘了跪拜，直到楚立革微笑着打招呼的时候才慌乱地跪了下来。

"乡亲们，以后永远不跪了，别说见了知县，就是见了大总统都不跪了。"楚立革急忙将一位乡亲扶起。

"那怎么弄？"有胆大的村民问。

"就这么弄。"他一边给众人示范握手礼，一边笑着说。

从此以后，革命党便在雁栖岭有了一个有趣的别称——捏手党。

马玉山在小郭子的扶捉下下了马，扬手对众人说道："散了散了！有活的干活，没活的想去大院就去大院。"

话音刚一落地，几位与他年龄相仿的老汉就一起对着他调侃了起来："哈呀！你个老家伙，让知县大人给你拉马，狼王那会儿都没要过你这么硬的式子！"

楚立革哼哼一笑："当官就是为百姓牵马办事的，以后就这样！"

"哈呀！人老八辈儿都没听说过这么个怪事！以前的官都是骑在百姓头上屙屎撒尿的，看来这'割命'还真'割'对了！"有人回应道。

"肯定革对了嘛！以后谁再敢骑到你们头上屙屎撒尿，你们就给我说，我登个筛筛让他尿不满。"

至此，这"土匪知县"已初步赢得大家的好感了。大伙儿一路上有说有笑，气氛极其融洽，以至于有人都开始怀疑这究竟是不是当年的天杀狼了。

当大家簇拥着楚立革来到袁家大院的时候，袁继耀已经站在硷畔的路口上等他了。他的身后，一对双生儿子正腆着肚子比着赛地往面前的一棵老梨树上撒尿呢。看到黑压压的人群，大臭急忙停了下来，转身跑回了院子。但二臭的胆子倒很周正，不慌不忙地撒完后跑到他大身边，转动着乌溜溜的小眼睛朝这边看着。

一进院子，楚立革就提出要面见几位妇人。在袁继耀和马玉山的导引下，他拐进后院，进了雾气弥漫的灶房，并在一片浓浓的雾气中双膝跪地赔了不是："罪人楚立革前来谢罪！是我害了几位兄长，让嫂子们受苦了！"

几位妇人自然没有料到知县竟然会向她们下跪，一时都愣在了那里，好一会儿才在袁继耀的提醒下缓了过来。老大袁刘氏急忙用围裙擦了擦手，快步走到楚立革面前把他扶起："不提了，几十年的事儿了，都过去了！"

此时，夹在人群中的小二臭似乎也有些莫名其妙了，急忙问他身边的长工胡三："干大，谁?"

"土匪。你爷爷就是他杀死的！"胡三俯到他耳边小声说。

他本来是想吓唬二臭的，没想到这小家伙竟然趁人不注意，猛地冲到楚立革面前，抬起小脚就在他的小腿上踢了一脚，还恨恨地骂道："坏蛋！"

所有人都被这小家伙的举动震惊了，就连袁继耀都木木地愣在了那里。楚立革顺手将小家伙抱起来，看着他说："对，我是坏蛋！"谁承想这小家伙又伸手就在楚立革的眉心处狠狠抓了一把："我长大非杀你不行。"

袁继耀急忙从楚立革怀里抢过他的"硬棍儿"儿子，赔起了不是："碎娃娃，知县不要计较！"

楚立革哈哈一笑："计较？我还高兴呢！哈呀！不愧是老神仙的后人！硬气！"

"这碎孙手上也有一个狼爪子胎记，和老太爷手心里那个一模一样，岭上人都说他是老太爷的投胎转世。"马玉山随即笑着说。

楚立革虽然并不知道袁老太爷的狼爪胎记，但依然深感惊讶，便让袁继耀将儿子的小手掰开一看究竟。谁承想这小家伙似乎已经明白了大人们的话，竟然直直地将小手伸到他面前，瞪着眼睛说："我是狼，怕不怕？"

"怕怕怕。"楚立革故作惊惧地说。

众人哄笑着出了灶房，陪着楚立革将整个袁家大院详细参观了一遍。这时候，胡三竟然逗起了楚立革："你这也算是'二进宫'了，应该还有些印象吧？"

马玉山猛地回头将这冒失鬼狠狠剜了一眼。但楚立革却并不在乎，笑着说："当时是装在棺材里抬进来的，什么都没看见。走的时候又生怕老神仙反悔，只顾没命地跑，哪还顾上看呢！"说完便带头大笑了起来。

此时的楚立革已经完全赢得了大家的好感，等饭菜上桌的时候，气氛已经和谐得就像是招待多年未见的亲戚了。

楚立革强行将马玉山和耿得禄推到本来是给他和小郭子预备的主位上，又硬拉着四位妇人紧挨马老汉和耿得禄的左右上了桌，然后才在大夫人身边落了座，一脸郑重地说："都民国了，好多事儿都得改，比如女人，以后就和男人平等了，吃饭的时候也一样要上桌。"

这一石破天惊的话语直惊得众人嘴巴大张。

待大家坐稳后，马玉山便在袁继耀的请求下开口了。他慢慢站了起来，一手撑着饭桌一手端着酒杯，将整个酒席环视了一圈说："今天的事儿大家都看到了，楚知县的诚心，我想大家也都感觉到了。从今以后，咱们就把以前的不痛快给忘了。谁还不干点错事？改了就好！我想这也应该是老太爷的意思！"他正要继续往下说，就被一声绵长的狼嗥打断了。他转身朝雁头峁方向望了一眼："你看，狼王说我说的对着呢！"

在马玉山的提议下，大家起身共同碰了一杯。楚立革也端着酒杯站起来简单讲了几句："楚某感谢各位恩人！对我过去造的孽，大家可以饶恕，但我不能忘！此番论功行赏，上面本来是让我到西府当道尹的，一个道尹管十几个县呢，但让我拒绝了。回来以后，本来是要到靖州的，但回到沙城，听说背水山划归延北之后，我就到咱延北当了知县，为的就是赎罪。我刚在恩公的坟上已经说了，我不奢望大家立即原谅我，咱慢慢来！以后不光袁家，也不光咱雁栖岭，我要把整个延北人都当自己的父母兄妹看，尽最大的努力把延北的事儿办好，大家就等着看吧！"说完转身从坐在旁边的跟班手里拿过一大一小两个包裹，先慢慢打开小的，拿出四根银簪子："从沙城动身前，专门请银匠给四位嫂子每人打了根簪子，聊表心意。"待亲手将礼品递给四位夫人后，又双手托起那个大包裹，神情庄重地递到袁继耀面前说："贤侄，这是我举义后使用的大刀，上面刻着我的名字。现在天下大同了，我就把它送给你，如果将来我也像之前的县官一样欺压百姓、鱼肉乡里的话，你就随时执此刀来县署取我的项上人头。我明天回去就把我的意思吩咐下去：'凡执此刀进县署者，不可阻挡！'"

袁继耀慌忙辞拒，但楚立革的态度却很坚决："拿着，这是我对你的信任，除了老神仙的后人，其他人没这个魄力。当然，这也是我对自己的信任。按我想，这刀以后应该是派不上用场了！"

袁继耀只好双手接过了这个特殊的礼物。

"好！喝酒！这几年一直打打杀杀，今天就放开喝一回。继耀，我今天就不走了，你得给我安排个住处，可不能让我在露天地圪蹴哦！"一片哄笑声中，酒席便正式开始了。

那天，袁继耀给所有长短工放了一天假，除了中窑这桌以外，院子里还摆了四五桌。席间，楚立革还在袁继耀、马玉山和耿得禄的陪同下挨着桌子敬了一圈。整整一个下午，哄笑声、震天动地的划拳猜令声响彻大院。

楚立革的兴致自然很高，挨个儿和大家挑了一局。他的拳技也的确不俗，就连被公认为是"岭上第一拳"的马子杰也只勉强与他划了个平手。

酒席一直持续到太阳落山时分。在大家的轮番挑战下，楚立革终于醉了，竟然一再坚持要去雁头峁寻找晌午看到的那条老狼，向老太爷报告这二十多年的事儿呢，说着说着竟然伤心地哭了，任凭大家怎么劝说都无济于事，直到自己睡了过去才安静了下来。

第二天起床已是日上三竿，简单洗漱过后，楚立革便提出要看历任知县的题匾。袁继耀便叫人将堆在仓窑角落的一大摞牌匾全都抱了过来，挨个儿扫去灰尘，一字排开摆在门台上。

楚立革一一仔细查看着。不用说，内容大多与他有关，诸如"满门豪烈""仁勇盖邦"等等。当看到原沙城知府吴列文当年题写的"一门皆仁勇，岭上第二家"时，他还盯着牌匾思谋了半天，不解地问："为甚是第二家呢？"

袁继耀便将其中的缘由大致讲了一番。其实，吴列文当年题写的本来是"岭上第一家"，但老太爷坚持认为此话不妥，并把自己和袁家的特殊身世详细给他讲了一遍，表明袁家永远都不会在岭上称王称霸。吴知府感其仁义，便现场用锅底灰加了一横，带回沙城重新刻制后又派人送了过来。

"第二好！第二好！实乃真勇真义也！"楚立革沉思良久，点头慨然道。

吃过早饭已是半晌，楚立革便踏上了返回县署的路。袁继耀和耿得禄、马子杰一直将他送到雁栖关。刚到雁栖关，他又突然记起了昨天设想的那个"面花"，便笑着对袁继耀说："贤侄啊！我准备在这儿捏个面花儿！"

"那还不简单？不就二升面的事儿嘛！"袁继耀不明就里，还以为他是要祭奠范仲淹呢。

楚立革嘿嘿一笑："这面花可不是一般的面花。"说完便将自己的设想大体讲了一遍。

袁继耀瞬间就被他的这个宏伟谋划惊呆了，好一会儿才满脸飞红地在大腿上重重拍了一把："这面花好！只要你捏，我袁家就地捐一千大洋，三百石粮食。"

对于这位年轻东家的慷慨，楚立革显然很是惊讶，但很快就镇定了下来，摇着头对袁继耀说："老叔绝无此意。你家的地都在背水山，这灌渠你根本就用不上……"

"没事，只要你敢修我就敢出，这和浇不浇我家的地没一点关系。"袁继耀打断他。

楚立革定定地盯着他看了一会儿，随即一跃上了马背，两脚蹬住脚镫在马肚子上轻轻磕了一下。枣红色的儿马昂起俊俏的头颅嘶鸣了一声，碎步蹚过清凌凌的河水，飞一般地朝前跑了。凉飕飕的窜沟风在耳边呼啸，长长的马鬃火焰般地在身前跃动，一股难以言表的豪迈久久地在他胸腔里蒸腾着、激荡着，宛如一群奋力狂飙的野马。

第九章

桃花谢了又开，雁阵飞走还来。只一眨眼工夫便又过了四个春秋。

四年来，岭上基本都归于一种相对平稳的状态，唯一一个变化就是延北县又按照上面的要求，将行政机构重新做了一番调整，区一级建制由原来的十三个增加到十五个，行政长官也由原来的"里正"改称"区长"。每个区下设若干"乡"，数量不等，负责人叫"乡约"。"乡"下设"保"，"保"下设"甲"，头头分别称作"保长"和"甲长"。还在相对偏远独立的地带另设了三个"百户"，负责人称作"百户长"。这"百户"在级别上大体与"乡"相似，但由县上直辖，雁栖岭便是其中一个"百户"。

毋庸置疑，对岭上人来讲，这次"上层建筑"层面的调整或多或少地给他们的生活带来了一定的影响，不说别的，单就一个百户长、十个保长、三十六个甲长就足以让这些世世代代面朝黄土背朝天的平头百姓兴奋一番了。一时间，岭上几乎到处都是头顶这"长"那"长"的官人了，正如马玉山所言："满沟二洼都是'三张麻纸糊下的驴脑'！"

但在袁继耀看来，这些事儿依然与他不相干。本来，楚立革曾一再要他出任雁栖岭的百户长，但他却对这个岭上最大的官没有一丁点兴趣。在他看来，一个受苦人，多打几石粮食、多挣几块银圆才是根本，至于那些百户长和保甲长，实在没多大意思，一天尽干些征丁收税之类"端恶水罐子"的事儿，表面上人五人六的，但说到底也只是"哈巴狗头上描王字——式子再硬也成不了老虎"，于是便以开玩笑的口吻对前来宣读任命状的县署公差表明了态度："也不知我老叔怎想的！老辈人就咒死了："泥腿子当不成官。"咱娘生就是个受苦的，要不了那号洋把戏嘛！"见他态度坚决，楚立革便只好收回成命，只要求他推荐一名合适人选。于是，耿得禄便幸运地捡了个漏，出任了雁栖岭的百户长。

眼下正是秋雨连绵的日子，一连几天的"闷渗子雨"将田地灌得一片泥泞，不好行动，长工们便整日躺在窑里梦周公，睡醒之后再猜拳喝令地喝上几坛子雁回头，神仙一般快活。但对袁家来说，雨天也有雨天的营生。歇缓了几天，觉补足了，酒喝够了，荤段子也讲够了，袁继耀便带着长工到山上剪了几背山桃树的游条。此刻，他正与一众长工埋头编筐，顺带思谋一些顺心和不顺心的杂事呢。

这几年，袁继耀一直都隐隐感觉到，袁家似乎正一步步向顺水顺风的境况靠近，不论人还是事都很顺当。自从袁家与楚立革搭上关系，耿家就明显乖静多了。那耿得禄虽然顶着"百户长"的乌纱帽，也算是这岭上头一号人物了，可就连他自己都很清楚，他这顶乌纱帽就在袁家手里攥着呢，只要袁继耀哪天不高兴，随时可以将他打回原形。再说了，即便没有楚立革这座靠山，他耿家也翻不起多少浪花了，因为几年前的那"一轿杆"很快就让耿家一分为三，陷入了"三足鼎立"的局面。如今的耿家，光他们自己的"三国演义"都够唱了，哪还顾得上袁家这本"水浒"呢？有时候，他也会为自己当初的卑鄙和恶毒而心生愧疚，但一想到这么做也纯属被逼无奈，又很快原谅了自己。

四年来，虽然再没有碰到过民国二年（公元1913年）那样的好年景，但也没有遭什么灾害，只是因为冰雹导致一连两年的夏粮基本绝收，秋庄稼也减产了一些。但对于袁家来说也没什么，最多就是少吃几顿白面条，那能碍个甚事！至于捐出去的那三百石粮食，说大方点也只是找机会腾了一回库存罢了！这粮食一直存在地窖里也不是个事，尤其是谷子，一隔年就陈了，碾出来的小米便开始泛白，还带着一股苦涩味儿，再存下去便会变黑，直至沤成一堆羊粪面一样的黑土，全都糟蹋了。而且这三百石粮食已经让他在全县都成了个人物。腾了库存，赚了名声，这买卖怎算都不亏。只有那一千块白花花的银圆还多少让他心疼了那么一阵子，但问题也不大，只要跑马梁还能长出套黍，只要他的酒坊不停锅，就不愁换不回银子来。

这几年，能干的红椒也没闲着，接连给他添了两个女子。大臭和二臭也已经从鞋底子大小的月娃娃长成两个茂楚楚的小后生了，再过两个来月就是他们的六岁生日了，到时候也就能像他当年一样背着篓子拾粪了。

不过一想起两个儿子，袁继耀的脸上就不由得染上一抹愁绪。老大倒没什么，聪明乖巧，从来都不给他添乱。但老二就不一样了！这娃娃自小就心性刚烈，好勇嗜斗，大大小小五花八门的乱子一个接一个，顽劣得要命。其实，打从刚满百日的时候，这孩子的行为动作就跟正常娃娃有了很大的不同，每次吃奶的时候总是吃一只攥一只，一旦大臭靠近，就哭喊着手脚并用地表示抗议，极其蛮横，以至于每次给大臭喂奶的时候都要先将他抱走。刚刚倒腾着小腿儿学走路的时候，大臭几乎成了他练拳脚的沙袋，一天不打得哭几十鼻子就黑不了。就连撒尿的时候都要满院子找个蚂蚁窝灌上半天，要不就找墙壁或者树干，腆着小肚子拼命往高里尿。稍大些以后，更是顽劣得没边没沿！往长工们的饭碗里撒土、往旱烟袋里搅辣面等乱子源源不断。去年竟然一棍子将他花了大价钱从葭州买来准备交配的一头良种叫驴生生整摆成了太监。而就在他气急败坏地训斥的时候，那小家伙竟然噘着嘴说：“我还当多硬呢！连一棍子都支不住。”至于打架斗阵则更是家常便饭，肉墩墩的小脸总是旧疤未愈又添新伤，从来都没有完好过。衣服上的纽扣也几乎每天都要重新缝缀一茬。

不过顽劣归顽劣，在这小子身上还真能看出几分与他年龄明显不符的男子汉气概来。每次闯完祸回到家里都没事人似的直挺挺地端着小腰板，根本看不出有丝毫的忐忑，面对大人训斥的时候也总是理直气壮，毫不胆怯。

“怎又淌鼻血了？”

“打架了。”

“跟谁？”

"马桩。"

"因为甚？"

"他骂我是狼儿子。"

长工们便趁机大笑："看这情况又没打过马桩？"

"他都十岁了，我跳起来都够不上他的脸。"

"那你打不过人家为甚还要打呢？"

"那他骂我呢嘛！"

"走，咱洼（注：陕北方言，赖炕的意思）马桩家的炕走，没两碗鸡蛋拌疙瘩，这事儿就没完！"

"不干这号事，人家笑话呀！他等着，我迟早非把他鼻血打出来不行。"

……

不光脾气硬，二臭的头脑也比一般娃娃要灵光得多，嘴皮子也相当利索，整日叨叨着小嘴儿，把几位奶奶哄得眉开眼笑，慈心酥软。三四岁的时候，奶奶们就经常拿"谁亲"这个问题考验他，别看他小小年纪，竟然也知道当面一套背后一套，见人说人话，见鬼说鬼话。有一次，二奶奶和三奶奶故意给他下套："二娃！你看见二奶奶和三奶奶谁亲？"

"二奶奶亲嘛！"

"真的？"

"真的嘛！"

这当间儿，藏在门后的三奶奶猛地闪出来盯着他问："你刚说甚？"

正当她们准备嘲笑他的窘迫样儿的时候，没想到小家伙竟然仰起头嘿嘿笑了："我还没说完嘛！三奶奶也亲嘛！"

"只能选一个。"两位奶奶强忍住笑意继续逼问。她们总以为这下肯定把他给考住了，但小家伙只愣了一下，随即猛地回头，装模作样地朝前院照了照："哎呀！我哥哥叫我呢！"说着就撩起两条小腿噔噔噔地跑了。

……

正这么想着，前梁方二家的大小子嘎毛就狼追一般地推开门闯了进来，上气不接下气地叫喊道："干……干大，你们二……二娃把老……老爷庙上的大……大刀给掰……掰下来了。"这嘎毛天生口吃，一慌乱就更加严重了，直憋得红脖子涨脸。

"甚刀？"袁继耀一时没听明白。

"就……就老……爷庙上的大……大刀嘛！"

袁继耀那凹凸不平的狼疤脸当即剧烈地抖动了几下，猛地站起身子，咣地一脚将编了半拉的筐子踹到半空，撩起两条长腿就冲了出去。

袁家大院到老爷庙梁还有一段不近的距离。当袁继耀上气不接下气地爬到梁上的时候，老远就看见一群半大小子正围成一圈。此刻，二臭那小家伙正器宇轩昂地站在人群中间炫耀着自己新得的兵器呢！"我让我大给我削把大刀他还不给我削，这下弄美了，这可是关老爷的刀，带神气着呢！碰上谁，谁就不得活了！"

伙伴们一下子被这带神气的大刀唬住了，纷纷点头应承着。就在这时，突然有人喊了一声："二娃，你大来了！"

正在兴头上的小家伙戛然停住了话语，两只小眼睛直勾勾地盯着他大愣在了原地，直到他大跑到距他几步远的时候才猛地撇下大刀撒腿就跑。可一切都已经晚了，还没跑出去几步，就被他大的如钳大手狠狠地攥住了后脖颈，随即像转动一棵嫩苗一样把他的身子扭了过来，啪啪啪就是几巴掌。

他只感到两耳嗡嗡直响，天地也突然旋转了起来，随即一头栽倒在地，好大一会儿才挣扎着起来，黏糊糊的鼻血流了一胸脯。

可他大依旧没有解气，猛地推开众人，抓住他的领口啪啪又是两下，并且力道明显比刚才那几下还要大得多。

他只感到两个脸蛋刺辣辣的，着了火一样，嘴唇也磕到了牙齿上，钻心地疼。好在最初的疼痛稍稍减退以后，他就记起了自己的那道"护身符"，便挣扎着再次从地上爬了起来，瞪着眼睛将左手直直地伸到了他大面前。

长工们瞬间就被小少爷这可怜又可爱的样子逗笑了。可这笑声更加激起了袁继耀的怒火，他一把抓住儿子伸过来的小手将他摔倒在地，照着那肉墩墩的屁股就是两脚。

小家伙显然没想到连曾经屡试不爽的"狼爪"都会失灵，先是一愣，随即连滚带爬地跑到一位长工的身后躲了起来。

众人哄笑着把袁继耀拉住。随后赶来的长工头老杜转身到避雨的陡坡处抠了两块黄土疙瘩，一边往二臭还在流血的鼻孔里填塞，一边拐着脖子对袁继耀和众人吼道："你这是打土匪呢？娃娃嘛！咋呼咋呼就行了，下这么重的手！还有你们，看红火呢？就不能拉架一下？"

袁继耀重重地叹了口气，两眼死死地盯着儿子咬牙切齿地吼道："要不是看在你干爷爷的脸面上，老子今天非把你的筋抽了不行。走，给关老爷谢罪走，今天就把你给活领了！"说着走过去顺手抓住二臭的衣领，就像抓一只小鸡一样朝着山顶去了。

老杜一把将二臭从袁继耀手里夺过来，也跟着去了老爷庙。

挨了一顿饱打的二臭这才哇的一声哭了，一边哭一边还指着跟在老杜身后的那群小伙伴大声叫嚣着："谁告的？等老子查出'告状老婆子'，非捶你不行！"

一进庙门，袁继耀就被眼前的景象惊呆了。正殿的门大敞着，替关老爷扛刀的周仓的胳膊被掰成了几截，横七竖八地散落在地上，就连关老爷的胡须和下颌处的油彩也被扯掉了。他面如土色地站了一会儿，猛地跪倒在地磕起了响头。随后进来的老杜急忙点着香纸，也跟着跪了下来，并且指点二臭也在自己身旁跪下。一连磕了好几个响头，袁继耀才慢慢直起身子，对着关老爷虔诚地请起了罪："关老爷在上，都怪凡人教子不严，恳请老爷大神大量。等天一晴，继耀就为各位尊神重塑金身，加盖神殿一间。"说完又一连磕了几个响头。

暂且安抚了神灵，袁继耀又拐着脖子对跪在旁边的儿子说："等老子回家慢慢吃你嫩娃娃肉！"

二臭赶忙起身出了大殿，但就在跨过门槛的时候，屁股上又重重挨了一脚。

一路上，为了照顾已经挨了几脚的屁股，二臭始终与他大保持着十多米的距离，时而低头抠摸指甲，时而直直地平视着前方，一副若有所思的样子。老杜居中走在他们父子之间。小家伙那满身泥泞，刚出泥的萝卜一样的可怜相让他直想笑，但又强忍着没笑，只加快脚步走到他旁边，伸手揽住他的后脑勺："二娃，听干爷爷说，到家后给你大说几句软话，可不敢逞二百五。你大这次可是真害气了！"但二臭并没有理会他，依旧一言不发地向前走着，只是明显放慢了脚步。进村的时候，他又像拿定了什么主意似的停下脚步，猛地转过身子，将血糊糊的小脑袋高高仰起，两眼直勾勾地盯着他大问："你回家还打不打我了？"

"你说呢？老子今儿非把你的娃娃皮扒了不行。"袁继耀大声吼道。

老杜总以为二臭是听了他的话，要给他大说软话了，但没想到这小子竟然咬了咬嘴唇，劈口就撂出了一句直叫他背心发凉的狠话："大，我给你说清楚，你要再敢打我一下，我就非把那老爷庙砸了不行，不信你就试试！"

"妈哟！你个碎孙还真是我干大转世。"老杜惊呼了一声，牵起他的小手就准备逃跑，但小家伙竟然执拗地挣脱了他的手，依旧在原地站着，噘着小嘴死死地瞪着他大，目光里充满了逼人的挑衅。

袁继耀瞬间就石化了。这几年，他虽然多次领教过这小子的"壮举"，也知道这碎孙比一般娃娃要硬正得多，可他无论如何都没有想到，他竟敢公然对自己逞弄豪横，一个奶味儿还没有褪尽的碎娃娃，还反了天了！他那因为气愤而涨红了的狼疤脸唰一下就凝成了一块坚硬的生铁疙瘩，猛地攥住儿子的裤腰将他提在手上，黑着脸一言不发地大步朝家走去，任凭老杜怎么挡架都无济于事。

这时候，袁家所有人都已经知道二少爷又闯下大祸了，正站在碱畔上伸着脖子朝村口方向张望着。当她们看到袁继耀手里的小家伙满脸满腔子都是扎眼的血迹后，便都一起上手往下夺抢："娃娃嘛！吓唬吓唬就行了，打死吃嫩娃娃肉呀？"

但袁继耀就像着了魔似的，几下推开他的婶娘们，顺手在路边的红柳上掰了一根筷头粗细的条子，小跑着进了院子，一脚踹开窑门，咚的一声将儿子扔到脚地中央，转身反插了窑门："老子今天倒要看看，究竟是你硬还是这红柳条子硬！"说着便照准儿子的后腿弯唰唰猛抽了几下。

随着一股重过一股的钻心疼痛，小二臭不停地在地上打着滚儿，杀猪一般地号叫了起来，但袁继耀依然没有住手的意思，照着他肉墩墩的屁股又是几下，嘴里还大声叫骂着："你还反了天了，老子叫你砸。"

可这二臭还真是硬圪节，一边大声哀号，一边撕心裂肺地吼叫着："你有本事就把我打死，只要打不死，我不砸我就不姓袁。"

袁继耀浑身剧烈地颤抖了几下，猛地将他提溜到炕楞上，一把抹掉他的裤子，一手按着脊背，一手不停地挥舞着红柳条子，照着已经"开花"的屁股又是一顿狂抽。

"你还知道你姓袁？老子让你砸！"

这当间儿，小家伙竟然猛地止住了号叫，无论他大怎么用力抽打都没有再哼一声。正在敲窗捣门的奶奶们听不到孙子的哭声，一齐放声大哭起来。老杜也被吓着了，猛地一脚踹开窑门。几位奶奶连滚带爬地进了窑洞，母狼护崽一般猛地推开袁继耀爬到孙子身边，号得更伤心了。此时的二臭依旧没号，嘴里死死地咬着自己的衣领，一动不动地趴在炕皮上，两只小手铁耙一般深深楔入羊毛毡里，脏兮兮的脑袋汗津津的，就像刚从水盆子里捞出来的一样，肉墩墩的脸蛋剧烈地抽搐着，没有一点血色。

大奶奶袁刘氏转身号叫着抓起袁继耀扔在地上的红柳条子，照着他的脊背就是几下："你个瞎心眼子，我们老小都不活了，就留下你一个当孤鬼去。"

小家伙的这一顿打挨得可真不轻，两个脸蛋又青又肿，脖颈处也被他大的如钳大手攥出了几个黑印，从腿弯到屁股则更是一片血肉模糊，惨不忍睹！但他依然不尿，不停地挥动着胳膊叫嚣着："你再打嘛！是好汉就把我打死！只要打不死，我就非砸不行，你给我等着！"

此时的袁继耀也已经意识到自己下手的确过重了，正灰溜溜地坐在门台上，一边大口大口地吞云吐雾，一边竖着耳朵听着窑里的动静，但眉心处的疙瘩依旧死死地绾结着。

家家都有一本难念的经。对袁继耀来说，老太爷用毕生精力给他打下了一片富足的江山——五千多亩田产，一个日进斗金的酿酒坊，牛羊成群，骡马列队，还有至少在当下看来足够几代人花销的金银细软，这使他一生都不太可能会为多数人所愁苦的吃穿用度而劳心。而比这些家产更重要的是，老人家还给袁家奠定了良好的家风和崇高的声望。在老太爷走后这几年里，在他独自撑掌这份庞大家业后的一些碰碰磕磕中，他已经越来越明显地体会到：这声望有时甚至比真金白银都要管用，这也许正是耿家这些年一直对他虎视眈眈但不敢真正下爪的根本所在。

所以，他的全部使命就是把老太爷奠定的声望守好，然后传下去。可是，光守估计没什么大问题，但传下去就不是一句话了，有好师父还得有好徒弟呢！就他的两个儿子来说，老大倒是听话，但性子太软，虽然现在还小，但三岁看个老来性，估计也改不到哪里去，根本撑不起这个头。所以就看老二给他当这个徒弟呢。这娃娃头脑灵活，心眼也多，嘴皮子又利，唯一让他担心的是这小子又有些太硬了，几乎到了生冷不忌的地步。起先，他也没将这当回事，小子娃娃嘛，就得硬气一点，再说娃娃还小，不懂事，等长大一些稍加规正，说不准还真是一根扛硬"顶门杠"！但等他慢慢感到事法不对的时候，一切都已经不好办了。平日里，几位奶奶总是横阻竖挡地护着，根本不容许他动一指头。更要命的是，这碎孙不知什么时候竟然也知道了自己狼爪胎记的说事（估计是长工们教唆的），每当他动气的时候，这娃娃便直直地将左手戳到他面前，使他瞬间便像掀了盖子的蒸笼——泄了顶气！并且这家伙自从尝到这个甜头便一发不可收，各种乱子闯下一滩又一滩，就在今年的五狼庙庙会上，就不知因为什么又和耿得禄的孙子金蛋动起了手，一石头就将人家的后脑勺砸开了一条两寸长的口子。砖瓦石头不长眼，万一哪天打不对不就闹出人命了！真不能再放任自流了！当然，他也明白老太爷常讲的那个道理："好苗苗是锄出来的，好栽栽是扩出来的。"但问题是这家伙软硬不吃，怎扩？就拿刚才来说，那一顿打别说是一个不满六岁的娃娃，就是后生家也绝对够受的，可这小子自始至终不仅一句尿话没说，反而叫嚣着向他发起了正面挑战。就在这会儿，他都敢肯定，这小子绝对不会只是说说而已，弄不好还真敢去砸庙呢。"好汉死在儿手里"，这话一点儿都不假。想到这儿，他便猛地从椅子上站起，准备回窑给小家伙服一下软，无论如何先不敢真让他把庙给砸了，至于如何规教这小子，以后再慢慢想办法。

坐在旁边的老杜以为他又要去收拾二臭，便一把拉住他："行了，慢慢来嘛！杀人越货的土匪都能学好，何况一个碎娃娃呢！"

一道亮光瞬间闪电般划过他的脑海："对呀，不如去找一下楚知县，他走州过县见识广，说不准还真有办法呢。"这么一想，他便回头对窑里的婆姨吼道："给我准备一下衣裳，我明天要到县署去见楚知县。"

第十章

天刚麻亮，红椒就为远行的男人准备好了饭食——一盆热气腾腾的疙瘩汤，还搁了几颗白光光的"跌鸡蛋"。袁继耀已经装好了行李，隔墙将胡三叫了过来，二人圪蹴在脚地圪塄，狼吞虎咽地吃了起来。

"你说楚知县究竟有办法没？"妇人似乎对袁继耀此行的意义有所怀疑。

"谁知道呢！长短试伙上一下，就算借不来粮食，它还能把口袋丢了呢？"

"我看让老土匪抹捋小土匪还正是个荏荏。"胡三停住筷子调侃。

说笑间，一盆疙瘩汤就被吃了个底朝天。二人便一人扛着一口袋行李出了门楼。

准备下坡的时候，袁继耀突然想到该去看看二臭的伤情，便将缰绳递给胡三，转身又进了院子。

自从英子出生，大臭和二臭就一直和他们的大奶奶一块儿起居。袁继耀径直走进他大妈的窑洞，蹑手蹑脚地走到炕楞边，慢慢掀开了二臭的被子，只见屁股和腿弯处的伤口密密匝匝，有如一团乱麻。他皱了皱眉头，慢慢掩上被子，在儿子的头上轻轻抚摸了一把就转身离开了。正当他准备出门的时候，大臭突然从身后叫住他，哽咽着说："大！你以后再不要打二娃了，他还小，长大就不闯乱子了。"

一股强烈的温热瞬间在袁继耀的两个眼角汹涌开了。为了不在两个幼小的儿子面前尴尬，他急忙仰起头，硬是将两滴滚烫的眼泪给逼了回去，这才调转身子，快步回到炕楞边，伸手在大臭的头顶亲昵地抚摸了一把："好！大知道了。好好把你弟弟引上，大回来给你们买好吃的。"说话间，他看见旁边的被角似乎动弹了一下，便又慢慢掀开。二臭依旧侧着脸，像睡着了一样紧闭着双眼，一动不动地趴着，但泪水正慢慢从眼角涌出，已经将枕头打湿了不小的一片。袁继耀再也不能控制自己的情感了，眼泪唰啦一下滚落下来，重重地砸到油光红亮的枣木炕楞上。他稍稍稳定了一下情绪，慢慢俯下身子为二臭擦了擦眼泪，柔声细语地说："二娃，都怨大，下手太重了。"但二臭并没有言语，依旧闭着眼睛默默流泪，直到他大再次转身准备离开的时候才顺手抹了一把眼泪，抬起头望着他大的背影说："我不砸老爷庙了。但是我给你说清楚，不是我厌了，是我哥哥给我说不能让人笑话。"

袁继耀猛地停住脚步，泪水再次模糊了双眼。他无论如何都没有想到，两个刚刚穿了合裆裤的儿子竟然能说出这样一番话来。他再次回转身子，泪眼婆娑地望着两张稚嫩的小脸。而就在这一刻，他猛然发现，两个儿子的面容已经开始显现出老袁家男人的一些特有征兆了：颧骨高耸，鼻梁挺拔，棱角分明，柔弱中透出几分坚毅，精明中带着一股不驯。

天已经放晴了，但远方的山梁和近前的村落依旧笼罩在一片潮乎乎的山雾里，天堂一般梦幻。在这天境一般的雾气中，袁继耀和胡三各牵一匹马，一前一后地行进在弯弯曲曲的山道上。

袁继耀一边走一边回味着两个儿子刚才的表现，越来越觉得自己对他们的成长似乎有些过于急切了。当然，他也是完全按照老太爷当年栽培他的套路来栽培两个儿子的，也就是说，他当年也是这么走过来的。从被"神狼"叼来的那天起，他就是袁家的独苗。那时候，老太爷已近耳顺之年，留给他的时间已经不多了，如若再不加紧调教，极有可能会面临后继无人的危险，袁家也就极有可能在这可怕的危急中根基尽毁。这都是事实。但事实归事实，直到现在，当他偶尔闲下来回忆自己这二十几年的人生时，总感觉自己从来都没当过娃娃。那时候，每当别人家的娃娃还在被窝里舒舒服服地睡懒觉的时候，他就得背着拾粪篓子，村前院后到处捡拾牲口的粪便。再大一些后，别人家的娃娃还在昏天黑地地疯玩，他却不得不扛起农具，和老太爷及一众长工出山劳作。与他同龄的伙伴刚刚开始接触农活的时候，他就已经被培养成耕种收割样样打不下马的正桩"受苦人"了。当然他也明白，老太爷离开的这些年来，自己之所以基本上能从容面对所有的危机和挑战，正是得益于老太爷当年对他的这些几近苛刻的调教。尽管如此，每每回想过往，他的内心还会泛起一丝丝木然的辛酸。如今他才正值壮年，根本就不该有老太爷当年的那份紧迫感，所以在对儿子的调教和培养上也就不一定再翻老太爷的那本"老皇历"了。其实，他之前也这么想过，但一想到自己的成长经历和人生得失，便又泄了气，因为他始终对老太爷那句训导深信不疑——"穷人疼娃娃，财东疼骡马"。甚至就在昨天早上，他还将自己当年背过的粪篓子拿出来看了一下，准备等双生儿子过完第六个生日，就像他当年那样开启他们作为庄户人的第一项劳动呢。但此刻，他终于下定了决心，让那拾粪篓子再搁置上一两年。娃娃嘛！不要让谁要呢？正这么想着，胡三突然嬉皮笑脸地叫喊了起来："狼娃儿！你看怎相？"

"甚？"袁继耀中断思谋，转身看着胡三。

那家伙嬉皮笑脸地指了指沟对面的一处院落。顺着他手指的方向，王二寡妇正在硷畔上弯腰搂柴呢。

"哈呀！看那屁股蛋子，不像我干妈晾下的凉粉坨子？一口能咬出水呢！"

这胡三是北边绥州县人，大袁继耀五岁，但至今还没个婆姨，平日里看见老母猪都是花眼眼，一提起女人就咬牙切齿，就像是撕啃一块半生不熟的风干羊排。此刻，他正一边死死地盯着王家寡妇的背影，一边张牙舞爪地宣泄着内心的压抑。

"唉！真把你先人都亏了！"看着他那副可怜又可笑的样子，袁继耀便笑着骂了他一句。

"老爷亏先人了？你天天黑夜把红椒抱上！老爷呢！三十几了，还不知道女人是个甚味儿，真是活得连个尿盆子都不如！"

他这幽默的话语和酸酸的可怜样当即把袁继耀逗得大笑起来，他却依旧一副一本正经的样子，并且见袁继耀终于止住笑后，又一脸神秘地问道："狼娃儿，你说我下辈子转甚最好？"

"我看转猫最好！"袁继耀笑着说。

胡三脖子一拐："我看转甚都不如转儿马公子，见天起来把草驴、骒马弄上，还倒转把人家的豌豆挣上！你袁东家都要不下人家那式子！"

"唉！我干大当年肯定是叫你气死到驴圈里的。"

胡三的眼睛瞪得老大："你不提你干大倒罢了，一提我就一肚子气！连个婆姨都没给我闹下就死了，闪得我半辈子活受罪。早知这么个的话，当时还不如稳稳睡个一阵儿，把我养下做甚呢！"

"唉！养下你这号儿还真不如稳稳睡个一阵儿。反正你小子注意点，操心王大和王三抽你小子的筋，还有耿得禄的'黑狗队'……"

胡三头一扬，一副不以为然的样子："你少给老爷拿大奶头吓唬小娃娃！我胡三不下爪，迟早还有人下爪呀！再说了，谁要在我那家具上弹脑瓜崩就是打我呢。同样的道理，我胡三哪怕就是一条狗，也是你袁东家喂下的，谁和我寻气就是欺负你呢嘛！我怕甚呢！"

袁继耀照准他的屁股踢了一脚："老爷可不给你擦这号屎屁股，自己屙下的自己拾掇去。"

……

浓雾已经沉落到了半山，远远近近的山头有如一座座小岛耸立在无边无际的雾海之中。但太阳依旧没有出头，只在东边的天空透出了一抹隐隐的明亮。

自从楚立革筑起大坝以后，雁栖关就不能通行了，需绕行十来里山路，从榆树峁才能下到沟里。年前，楚立革的那个"面花"就捏成了，从雁栖关开始，一条三尺深、二尺宽的大渠遇山凿巷、遇河搭桥，时而河东时而河西，巨龙一般飘绕在延水两岸的河台地上，煞是雄壮。时下已过了灌溉的季节，渠里并没有水，但站在湿漉漉的渠畔，袁继耀依然能真切地感受到一渠清水给沿途百姓带来的福利，尤其是想到这里面也有他自己的一千块银圆和三百石粮食，激越之情便油然而生，不由得感慨了一声："真是一条好渠！"

但胡三并不这么认为："好个屁呢！掏了一千大洋，一滴水都用不上！有那个钱还不如再娶上几十个小老婆，一黑夜换一个，一个月都不打重板。"

"唉！你孙子是没救了！"

"你说老太爷定下那是个甚倒遭规矩！不让娶小！那挣下那么多银子干甚呢？"

袁继耀并没有责怪他的鲁莽，只笑着在他肩膀上拍了拍，然后便上了鞍，心里却不由得泛起了一抹自豪的情绪："你如果能明白其中的道理，那你就是袁海宽的孙子了。"

到了兴隆寨，天已经擦黑了，二人便径直去了县署。这县署，他之前曾跟着老太爷来过一次，不过那已经是十几年前的事儿了，但这么多年也并没有多大变化，好像只是换了几个字，还多了一面"青天白日满地红"的旗子，所以也并未感到有什么新鲜。而胡三则是第一次来这种大地方，也不敢造次，只转着两个眼睛到处乱看。

袁继耀很快大体打量了一番，但并没见之前的岗哨，便将缰绳递给胡三，试探着进了院子。

偌大的院子空荡荡的，只有最边上的那孔窑洞里坐着一个年轻人，正靠着椅背打盹呢。袁继耀轻轻敲了一下门，那人一惊，猛地抬起头问道："你找谁呢？"

"我找楚知县。"袁继耀说。

"知县不在。你找他干甚？"那人又低下头，看都不看他一眼。

"我是雁栖岭的袁继耀，找知县拉点事儿。"

那人估计也听过楚立革和袁家的故事，便猛地从椅子上弹起来，语气也立即客气多了。"哦! 袁东家! 进来坐。知县在西门修城墙呢,我这就去叫。"说完便硬拉着袁继耀坐在他刚刚腾开的椅子上,一溜烟跑了。

此时的楚立革正黑水汗脸地在修缮城墙的工地上搬砖呢,听说袁继耀前来找他,便急忙放下砖摞子,拍了拍手就朝县署走去,刚一进大门便大声问道: "哈呀! 贤侄,今天怎顾上来我这儿了?"

袁继耀闻声迎了出去,正准备用新式礼数和他"捏手",但楚立革将两手一摊,笑着说: "你看我这手泥糊盖疵的,就不握了。"说着便将他让进了居中的那孔窑洞里,笑着打趣道: "光棍汉的家,有点乱。"

袁继耀笑了笑,很快将这位掌管整个延北县的大人物的下榻之所打量了一番。果然很是朴素,窑掌处一盘连锅半炕,居中铺了一条羊毛毡,上面孤零零地搁着一床已经被拆洗得泛了白的青布碎花铺盖。脚地中央是一张矮腿茶几和四把木制靠背矮凳,除此之外就只有一张办理公务的油漆木桌和一把靠背椅了。

"西门那边的城墙叫这几天的连阴雨给淋塌了。我本来都不想修了,但上头不让,非逼着要修,说要强化县城的防务呢! 这真是'上坟烧了一堆树叶子——纯粹糊弄鬼呢'! 一拃高的个墙墙,连个小偷都防不住,还能防歹人?那"边墙"(注:陕北方言,指长城)倒是不低,八旗铁骑还不是一个猛子就进了山海关了?那顶个屁用! 关键还要靠人心。"楚立革一边洗手一边说。

对于他的这番话,袁继耀也听不太懂,便没有接茬,只一个劲儿地点头。

楚立革拉了块布子,一边擦手一边继续说: "我当年的龙山寨就是杨家将屯兵用过的堡子,那堡墙绝对不比这兴隆寨的城墙低,还都是夯土,比砖都硬,可老太爷只用了半前晌就给拿下了。所以说这攻防都要靠人心,墙修得再高都屁事不顶。"说完便在他旁边的矮凳上落了座,顺手掏出一包卷烟给他递了一根: "就你一个?"

袁继耀这才记起胡三还在大门外面等着,便要出去叫他,但楚立革一把将他按回椅子,随即喊公差去叫了。

很快，那公差和胡三就一人扛着一口袋东西进来了。

"你能来老叔就高兴了嘛！带这些东西干甚呢？"楚立革看着他说。

袁继耀便笑着解释了一番。

一听都是些自产吃食，楚立革也就再没说什么，只笑着说："继耀，不是给你娃娃吹呢，自从当了这延北知县，我就连老百姓的一把旱烟叶子都没抓过，今天就在你娃娃这儿破个例。看来这清官还真不好当啊！"说完便当场安排公差将这些风干羊排全部送到伙房，就地炖上了。

那公差一听有羊肉吃，便高兴地应了一声，一弯腰扛起那只装着羊排的口袋就出了门。

楚立革回转头："唉！不怕你娃娃笑话，我这县署的伙食还真比你那长工灶强不了多少，半月二十都见不上点腥荤，你看一听吃羊肉，把这后生都高兴成甚了！"

说话间，那公差又从伙房提来一壶开水，给主宾三人一人倒了一杯就退了出去。楚立革这才定定地看着袁继耀问道："我知道你没事是不会来的。说！甚事？"

袁继耀浅浅啜了一口热水，一股脑便将自己的苦恼倒了出来。

楚立革边听边笑，当听到二臭要砸庙的时候，便哈哈大笑起来："你那二小子还真不是个板杖。上次到你家，他也就两三岁吧！居然不怕生人，上来就是一脚，还要杀我。你还不要说，那小子还真有老太爷的几分'硬棍儿'架路呢。"

"如果真像老太爷的话我还愁甚呢！我就怕这碎孙是个悬才，将来走了歹路。你老人家走州过县见识广，所以我就专门来找你，看能不能给我想个办法，把那碎孙归置一下。"袁继耀苦笑着说。

楚立革慢慢收住笑容叹了口气："不瞒你说，我最近也一直都在考虑这个事情呢！咱延北人甚都好，就是不崇文重教。我们葭州那地方穷山恶水，条件不知比咱延北要差多少，但有一个好处就是重视文化。你说我爷爷比老太爷年龄都大，就当了贡生，你看这差距！我去年回了趟老家，发现那里已经办起了不少新式学堂，好多娃娃都上学了。今年我就挤了些经费，从县署划拨了几孔公务窑洞，也办了个学堂，但直到今天才只有七个碎脑娃娃，而且就这还都是附近的大户们为了照顾我的脸面才勉强送来的。唉！说都说不成。"

"那就怨不得你了，是他们自己不念嘛！"袁继耀还没明白知县这番话的意思，竟然还给他宽起了心。

楚立革埋头喝了口水，瞪起双眼看着他说："这就是我给你想的办法。这娃娃们进学堂，就好比把恶水衣裳扔到河里，摔着掼着就净了。你估计也见过读书人，人家那出言吐语、来三去四，就是跟咱不一样。"

"事倒是这么个事，只是岭上也没学堂啊！"袁继耀终于明白了他的话。

楚立革仰头皱了皱眉，把身子往袁继耀跟前凑了凑："我看是这，学堂不好办，但以你袁家的实力，办个私塾还是不成问题的。虽然那是旧式教育，但我看不管馍馍还是饼子，只要吃到肚子里它总顶饱。"

"关键没先生嘛！"袁继耀无奈地说。

楚立革嘿嘿一笑，接着便将自己的设想和盘托出。按他说，就在他去年回老家的时候，他的一个表侄媳还曾专门找到他，要他在延北给她的男人梁行顺谋一份差事。这梁行顺是紧挨葭州的谷川县人，本是前朝文举，中举后一直在家候补，但没几年朝廷便倒了台，此后就一直在乡里做私塾先生。这几年随着新式学堂的兴起，这些老秀才们很快丢了饭碗。可一直握笔的手哪能握得了老镢头，光景老是过不到人前。他本想帮他一把，但因为县署没有空缺职位，就一直拖着未办，如今正好一举两得，既解决了袁继耀的问题，又给表侄谋下了一份差事。

听楚立革这么一说，袁继耀立马来了兴趣，当即让他修书一封，待庄稼收割停当就去谷川邀请。

正事儿办妥后，二人又就今年的收成之类的话题闲聊了一会儿。正聊着，晚饭备好了，楚立革便带着两位客人来到饭厅。刚一坐定，楚立革就指着一位戴眼镜的年轻人说："启文啊！天晴了，我明天就去桃花川工地，城墙这摊子就托给你了。既然修就把那修敦实，不要刚修好没三天再叫一场雨给淋塌了。"

那年轻人似乎正是楚立革所说的读书人，直直地坐着听知县把话说完之后就一脸庄重地说："您放心，如果再塌了，您拿我是问。"

楚立革点了点头，随即端起面前的酒杯朝袁继耀扬了扬："给大家介绍一下，这后生就是岭上袁东家袁继耀，至于我和袁家的关系，大家都知道，我就不说了。我现在要说的是：咱修北惠渠的时候，继耀整整捐了一千块银圆、三百石粮食。"说着又指着刚才那个年轻人问："北惠渠总共花了多少钱？"

"两万三千七百二十六块银圆，一千一百零八石粮食。"那年轻人脱口答道。

楚立革点了点头："好！那渠总共八十多里，那就是说袁家一家就修了五六里，况且这水还没有一滴能滴到袁家的土地上，不简单啊！他的钱也都是一颗汗珠子摔八瓣挣来的，不信你们就摸摸他的手。"说着就把袁继耀那双长满老茧的手掰开，给众人展示了一番，随即继续说道："所以我常讲，一定要把每一个铜板都花到刃头上，再不要一口一个'刁民'。我看不是民刁，是官刁，至少也是先有'刁官'才有'刁民'。反正其他地方我管不了，但在延北县这一亩三分地上，只要我老楚在，各位就得本本分分为百姓办事，不然你就给我'拽着碾轱辘下洼——滚蛋！'"众人一阵哄笑。楚立革也跟着笑了笑，然后将手里的酒杯高高举起："老楚我草莽出身，说话没有人家谭局长那叫甚？对！文雅。但话粗理端，今天借继耀的酒肉又瞎咯嚷了半天，对与不对大家自己盘算去！"说完便一一与大家碰了杯子，仰头喝了下去，然后胳膊一挥说："好！想喝的喝，不想喝的就吃。继耀也不是外人，咱就不讲那么多礼节了。你看海旺那小子，眉头皱转早就等不上了。"说完便在一片哄笑声中率先抓起一块羊排啃了起来。

三十多斤羊排、一坛酒很快便一扫而光了，但大伙明显没有尽兴，都眼巴巴地盯着楚立革，似乎还想再开一坛。

楚立革便站起来，一边扬手一边笑着说："好好好！我杵在这儿大家都放不开，继耀也鞍马劳顿一天了，那我俩就先'拽着碾轱辘下洼'了，你们继续，就当过年了，但是可不能给咱把明天的事误下。"说完便带着袁继耀离开伙房，重新回到他的公窑，刚一进门就叹了口气："唉！这几年一直把这些瞎孙的缰绳拽得很紧，今天就放开让撒一回欢儿。当下这社会风气，也难为他们了！"说完转身到客房抱了一卷铺盖，然后将自己的被褥往旁边挪了挪，一边铺炕一边说："就不住客房了，咱叔侄俩拉拉话。"那朴素平和的感觉就像是一位多年未见的亲戚。

袁继耀一边帮着铺摊被褥，一边试探着问："叔，我想问你个事儿，又不知道能问不能问？"

楚立革抬头看了他一眼："你说！"

"你家里人呢？"袁继耀的脸上满是忐忑。

"叫清廷杀完了。"楚立革的回答倒很是平淡。

袁继耀一惊，停下手里的活说："其实我也猜到了，就是不确定。"

楚立革没有说话，只朝着他苦笑了一下。

"那你就没想过再续个老伴？"

楚立革长叹了一口气："唉！好娃娃呢！我常想，这可能就是对我前半辈子造孽的报应。再说我这号人就是冬天的沙蓬，哪天再来一股风，还不知道又在哪道山峁圪梁上飘着呢！哪还顾上想这些事！"

"刮风？刮甚风呢？"袁继耀不解地问。

楚立革慢慢转过身子，双手交叉着枕在脑后，斜靠在旁边的被子上："具体我也说不上来，但从现在的情况看，我预感这股风快来了。我这辈子能不能看到不好说，但你肯定能看上呢！这些年，我越来越觉得我们当年的那场风压根儿就没刮透，而这场风肯定要比我们当年的那场大得多，猛得多！"

袁继耀虽然还没有完全弄明白他所说的风是什么意思，但已经知道绝对不是平日里刮的西北风或者东南风，便进一步追问："咱延北县上下一片太平，刮甚风呢？"

"问题是这中华民国远不只延北一个县啊！"楚立革木然地说。

见他的心情越来越沉重，袁继耀便感觉再不能在"刮风"的问题上纠缠了，就很快换了一个话题："叔，不管刮甚风，反正等你老了不当知县了，就到我家来，我给你养老。咱雁栖岭黄土厚实，养人。"

楚立革靠着被卷坐下，顺手用引火纸从马灯引过火，点了一根烟，轻轻吸了一口递给袁继耀，然后满怀感激地笑了笑："雁栖岭好，你袁家更好。我也知道你娃娃是诚心实意的，但你要明白，那地方不是我扎根的地方，也就终究不会是我的归宿。"

"叔，我想认你作干大，不为你是知县，就为你是好人！"袁继耀死死盯着他说。

听到"好人"这个词，楚立革的身子微微颤了一下，眼眶也随之湿润起来，便急忙转过身子，一边拨弄马灯一边喏喏地反问了一句："我还能算好人？"

"你老绝对是好人，不光我这么认为，整个延北县的人谁不说你是好人！"袁继耀完全激动了，直接就跪在了楚立革面前。

楚立革猛地转回身子，双手扶住他的胳膊肘，泪眼蒙眬地说："好！娃娃，你的父辈们当年都是死在叔手上的，只要你娃娃不忌恨，叔愿意补这个空子。"

袁继耀"唉"了一声，随即将头深深地磕了下去。

第二天一大早，袁继耀就离开了县署。刚一出门，黑压压一群人就围了过来，这些城里人似乎并不把知县当"官"，竟然一口一个"老楚"。而且很快，袁继耀便发现这些人似乎都不是来看知县的，而是来看他的，因为他们都争着向知县询问关于他家的一些事情呢，甚至有人直接问道："老楚，你的土匪寨子就是被这后生他爷爷拔了的？"而更让袁继耀感到惊讶的是，楚立革似乎对这些不成体统的冒犯并不感到难堪，反而爽朗地应答着，就像是谈论别人的事情一样。胡三更是惊讶不已，张嘴瞪眼地呆站了半天，随后猛地俯到袁继耀耳边细声细语地来了一句："你看老楚这县老爷都当成屁了！"

第十一章

秋粮刚一入囤，袁继耀就带着老杜去谷川县请先生去了。

历史上，从延州府到沙城府共有两条官道，一条溯延水而上，翻雁栖岭，跨明长城，然后途经靖州、怀原两县一路北上，习惯上被称作"西大路"；另一条则顺延水东进，然后从延川北折，过清绥二州，然后溯无定河，最后在沙河口逆沙溪河北上，被称作"东大路"。也由此，延北一带的人便将去绥州谷川一带称作"走东路"，亦将那里的人唤作"东路人"。

东路一带虽然地面也很宽广，可因了无定河的缘故，人口却要比陕北其他地方密集得多，人均只能分得三五亩土地。加之紧靠毛乌素沙漠，降雨不足，十年九旱，导致除无定河川之外的大面积山地都不太出产。这样一来，无定河川就成了绥谷一带的"白菜心"了，人口也就更加密集，村村相接、户户相挨。"好家当怕的三份子分。"原本并不算少的河川地分摊到每个人头上，也就只剩不足一亩了，用老杜的话说就是"山地不长，川地不多，哪怕种金子也不过打个一帽子两鞋，吃不上"。

但一方水土一方人，绥谷人自然有绥谷人的生存法则。土地不养人，他们就另辟门路。一些人自小学门手艺，成家以后将几亩薄田留给婆姨娃娃，自己背着几样简单的工具，东跨黄河、西进毛乌素，遍走陕甘宁蒙晋，靠手艺来弥补田土的不足，所以一直以来，几乎整个陕北的木匠、油匠、石匠、铁匠、银匠、皮匠、毡匠、篾匠、锢漏匠等基本上都来自绥谷一带，而且普遍技艺精湛，吃苦耐劳好侍应，活路便一直很是宽泛。其中尤以石匠最为出色，几乎可以说是技冠西北，无论多么坚硬的石头，一经捉到他们手里，只需一把锤子和一根尺余长的錾头，至多再加几把刻刀，便能魔术般地幻化出你想要的任何花草树木、飞禽走兽，那感觉就像是削一块萝卜坨子。经他们修筑的石窑洞，线条规整，端庄大气，因此绥谷石匠一直都是陕北窑洞建筑标准的制定者。

清康熙年以后，随着朝廷对人口管控的放松和长城沿线"禁留地"的逐步开放，不少胆大的绥谷人便背井离乡，成群结队地去往口外闯荡，有的继续当匠人，有的做小生意，还有的从蒙古人手里租垦草原，种起了"伙盘地"。但口外的情况也并不稳定，盗匪病疫各类不安全因素时常来袭，稍不注意便会人财两空，所以便有了《走西口》的哀婉与凄凉。也因此，一些不愿去口外冒险的人便转身南下，到土地相对广裕的延北、保安、甘泽一带趴起了长工，俗称"攻南路"。由于这些长工们活路细致又不惜力，一直都很受东家的欢迎。就拿雁栖岭来说，不论袁家还是耿家，很大一部分长工都是绥谷人。所以在整个陕北，绥谷一带素以"三多"著称：手艺人多、生意人多、揽工人多。

按照老杜的指引，他们此行并没有走官道，而是抄小道直接斜插过去。由于事情并不紧急，二人一路上便信马由缰，一边走一边悠闲地品评着沿途的风土，顺便听老杜讲讲关于绥谷的事儿，谈笑间便到了位于大理河边的伏牛城。这大理河川与延水川一般宽，但两边的山梁却光秃秃的，一看就是枯焦地方，所以在前两天的路途中，袁继耀并未感到有什么新鲜，直到从绥州县城转入无定河川以后才终于发出了一声由衷的惊叹："哈呀！这天外真的有天呢！"

且不说绥州县城的繁华，单就无定河川那不凡的气势就足以让这位还算见过世面的东家目瞪口呆了。这无定河川少说也有五六个延水川那么宽。川道里，高大密集的林带一路夹河并行。时令已过霜降，所有的树叶都已褪了绿意，红黄相间，色彩斑斓。在这一片斑斓之间，一条平展展的大河从遥远的北方天际浩然飘来，银带一般飘逸。由于地势平缓，水流并不湍急，平稳如塘，只在有风吹过的时候才生起层层褶皱，一圈一圈地涌向岸边的沙滩和青石断崖，又悠悠地荡了回来。这一来一去的水波相互撞击，在秋日午后阳光的映照下碎成了一河闪烁的、荡悠悠的银花。稍稍远离村落的河面上，间或有水鸟悠闲嬉戏，整条河流便因此多了几分生气，瞬间活泛了起来。由于水深不能涉渡，每隔几里便横着一座便桥。那桥很是简陋，几根木头交叉而成的桥墩上架着二尺宽的木板，每当有风吹过，整座桥似乎都随着河面的涟漪摆动起来，给人以晃悠悠的眩晕感。但当地人似乎并不觉得，或闲庭信步，或健步如飞，一派如履平地的从容。两侧山脚，大大小小的村落连肩接踵，一字排开。所有的院落都被掏饬得规规整整，干净利落。梨枣果杏各色树木见缝插针，绕村围院。大户人家则更是讲究，全都门楼高耸，影壁、穿廊、牌匾、楹联一应俱全，就连牲口圈落都被收拾得有模有样。

二人一路走一路看，直到太阳快要落山的时候才终于赶到了梁先生所在的村子——谷川县东沟区桃花店村。

这桃花店位于谷川和葭州两县的交界处，过了村后的山梁便是葭州地面了。较之前的无定河川，这里明显窄多了，两边的山紧紧挤在一起，只在沟底留了一溜不足十米宽的河谷地。

梁行顺家在前村的半山腰，三孔窑洞和院墙全部青石插片，朴素但不失规整。当袁继耀他们在村民的指引下行进到与梁先生家齐平的小路上时，打老远就看到梁先生两口子正在院子里扬场，那妇人一边埋头清扫粮食堆里的碎秸秆，一边不停地大声怨怪着："扬高些！种不会种，收不会收，跟上你这号念书鬼，真是倒了八辈子遭了，那书能吃还是能喝？念那顶屁呢！"梁先生一边用力往高扬着，一边喃喃道："真乃妇人之见也！书中自有……"妇人显然不是第一次听这话了，便直接打断他："有个屁呢！"但梁先生似乎并不生气，依旧一锨一锨地扬着，还和着节奏一停一顿地反驳道："唯……女子……与小人……"这当间儿，猛然间看到了他们俩，便赶忙停下来问道："二位找谁？"

"找梁行顺梁先生。"袁继耀缩小步幅向前紧走了几步说。

"鄙人就是！"

袁继耀急忙掏出楚立革的亲笔信递上："我从延北县来，是楚知县让我来找先生的。"

"楚知县？"梁先生接过书信不解地问。

"哦！他以前叫胡庆魁，后来改姓楚了，叫楚立革！"袁继耀急忙解释。

梁先生恍然大悟地点了点头："哦！怎把姓氏都改了呢？"说完很快看完来信，随即抬头看着袁继耀问："信中言称贵门对他恩同再造，敢问此何意也？"

袁继耀显然没能明白先生的意思，只愣愣地看着他发呆。梁先生也似乎明白了他的处境，舔了舔嘴换了一种表述方式："我叔在信里说，你袁家对他有再造之恩，这是甚意思？"

袁继耀这才缓过神来，急忙笑着说："这事三言两语说不清楚，等我慢慢给先生讲。"

这时候，一直站在旁边的夫人似乎已经有些等不及了，急忙凑到男人跟前："叔在信里说甚了？"

"要我去南山教私塾呢！"男人指了指袁继耀说。

妇人脸上顿时有了笑容，慌忙拍了拍身上的尘土："回窑，回窑！"

他们便跟着梁先生进了靠边上的一孔窑洞，简单寒暄了几句后，先生就谦笑着说："扬了半天场，邋遢得不成体统，实乃不恭！二位先坐，容我换洗一下。"说完便转身退了出去。

趁着这个间隙，袁继耀很快将窑内的布局陈设查看了一番。窑掌处一盘连锅大炕几乎占据了多一半的空间。锅台的斜对面摆了一张四方高脚桌，左右两边各配了两把高腿圈椅。桌面上，一只用高粱秆纳成的二尺见方的盘子稳居正中，里面摆了一只茶壶、六只茶杯。正对面的窑壁上挂着一位老者的半身画像。那老者一袭长发，浓眉长髯，面容和善。袁继耀左思右想，发现这老者似乎与自己之前见过的所有神仙的画像都不太相符，便问老杜："这是甚神神？"

老杜似乎也不大懂，皱着眉头说："这不是神，好像是个圣人，听说天下念书人都得供奉。"

"那还不是神神嘛！只不过管的事不一样，龙王是管下雨的，送子娘娘是管儿女的，这神神估计就是管念书的。"

正说着，梁先生提了一把铁壶进来了，步履沉稳地走到方桌前面张罗着泡起了茶。

就在梁先生泡茶的间隙，袁继耀又趁机将他上下打量了一番，只见他一袭青袍，寸长的短发已被洗濯得一尘不染，洁净的面部微微泛着红光，一副慈眉善目的样子。抓壶柄的手虽然谈不上细皮嫩肉，但也明显没有经历过繁重农活的淬炼，比常人的温润多了。

梁先生很快倒了两杯热茶，双手端起分别递到他们面前，不紧不慢地说："请用茶！"然后给自己也倒了一杯，紧挨着老杜坐了下来，慢吞吞地说："恕我冒昧！贵门何不就地请个先生，而要如此舍近求远呢？"

袁继耀将手里的茶杯放到桌上，微微苦笑了一下："不怕先生笑话，我们那里读书人少，不好请。再说有楚知县推荐，心里也踏实。"

这一问一答，似乎将梁先生心里的最大疑问解开了，便点头"哦"了一声，随即一口应了下来："那好！什么时间动身？"

还没等袁继耀表态，老杜便抢过话题笑着说："还没谈工酬呢，先生就答应了？"袁继耀也急忙笑着朝梁先生点了点头。但先生只微微仰起头笑了笑："读书人传道授业盖不以薪酬为重！再者，既然家叔对贵门如此赞誉，想必定是仁义之家，谈此多余。"

袁继耀低头呷了一口热茶："先生一年能进多少粮食、多少款项？"

"此地人多地缺，加之鄙人不善耕作，一年下来也就三五石粮食。至于款项嘛，唯靠年前售卖几副对联，并无多少，不值一提。"梁先生苦笑着说。

袁继耀真是没想到，一个读书人的日子竟然过得如此清苦，便当场决定每年支付先生粗粮五石、细粮三石，外加银圆二十块，并承诺每年秋收后派人将酬粮送到桃花店。随后又试探着对先生讲了自己的担忧，尤其是关于二臭的顽劣，几乎毫无保留地全部道了出来，可先生似乎并没有感到惊讶，只微笑着来了一句："若天下人生而开化，要圣人和圣贤书何用哉？"

……

大体事项敲定后，梁先生就亲自动手炒了几个菜，还特意开了一坛酒，只是在开席前一再申明："鄙人不胜酒力，如乱语冒犯，还望二位见谅！"

那天，梁先生的确喝了不少，也讲了不少，说到动情处言语亢奋，情绪激动，并且借着几分酒劲儿又"之乎者也"了一番："辛亥始，国学日沉，新学渐兴，吾观新学诸科，重技艺，求实用，确有先进之处。然，从诸子百家始，历代圣贤布道几千载，于今骤百无一用乎？"

对于这番云里雾里的高论，袁继耀和老杜自然没能听出个子丑寅卯来。梁先生似乎也发现了自己的不妥，顺手将酒杯放回桌面，重新回归了白话："新学固然有先进的地方，但几千年的圣人之道猛然间就都错了？就一无是处了？从古到今那么多圣贤之人，哪个不是受了圣人之道的驯化？依我看，国学就像饭食，新学则比药汤，哪有不用饭食只喝药汤的道理？我看教育就该以国学为基、新学为柱，不然迟早会出问题的……"

梁先生越说越激动，可袁继耀却一直云里雾里，什么一会儿吃饭，一会儿喝药！但越是迷糊就越感神秘，也就愈加佩服先生的博学了："文章果然不浅，随便一开口，咱就只有听天书的份儿！"

就在三人你来我往地谈话间，袁继耀无意间看到一个面目清秀的小女娃在门外探着头，忽闪着两只毛闪闪的大眼睛，好奇地朝里面张望着，但发现他正在看她时便又躲了回去，噔噔噔地跑了。按照梁先生的年龄，他判断这应该就是他的女儿，便急忙拿出来时在谷川县城买的干炉："先生哥！也没准备甚，就给娃娃买了几包干炉。"

梁先生起身接了过去："东家诚心实意，却之不恭，日后多给几位公子教点学问就是了。"幽默的话语引得他俩一阵哄笑，整个气氛也随之宽松起来。梁先生也跟着笑了笑："鄙人一子一女，儿子叫梁毓文，十二了，之前就我教着，但前年也造了我的反，到县城的东街高小上新式学堂走了，平时就在他舅舅家住着，一个月回来一趟。刚门口那个是我女子，叫梁毓书，刚满八岁，正跟着我启蒙呢！"

酒足饭饱之后，梁先生便将开办私塾的相关要求——告知，并动手画了一张草图，将私塾所需的窑洞布置、桌椅杂需挨个儿绘制出来，交与袁继耀提前备办。双方约定，袁继耀第二天就动身返回，老杜就地雇几名小工，帮着将先生家的秋收扫尾活计尽快办整停当。五天之后，梁先生便骑着老杜的坐骑独自南下。至于老杜，则于梁先生动身后就可返回不远的杜家沟，与家人团聚了。

时间已经不早了，梁先生很快给他们铺好了被褥，安顿好之后便到中窑睡去了。

梁先生一走，老杜就立即脱鞋上炕，一骨碌钻进被窝睡了，但袁继耀还呆呆地坐着。看他心事重重的样子，老杜便笑着打趣道："这娃娃一满就没出过门嘛！倒想家了？"

袁继耀深深叹了口气："唉！不是想家了。我今儿才知道咱岭上人人老八辈儿都瞎活了，就像我三姑父说的，都是井子里的蛤蟆，只见过碟子大的一点儿天。"说着顺手将已经铺好的被子拢到炕角，斜靠着坐了下来。

也是，白日里的所见所闻的确给了他太多的震动，尤其是路过谷川县立中学的时候，他发现从大门里进出的那些年轻人个个都生龙活虎，脸上无不洋溢着朝气蓬勃的光彩。再看看雁栖岭的后生们，年纪轻轻就拉了一张老汉脸，一辈子就三件事——受苦、吃饭、睡觉，就像那推磨的驴，成天被蒙着双眼套到磨棍上，就知道拉着沉重的石磨转圈圈。

见他情绪低落，老杜也将被子拢到后炕头，坐起身子一边装旱烟锅子一边故作轻松地说："也不能这么说，一方水土一方人，各有各的活法嘛！"

袁继耀凄然苦笑道："理是这么个理，可是这活法和活法还真有差距呢。说句实话，一路上的那些高墙大院我还真不爱，不就钱死得苦嘛！在你老人家面前说句冒梁话，对我袁家来说，只要花钱能办到的事儿就不算甚难事儿，但问题是有些事儿光靠元宝是摆不出来的！"

"那倒是，就像你袁家的名声，那就不是靠元宝摆出来的。"老杜一边抽烟一边说。

"我不是这个意思。我是想怎才能让咱雁栖岭人明白，人这一辈子除了粮食、金钱、受苦、吃饭、睡觉以外还有很多东西呢！如果一辈子光顾着埋转头受苦，那和推磨的驴有甚区别呢！"

"那你说怎弄？"老杜笑着问。

"我想在咱雁栖岭也办个学堂，不光我袁家，几十个庄子的娃娃们谁想念就念，我袁家毫厘不取。"

"那也不见得有人念！你信不？"老杜盯着袁继耀笑了笑。

袁继耀稍稍犹豫了一下，随即将脸一板："实在不行我就出钱雇，只要来念书的，十二以下的娃娃四个人合一个长工，十二以上的顶半个长工，大不了又顶修了一条北惠……"因为情绪激动，一口烟呛进了肺子，还没等把那个"渠"字说出来就剧烈地咳了起来。

老杜当然明白了他的意思，所以待袁继耀停下咳嗽之后便一字一句地说："狼娃儿，按理说这是你的事，我一个揽工的不该多嘴。但从老太爷到你娃娃手上，你袁家一直都把咱揽工人当人看，加上你又年轻，干大就给你提个醒：这饭要一口一口吃，路要一步一步走。行善也是这个道理，要一步一步来，不能急。再说了，这善事也不能一直做，做多了就成常事了。肉为甚好吃？就是因为不常吃。如果见天吃肉，你觉得那还好吃不？'斗米养恩担米养仇'说的就是这个道理。"看袁继耀的情绪又有些低落了，他便很快收拢了话脚："当然，道理是这么个道理，但也不是绝对的。咱长短先把私塾办整起，以后谁家娃娃想来也行，不来也无所谓，反正最好走一步看一步，千万不敢把行善弄成你的义务。"说完便拉过被子睡了。

袁继耀久久没有合眼，翻来覆去地将老杜的话琢磨了好多遍，越想越觉得有道理。其实，老太爷当年也曾不止一次地给他讲过类似的道理："这世上就数个人心复杂。凡人的心棉堆的针。不要说一辈子，哪怕你活上三辈子、五辈子都把这拳头大的东西捉摸不透。看来还真得稳一点！"这么一想，心里的疙瘩很快就解开了，没多久便也沉沉地睡了过去。

早饭一过，袁继耀就动身返回了。当他走到村口的时候，正好碰到先生的小女儿提着满满一筐子柴火从小河对面的缓坡上往下走。小家伙显然已经看到了他，便停下脚步，忽闪着两只毛闪闪的大眼睛对他笑了笑，那笑容是那么纯净，那么自然。

"好娃娃！都会捡柴了？"袁继耀笑着对她说。

小家伙没有说话，只转动着一双明亮的眸子冲他点了点头。

一阵微凉的沟涧风吹过，她那长长的刘海儿便随风飘了起来，瞬间便让俊俏的小脸多了几分灵动。就在那一刻，袁继耀的心里猛然闪过了一个美好的念头，但还没等自己在心里把这话说完就自我否决了："唉！不要看你有几石粮食、几个元宝，但和人家相比，咱的娃娃就是土狗嘛！还敢想这美事？"这么一念叨，又被自己这个不恰当的比方逗笑了："见了趙先生，连话都不会说了！"正这么想着，脚底猛地绊了一下，一个趔趄差点摔倒在地。他慌忙稳住身子，照着一块碎石子就是一脚。看着急速滚动着的石子，他的心里不由得涌上了一抹复杂的情绪，几分惆怅，几分激昂。

第十二章

梁先生是顶着两肩雪花来到雁栖岭的。这虽然是入冬以来的第一场雪，却纷纷扬扬一连下了两天一夜，足足墩了一尺多厚，而袁家塾馆正是在这场初雪的浸润下开馆的。

头天晚上，梁先生便在袁继耀的请求下为两个小后生取好了官名。当得知他们的爷爷辈是按照"仁义礼智信"取名的时候，先生还颇为惊讶。"看来老太爷也是个文化人，仁义礼智信，温良恭俭让，咱就按这个顺序往下排，多好！至于辈分字，当下民国已定，就用'国'字吧！"于是大臭便成了袁国温，二臭则成了袁国良。

可令梁先生没有想到的是，国温倒是够"温"，但国良就不怎么"良"了！这不，就在开馆仪式上，这小子就劈面给他来了个"下马威"。

那天早上天刚麻亮，袁国温和袁国良两兄弟就被叫到了塾馆。与此同时，马玉山的两个重孙子马大宝和马二宝、磨六的大儿子磨起世也一并作为首批童生参加了开馆仪式。

梁先生庄重地将随身带来的孔圣人的画像挂于塾馆窑掌正中，然后稳步来到挂像的正前方双膝着地，并转身示意童生们也一道下跪。按照先生的示意，其他几位童生都立即在他背后跪下了，只有袁国良站在原地迟迟没动，并且当先生回头看他的时候，他还指着画像提出了一个和他大当初第一次见到孔圣人画像时一样的疑问："这是个甚神神？"

"此乃孔圣人，不是神。"梁先生一脸严肃地说。

看着梁先生严肃的样子，袁继耀急忙推了儿子一把，示意他赶快过去跪下，但他一扭身避开他大，继续问道："不是神神的话，拜那干甚呢？"

"天下读书人都要拜！自古如此。"此时，梁先生的脸已经有些黑了。

"拜这有甚用呢？"小家伙依旧不依不饶。

"只有拜了孔圣人，才可求得功名，当大官。"也许是因为情急，抑或是想用浅显的话语将道理解释清楚，梁先生竟然在如此庄重的场合，面对圣人说出了这样一句有悖圣人学说的话。

"那你也拜过？"

"当然！天下读书人都得拜。"

袁国良略略思索了一下，随即死死地盯着先生，脱口就是一句："那你还来这儿干甚呢？"

袁继耀实在没想到这小子竟然能说出这种混账话来，便猛地抡起胳膊，照准他的脸蛋儿就是一巴掌："你再敢胡说，老子捶死你。"随即顺着腿弯处一脚把他踩跪在地上。

当袁国良终于被迫跪下之后，梁先生便面朝圣人司起了礼仪："为天地立心，为生民立命，为往圣继绝学，为万世开太平……"说完便带着童生们一连磕了三头。

拜过孔圣人后，他又将一把靠背椅搬到自己刚才跪着的地方坐下，手里还捏了一把半膀长的戒尺，目光冷峻地将童生们巡视了一圈："教不严，师之惰！童生袁国温，展开左手！"

袁国温顺从地将左手展开举到他面前。只听啪的一声，一股钻心的疼痛迅速由手掌导遍全身。他急忙抽回手臂，整个身子都剧烈地颤抖了起来，眼泪不停地在眼眶里打转。但梁先生却很淡定，几乎看都没看一眼，接着便将目光转向袁国良："童生袁国良！"

袁国良自然明白他的意思，但并未照办，只把脖子一拐："你怎一来就打人呢？谁又没惹你！"

“这是规矩！”梁先生黑着脸说。

“这规矩是谁定的？”袁国良依旧没有配合。

“再给老子犟！”袁继耀恨恨地在儿子头上推了一把，差点把他推倒在地。待重新跪好后，袁国良稍稍犹豫了一下，径直将右手伸了出去。

“左手！”梁先生总以为他是分不开左右，便用尺子指了指他的左手。但他依旧固执地伸着右手，抬起头对先生说：“左手有狼爪子呢，不能打。”

袁继耀正欲再次上前教训，但被梁先生挡回去了。

“好！那就右手。”说着便啪的一家伙，力道明显比打他哥那下要大多了，但他似乎并没觉得有多疼，只皱了皱眉，红紫红紫的小手依然一动不动地高高举着，直到先生用尺子拨了一下才慢慢收了回去。

一连又是三声脆响，五名童生一起向先生磕了一头，然后站了起来。至此，这个后来被视作在雁栖岭的历史上具有里程碑意义的“袁家塾馆”的开馆典礼才终于在袁继耀的拳脚相加下勉强落下了帷幕。

那天，袁继耀破例到小灶吃了早饭，当然是为了陪梁先生。动筷之前还一再向先生表达歉意，可梁先生似乎并未把刚刚发生的不快当回事，只微微笑了一下：“你那老二还真是块料子！”

对于梁先生这句不合情理的话，袁继耀自然深感意外，便瞪大眼睛盯着他问：“就那丢底子货？”

梁先生再未言语，只微笑着点了点头，随即端起面前的黑瓷碗用起了早饭。趁着这个间隙，袁继耀又偷偷瞄了他一眼，虽然没能完全明白他的意思，但从表情来看，他刚才那话似乎还真不像是臊他呢。

后院中窑大奶奶的居室里，袁国温和袁国良两兄弟也正和几位奶奶一块儿吃早饭。袁国温倒还没啥，虽然也挨了一戒尺，但因为是左手，并不影响吃饭。但袁国良就不同了，原本就胖墩墩的右手肿胀得就像刚出锅的卤猪蹄，根本就没法握筷子。二奶奶一边喂他一边怨怪着：“你就不能省事点？看捶死你不？”

听二奶奶这么一说，袁国良猛然停住咀嚼，连饭都没来得及下咽就说："我哥哥倒省事，还不是挨了一家伙，顶屁呢！"这家伙从小就爱在长工堆里厮混，小小年纪已经学下了不少粗话。

"那你为甚不让打左手呢？"大奶奶训斥道。

"左手有狼爪子呢嘛！打掉怎办？"这家伙竟然还有些理直气壮了。

坐在旁边的袁国温看了弟弟一眼，喏喏地说："再不敢跟先生犟嘴了，那尺子真硬，打上可疼呢！"

袁国良转身看了哥哥一眼："他再敢打我，我两脚就……"正说着又猛然刹住了话脚，随即换了一个说法："都怨我大，花钱雇来个打人的。"

一波未平，一波再起。那天上午，他又重重挨了几下。

早课的时候，梁先生提笔在纸上写下了天、地、人、君、臣、民六个大字，然后领着大家念了几遍，并逐一讲解了每个字的意思。起初，袁国良也静静地听着，可听着听着就走了神儿，呆呆地盯着那几个大字，一副若有所思的样子，直引得先生拿戒尺在桌子上轻轻敲了两下："好好听！"

袁国良立即从思索中缓过神来，仰头问道："先生！这些字都是谁做的？"

"先圣仓颉。"

"怎叫这么个怪名字？我还当又是早上那个老汉做的呢！"

"不得无礼！"梁先生提高嗓门警告道。

袁国良抬脸看了一眼先生，随即指手画脚地发表了一番高论。"我看这人的手艺不行，把字做得太难记了。"说着便拿起毛笔，在纸上画了一条弧线和一个锯齿状的图案："你看，这天是圆的，地上有山有沟，这么写多好记。"说完还仰起脸盯着先生问道："对着不？"

在他这么"造次"的时候，梁先生始终默默看着他，直想笑，但又强忍着没笑，而是故意将脸黑了下来，用尺子在他书桌上啪啪敲了两下："展手！"

"甚？"

"手！"

袁国良猛地站起向后退了两步，将双手藏到背后，皱着眉头盯着先生说："你怎动不动就打人呢？我这不是跟你商量呢嘛！"

"快！再不展就两下！"梁先生加大嗓门吼道。

看先生步步紧逼的样子，袁国良稍稍犹豫了一下，随即大声吼道："那我不念了！动不动就打人！我大花钱雇你是让你教字呢，不是让你打人呢！"说完转身就朝门口走去。

趁着大家转身盯着袁国良的机会，梁先生赶忙偷笑了一下，又重重敲了几下桌子："你大说了，你要再不听话，他就红柳条子伺候。"

这红柳条留给袁国良的记忆实在是太深刻了，所以他便猛地刹住脚步，转身盯着先生问："那现在展出来打几下？"

"三下。"梁先生不假思索地说。

"怎又涨了？"此时，他的语气里已多少有些乞求的意思了。

"快，不然还涨。"梁先生死死地盯着他说。

袁国良原地定了定神，随即大步走到先生面前，一咬牙又将右手展了出去。

"左手！"

"左手有狼爪子呢，不能打嘛！"

"右手就十下！"

"十下就十下。"袁国良很快收起了刚刚露出的惧意，瞪大双眼死死地盯着先生。倒是旁边的袁国温有些扛不住了，慢慢站起走到先生面前，眼泪汪汪地乞求道："先生，你打我吧！我弟弟还小，不懂事。"

"好，那你这当哥的就替他……"

还没等先生把话说完，袁国良的面孔剧烈地抽动了一下，随即猛地将左手展了出来："打打打！"

梁先生不由得心里一惊，因为他清楚地看到，这小家伙的手心里还真有一只标准的狼爪。其实，关于这个狼爪，他在来前就听老杜讲过，但一直将信将疑，总以为老杜是讲戏文里的事呢！可震惊归震惊，"戏"还得往下唱，于是梁先生很快收起目光，照着狼爪处就是三下，并且光听声响就知道这几下的力道绝对不会比早上那一下轻。但袁国良依旧只随着戒尺的起落猛地咧了几下嘴，直到先生转身离开之后才慢慢将火辣辣的左手放到嘴边长长地哈了一口气，然后又像没事人一样地回到座位上了。从此直到散课，他都一直静静地坐着，也不听课，似乎一直在思索着什么。

当天下午，梁先生就震惊地发现，那把跟了他十多年的戒尺竟然被齐茬折成了三截，一字排开在他的八仙桌上放着。但他并没有声张，只微笑着将这些"残骸"收进抽屉，然后转身出了塾馆。

在雁栖岭，人们习惯将雨雪天气叫"天请客"，大多是要喝点自酿烧酒的。半下午，袁继耀就安排婆姨煮了一锅风干羊排，从酒窖里取了一坛两个儿子出生那年藏下的陈年雁回头，然后到前庄请来马玉山和马子杰父子，准备简单庆贺一下"袁家塾馆"正式开馆。

酒席一开始，袁继耀便歉笑着对梁先生说："听说我那颗儿前晌又给你跌了一坛！咱喝两杯，给你顺顺气。"

"谁说我的气不顺了？顺顺的嘛！"梁先生的语气明显带着几分激越。

"顺甚呢！我就一句话，该打就打，不要心疼。"袁继耀一边倒酒一边说。

梁先生喱了喱嘴："那娃娃以后真不能打了，再打会出问题的。"

……

此时的袁国良就在门外站着，一边抠指头一边奓着耳朵听里面的动静，听到先生这句话，便耸了耸肩膀，提了提精气神，就等着他大的一声厉喝了。因为自从踩断戒尺的那一刻起，他就已经做好再挨一顿红柳条子的准备了，并且已经拿定了主意，哪怕把他打死，他连哼都不会哼一声。但令他感到意外的是，先生却就此停住了话脚，再没有说什么。

"尽管打，那能出个甚问题！"袁继耀不以为然地说。

梁先生举杯敬了马玉山一杯，转身看着袁继耀说："你不懂。"

"把那俩碎孙叫来给先生敬个酒。"马玉山朝袁继耀扬了扬下巴。

袁继耀转身出了窑门，门帘一掀就看到袁国良正急匆匆地向后院小跑着，一副鬼鬼祟祟的样子。"跑甚呢？把你哥哥叫上一块过来敬酒！"

很快，两兄弟就一前一后来到了灶房。

"国温，过来给先生和马老太爷敬酒！"袁继耀对大儿子说。

袁国温便顺从地来到桌旁挨个儿敬了一圈。

"国良，你来！"袁继耀凶巴巴地盯了老二一眼说。

但袁国良并没有上前，依旧站在原地，埋着头抠指甲呢。

"叫你呢！没听见？"袁继耀提高嗓门吼道。

"手肿了，端不住杯子。"袁国良抬起脸，快速瞄了他大一眼，低声嘟囔道。

"左手端嘛！"

"左手也肿了。"

那可怜的样子逗得大家一阵哄笑，袁继耀也忍不住笑了起来，但很快就止住笑声，重拉下脸："刚念了一天书，两个爪子就都肿了，娘生就是戳牛屁股的料子。又挨尺子了？"

袁国良低头不语。

"挨了几下？"马玉山问。

"三下。"

马玉山咣的一声把酒杯墩到桌子上："打得好！你个碎孙，还真把你那狼爪子当成护身符了！还不能打！我看以后就专照那狼爪子打。"说着便指了指坐在对面的磨六，看着梁先生说："二娃、磨六那儿，就那个起世，还有我那个重孙子二宝子，这三个碎孙就是咱牛背梁的三大混世魔王！二娃是狗头司令，那两个就是狗腿子，成天上天入地，惹得猪狗都见不得！你不要怕，尽管归置，王法给得重重的，不然还真劈天飞呀！"

袁国良抬头瞪了老马头一眼，一脸的不服气。

"你碎孙还瞪甚呢？枉说你了？后庄随娃你干大家烟洞里的那堆石头谁摞的？七姓家的老公鸡是谁戳到茅缸里淹死的？还有前两天，你们三个为甚一起上手打人家马桩呢？鼻血都打出来了还不放手！"马玉山一口气历数了他们的几条罪状。

"那是他先打的我，我一个打不过嘛！"

马老汉啪地拍了一下桌子："你个碎孙还精光有理！再犟老爷捶你！老爷连你大都敢捶呢，不要说你个碎孙了。"说完又转头对袁继耀吼道："自古烈马费嚼子。你完了叫黑栓多给先生削上些尺子，就拿那老榆木削，削得宽宽的、厚厚的，好好把王法给上上，还翻天呀！"

"能行！"袁继耀应承道。

"好了，让娃娃吃饭去！"梁先生笑着说，随即站起来揽着袁国良的后脑勺将他送出了窑门，转身哼哼一笑："今前晌真不怪国良，是我故意打的。我就想探一下这娃娃的心性究竟有多硬。"

袁继耀这才舒了口气："哦！我还当那碎孙真又给你'跌坛'了呢！"

"老人家，袁老太爷小时候也是这个样？"梁先生又敬了马玉山一杯问道。

"我也没见过。我认得他的时候他都二十几了，但按理说也差不毫厘，你说一个九岁的娃娃，能在人吃人的年头一个人走几十天路逃荒到这雁栖岭，估计也不是个省油灯。狼嘛！没尻的。"老人抖动着一尺长的山羊胡子笑着说。

那天的酒并没有喝多少。老马头年龄大了，不能多喝，只喝了五六杯就让马子杰送回去了，梁先生也只喝了七八杯就不愿再喝了，酒场也随之散了。

雪已经在院子里积了厚厚一层，但依旧没有要停的意思。梁先生迎风踏雪回到后院自己起居的窑里，并没有点灯，只摸黑上了炕，斜靠着被褥垛子坐着。

　　窑里暖融融的，铁锅里的水正剧烈地翻腾着，灶坑里的劈柴噼啪作响，烈烈的火光从锅与灶的缝隙里钻出，投射到对面的窑壁上，蝶翅一般跃动。看着这跃动的红光，他的脸上也慢慢浮上了一股燥热，但也许只有他自己才知道，他的这股这燥热并不是因为刚下肚的那几杯雁回头，而是因为自己胸腔里那颗激越的心，而这一切又都源于他那个与众不同的弟子袁国良。

　　的确，在十几年的塾馆生涯里，就连他自己也记不清究竟教过多少孩童了。他们就像漫山遍野的花花草草，各有各的性格，各有各的脾气，有顽劣的，有乖巧的，有聪慧的，也有痴讷的，但他从来都没有遇到过像袁国良这样让人难以捉摸的娃娃。顽劣固然顽劣，可他的这种顽劣却又明显与众不同，非但不让人感到讨厌，反而给人一种清爽的感觉。他那坚硬的心性、聪颖的头脑、敏捷的思维、缜密的逻辑、犀利的言辞无不挑战着他作为一个老先生对刚满六岁的稚童的认知。刚开始，他还以为这一切都是出于某种偶然，但就在上午，当他狠下心来刻意对他试探了一番之后，就越来越坚信这小子绝对不是一块"俗坯"。尤其是当他看到齐刷刷地摆到八仙桌上的那三截断尺的一瞬间，猛然就想起了他的先生曾经讲过的一个道理："念书就像淘金，并非一镐子下去就能见到金子，甚至有人终其一生都一无所获。有的人当然要幸运一些，一连刨上好几年终于遇到了一丝金脉，但这还远远不到高兴的时候，因为那金脉是会游移的，一旦把握不好就又全白搭了。"其实，不光念书，教书又何尝不是如此？此刻，他已隐约感觉到自己正如那位幸运的淘金客，埋头刨了十几年之后终于发现了袁国良这道金脉，至于最终能不能顺着这道金脉淘到金子，还是个未知数。也就是说，能否成功滤掉这娃娃生性带来的杂质，将他培养成一个真正的、顶天立地的栋梁之材，就只能看自己的造化和能耐了。所以他越来越感觉到，对于袁国良这样的童生，绝对不能以惯常的手段对付，否则就真要造成误人子弟和损人良才的遗憾了，而对于一个教书人来说，这无疑就是莫大的罪过。他越想越激动，越想越燥热，便一骨碌下地出了窑门，摸黑进到塾馆里，对着圣人的画像一连鞠了三躬，然后转身来到院子里。

雪下得更大了，绒绒的雪花飘在脸上，湿湿的，凉凉的。梁先生久久地默立在雪地里，任凭鹅毛般的雪花在生冷的夜风里打着旋地落到身上，落满发梢，落满双肩，直至落进他滚烫的心间。

第十三章

　　就在梁先生思谋心事的时候，袁继耀也没闲着。

　　最近一段时间，尤其是"毁庙事件"发生以后，他就越来越真切地意识到，两个儿子真不能再跟奶奶们一块儿起居了。自从英子出生以后，两兄弟就一直在后院生活，很少到父母起居的窑里来。奶奶们又一直将他们视若命根儿，绝不容许任何人动他们一根毫毛，就连他偶尔教训一下，她们都会像护崽的老母鸡一样一起对他发起"进攻"。娃娃嘛！就像水，倒在杯子里就是圆的，倒在马槽里就是方的，关键看你怎么指教。就拿老二来说，这娃娃虽然生性带着几分顽劣，但到了今天这个地步，绝对与奶奶们的无原则袒护有很大的关系，再不改，将来非出大问题不可！这事儿再不能拖了。这么一想，袁继耀便起身向后院走去。

　　后院中窑他大妈居住的窑里依然亮着灯，根据从里面传出的对话声判断，她现在正用热水给袁国良敷手呢：

　　"烧呢！烧呢！"

　　"忍住！不烧能管用？"

　　"啊呀！都怨我大，花钱雇来个打人的。"

　　"还有脸说呢！为甚光打你呢？"

　　"大奶奶，前晌真不怨我！我还跟他商量着呢，就硬逼着打了我三尺子，比早上都用劲儿，可把我打结实了！"

　　袁继耀猛地掀开门帘进到窑里："你商量甚呢？捶死你都活该。"

　　"行了，看娃娃的手都肿成甚了！"大奶奶急忙挡架。

"狗嚎怨自身！"袁继耀狠狠地瞪了袁国良一眼，一纵身坐在炕楞边上，随即掏出烟锅子抽起了旱烟。

"大妈，我有个事想和你们几位老人商量一下。"

"你说！"见儿子一本正经的样子，袁刘氏的心里不免有些异样。

"臭娃！你把你几个奶奶都叫来，就说大有事要跟她们商量。"

几位婶娘很快就过来了，因为不知道袁继耀所说究竟何事，便都以急切的目光看着他。

"老人们，我想让臭娃和二娃搬到前院和我们一块儿生活。"袁继耀将几位婶娘环视了一圈说。

"为甚？"二妈袁吴氏不解地问。

"几年了，两个娃娃一直都是你们抚养。之前红椒要招呼英子跟二英，忙不过来。现在二英也大了，不缠身了，你们的年龄也都不小了，不能太劳累了……"

"我还当甚事呢！这没事，我们都还不到五十，还能蹦跶呢！"还没等他把话说完，老三袁马氏就抢着说。

"就是。再说两个娃娃身（注：陕北方言，指住）到后院，我们几个还好身些。"袁吴氏接过话茬说。

这句话让袁继耀的心猛然间悸动了一下。是的，自从"百里拔寨"之后，几位婶娘就一直寡守着，虽然身边也有姐姐们，但女娃娃终究不是"压心的"，直到他被"神狼"叼来，她们的心里才稍稍有了些寄托。后来，姐姐们都出嫁了，他也很快成家生子，两个儿子又接着伴随几位奶奶度了几年清苦日子。所以从某种意义上讲，这大臭和二臭就是奶奶们的"压心石"，如今猛然将他们挪开，还真有些残忍。但一想到二臭的情况，袁继耀便又下了决心："你们的心情我都理解，但真不能再把两个娃娃撂到后院了。人常说'隔辈亲，真要命'。你们一直把两个娃娃当命根子娇惯着，这当然也是人之常情，但时间长了真对两个娃娃不好。尤其是二臭，天生一副土匪坯子，再惯下去真会出大问题的，所以……"

"好了好了，不要说了！我还说你怎猛然间记起心疼我们几个干老婆子了，原来你是有你的小九九呢！那就赶紧引走，尔格就走！你当我们几个想伺候你这两个小老子呢？"老大袁刘氏猛地打断他，对着他吼叫起来。老三袁马氏也跟着帮腔："二娃怎就是土匪坏子了？小子娃娃嘛！走路连个蚂蚁都踩不死就好？再说你怨谁呢！你们老种子就是狼嘛，能下下个羊羔子？"

"我这不是跟你们商量呢嘛！"几位婶娘的轮番攻击显然让袁继耀有些招架不住。

"快快快，赶紧引走！他三妈你不要说了，人家的儿，人家想怎就怎，不然将来真成了土匪，咱几个干老婆子就死都死不安稳了，咱可担待不起。"袁刘氏说着便抹起了眼泪。

一看这架势，袁继耀立马服软了："不要哭嘛！你们不愿意就算了，我又不是强求呢！那咱都睡，就当我没说。能不？"说完伸手在他大妈耸动着的肩膀上拍了拍，转身落荒而逃了。

袁继耀一脸颓相地回到窑里，一屁股稳在老太爷曾经坐过的圈椅上，一边吞云吐雾一边回想着刚才的事儿，一股强烈的愧疚旋即涌上心头。

要说这些年，可真苦了几位婶娘了！他的老子们齐茬折逝的时候，他大妈才二十三岁。如今又一个二十三年过去了。人常说寡妇门前是非多。说句不好听的，这袁家其实就是个寡妇窝子，正如已经在当地流传了很多年的顺口溜说的那样："雁栖岭，两面坡。面水山的好地多，背水山的好汉多。好地种麦吃馍馍，好汉留下些寡妇窝。"尽管如此，几位婶娘却一直本本分分，从来都没有招惹过哪怕一丁点是非。她们也是普通女流啊！如若在别家，说不准早又组建了自己的家庭，如今也是儿孙绕膝、天伦满满了。他心里很清楚，她们之所以一直都像古戏里的那些贞妇们一样苦守着，油灯般地默默耗费着自己的生命，很大一部分原因就是她们自己的姓氏前面加了一个"袁"字，也就是说，她们其实就是用葬送自己一生幸福的惨重代价顽强地守护老太爷抑或整个袁家的脸面呢！单从这点来讲，自己刚才的行为就实在有些鲁莽了，甚至都有些忘恩负义了！

袁继耀越想越后悔，越想越自责，便决定过去给几位婶娘好好认个错。但正当他准备起身的时候，门外突然传来二妈袁吴氏的声音："狼娃儿！睡了没？"

袁继耀的心猛地一紧，以为是大妈的情绪不好安抚，二妈前来叫他了。他知道大妈一直都是烈性子，所以便两步跨过去打开门："怎了？"

袁吴氏一步跨进门里："没怎。我们几个商量了一下，今天就算了，让臭娃和二娃明天搬。你说的也对着呢，娃娃们真不能跟我们了，不行。"

袁继耀急忙将袁吴氏让到圈椅上，自己拉了一把小凳坐到对面，一脸诚恳地说："如果你们舍不得就算了，这两碎孙走了，你们也真不好身。"

袁吴氏将腰里的围裙理了理："没事，我们几个又不是憨人，虽然舍不得，但甚大甚小，心里还是有数呢！再说不就前后院嘛！又不是见不上。"

袁继耀的心头猛地一热，满怀感激地看了袁吴氏一眼，拳头大的喉结剧烈地抖动了两下，然后便趁机与二妈交起了心："我知道几位老人都是精明人。这些年我一直想好好跟你们拉一回话，但男人家舌根子直，话到嘴边又说不出来。今天喝了几口酒就跟你说说。"他看了一眼袁吴氏，抿了抿嘴唇："二妈！我有时候常觉得我是个可怜人，活了一回人，连自己的来路都不知道。但大多数时候，我又觉得我是个福气人，不知道修了多少辈子的恩德才来到咱这富裕之家。虽然活了二十几年都不知道'大'是个甚，但我有四个妈。我爷爷把我从狼嘴里夺下，你们几个又一把屎一把尿把我拉扯大。没有我爷爷和你们几位婶娘就没有我的今天，这我心里比谁都明白。但正因为我明白这份恩情，所以我才常想，咱袁家绝对不能在我手上败了，不光在我手上，就是在我的儿孙手上也不能败。但要想不败，子弟就一定要争气，一定要培养好。我这次去谷川请先生才知道，这天外还真的有天，咱们和人家的差距真是太大了！主要就是没文化。我知道二娃不是土匪坯子，我也就那么一说，而且这娃娃一旦规正好了，绝对是一根扛硬'顶门杠'。现在的天下，我是越来越看不懂了，弄不好很可能还真要大乱一场。到时候，所有人就都得在'大浪里扳船'呢！咱家这么大一份产业，没个扛硬艄公还能行？二娃这娃娃硬气、灵动，但身上也真有不少坏东西，必须砍掉。怎么砍？就得念书、学文化。你看人家梁先生，一举一动、出言吐语是不是跟咱不一样？所以咱们就得把先生配合好，这也就是我刚才跟你们提那事的主要原因。当然，我从心里能理解你们几位老人。我爷爷当年指教我的时候，你们也心疼、庇护过我。我当时虽然嘴里不敢说，但心里也是一肚子怨气。为甚穷人家娃娃都要得昏天黑地，我一个东家的娃娃还要受苦？但尔格看来，要不是我爷爷当年的狠心培养，我能撑得了袁家这条大船？我爷爷殁的时候我才二十啊！"

说到动情处，袁继耀泪流满面，袁吴氏也跟着哭了起来："二妈明白，我们几个都明白。这么重的担子搁在你一个年轻人身上真不容易，我们又都是女流之辈，给你架不上力……"

袁继耀赶忙摆了摆手："不，二妈，你们其实给我架了大力了。现在我也快三十了，也能担事儿了，所以你们就甚都不要想，好好活着就是我最大的福气，最大的靠山。你看咱家这几年，人财两旺，顺顺当当，所以你们几位老人家一定要把身体养好，到你们一个个六十大寿的时候，咱风风光光给你们办一场。不光六十，咱还要过八十大寿。"

袁继耀生性话少，还从来没跟几位婶娘拉过这么多的话，所以这一番推心置腹显然把袁吴氏打动了，眼泪就像断了线的珠子一样顺着脸颊滚滚而下："我们几个都知道你是个孝顺娃娃，你大妈就是个直筒子，脾气不好，其实她最疼你。"

"我知道，你们几个都疼我。"袁继耀伸手为袁吴氏擦了一把眼泪，继续说道："还有个事儿刚才没来得及说。等明年正月，我就和我姐姐和姐夫他们商量，叫他们把我大一点的外甥都送来念书，将来都要出人头地。"

袁吴氏止住了哭声："好，那是你们姊妹间的事儿了，你们自己商量去。我先过去了，她们都在等我，也急着呢！"

因为下雪，加上袁吴氏又是小脚，袁继耀便硬坚持着将二妈背到了后院中窑。

此刻，几位婶娘正坐到一块儿等袁吴氏回话呢。袁继耀便趁机向她们认了个错，然后又将刚才那番肺腑之言叙说了一遍。几位婶娘听着听着也都抹开了眼泪，并纷纷表示坚决支持他的想法。

袁继耀走后，袁国良兄弟俩也在袁刘氏的招呼下睡下了。但那天晚上，袁国良第一次失眠了，翻过来调过去怎都睡不着，最后索性裹着被子坐了起来。

"快睡嘛！坐起干甚呢？"正坐在麻油灯下纳鞋底的袁刘氏低声训斥道。

"心上有事，睡不着。" 袁国良一边往紧裹着被子，一边大人一样地说。

他的这一举动猛然把袁刘氏逗笑了："不要气你大了！你能有个甚事？"

袁国良稍稍犹豫了一下，朝大奶奶身边靠了靠，压低声音说："我跟你说个事儿，你可千万不敢给我大说，不然我又得一顿红柳条子挨。"

袁刘氏停下手里的针线，疑惑地看着孙子："甚事？"

"我把先生的尺子给踩成三圪节了。"袁国良咬了咬嘴唇说。

这短短几个字就像晴天里的一声霹雳，瞬间就把袁刘氏击蒙了，她瞪着双眼死死地盯着孙子，好大一会儿才缓过神来，急忙问道："甚时候的事？"

"就今后晌嘛！起世和二宝子给我照人着呢，我进去两脚就踩成三圪节了。"

"那断尺子呢？撂了？"

"没撂，直接摆到先生的桌子上了。"

"为甚不撂呢？"

"撂了干甚呢？我就想让他晓得是我踩的。"

袁刘氏的脸瞬间就白了，猛地伸过手里的鞋底，在他额头处狠狠戳了一下："碎爷爷哟！你真是不想活了！看你大晓得能活剥了你不！"

袁国良偏头躲了一下，随即就地蹲了起来："挨打我倒抹下了，我一后晌就等我大打我着呢！但那先生还没给我大告，你说日怪不日怪！"

"他是不是还不知道？"袁刘氏对此也深感疑惑。

"早知道了，临黑进塾馆就看见了，可是甚都没说，直接就把那三截断尺子放到抽屉里了。"

"那他是不是还不知道是你干的？"袁刘氏问。

袁国良将脖子一扭："怎不知道？除了我，谁敢呢！"

"那为甚不告呢？"

"所以我品见这先生好像也不是坏人。"袁国良并没有直接回答袁刘氏，只自顾自地说。

"人家是来教你们识字的先生，怎会是坏人呢？"袁刘氏瞟了他一眼，恨恨地说。

袁国良没有立即搭话，扭转头痴痴地望着对面墙上自己的影子，好大一会儿才又转过头问："大奶奶，我大刚是不是说想让我以后当咱家的掌柜呢？"

"嗯，是呢！就看你这颗脑袋能当了不！"

袁国良伸手拍打了几下枕头，一个后仰睡下，然后长长叹了一口气，一本正经地说："唉！看来以后再不能了！当掌柜就要有当掌柜的样子呢！"

袁刘氏强忍住笑意："知道就好！但你还是先考虑一下怎了你踩尺子的乱子呢！"

袁国良稍稍思考了一下："还能怎了？明天砍上根红柳条子给先生，再把实话给他说了，大不了再挨上几条子，以后不闯乱子就行了嘛！"

第二天一大早，袁国良果真早早起了床，提了把斧子到庄湾砍了红柳条，等梁先生进塾馆的时候，他已经一手攥着三截断尺，一手拿着红柳条站在自己的位置上了。见先生进来，他便急忙走过去，顺手把手里的红柳条递过去："先生，你打我吧！"

但梁先生并没有接，只顺手拉过一把椅子在他对面坐下，微笑着看着他问："为甚要打你呢？"

"这尺子是我踩断的。"

"我知道。"梁先生笑着说。

袁国良定了定神，顺手将红柳条放到先生旁边的桌子上，然后展开左手递到先生面前："那你就打吧！几下都行，这红柳条子打人比你那戒尺都疼。"

梁先生拿过红柳条，顺手将他的小手拨了回去，面带微笑地说："国良，我今儿非但不打你，还要夸你，男子汉大丈夫，就应该敢作敢当。"

还没等先生把话说完，袁国良又固执地将手递了过来："你还是打几下吧，不然我心里难受。"

梁先生哈哈一笑："不必难受。你是个料子！不过料子只是料子，将来能不能成器还不好说。顽皮点无所谓，但你一定要明白'君子有所为而有所不为'，就是说你要知道哪些事能干，哪些事不能干。只要你好好念书，把心性往正路上用，我敢保证你将是我这辈子教过的最好的学生。"

两颗油粒般的泪珠唰啦一下从袁国良那涨得通红的脸蛋上滚了下来。他顺手抹了一把眼睛，挺了挺身子哽咽着说："先生，我明白了，我以后再不惹你生气了，要不你就往死里打。"

梁先生伸手将他揽到怀里，用厚实温润的手掌为他擦干了眼泪，随即拉着他的手走到八仙桌前，提笔在纸上写了"袁国良"三个大字，转身问道："认识这三个字不？"

"不认识。"袁国良摇了摇头。

"这就是你的名字。"

袁国良又轻轻摇了摇头。

梁先生想了想，用他所能理解的浅显的话语解释道："就是好的意思。你五个爷爷名字叫'仁义礼智信'，你这辈按'温良恭俭让'往下排。要知道，这十个字就是自古以来评价一个人是不是好人的最重要的标准。所以你一定要'学为好人'，可不敢把这名字给辜负了。"

此时，袁国良已经有些激动了，面对先生郑重地点了点头，随即仰起脸问道："那怎才能学成好人呢？"

"好好念书。"梁先生将笔放回砚台，一脸严肃地说。

袁国良又点了点头，坚定地说："我知道了！"

那天早课，梁先生并没有按照教义授课，而是提笔将雁栖岭和几位童生的名字挨个儿写了下来，并一一讲解了其中的含义，几位学生对此明显更感兴趣，都出神地听着，认真描摹着。这也是他们第一次真正认识自己生活的这片土地，认识他们自己。

描摹了一会儿自己的名字后，袁国良突然停笔问道："先生，'狼'字怎写？"梁先生又微笑着写了一个"狼"字。袁国良痴痴地盯着看了半天，嘴里不由得嘟囔了一句："哦！这就是狼字！"

第十四章

当雁头峁背阴处的最后一坨积雪终于在日渐北移的太阳下完全消失，整座山岭再次全部裸露在阳光之下的时候，又一个崭新的春天便如约而至了。

头一年封冻之前，延北县的另一条灌渠——南惠渠的主体工程也基本完工了，只剩下龙石窑和宽沟口的两座跨河渡槽还没有修好。为保证整条灌渠在春旱到来前派上用场，元宵节刚过，楚立革就分别在两个村子的采石场跑了一圈，督促匠工们加紧采挖石头，一待大地完全解冻便如期复工。

其实，他的督促纯粹是多余的，因为两年前竣工通水的北惠渠给延水川带来的巨大福利已经给了桃花川人强烈的刺激，所以复工后不到一个月，两座总跨度长达四百多米的渡槽就长虹一般地横跨于桃花溪两岸了。而就在南惠渠全线试水的前三天，他却突然被革职了。

那天下午，楚立革正在工地上扛石头，小郭子突然来报，说道里来了两位公差，有重要政令给他传达，请他立即返回县署。他加快步伐将石块扛到匠工面前，手脸都没洗一把就走了。

当楚立革黑水汗脸地赶到县署的时候，天已经黑了。值班室里，一胖一瘦两位来客正在油灯下悠闲地喝茶呢。见他们进来，那瘦子瞟了他一眼，随即一脸不屑地对着小郭子责问道："我让你叫楚知县，你怎叫来个民工？"

他笑了笑："鄙人就是楚立革。"

那公差一惊，慌忙放下茶杯欲和他握手，但他两手一摊，笑着说："刚从工地下来，泥手泥脚的，就不握了吧！"

"那咱到你办公室说话！"

楚立革当即打发小郭子先行一步，把办公室的麻油灯点着，然后才将来人带了过去。

待客人进门，楚立革就朝他们歉意一笑："延北就这条件，还望二位不要见笑。"说着便给客人让了座，转身接过小郭子递来的水盆，一边洗手一边问："二位驾临延北有何公干？"

那瘦子看了他一眼，说："楚知县，道里决定擢升你为《沙城府志》总编纂，延北知县一职定由朱清民接任，就是这位先生。"说着指了指坐在旁边的一个胖子继续说道："动身前，康道尹还专门嘱咐我转告楚兄，说修志可是利在千秋的大事，让你担任总编纂是道里对你的信任，也是对你这几年为官一方的肯定和褒奖，希望你能在三天内完成交接，与兄弟一道去沙城赴任。"

此时，楚立革已经洗完了手，慢吞吞地在他们对面坐了下来："用不了三天，今晚就能交接。"

瘦公差点了点头，随即从公文袋里取出两张文书："这是任免文书，请你在上面签个字。"

楚立革拿起文书看了看，转身从办公桌上拿过毛笔，在签名处写下了"楚立革"三个字，随即将任职文书推到瘦公差面前笑着说："免职文书楚某签了，至于这任职文书嘛，就劳烦兄弟转告康道尹，楚某草莽出身，斗大的字不识二升，实在难堪总编纂的大任，就请他另寻高明吧！"

"楚兄是对总编纂的职位不满吗？"瘦公差盯着楚立革问。

楚立革微笑着摆了摆手："兄弟错怪了！楚某半生草莽半生戎马，如今已近天命之年，也该歇歇了。"

那瘦公差惊异地看着他："那兄弟该如何向康道尹复命呢？"

"就照实说吧！"说完便起身开门，将账房叫了过来，仅用了不到两个钟头就将人丁田亩及几年来的收支账务全部交盘了个清楚，并当场将县署印鉴一并交付。这时候，小郭子过来叫他们吃饭了。楚立革抬头看了朱清民一眼说："既已交接完毕，这顿饭就算你老兄的了，吃歪吃好可不能怨怪楚某。"说完哈哈一笑，就带着他们朝伙房去了。

酒菜已经上桌，一盆干豆角腌猪肉，一盘炒洋芋条，一盘清调野小蒜，一盆黄米干饭，外加半坛雁回头。

楚立革顺手掂起酒坛子摇了摇，笑着说："就剩半坛了。延北这地方地僻民穷，没甚特产，但这雁回头倒实在是一口好酒。"

朱清民接过酒坛端详了一小会儿："雁回头！就是号称'沙城第一坊'的那个？"

"对！这酒就是咱县北雁栖岭袁家酒坊出的，这岭上袁家可是有名的英武仁义之家……"

还没等他把话说完，瘦公差便抢着问道："是不是当年拔了靖州龙山寨的那个袁家？"

楚立革笑着点了点头："兄弟也知道这事儿？"

"家父前朝时曾在靖州县衙当差，还跟当时的县令去拜访过袁家，听他讲过一点。"

楚立革满上酒，依次敬了二人一杯，然后盯着瘦公差问："那令尊大人有没有讲过寨子里的土匪姓甚名谁？"

瘦公差略略思谋了一下："姓甚名谁就不记了，只记得外号好像叫个天杀狼。"

楚立革笑着点了点头："对，天杀狼，也就是鄙人。"

二人当即愣在了那里，好大一会儿才缓过神来。那瘦公差赶忙端起酒杯，满脸歉意地解释道："实在抱歉！兄弟不知内情，冒犯楚兄了！"

楚立革淡然一笑："此乃实情，何谈冒犯！这事儿全延北都知道。"说着便将"百里拔寨"的来龙去脉以及拔寨之后自己的经历毫无保留地讲述了一遍，那戏文一般的离奇情节直惊得两位客人灵魂出窍。讲完后，楚立革又提议三人共饮了一杯，然后瞄了一眼坐在对面的朱清民说："这延北人虽然憨厚，但都是驴脾气，一旦惹毛了还真不好对付。二位想想，不到五十个人就敢百里奔袭端我的土匪寨子，并且生硬给连根拔了，这是何等的彪悍？所以，自从到延北任职的那天起，楚某就一直如履薄冰，生怕一不注意再让他们把这县署也给端了！不知二位是否知晓，明末造反头子高迎祥就是延北人。"

朱清民当然听出了弦外之音，便急忙敬了他一杯："朱某一定向楚兄学习，一身正气、爱民如子……"

楚立革笑着打断他："老兄切勿多虑！楚某绝无此意，只是话拉到这儿了，顺便讲讲我那不光彩的过往。你我都是追随总理革命的人，刀光剑影半辈子，不就为了天下大同嘛！"

"那是那是。"朱清民连忙附和。

楚立革笑着点了点头，随即正言道："既然如此，楚某还有一个不情之请，不知当讲不当讲？"

"但讲无妨！"朱清民说。

楚立革仰头自饮了一杯："楚某在延北任职整七年，并无建树，就修了两条灌渠，一条叫北惠渠，已经投用了，你们来时应该看到过。另一条叫南惠渠，还得两天才能通水，所以楚某还想再逗留两天，善始善终嘛！还望朱兄能行个方便。"

朱清民没有立即搭话，只定定地看着瘦公差。

瘦公差略略思索了一下："既然楚兄不急着就任新职，我看也可以。只是希望老兄之后能去一趟沙城，当面把想法和康道尹谈清楚，不然兄弟真不好交差啊！"

看他为难的样子，楚立革便当场应了下来。

其实，对于这场变故，楚立革早就有了思想准备。他知道自己这些年一直都是官场上的另类，对下毫厘不取，对上分文不送，也从不搞迎来送往、大吃大喝那一套。七年来，他一直严格执行着自己定下的"三三制"：将一月砍成三截，十天在县署办理公务，十天到修建水渠的工地上扛石头，剩下的十天则深入全县各区各村体察民情。几年下来，老百姓是高兴了，但自己却落了个上怪下怨。上司怪他占着一个知县的肥差却没有毫厘"进贡"，而下属又因为他的严加管束而怨气冲天。更为严重的是，他的所作所为就像一面"照妖镜"，毫不留情地照出了某些人的丑陋和狰狞，尤其是与延北紧邻的几个县份的官吏们，对他几乎到了"是可忍孰不可忍"地步。因为他们治下的老百姓总是拿他们和他对比，并且得出了一个内容相近的结论，大意是"宁当延北三天鬼，不做当地一世人"。正因为如此，临界的外县百姓都想尽办法往延北迁徙。据统计，仅五年时间，延北县的居民就增加了两万四千余口，其中一大半是外县迁来的。这种现象自然会让邻近的"父母官"们颜面尽失，所以他也就完全沦为他们的公敌了。

在这种情况下，道上之所以一直都没有动他，主要是因为忌惮他与景务木之间的特殊关系。但自从景先生去年在关中老家遇刺身亡后，那康道尹便开始横拦绊子竖设卡，变着法地跟他过不去。就在今年年初，道上竟单单将延北县的赋税上调了一倍，理由是北惠渠使延北县的粮食产量大增。这纯粹就是赤裸裸的强盗逻辑。修建灌渠的巨额花销绝大多数来自民间的认捐，县里只从原本就十分拮据的公务经费里挤出了不到八分之一的资金，道上则更是没投一个铜板。就在南惠渠正式动工前，楚立革还曾专程到沙城申请过资金，可那康道尹头摇得拨浪鼓一样，开口没钱闭口困难。真正困难倒也罢了，但他们天天莺歌燕舞、山珍海味，一顿饭的花销就足够民工灶几天的开支。再说，连尚未竣工的南惠渠算上，两条灌渠也只能惠及延水川和桃花川沿线，这点儿河川地仅占全县耕地总面积不到百分之四，而如今一下子就将全县的赋税整体上调一倍，这不明摆着是要齐茬断掉延北人的活路嘛！所以在苦谏无果后，楚立革便当着全道二十三个知县的面，跟自己的顶头上司美美吵了一架。那康道尹根本没有想到，一个全部身家性命都被牢牢攥在他手里的"九品知县"竟然敢当众毫不留情地顶撞自己，便气急败坏地呵斥道："你别说那么多！你就说你那知县的位子是谁给你的？"

"当然是党国给的。"楚立革拍着桌子吼道。

"那你楚立革为啥光替百姓说话，不替党国说话呢？"

楚立革终于忍无可忍了，猛地站起来指着康道尹的鼻子就是一顿臭骂："你这话甚意思？替老百姓说话不就是替党国说话吗？'三民主义'是怎讲的？你还成天开口'民权'闭口'民生'，老子一个土匪都替你脸红！"

也就是那次开会回来，楚立革就知道自己这个知县就算是干到头了，便吩咐账房尽快将所有账务整理清楚，做好了随时卷铺盖走人的准备。

第二天一大早，楚立革就急忙向龙石窑工地赶去，路上顺便在云店子村买了一头青色老驴。当他骑着毛驴回到工地的时候，民工们都很诧异："你怎放下高头大马不骑骑驴呢？"

楚立革淡然一笑："县署有公差，马都派出去了。"随即找来一根长绳，将驴拴到河滩草地上，便挽起袖子继续扛石头去了。

两天后，当楚立革将最后一块方方正正的大青石安置到渡槽的"龙口"处之后，整个工地瞬间沸腾了，所有的民工尽情地叫喊着、打闹着。蓦地，一曲充满喜庆的秧歌调于一片哄闹声中悠然传来：

　　各位乡亲听我言，老楚是个好知县。
　　南北二渠灌良田，粮食年年冒囤檐！

众人的情绪很快被调动起来了。一时间，鐾头、铁锹、木杠、绳索等所有可以拿到手里的物件全都变成了秧歌伞和"搬水船"的桨子。所有人都不顾连日的劳累和满身的泥巴，尽情地扭动着、摇摆着、哄闹着，平日五大三粗的身段猛然间灵活得就像春风拂动下的嫩柳。

　　各位乡亲们你再听，老楚是咱的大恩人。

他一心只为老百姓，咱浇地不忘修渠人。

气氛一浪高过一浪。楚立革站在渡槽中央，默默地俯视着这片欢腾的海洋，心里不由得腾起一股惆怅和感动相互掺和的复杂感觉。实话说，对于乡亲们的赞颂，他并不感到意外，也知道这些朴实的颂词都是发自他们内心，但他又清楚地知道，那一渠清水带给他们的兴奋和欢乐很快就会被接踵而至的苦难冲击殆尽。他就要走了，而在民国庞大的官僚队伍里，究竟能有多少楚立革？即便有，又会不会再次幸运地降到这些朴实憨厚的乡亲们头上？正这么想着，突然听到有人叫他，他"哦"地应了一声，转身下了渡槽。众人一拥靠了上来，争着将自己手里的家什递给他。他便就近接过一根木杠，也跟着队伍扭了起来。

众位亲朋你听我讲，万事它都靠众乡党。
只要官民往一块想，太平日子就万年长！
哐哐哐，哐呵唥哐哐。哎嘞哎嗨哟，太平日子就万年长！

虽然没有锣鼓家什，但所有人都是锣鼓家什。

这场"土场子秧歌"一直持续到太阳落山才散了场。那天，桃花川大户李凤扬还专门捐了十只绵羊和十坛自酿高粱酒。整整小半夜，羊肉的清香和烧酒的浓烈在工地旁边的十多个院子里相互掺和着、激荡着。所有人都开怀畅饮着，整个工地都蒸腾着一股胜利的豪迈。是的，他们的确应该感到豪迈，因为经过整整六年的接续奋斗，四万多延北人终于以人均一块银圆的巨大开销，成功打通了两条总长一百四十里、惠及十几万亩土地的灌渠，这样的壮举怎能不叫人心生豪迈呢？

在一片猜拳喝令声中，楚立革在建设局局长谭启文的陪同下挨着在每一孔窑洞转了一圈，并且像往常一样嘻嘻哈哈地和大家开着玩笑，没有流露出任何异样的情绪。

　　由于工程已经全部竣工，第二天，好多民工都破天荒地享受了一回"自然醒"，但也有一些乡亲早早就起来了。老楚也是那种睡不住的人。以往，只要他在工地，总是天麻亮就起床，沿着河滩散上几圈步。慢慢地，在他的带动下，散步的队伍越来越庞大了。但那天早上，当早起的乡亲们来到楚立革和谭启文居住的窑里叫他的时候，却发现窑里只有谭启文一个人，正拿着一张马莲纸面无血色地发呆呢，好一会儿才回过神，哆嗦着嘴唇说："楚知县被调走了！半夜就走了，我也是刚醒来看到他的信才知道的。"

　　消息很快就传开了，附近院子里的民工们都涌了过来，闹嚷嚷地乱成了一团。谭启文仰了仰头，转身出了窑洞，站在院角的磨盘上大声将信读了一遍：

诸位兄弟并延北父老钧鉴：

　　革本草莽，受党之托，窃居县位已逾七载。期间，父老无不抬爱，同僚尽皆辅佐，然因德浅能疏，虽尽心尽力，终致业薄绩微，未曾达父老希冀十之一二，遂此番被革，皆合情理！

　　今日窃走，意不愿因立革一己之谪遣而劳诸位动心。"铁打的衙门流水的官"。恳请诸位能体察立革之用心，各安其所，各履其责，万不可因此生变。如此，则不负立革善始善终之愿矣！此事劳请启文弟务必关照！

　　恭祝诸位福躬无恙，阖家安康！

楚立革敬上

楚立革是交半夜时分走的。

二月的夜里依旧寒气逼人。他着青衣、跨青驴，默默行进在青幽幽的月光下，延北七年的点点滴滴历历在目。

七年来，他虽不敢自诩"殚精竭虑，夙夜在公"，但也的确未敢有丝毫懈怠。当然他也承认，自己的所作所为也并非全部出于公心，很大程度上都是出于对自己罪恶的前半生的救赎，可他绝对敢拍着胸口说，自己做到了问心无愧。但一想到这些憨厚的乡亲很快又要陷入水深火热之中，一股无奈的感伤便袭占全身，使他不由得阵阵发冷。这绝对是他所不愿看到的，但在四处漫溢的滚滚洪流面前，区区一个楚立革又有何用？于是他又记起了经常在心里琢磨的那场"风"。这么一想，他便抬头朝天空望了一眼，那玉盘一般的月亮周围正布着一圈幽幽的光晕。"日晕三更雨，月晕午时风。"看来，这风真的不远了！

楚立革的突然到来让袁继耀深感意外。

刚开始，当他看到有人骑着毛驴从东翅梁下来的时候，还以为是山那边转亲戚的过路人呢，直到听到那人远远地叫他，才辨出是楚立革的声音，便急忙停住耧子迎了过去："干大，你老人家怎突然来了？"

"叫人搂了！"楚立革翻身下驴笑着说。

"甚搂了？"袁继耀一时没听明白。

"官嘛！我现在和你一样了，哦！还不如你呢！你还是东家，我这纯粹就是……"

还没等他把话说完，袁继耀就一步跨到他面前："官让人搂了？为甚？"

"铁打的衙门流水的官嘛！还能让你往老当？"

"你是不逗我呢？"袁继耀从心里不愿相信这个事实。

"你看我像逗你吗？"楚立革指着自己的脸说。

袁继耀这才将头深深地埋了下去，好半天才故作轻松地说："搂了也好，正能歇缓几天，反正你当那官也是个受罪官。"

"好，那我就不受那号洋罪了。"楚立革哈哈一笑，随即指着鞍子上绑着的一根柳椽，"半夜从工地上走的，没地儿买香纸，路上正好碰见一滩柳椽栽子，就拔了一根。我想把这栽到老太爷的坟地边上。以后就不一定再能给老太爷上坟了，这树一年一发芽，就算我来过了。"

"都快晌午了，明天再去。"袁继耀劝说道。

楚立革抬头看了看太阳："那也行，咱今黑里再好好拉谈拉谈。"说完便一纵身跃上地塄，脱了鞋，两把将裤脚挽起，捉起耩子就翻起了地，一招一式还真有几分受苦人的架路呢！

想到楚立革一路劳累，袁继耀便提早歇了工，带着他回去了。一进大院，楚立革就提出要去塾馆看看。正在授课的梁先生听见他叔来了，急忙迎了出来。

"行顺啊！怎样？心顺不心顺？"

"顺顺顺。"梁先生笑着说。

几位童生见有人进来了，都一起鞠躬问好。

楚立革哈哈一笑："哈呀！还真不一样了哦！看来这四川的猴还真就要山东人要呢！"幽默的话语引得大家一阵哄笑。正笑着，楚立革突然将脸一板："那年是哪个娃娃踢了我一脚？"

袁继耀上前一步指着袁国良说："就我这个二小子。"

袁国良慌忙将目光在楚立革和他大脸上来回移动了几下，用力将脖子一拐，大声说："我没踢哦！"

楚立革故意把脸一黑："光踢一脚倒没事，问题是你还要杀我呢！怎办？"

袁国良显然有些急了，小脸涨得通红，但并不胆怯，只提高嗓门辩解道："你纯粹胡说呢！我见都没见过你，杀你干甚呢？"

袁继耀看儿子有些不耐烦了，担心再逗下去又会生出什么岔子，便在儿子头上摸了一把说："你干爷逗你呢！"

楚立革哈哈一笑，俯下身子问："你识了多少字了？"

"没数过！"这家伙似乎还在为刚才的玩笑话而生气呢，语气颇有些生硬。

"那就写几个字给干爷看看？"

袁国良将桌上的纸张捋了捋，提笔就写了个"雁栖岭"。

"啊呀，都会写雁栖岭了！那你会写你的名字不？"楚立革继续问道。

小家伙很快就写好了自己的名字，抬起头看了楚立革一眼。

"袁国良。好名字！谁给你取的？"

"先生取的。"

"好好好，这名字好！"楚立革说着便准备到袁国温的座位上去了，就在他刚刚直起身子准备离开的时候，袁国良又看了他一眼，大声说："我还会写狼字呢！"

楚立革一愣，随即俯下身子："好！那就给咱写个狼字！"

袁国良重新拿过一张纸，慢慢铺展到桌面上，一笔一画地写了一个大大的"狼"字，然后抬起头，目不转睛地盯着他。

楚立革定定地盯着那个"狼"字看了半天，随即转身对袁继耀说："你这二小子将来绝对了不得！"

当天晚上，他们三人都是在梁先生窑里过夜的。

昏黄的麻油灯下，三人围着炕桌边喝边聊，融洽得就像父子之间聊家常。

对于自己被革职，楚立革的确很是淡然，但一聊起"风"的话题，便又激昂起来："民国初建，革命成果就被袁世凯窃取，虽经两次护法，但收效甚微，本质原因是孙先生只顾在上头改革，漠视了百姓的力量。这中国就像一棵大树，上层是树干，省县是树枝、树梢子，百姓就是树叶子。要想让这树动弹，首先要动树叶子呢，叶子带梢子，梢子带枝子，光抱个树杆子，累死你都摇不动。眼下群魔乱舞，上下一片混乱，百姓依处水火，较清朝并无多少实质区别。执政者，尤其是底层执政者已经再次站立在了民众的对立面上。不过，民众却正在这场混乱中觉醒，我感觉整个中国正在酝酿着一场空前的风暴，而且时间绝对不会太久。"

"风由何来？"梁先生问。

"来自民众的觉醒。时下的中国就像一锅已经烧响的水，锅底已经冒起了泡泡，只待再添一把猛火就可翻江倒海了。民众就是那把干柴，一旦烧起来，力量就是无穷的，就一定会摧枯拉朽，势不可挡，整个社会必将因为这场风暴而重新洗牌。"

"那咱们怎办？"梁先生又问。

楚立革默饮了一杯，随即将酒杯攥到手里思谋了一小会儿："这个我也不好说。不过有一点你们一定要记住：如果这场风暴真来了，你可以不参与，但绝对不要堵，因为这必将是一场改天换地的大风，任何防堵势力都必将被撕得粉碎。"

袁继耀自然听不大懂，只举杯敬了他和梁先生一杯，面色凝重地说："好！我记住了。咱就是个种地的，不管它什么风，只要不把咱手里的老镢头刮走咱就不管它。"

说着说着，话题就又转到了楚立革身上。袁继耀一再挽留他留在岭上养老，却被他坚决拒绝了。"干大生来就是那随风飘走的沙蓬命，待着就不舒在。"

见他如此坚决，袁继耀也就不好再说什么了。

第二天一大早，楚立革就在袁继耀和梁先生的帮助下，将树栽子栽到了袁家祖坟的左上角，又挨个儿为老太爷他们烧了纸钱。在老太爷坟前，他双膝着地，泪流满面地说："恩公在上！立革此去天高路远，怕是不能再来了！你老人家就见树如见我吧！"说完一连磕了三个响头。

吃过午饭，楚立革就坚持不再停留了。袁继耀便把自己平时骑乘的枣红马牵过来说："干大，你把马骑上，这驴这给我撂下。"但楚立革笑了笑，径直到马棚牵出他的老青驴："老汉骑老驴，正搭配！"说着便转身朝村口走去。

在村口，楚立革与前来送行的乡亲们一一握手道了别，然后纵身上鞍，绝尘而去了。

二月底的杏树梁天高风润，那满树满树的杏花云霞般铺满了整座山梁。在微扬的沙尘中，片片花瓣不断飘落在楚立革和他胯下的青驴身上，天女散花一般。身后的雁头峁上，悠长哀婉的狼嗥声不断传来："啊——哦——啊——哦——"

第十五章

这些年，耿得禄的百户长当得也的确是够窝火的。

起初，他还多少新鲜了那么几天，但没过多久，他就真切地感受到，这百户长的顶戴说到底其实就是老鼠的尾巴——没多少肉头。当然，他所说的"肉"并非指油水和实惠，因为他很清楚，这雁栖岭除了能产几石粮食，满山都刮不来二两油，压根儿就没啥啃头。再说他耿家又不缺那三碗谷子两碗米，所以他从心里就不图这个。他想要的其实就是"事事戳在人面上"的那种感觉。然而直到现在，这岭上人依旧像袁老太爷在世的时候一样，大事小事都爱往袁家跑，生硬让他这个百户长成了骡子的物件——摆设。

一提起袁继耀，他就浑身不舒在。这小子还真得了袁老太爷的不少真传，甚至很多方面比他爷爷还难对付。老太爷当年硬是硬，可一直都是当面锣对面鼓，从不拐弯抹角。但这小子却不知从哪里学了一大堆"背圪塄戳拐拐"的本事，总能于不经意间使出那么几手阴招，让你防不胜防。不仅如此，他还每次都要装模作样地上演一番深明大义的假戏，把那些见不得人的伎俩打扮得光光堂堂，就像狗舔过的一样，还总让你抓不住破绽，只能一边挨拐，一边还要说声谢谢！就拿当年选会长的事来说，明明是挖了个坑把你埋了，最后还落了一个谦让的名声。尤其是傍上了楚立革那层关系后，这家伙就更是目中无人了，虽然表面上对他还像以前一样恭恭敬敬，开口"二干大"，闭口"老人家"，但心里从来都没把他这个百户长当回事。

按照县署的规定，他每年都有十石粮食的薪酬，这些薪酬都是按照治下的人丁田亩摊派的。可就在他第一次去盘粮的时候，袁继耀竟然轻飘飘地来了一句："我看牛背梁的粮就都在我这儿盘吧！总共不到半石粮，还趁上你老人家沿门子？"这话里话外明显是把他当讨吃的看了。还有岭上那些穷皮子们，总是换着花样地配合着他。好多纠纷，他这个百户长三番五次调停不了，但只要袁继耀一出面，竟然脚踢手扒拉，三言两语就没事了。而且很多时候，虽然都是同样的话，他耿得禄说就不管用，但一从袁继耀嘴里说出来，效果就全然不同了。更可恨的是，那家伙还一直得便宜卖乖："干大，这全都是你老人家的功劳，就像一锅馍馍，你烧了五把火都没熟，我接着又烧了一把，熟了！你能说这馍馍就是第六把火蒸熟的？我知道你老人家是专意培养我的威信呢！"我呸！你小子纯粹就是在我老耿的鼻梁骨上擦屁股呢！

但话说回来，这所有的一切又都让你没办法。那家伙每次都把分寸拿捏得死死的，如果你硬要跟他对着干，岭上的闲言碎语就会像一把把刀子直直地戳向你，让你难以招架。唉！无论如何，这人总要在世上活呢，就不能不顾忌名声。所以有那么一段时间，耿得禄真想把这百户长的帽子甩出去，但转念一想，紧邻雁栖岭的靖州县的区长和百户长们个个都是四邻抬举、八面威风，于是便慢慢明白了一个道理，这一切的根子都在那天杀狼身上。那老家伙悬顺没个县老爷的样子，成天老妈子一样地絮叨着，这也不能做，那也不能干。"去你的，老爷就不信你还在这延北往老待呀！"

正当耿得禄为这百户长的顶戴"食之无味弃之可惜"而感到纠结时，老天有眼，楚立革竟突然被革职了！并且在他离开延北不多时，县里就组织召开了一次区乡保甲四级大会。会上，那位富态的新知县劈头盖脸就把楚立革批了一通："这延北县的老百姓真是惯得没样了，蹬鼻子上脸。这么大一个县，每年就收那么点赋税，连县署的正常开支都没法维持。皇粮国税古来如此，到你延北就不行了？诸位再看看这县署，不像难民窝子？这可是全延北人的脸面啊！听说这延北人向来刁钻，都跟高迎祥学下了一套，动不动就起义造反。所以县上已经筹建起了保安团，各区和百户也都要尽快成立保安队，对那些挑头闹事的刁民，该抓的就抓，该杀的就杀！"

耿得禄越听越来劲儿，只感到周身的血脉剧烈地偾张了起来。而更让他感到受宠若惊的是，散会后，朱知县竟然把他单独叫到办公室，详细了解了一番雁栖岭的情况，还特意提到了袁继耀。

"听说你们岭上有个袁家？"

"对，岭上第一大户，知县大人也知道？"此时的耿得禄并不知道知县的用意，便试探着问。

"听说过。"朱清民呷了一口浓茶，又点了一根足有小擀杖粗细的雪茄，一脸真诚地盯着耿得禄继续说道："得禄啊！我在会上说了，当官就要硬气，就要好好管，管理管理，你不管人家就不理。据我了解，你耿家也是岭上数一数二的大户，怎能甘居人下呢？以后就放开手脚干，天塌下来有我给你顶着。过去是过去，当下是当下。"

耿得禄终于明白了知县的意思，当即直溜溜地立在朱清民面前，信誓旦旦地表了个态："知县大人放心，属下以前确有为难之处，但从今以后，大人指到哪儿我就打到哪儿。"

从县署出来后，耿得禄久久都没能冷静下来，就像打了鸡血一样从前街走到后街，再从后街走到前街，不停地琢磨着朱清民的那番话。现在，他已经初步断定，这朱清民对袁家似乎并不友好，尽管他还没弄清楚这种不友好源自哪里，但管他呢！反正不像楚立革那样就行。正溜达着，无意间看见对面有家裁缝店，猛然觉得也该就着这股喜庆给自己换身行头了，便大步走进店里，声如洪钟地说："就照朱知县那个样法儿给我来一身，用最好的料子！"

"东家啥时候来取？"

"就尔格！"耿得禄大声说。

"那不行，最快都得明天。"

耿得禄将脸一板："等不上。"说着便指着墙上挂着的一套现成衣裳说："这不有做好的嘛！我就要这身。"

"这是客人定好的，明天就来取呢！"师傅赔笑解释道。

"那不正好嘛！你把这身给我，连夜再给他赶一套不就行了？你就说多少钱，我不搞价。"说着就径直将那衣服取了下来。

人逢喜事精神爽，以至于回家的路上，耿得禄竟突然觉得所有的花从来都没有这么红过，所有的叶也从来都没有这么绿过，就连延水河里的水也从来都没有这么清过。他越想越高兴，越想越舒畅，便就着这难得的舒畅劲儿放开嗓子，一连吼了几段酸溜溜的小曲儿：

> 妹子你开门来，妹子你开门来，
> 哥哥我给你拿上一条羊腿腿来。

> 我心急火燎掀开妹子的花铺盖，
> 一下把我的命疙蛋蛋就搂进怀。

耿得禄到家的时候，天已经黑了。他迫不及待地冲进窑洞，将身上的蓝布长袍换了下来。可新买的"洋式子"并不合体，长短只能到脚踝处，宽窄也有些不够数，但他已经管不了这么多了，硬撑着上了身，然后就地转了两圈，还孤芳自赏地感慨道："这洋式子就是美！"就连站在旁边的老婆都被他这滑稽样儿逗笑了："美屁呢！秃楚楚的，不像刚剪了毛的黑脑绵羊？"他狠狠地剜了不识时务的老婆一眼："你懂个屁！这叫中山装，人家孙大总统平日里就穿这个。"说完便一冲出了门，跨上马背直奔背水山去了。

当耿得禄一身洋装扮出现在袁家大院时，着实把袁继耀吓了一跳。他转着圈地把这位老熟人打量了半天，随即发出了一声感叹："哈呀！二千大！你老人家这下咋成了工作员了！"

耿得禄脸一绷："甚叫这下？不都六七年了嘛！一看你小子就从来都没把老子这百户长当回事！"

"走，百户长，请上座！"袁继耀笑着将耿得禄让到窑里。

耿得禄慢悠悠地呷了一口热茶，随即将此行去县署开会的所见所闻给袁继耀炫耀了一番，并且重点讲了新知县那不同凡响的气魄和款式。他越讲越兴奋，嘴里还不断发出啧啧的赞叹声。袁继耀很快就明白了，他这讲来讲去其实就一个意思，用胡三的话说就是"你看楚立革那知县都当成屁了！"

讲完朱清民的气魄，耿得禄突然调转了话题："继耀，这朱知县好像也知道你袁家，还专门问我呢！"

"怎问的？"袁继耀直了直身子。

耿得禄喝了口茶，随即盯着袁继耀，将整个过程绘声绘色地叙说了一遍。

"我路上还思谋了半天，你说会不会又是一个再造之恩？"

袁继耀没有搭话，只仰起脸唏了一声。

"啊呀！那我就醒不开了。"耿得禄故作疑惑地说。

此时的袁继耀已大体明白了耿得禄此行的用意，明显就是给他捎话来了，便不以为然地说："醒不开咱就不醒他。我还是那句话，咱就一个受苦人，只要我不把勺子往他锅底攉，他能把我怎？"

这句硬气话当场呛得耿得禄一连咳了几声。待终于平定了气息，他又以长辈教训子弟一般的口吻说："狼娃儿，不是干大我说你呢！你就不能圆活些？动不动就要你那狼脾气，人家朱知县也没说甚嘛！"

"好干大呢！老匠人做就了。再说我也没说甚啊！本来就那么个事儿嘛！"袁继耀一边给他添水一边说。

耿得禄原本还打算美美欣赏一番袁继耀惊慌失措的狼狈样呢，但没想到一拳砸了个钉头子，便只好转了话题，又把县里让组建保安队的事儿讲了一番。

"县上刚弄了个保安团，还让各区和百户也成立保安队呢。哈呀！你是没见，一百来人一个样样的衣裳，腰里扎根皮带子，裹脚布直缠到膝盖上，一人一杆洋枪，一二一，一二一，可是威风呢！"一说起保安团，他的情绪立马激动了，当下就在脚地上"一二一"了一个来回。

他这滑稽的样子一下子把袁继耀逗乐了，便笑着问："你的意思是咱岭上也要'一二一'呢？"

"哦嘛！那朱知县三令五申，所有的区和百户都要组织保安队，严防刁民闹事。"耿得禄重新坐回椅子上，拍了一下桌子说。

"谁是刁民？"袁继耀把刚刚满上的茶杯往他面前推了推，故作疑惑地问。

耿得禄瞪了他一眼："不是说谁是刁民，要防呢嘛！"

"哦！我还当又闹土匪了。"

耿得禄慢悠悠地呷了一大口浓茶，随即将身子向袁继耀那边倾了倾："狼娃儿，我路上想了半天，不如你给咱把保安队长当上算了，咱父子俩……"

还没等他把话说完，袁继耀就把身子朝他倾了倾："那保安队长和百户长哪个大？"

耿得禄身子一直脸一绷："你是不是又把老子当猴耍呢？"

袁继耀嘿嘿一笑："逗个笑嘛！不过那'一二一'的活我是真弄不了，咱就是个受苦人嘛……"

"行了行了，动不动就拿受苦人扛账。反正你想好，你要当就紧你！万一不当也有人当呢！屎没人吃，我就不信这官还没人当？我今儿就是专门跟你拉这事儿的。"说完便起身要走。

袁继耀一直将他送到村口，但再没有说话，直到临别的时候才又看了他一眼说："二干大，不是我不帮衬你老人家，只是我家就我这么一根歪头子橡，光家里那一大摊子事就够我忙了。所以我看那保安队长就不如让我万顺哥当了算了，咱自己人，放心。"

他的这番话明显让耿得禄心里很是受用，但表面上却一脸愠怒地说："你看你，那不成我耿家的父子堂了？"

袁继耀当然明白他的心思，便提高嗓门反驳道："这有甚呢？打虎亲兄弟，上阵父子兵嘛！再说了，不怕你老人家不高兴，按我看，不管百户长还是保安队长，其实就是为老百姓跑堂办事的，又不是多有油水的肥差，也没人说。"

这一席话让耿得禄更加受用了，竟满怀感激地在他的肩膀上拍了几下："你这话倒是说到良心上了！"说完便纵身上马，很快就消失在了暗夜里。

耿得禄一路走一路想，越来越觉得这袁继耀就是一块软硬不吃的滚刀肉。他原本还想拿朱知县吓唬吓唬他，但没想到这家伙非但纯粹没当回事儿，还恬不知耻地给他送起了空头人情。我呸！还真把你当一瓣蒜了！我家万顺当不当这保安队长还要跟你商量呢？实话告诉你小子，老爷就是这么安排的！以前是因为你小子狗仗人势，有楚立革罩着，可眼下延北已经不姓楚了，你还当那二年的"咪咪"吹呢？我知道你小子是根硬圪针，但你等着，老爷迟早非把你"嘎巴"一声掰了不行！可话虽然这么说，连他自己也知道，这根圪针还真不好掰！别看这小子年纪轻轻，但做事从来都滴水不漏，连针眼大的空空都不给你留。正这么想着，胯下的青马也许是被恶虻叮了，猛然乱跳起来，差点儿把他摔下马鞍。他急忙把着鞍头稳住身子，照着青马的脖颈处就是一鞭子："你驴下的也搭伙伙欺负开老爷了！"

时令已过清明，但岭上的气温依然没有完全回暖，丝溜溜的夜风吹过，渗凉渗凉的。耿得禄一连缩了几下脖子，恨恨地骂道："去你的，老爷三年等你个润腊月。"

正当耿得禄苦苦寻求袁继耀的"润腊月"的时候，机会竟突然来了。

就在保安队刚刚组建没几天的一个夜里，家住王家洼子的保安队员吴满仓就上气不接下气地跑来报告，说他刚看见王寡妇家进了个人，好像是袁家的长工胡三。

这从天而降的机会瞬间让耿得禄有些眩晕。"老子摘不了瓜，还捞不了个蔓？你袁家不是一直假仁假义，把这雁栖岭的'粪爬牛'都巴不得当你姑舅看！老爷这下就'登个筛子让你尿不满'。"说完便让耿万顺将保安队集合起来，并亲自上马，直奔王家洼子去了。

胡三正端坐在炕楞边上，被王寡妇伺候着享受跌鸡蛋呢，门咣的一声被踹开了。

王寡妇浑身上下只穿了一件肚兜和一条衬裤，手里的小铁锅咣的一声掉在了地上，几只白光光的鸡蛋随着落地的铁锅猛地弹了几下，然后哧溜一下掉进了灶火圪塔的柴堆里。

"给我绑！"

随着耿得禄一声令下，几位保安队员一拥而上，很快就将两名"人犯"来了个五花大绑。

"干大干大，是我，胡三嘛！"

"老爷绑的就是你胡三！"耿得禄大声吼道，随即打发吴满仓将住在附近的王老大和王老三叫了过来，当着他们的面宣布："你家二婆姨和胡三搞马虎，人我就带走了，至于怎么处理，等我上报县里再定。"

王老大和王老三当即跪在地上苦苦哀求起来，但耿得禄始终不为所动："家有家规，国有国法，出了这事儿我也没办法。"说完便将"人犯"押到了公所，分开关进了两孔窑里。

这雁栖公所也是朱知县到任之后的新事物。之前，耿得禄并没有正儿八经的办公室，"四级会议"以后，为落实朱清民关于正规化的指令，便将自家院里的两孔厢窑倒腾出来，一孔作为自己的公窑，一孔给保安队用。

正如耿得禄所说，关键时候，王家又想起了袁继耀。

当王老大哭诉着给袁继耀讲完事情的来龙去脉后，袁继耀的脸瞬间就黑了，皱着眉头在脚地上一连拧了好几圈。

"我看这耿得禄根本就不是针对胡三和你王家，而是明摆着要往我袁继耀眼窝里戳擀杖呢。既然是这，那我就陪他划上几拳。"

王老大瞬间看到了希望，不停地点着头："对对对，胡三哪怕是条狗，也是你喂下的嘛！"

袁继耀拉过凳子示意他坐下，自己也跟着在对面坐了下来。

"大哥！管我肯定得管，但得讲究个方法。如果我这会儿就介入这事，那老耿就肯定死咬住我不放了，这样非但成不了事，反而会把事情搞得更被动，所以我现在只能以不管为管。"

"你把话说明白点，我解不开嘛！"王老大哭丧着脸说。

袁继耀直了直身子，继续说道："三言两语给你说不清！反正你就相信一点，我既然管，就要管得圆圆满满，我袁家祖宗几代什么品性，你也大概有个照识呢！所以你就不要问这么多了，我让你怎做你就怎做，不然我就不管了，反正事又不是我干下的，大不了我把胡三给打发了，他耿得禄还能把我怎？"

"好好好，我肯定听你的。"王老大当即表了态。

袁继耀点了点头说："依我看，咱现在就先不要考虑门风的事了，再怎说一碗水倒地上已经揽不起了！所以从现在开始，你、我、胡三，咱三个必须拧在一股绳上，至于怎么拾掇胡三，那是下一步的事儿了。能不？"

"能行，都听你的。"王老大急忙应承。

"那好，那咱现在就走第一步，尽快以给二婆姨送衣裳为借口把话带进去，让她死咬住不要承认，再怎说也没捉到被窝子里。至于胡三，那小子绝对是一块茅檐石，又臭又硬，不可能承认。最关键的是一定要让二婆姨来个不吃饭，扛个两三天。"

按照袁继耀的吩咐，话很快就带进去了。其实压根儿就不用带，二婆姨早就和他想到一块儿了。这王寡妇虽然是妇道人家，但头脑却很活泛，心性也生硬生硬的，非但没有服软，反倒一个老娘端站，扯着嗓子整整骂了一夜，并且成功地把骚气引到了耿得禄身上。

"耿得禄，你老叫驴哪个驴眼看见老娘跟胡三睡觉了？你老驴要串老娘，老娘不让你串，你报开仇了？老娘就不让你串，宁让驴串狗串都不让你老牲口串。"

耿得禄一看这二婆姨这么硬气，又不好对妇道人家下手，便把所有的气都撒到了胡三身上，把他反绑着吊到硷畔的一棵老枣树上，用刚刚回软的红柳条子整整打了大半夜。但这胡三也真是一块茅檐石，根本不认账。

眼看硬来不管用，耿得禄便只好让人把他重新关回窑里，然后回家坐等袁继耀登门求他了。因为他知道王家早已经给袁继耀报告了。但直到第三天后响，依然不见袁继耀上门，耿得禄终于有些绷不住了，只好打发耿万顺到袁家大院一探究竟。

听完耿万顺的讲述，袁继耀便正式开始了他的表演："这事儿我前天黑夜就知道了，王老大给我说的。但家有家规，国有国法，他胡三既然有吃刀子的嘴，就要有屙刀子的屁股。再说了，他又不是我的儿呢，即便是我的儿，在国法面前我能有甚办法呢？你把话给我二干大捎到，就说我说了，在这个事儿上，我袁继耀整个身子都站在他那边，他该怎处理就怎处理，不要顾忌我的脸面。胡三说到底也只是我家的长工，可咱两家都几代的世交了，哪头轻哪头重我还没个数？"

至此，对耿得禄来说，这事儿已经是骑虎难下了。

到了晚上，连续两天水米没沾牙的王寡妇已经浑身无力，软软地躺到了地上。夜里，王老大就按照袁继耀的指点，去二婆姨的娘家龙居谷搬人去了。

这龙居谷赵家也是方圆有名的大户，人多势众，哪能受得了这番羞辱！天一亮，几十条汉子就洪流一般冲进了雁栖关，直扑官帽梁耿家大院去了。

一到耿家大院，这群群情激奋的汉子就放开手脚搞开了破坏，当然，他们也有原则，只砸东西不伤人。起初，耿家的后生们也曾试图抵抗，但很快就因寡不敌众败下阵来。混乱中，已经老憨了好几年的耿茂盛竟突然精明了，一个劲儿地喊叫道："狼王，快叫狼王嘛！"

一语点醒事中人。耿万顺当即翻身上马，朝背水山飞奔而去。

袁继耀正和一众长工在他家脑畔梁种糜子，远远就看见一匹马正没命地朝他这边跑来，当即明白了个七八九。

"快！继耀，遭铺摊了！"耿万顺打老远就吼叫起来。

"遭甚铺摊了？"袁继耀故作不解地问。

"龙居谷赵家打来了。"

"甚时候的事儿？怎不早说呢？"

"天一亮就来了，正砸着呢！"

袁继耀当即吼喊着安排了起来："黑栓、七姓，你们几个赶紧到附近庄子里叫人，让他们立马拿上家具到东翅梁集合，越快越好。就说我说了，谁如果不去，他家以后出任何事都不要跟我袁继耀说！其他人跟我回去拿家具。"

众人一路狂奔回到大院。袁继耀一脚蹬开仓窑门，将老太爷当年拔寨用过的长柄大刀提了出来，众人也分别扛起碌棍、磨棍、锄头、铁锹、老镢头冲出了大门。

当耿得禄看到黑压压一群人马从东翅梁冲将下来的时候，心里竟不由得腾起一股动情的温热，在空中悬了半天的心也终于有了点着落。

队伍行进到耿家大院后面的小山峁的时候，袁继耀便让大家就地停住，看他的指令行事，之后策马来到了耿家的碾畔上。

此时的耿家大院早已被糟蹋得不成样子了，门楼被连根推倒在地，窑檐石被戳得豁豁牙牙，门窗也被砸得稀烂，就连碾畔上的碾轱辘都被推到面前的深沟里了。

袁继耀定了定神，当即对着不远处的一名保安队员吼道："把枪给我。"

那保安队员一脸无奈："这枪是坏的，打不响。"

袁继耀瞪了他一眼，随即提起大刀，将二尺多长的刀片子在一棵老枣树上用力拍了几下，厉声喝道："都给我住手！"

按照事先拟好的脚本，所有人立即停住了打砸，朝他这边看着。

待众人安静下来后，袁继耀又以恨恨的语气吼道："你龙居谷也不远，都是前后沟的邻家，甚事儿不能好好拉，非得动武？真要动武的话，那你们再回去叫人去，这几个人还真不够我拾掇，还真当我雁栖岭没人了？你们转身看一下！"

"袁东家，我那天让你管你不管，尔格人都饿死了，人家娘家不受了，我也没办法！"王老大说。

袁继耀收起大刀说："我以前没想到事情能成这么个状况，现在我既然来了就不能不管，你们如果听我说，就先让你们的人撤到村头，然后龙居谷赵家、王家洼子王家、耿家，每家推出两个主事人，咱们拉。"

赵家人很快就按照袁继耀的提议撤走了，各家的主事人也立即推举出来了。晌午时分，当事各方终于在袁继耀的斡旋下达成了和解：胡三和王二婆姨现场释放，并保证再不追究；王家和赵家共同负责稳住二婆姨的情绪，若再发生意外，耿得禄概不负责；由胡三、王家和赵家三方分摊耿家大院的修缮费用。当然，这笔钱不用说也一定是袁继耀掏的，其他人只是担个名头而已。

为保险起见，袁继耀还专门打发黑栓把梁先生请来，让他写了个协议，耿得禄、王老大、赵青山和袁继耀四人分别在协议书上摁了印。

胡三的这一顿打挨得着实不轻，浑身上下皮开肉绽，被人用门板抬着，嘻嘻哼哼地朝袁家大院走去。但这小子天生就是个乐天派，一边嘻哼一边还恬不知耻地说："凭那老牲口来的时候他老爷倒扇掼罢了！不然就真亏死了！"

袁继耀探脚在他的大腿上蹬了一脚："你真是连眉眼都不要。"

这一脚正好踢到了胡三的伤口上，只听他"啊哟"叫唤了一声，随即又咧开嘴笑了："老辈人说，男人一辈子不串三回门子转骡子呢，反正他老爷是打凑够了！"

一个多月后，在袁继耀的撮合下，胡三就带着王寡妇和她的两个儿子回绥州西川老家去了。临行前，袁继耀还特意给他多开了五年的工钱，足够他在老家置办二十来亩土地了。他的慷慨当场把这位在袁家流了十几年苦水的老长工感动了，临出门的时候还拉着他的手说："兄弟！我胡三这辈子哪怕忘了我大在哪埋着都忘不了你！你给臭娃他们都安顿好，如果你袁家将来倒遭了，就到绥州西川胡家圪垯寻我，我胡三祖祖辈辈都没二话！"

袁继耀一脚把他踹出大门："狗嘴里吐不出个象牙！滚！"

而就在袁继耀忙着给胡三说"寡妇媒"的时候，耿家一直都在忙着修缮被破坏的窑院呢！袁继耀也抽空带着长工给他们帮了好几天忙。不用说，那场面真有些晦暗，全家人一直都灰溜溜的，就像是过白事一样。但是，所有人非但没有对他们的不幸遭遇报以同情，反而都有些庆幸，甚至连他家的长工头都曾偷偷对袁继耀说："让他老尿再狂，谁都不够他吃喝，倒让人家把筋抽了！"

第十六章

　　袁继耀无论如何都没有想到，他在胡三的"花花事"上给耿得禄挖的这个坑竟然捎带着把自己也给坑了。

　　就在胡三走后没几天，这场"花花事"就传到了朱清民的耳朵里，这让他很是震惊。

　　"这群刁民，今天敢对抗百户长，明天就敢在我这知县下巴底支砖呢！此风断不可长！"

　　他当即决定自己新官上任的第一把火就从雁栖岭烧起。但因初来乍到，对岭上的情况也只是道听途说，所以这火究竟该怎烧，他还一时拿不定主意，便只好将"能人"曹玉满叫来，向他讨起了点子。

　　这曹玉满是县里的民政科科长，因为鼻梁扁平，人送外号"塌鼻老曹"。此人一贯擅长出谋划策，总能想出一些刁钻古怪的点子来，与善于调解纠纷的讼狱科科长高花眼一道被称为延北县署的两大能人，正如楚立革总结的那样："捉盘定计塌鼻老曹，稀泥抹墙花眼老高。"

　　这曹能人果然没有辜负知县的期望，很快就给他拿出了上、中两个策略。上策就是请袁继耀出山，让他代替耿得禄当雁栖岭的百户长。作为老延北，曹玉满很清楚，在雁栖岭，耿得禄其实就是个"摇栽栽"的，虽然顶着百户长的顶戴，可那儿的百姓就只听袁家的。当然这也不能全怪袁家，威信这东西有时候还真是"干骨殖硬碗子"的事儿！但他也知道，这条路基本上行不通，袁继耀是不可能接这个"恶水罐子"的。那就只有一条路可走了——尽快将雁栖岭由百户升格为区，然后从外面抽调一个"硬茬子"担任区长，因为按照上面的政策，区长由县里选派，而百户长只能从当地推选。

这朱清民也是个急性子，很快就派人到沙城协商雁栖岭升格的事儿去了，并且批复一到就立即将耿得禄传到县署，劈头盖脸地训了一顿，然后当场宣布了雁栖岭升格的事儿，并任命县原保安团团副李子青为雁栖区首任区长兼保安队队长。耿万顺则被降成了主持保安队日常工作的副队长。当然，耿得禄也并没有被一撸到底，重新给安排了一个区长协理的差使。

李子青当天就跟着耿得禄到雁栖岭上任了。这李子青本是沙城老户，也是朱清民在道里警察署任职时的左膀右臂，此次组建县保安团的时候特意将他从沙城挖了过来，领了团副一职。虽然是副职，但因为团长由朱清民直接兼任，所以他一直都在事实上扮演着团长的角色。从心里讲，他是很不情愿接受这一任命的，倒不是考虑权利实惠之类的事情，而是因为他从小在沙城长大，沙城老户一直有个说法："离城十丈，都是乡棒。"所以他在延北县城就已经感到非常压抑了，此番再去全县最偏远的雁栖岭任职，实在是太憋屈了。但他又明白，老朱显然已经把整顿雁栖岭作为打开全县局面的头一板斧了，在这关键时候调他过去也绝对算是对自己的信任，再辞拒就有些不够意思了，所以便硬着头皮应了下来。

一路上，李子青越走越心焦，不停地问耿得禄："快到了没？"可不知过了多少个"快了"，却依然照不见雁栖岭的影子。临进龙居谷口的时候，他终于有些崩溃了，一边走一边嘟囔着："真是亏人了！放下县城不待，到这鸟不拉屎的鬼地方干甚呢！"

这刺辣辣的话让耿得禄颇感不快，便瞥了他一眼说："兄弟这是甚话？我雁栖岭虽然偏远，但土地绝不比延北任何地方差，自古都是出财主的地方。"

李子青转身笑了一下："兄弟只是随便说说，还望老兄不要见怪。"接着又问道："岭上有没有适合扎公所的地方？我是说暂时，等手头的事理顺了，咱专门修它一院。"

耿得禄连想都没想便直接说："都是些逃荒的外来户，除了我耿家、袁家和马家，全是土窑窝窝，还真不好找。"

李子青"哦"了一声，随即笑了笑："你家是不能扎了，岭上人如此彪悍，万一再给你砸了怎办？"

耿得禄唰地一下将烟头扔了出去："你是不是成心往我伤口上撒盐呢？"

李子青哼哼笑着用马鞭戳了一下他的肩膀："咱这已经算是熟人了，逗个笑嘛！不过还真不能扎你家，过几天县里还要派几个人充实咱的保安队，你那里能住得下？"

他的话音刚刚落地，耿得禄竟突然记起了王家祠堂。对嘛！几十年来，那一排九孔窑洞除了供着几十副死人牌位就一直空置着，不正好是现成的区公所嘛！再说，这样一来就自然把袁继耀给扯进来了。这些天，他正为这小子在胡三和王家寡妇的"花花事"上给他埋坑而憋屈着，这下好了，你小子哪怕有天大的本事，我就不信还敢跟官家"掰手腕"？一时间，他都有些佩服自己的智慧了，于是便强压住内心的兴奋说："不过还真有那么个地方。"

"甚地方？"李子青猛地转过头问道。

耿得禄便将王家祠堂的来龙去脉详细讲了一遍，最后还不忘酸溜溜地添了一句："地方倒绝对是好地方，只不过袁继耀那儿怕是不太好弄。"

但李子青似乎并没把这当回事，当即一拍大腿："就定那了！怎不好弄？你明天就把那个袁继耀给我叫来，让我见识见识这小子究竟是狼还是虎。"

第二天上午，李子青就打发耿万顺将袁继耀叫到耿得禄家，一进门就将雁栖岭的行政区划和人事调整的事儿给他讲了一遍，随即问道："对面的王家祠堂是不是你管着呢？"

袁继耀不知所以地点了点头。

"我想暂时借用一段时间作区公所，你看行不行？"李子青单刀直入。

袁继耀立即摸到了这事儿的根子，并且已明显从李子青的话语里品出了几分强硬，便知道这事儿绝对不能硬扛，否则就等于直接跳进耿得禄挖好的深坑里了，所以尽管心里很不情愿，但还是当场就应了下来："怎不能？好事嘛！只是我爷爷当年修祠堂的时候，把窑里的炕和灶台都给搂了，我立马安排人重盘，你就说怎个标准？"

耿得禄根本没料到袁继耀会这么痛快，他甚至已经做好了看戏的准备，可没想到灯都没挂就停了锣鼓，一时间竟有些失落。李子青也很是惊讶，但很快就缓过神来，急忙朝袁继耀点了点头："那就好！多谢东家支持。常听人说你岭上袁家勇武仁义，果然不虚！"

袁继耀急忙摆了摆手："不敢当。虽然你李大人是官我是民，但咱以后就在一个岭上共事了，只要有用得着的地方，我一定全力支持。"

当天晌午，袁继耀就回家取了一块红布，将王家所有牌位包起来请到牛背梁，暂时安置在大院旁边的一孔废弃土窑里，随即带人到王官梁拾掇"公所"去了。晚上，他又陪李子青在耿家吃了饭，席间还就岭上的一些问题进行了深入交流，气氛也很是融洽，以至于李子青竟然很快就对他改变了看法，待他离开后便对耿得禄说："都说这后生刁钻，我看不像嘛！"

耿得禄哼哼冷笑了一声："这人不长尾巴难认呢！你慢慢就知道了。"

没几天，王家祠堂就被整修一新，成了雁栖区的区公所了。为了彰显正规，李子青还专门请梁先生在一块核桃木板上题了"延北县雁栖区公所"几个字，让会木匠活的黑栓刻好，上面还按大样刻了国民党党徽。当黑栓刻完最后一刀，一口吹开木屑后，袁继耀嘿嘿笑着说："你看这不像个响洋坨子？"

没几天，县里加派的七名保安队员也开进了雁栖岭。不用说，这批队员显然比之前的那八人要正规多了，正如耿得禄所说，一个样样的衣裳，人手一杆洋枪，成天"一二一"。起初，耿万顺也站在队列里"一二一"呢，但没过几天，那家伙竟然在腰里别了一把盒子枪，趾高气昂地站在了队列前面，嘴里还不停地吆喝着。

有一次，袁继耀又应李子青的召唤到区公所商谈重新丈量田亩的事儿，当他走到公所前面的打谷场的时候，正好碰上耿万顺带着队伍在那儿"一二一"呢，便指着他腰里的盒子枪问："你这别的甚？"

"枪嘛！"

"怎这么短？打雀的？"

"甚打雀的！这叫盒子枪，掌柜才配呢！"说着便一脸高傲地解开套子把枪抽出来，眯着眼睛做起了射击动作，嘴里还一连"啪啪"了几声。

袁继耀故作恍然大悟的样子"哦"了一声，随即指着队员们手里的长枪问："你手下拿的那枪能打响不？"

耿万顺脖子一拐："枪嘛！怎打不响？"

袁继耀又"哦"了一声："打响就好！就你们以前扛的那几把坏枪，关键时候还真不如我那大刀趁手。"说完就哼哼笑着朝公所院子去了。

耿万顺这才知道他并不是对他的枪感兴趣，而是取笑他呢，便照着他的后脑勺美美剜了一眼，心里恶狠狠地骂了一句："你给老子等着！"

耿万顺果然不是吓唬他，那枪还真能打响呢！

当年秋底，整个秋收还没有完全停当的时候，延北县就在雁栖岭举行了一场声势浩大的操演，知县朱清民亲自登岭，对北三区保安队的训练成果进行了一次集中点验。

为迎接知县登岭，李子青提前半个月就开始着手各项准备工作了。他首先带着耿得禄父子遍走雁栖岭，最终选定了"捞饭盆"那块平展地作为点验场。这"捞饭盆"中间平坦，四面围着一圈缓坡山丘，总体地形就像雁栖岭一带常见的黑瓷盆子，加之一直都是袁家的谷子地，于是便有了这样一个名字。选定之后，耿万顺立即带着保安队员们在靠东边的缓坡上平出了一个点验台。袁继耀也按照李子青的要求，提前将谷子全部收割停当，码成垛子，垛到点验台后面做背景。随后，李子青又派人把秸秆茬子挖了，重新平整了一遍地，还赶上羊群将整块地踩踏得硬硬实实。

按照安排，朱清民提前三天就从县署动身，日均行程三十里，晚上就在沿途的区公所下榻。半年多来，这位辛劳的知县大人每天都坚持消灭一个猪肘子，体形又扩展了不少，行动起来很是困难，川道路上还勉强能骑马前行，但到了雁栖关之后，因为山路太过崎岖，骑马就太不安全了，这可难坏了李子青。全凭足智多谋的耿得禄想出了一个绝妙的办法，让木匠打制了一副"井"字形的架子，在中间的方格处钉上木板，再在木板上固定一张大笸箩，到时候，知县就坐在笸箩里被抬着上岭，这样就既舒适又安全了。但新的问题又随之而来。从雁栖关到区公所全是羊肠小道，这样一个庞然大物根本无法通行，所以李子青又征调了二百多名民工，用了十天时间，把雁栖关到区公所再到点验场的小路全部拓成了两米宽的大道，这样一来，所有的问题就都解决了。

朱清民是在点验大会召开的前一天到达雁栖岭的。半前晌，李子青就带着耿得禄、耿万顺、袁继耀以及岭上各保的保长们到雁栖关接驾去了，甚至连梁先生也作为文化人代表被裹挟进了迎驾的队伍。

朱清民下马与前来接驾的人一一握手打过招呼后，便上了"笸箩轿"，被八名壮汉抬着登岭了。要说这家伙可真够富态的，竟然将硕大的笸箩堆了个满满当当。这可苦了抬轿的汉子们，没走几步就大汗淋漓、气喘如牛了，接连换了四波人才终于将"笸箩轿"抬进了区公所。但坐在笸箩里的朱清民却似乎更辛苦，浑身透湿，面盆一般的阔脸油光发亮，就像刚从油锅里捞出来的巨型红炖块子。从此，这位"幅员辽阔"的知县便又多了一个名字："一笸箩"。

按照安排，朱清民当天晚上就要传召岭上相关人士谈话，而袁继耀正是第一个"过堂"的。当他忐忑地走进窑里的时候，这位圆滚滚的知县已经端坐在一把靠背椅上了，肥嘟嘟的肚腩直盖过膝盖，看上去比庙里的弥勒佛还要"弥勒"。见袁继耀进来，他顺手指了指放在对面的椅子，用力从胖乎乎的嘴巴中挤出一个字："坐！"

袁继耀便按照他的指令坐了下来。

朱清民似乎并不忙，两眼直直地盯着他看了一小会儿才开口问道："你就是袁东家？"

"甚东家，就是个受苦的。"袁继耀谦笑着说。

朱清民掏出一根雪茄，点着后狠劲儿抽了一口，慢吞吞地说："听说你岭上袁家向来英武，仅凭一家之力就敢百里奔袭去端楚立革的土匪寨子，朱某不胜钦佩。"

"那都是我爷爷手上的事儿了，也是被逼得走投无路了。"袁继耀欠了欠身子说。

朱清民并没有理他，继续说道："但这英武要往正路上用，不能走歪门邪道。"

"知县大人放心，我袁家祖祖辈辈都是规规矩矩的受苦人，绝对不会走歪门邪道。"

朱清民笑了笑，死死地盯着他："是吗？那我怎听说春上发生的那事就跟你有关呢？"

袁继耀当即明白了朱清民所指的是哪件事，但为了给自己争取一点缓冲时间，便故作不解地问："大人说的是哪个事？"

"就砸耿得禄家那事儿。"朱清民直截了当地说。

"哦！说来实在羞愧，都怪我对长工管教不严。"

朱清民摇了摇头："我说的关系不是指这个。"说着便直起身子往前靠了靠，两眼死死地盯着袁继耀说："我听说你在这事上没起好作用！"

"大人教训得对，我还真没起好作用。其实这事儿我当天夜里就知道了，但我当时就想着不能因为胡三是我家长工就乱了国法。所以我万顺哥过来找我的时候，我还说该杀就杀，该剐就剐，全力支持我二干大的官务，就没管，实在没想事情能发展到后来那个地步。都怪我年轻不经事，如果我当时早早给胡三做工作让他认了，然后把他送到县署，就不可能有后面的事儿了。所以在这个事儿上，我一直都很愧疚。今儿我就给大人说句实话，其实后来补修耿家大院的钱都是我出的，就是为了良心上好受点儿！"

朱清民讪笑着听他避重就轻地"胡掐"了半天，慢慢将盯在他脸上的目光收了回去。经过这短短几个回合的较量，他已经觉察到这后生绝对不是善茬，无论如何是不会供出自己"背圪垯戳拐拐"的事儿的，再纠缠下去也就没多大意思了，于是便将话锋一转："袁东家！能认识到自己的不对就好。民国以来一直执行乡村自治的政策，但这自治绝对不等于无法无天，而是在政府管制下的自治。眼下民国初建，政策机构还不全乎，对乡村的管制就只能依靠士绅了。谁是士绅？你就是士绅。所以希望你能积极配合县区，把雁栖岭的事儿给咱办好！好不好？"

袁继耀终于松了口气，赶忙顺着朱清民的意愿说了一大堆配合、支持的话。从表面上看，朱清民似乎很满意，甚至顺便将他支持李子青筹建区公所的义举夸赞了几句。

第二天一大早，"捞饭盆"那边的点验场就黑压压地聚集了不少人。对雁栖岭人来说，这场合显然比五狼庙庙会要刺激多了，尤其是听说还要就地正法几个要犯，就更加兴奋了，天不亮就从四面村庄里涌了过来，早早地在点验台后面的坡地上占据了有利地形。龙居和西沟两个区的区长也将自己的保安队带来了，此刻正在耿万顺的号令下，与雁栖区的保安队员们一道在点验台前列阵呢。点验台上，六张条桌一字排开，上面还盖了几块当地自产的老土布。

待全部准备妥当，朱清民便挺着小山一般的肚子，在众人的簇拥下进场了。现场猛然间骚动了起来，所有人洪流一般向点验台涌了过来。这岭上人人老八辈都没见过如此肥硕之人，个个张口瞪眼，不少人竟忘乎所以地发出了一声极具雁栖岭风格的感慨："天大大哟！"尤其是黑栓，竟然冒失地来了一句："哈呀！这家伙少说都能杀三百来斤！"

袁继耀竟然被安排与李子青一左一右紧挨知县坐着。这一出乎寻常的安排很快就引起了人们的注意，就连他家长工磨六的儿子磨起世都不由得对袁国良感慨道："二娃，快看你大牛不牛！都挨县老爷坐着呢！"

点验仪式很快就开始了。只见耿万顺腰里别着盒子枪，提着胳膊一路小跑到点验台前，举手敬了个礼："三区保安队列阵完毕，请知县点验！"

朱清民蠕动着厚棱棱的嘴唇吼道："开始操演！"

耿万顺一拧脚跟调转身子，朝着队伍就是一声大吼。所有保安队员应声将腿踢得老高，咣咣咣地来到点验台前面，一字散开，嘻哈流星地打起了拳，紧接着又喊叫着耍了会儿棍。

拳棍表演完毕后，重头戏"就地正法"便正式开始了。站在点验台左边的群众很快被清理到了其他地方。

李子青站起身子厉声喝道："将人犯押上来！"正当人们伸长脖子查看究竟是谁家儿子犯了王法的时候，就见四名保安队员抬着两个用谷草扎成的"照雀老汉"来到点验台前十米左右的地方将其栽稳。那"照雀老汉"显然比岭上常见的要逼真一些，但大体也差不多，唯一不同的是头部没用谷草，而是插着一颗红彤彤的南瓜。

李子青大声宣布："人犯李老二、王老三，二人拒赋抗税，罪大恶极，就地正法！"两名保安队员人手一杆洋枪走到距离"人犯"十步左右的距离站住。李子青又大吼一声："行刑！"啪啪两声枪响，南瓜瞬间被打得稀碎，乱麻麻的瓜瓤和瓜皮四处乱飞。整个现场当即淹没在了一阵惊叫声中。

待现场稍稍平静之后，李子青又大声宣布："将首犯刘老四押上来！"话音一落，保安队员吴满仓就牵着一条大黄狗来到台前。现场一阵哄笑。李子青清了清嗓子大声宣布："首犯刘老四，乱言蛊众，聚众滋事，带头对抗政府，罪在不赦，就地正法！"耿万顺得令掏出盒子枪，快步走到大黄狗跟前，直接将枪口对准脑门，只听嘭的一声，刚才还满地走动的大黄狗连叫唤都没来得及叫唤一声就栽倒在地上不动了。现场瞬间陷入了一片肃穆之中，直到毙了命的大黄狗被拖到场外的时候才剧烈地骚动起来。

袁继耀一直保持着镇定，直至点验全部结束。此时的他已经明白，朱清民的这场操演其实就是专门为他安排的，不管是"李老二""王老三"还是"刘老四"，背后都有一个统一的名字——袁继耀！至少朱清民就是这么思谋的。所以，自从"刘老四"被押上法场之后，他就再没有认真关注场上的事态，一门心思琢磨起了自己的心事："自从老太爷逃难来到这雁栖岭的那天起，我袁家祖祖辈辈都严格恪守着庄稼人的本分，安分守己，仁爱乡里，一直为乡亲们所尊崇，难道就因为这份尊崇，就用得着让堂堂县令下这么大的心思来对付？天下哪有这个道理！"

他抬起头，将忧郁的目光慢慢投向斜侧面的雁头峁。他越来越真切地判定，这问题的根源根本不在于他本人有什么问题，而是袁家一贯"勇武仁义"的行事风格已经让朱清民把他定格为"出头的橼子"了。尽管这种危机并没有迫在眉睫，但"削"他绝对是早晚的事儿。此刻，他又记起了几年前被他和长工们围在这"捞饭盆"的那只受了伤的羊鹿子。在走投无路后，它竟然前膝一屈跪在了地上，眼神里充满了哀切，而正当他准备放它一马的时候，就被胡三照脑一锄给干倒了。看来，在强弓利箭的猎手面前，只靠服软下跪是绝对没用的！

"老子虽不会主动招惹你，但也绝对不会像那羊鹿子一样给你下跪。真把老子逼急了，哪怕就是死，也得狠狠撞你一角。"

正这么想着，朱清民突然捅了他一下，斜视着他笑着问道："怎样？这枪厉害不？"

袁继耀微微一笑，随即面无表情地说："这么好的家具打狗真糟蹋了，要打刁人呢！"

第十七章

这年冬天的雪出奇地多，下了融，融了再下，后来就干脆只下不融了，到年底已经积了足足二尺多厚。整整一个冬天，袁继耀的心就像被这冰雪覆盖了一样，冰冷冰冷的。

自从朱清民的那场"就地正法"以来，袁继耀的心情就一直很晦暗，只要一闲下来就满脑子都是那条瞬间毙命的大黄狗。当然，他从一开始就很明白，自己和朱清民前世无冤本世无仇，他也不可能把他怎么样，只不过是想吃他的大户罢了。这种状况之前也曾有过，但大都局限于礼节性的范畴之内，从来都没有太过火。可从这姓朱的动的那番心思和用的那股劲来看，那小子绝对是谋厚实了，只"三帽子两鞋"怕是根本是交不了差的。况且这朱清民之后还有王清民、李清民，这个口子一旦拉开，那就真成了填不满的无底子天窖了。可究竟该怎办呢？他始终都没能理出个头绪来。无奈之下，他只好将这份愁苦向梁先生倾诉，看这位文化人能不能给他支个高招。

梁先生默默听完他的倾诉，皱着眉在脚地上来回拧了几圈，随即转头盯着他说："他那明摆着是想在你这儿打点财呢！"

"这我知道，可那家伙一看就是喂不饱的'廊子猪'，只浮皮浅眼怕是交代不了！"

梁先生慢慢在他对面坐下："我看不如在岭上修个塾院。"

"修塾院？"袁继耀愣愣地看着他。

梁先生埋头喝了口水，随即将想法详细解释了一番："人心嘛！你这塾院一修，然后免费对全岭开放，是不是把岭上的人心又拢了一把？这人心一旦都站在咱这边，他朱清民再要跟你寻事就不得不有所顾虑了。再进一步，如果你在修塾院之前专门把这事儿给他报告一下，把他也拉进来，这就更好了。"

"怎么拉呢？"袁继耀依旧不解。

梁先生两手一摊："这还不简单，钱你出，好名给他分上一半。你跟他商量好，先给他上交一些钱，再让他转手拨到区上，对外就说县里给你批了一半经费，让他一分钱不掏得个好名声，这么好的事儿他能不干？等将来塾院落成的时候再把他请来，敲锣打鼓地送上一块匾额，把二尺高帽给他一戴，他一高兴，还不得夸你几句？这样一来，他还好意思对你下手？至少近期是不会了。他也是人，多少还会顾忌一点脸面的。反正不管长短，先过了这个坎，让他下不了口，熬上二三年，说不准他就滚蛋了。"

袁继耀这才恍然大悟地"哦"了一声，随即又忧心忡忡地说："修塾院倒是简单。不瞒你说，我前年到桃花店请你的时候就有这个想法了，只是后来又怕没人念，就一直没跟你说。如果咱修起，真没人念怎办？我们这地方……"

还没等他把话说完，梁先生便打断了他："这个我给你保起！"说着又把身子朝他靠了靠："你没发现这岭上很多事情都已经变了吗？"

"哪里变了？"袁继耀不解地问。

梁先生嘿嘿一笑，接着便把自己发现的变化一股脑讲了出来。

的确，好长一段时间以来，梁先生越来越觉察到这座古老的山岭在很多方面似乎都出现了一些令人欣慰的变化。初来的时候，好多事情都曾让他感到惊愕，虽然就物质层面来说，这里显然比谷川一带富足，但就文化层面而言，却又处处暴露着原始和荒蛮。民国都好几年了，但除了袁继耀、马子杰和耿得禄父子等少数人，男人们的长辫子依旧固执地扎着，当然也不会勤于洗濯，脏兮兮的，就像沾满油污的烂麻绳。麦粒大的虱子羊群般地自由穿行其间，看着都叫人作呕。女人们的裹脚布依旧固执缠着，"三寸金莲"依然一统天下。几乎所有人的手脸都是黑乎乎、油腻腻的，惨不忍睹。一身老土布衣裳终年不离身，天冷了便在夹层里充些羊毛，就算是袄子了；天热了再掏出来，便又成了衫子。而且满年也不洗几次，污渍、草汁结痂其上，斑驳难辨其色。就连妇女们也一样很不讲究，头发蓬乱，面容憔苦，正擀面呢，就弯腰掬一捧羊粪添到灶火里，随即该干啥继续干啥，双手甚至连拍都不拍一下。招待客人的时候总喜欢拿围裙把碗擦拭一番再递给客人，似乎这是无上的礼仪，但问题是那围裙绝对比碗要脏得多。至于言谈举止则更是离谱，不讲究任何忌讳，正吃饭喝酒就贸然来一句："你们先喝着，让我屙上一泡！"总之，所有的一切总能让他不由得想起《陕北七笔勾》。之前，他总觉得这个名叫王沛棻的光绪朝大学士一定是因索贿不成而刻意羞辱、丑化陕北和陕北人呢，所以，当光绪皇帝与慈禧太后于庚子年避祸西安的时候，他们还曾联名上书沙城府，并推举靖州县令丁锡奎等人代表陕北父老专程去西安告了那姓王的御状。考虑到众怒难犯，光绪不得不宣布这道奏折无效，并直接将姓王的贬到靖州当了几年县令。但从雁栖岭的情况看，这姓王的其实也并非一派胡言。

　　但后来，尽管原始和荒蛮的感觉依然无处不在，可比起他刚来的时候却明显要强多了，一切似乎都在慢慢改变着。一年多来，女人们的手脸似乎比以前洗得勤了，头发慢慢顺溜了，衣着也明显立整多了。男人们也不再缩脖袖手，就连说话也变得文雅多了，虽然还是"尿"字不离口，但至少能把"屙屎"说成"屙大便"了。长工们也不像以前那样老躲着他了，反而总乐意到他窑里坐坐，问这问那，个别人甚至还在劳动间隙跟着他识起了字。虽然对他来说，教这些长工们远远要比教袁国良他们困难得多，但他却很是乐意，总是不厌其烦地指点着、纠正着。这些粗手笨脚的汉子们似乎也很上劲儿，每每有所收获，都要不亦乐乎一番："刘——永——宽！把他的，这名字使唤了半辈子了，今儿才知道是这么个样法儿！"

　　去年年根儿，他曾利用授课间隙为袁家写了几副对联，没想到这竟然成了雁栖岭历史上第一副真正的对联。按袁继耀说，之前因为没有识字人，当然也就没有卖墨的,他们就只能用清水兑上锅底灰和鸡蛋清自制墨汁,然后用碗刮子在红纸条上扣一溜圆圈,就算是对联了。这差点没把他给笑死:"这也好!圆圆圆圆圆圆圆,多吉庆!"

为了扩大他"文化人"的影响力,今年一过腊八,梁先生就让袁继耀把他写好的对联提前贴了出来。这一贴不要紧,整个雁栖岭都轰动了,从当天开始,来大院写对联的人就源源不断,甚至龙居区一带都有人专门赶来,几十里路上就为了一副真正的对联,使他整日忙得不亦乐乎,从早到晚除了授课就是写对联,有时还要熬夜。后来,他就让袁国良等几名童生一齐上手,帮着写一些类似于"抬头见喜""青龙大吉""水草通顺"的短联,只为赶在冬假回家前完成任务。但写是终于写完了,新的问题又出现了,等过年的时候,好多人竟然把对联贴错了地方,不是将"水草通顺"贴到了碾子上,就是将"灶神之位"贴到了牲口圈里,害得他的五个弟子一连在岭上纠正了好几天。等他开春从老家回来,袁继耀便将这些笑话讲给他听,他哼哼一笑:"都怨我没想周到。今年再写对联的时候,就在'青龙大吉'后面画个碾轱辘,'灶王之位'后面画个铁锅子……"

不过,正是这场"对联风波"让他隐隐感觉到,他已经成功地将"文化"的影响力溢出袁家大院,扩散到整个雁栖岭了。正月,等他一回到岭上,请他吃饭的人就排起了队,这期间就有不少人曾跟他谈起念书的事儿:"先生啊!这念书还真是好!你说我们这些人,连个对子都贴不对,一辈子真就是那会说话的牲口。"所以他当时就想,袁家塾馆目前只有五个娃娃,空着也是空着,何不再多收些童生,反正都是教。但一想到自己只是个揽工的,便又打消了这个念头,没想到这机会竟然来了。

主意拿定后,袁继耀便立即行动,但为了稳妥起见,二人又商定了一个"两步走"策略,先让黑栓再打制几套桌椅,首先开放了袁家塾馆。果然,春学一开,童生一下子就从原来的五名增加到十八名,到三月份的时候,竟然增加到三十多名,修建雁栖塾院的条件也随之成熟了。

三月初八那天晚上，袁继耀便带着梁先生来到马玉山家，把他们修塾院的想法向"摄政王"作了汇报，当然并没有提朱清民的事儿。

听了他们的汇报，马玉山一脸惊讶："一孔窑洞盛不下再腾一孔就行了嘛！专门新建得多少钱？"

此时的袁继耀早已经胸有成竹了，便一脸慷慨地说："既然踢开这飞脚了，就踢得高高的。不就盖几间房子嘛！也用不了多少钱。"

"那你准备往哪修呢？"马子杰问。

"'捞饭盆'。反正那地已经叫朱清民踩成石板了，我正愁今年土疙瘩捣不烂呢！再说那地儿大体位于整个雁栖岭的中心位置，各个庄子也都方便。"

马子杰这才明白他今年为啥一直没翻那块地，而是把谷子种到了其他地方，但依旧一脸痛惜地说："那可是你最好的地啊！你可是要想好。"

"种状元还不如种谷子？"袁继耀一脸庄重地说。

"那也用不了那么多地啊！"马玉山说。

袁继耀将在场的所有人环视了一圈："一也打墙了，二也动土了，就多盖几间。按一家一个娃娃设计，再弄上个伙房，盘几盘大炕，雇个做饭的。远路娃娃不想跑路就身下，余下的土地就划给塾院作为'官地'，娃娃们前晌学文化，后晌学种地。受苦人子弟嘛！可不敢念书念得连糜谷都不分了，让娃娃们自产自销，不够我再贴补。"

梁先生当即掰着指头做起了预算："一家一个娃娃那不可能，咱就按八十个童生设计。我刚算了一下，连伙房带炕铺子，至少得八间。"

"没事，我看修塾院比修庙强，该花就花。"袁继耀说。

话拉到这个份儿上，马玉山的情绪也被调动起来了，猛地拍了一下大腿："对！比修庙强，我马家也认一分子。"

第二天一大早，袁继耀就拿着梁先生画好的图纸，到区公所找李子青去了。李子青一听也很激动，当天就带着他和梁先生到县署走了一趟。

朱清民把图纸展开详细看了一番，也禁不住感慨道："这么大一座院落得多少钱？"

"预计三百块大洋。"袁继耀故意往高报了一下。

朱清民点了点胖乎乎的脑袋叹了口气说："按理来说，这么好的事，县里也应该支持你一下，但……"

袁继耀急忙起身打断他："知县大人！我知道县里经费困难，所以这钱就不要县里出了，我就想让大人给我壮壮胆，我一个受苦人，没你的支持，袖子肯定甩不展。"

"怎么个壮法？"朱清民直接问。

"我先给你一百块大洋，你回手拨到区上就行了。然后等塾院落成的时候，大人只要到岭上给我镇一下场子，撑一下门面就行。"袁继耀说。

朱清民点了点头，随即又面带难色地说："这本来也是应该的，但你看我这身子，又得叫你们抬，所以我人就不去了，到时候就让子青代表我给你颁个嘉奖状子算了。"

"也行！最好再给学堂题个门匾。怎样？"李子青接过话说道。

"那简单！我看就叫'袁家义塾'吧！"

袁继耀急忙表达了谢意，但又说："大人有所不知，这钱并不全由我家出，马家也主动提出要承担一份子，所以我看不如就叫'雁栖义塾'算了！"

朱清民略略思索了一下："好！那就'雁栖义塾'！"说完便又直直地盯着袁继耀问道："袁东家，我听说楚立革当年修渠的时候，你还捐了一千大洋、三百石粮食，有这事儿没？"

"有。"袁继耀一边回答，一边迅速盘算着他突然打问这事儿的意图。

朱清民点了点头，随即把肉墩墩的身子朝他倾了倾："我也正准备找你呢。你看咱这县署都快成难民窝子了，不拾掇一下真不行了，这可是咱延北的脸面啊！但你看咱县里穷得都快揭不开锅了，只能从全县的大户那里认捐，你袁家富甲延北，能不能给咱带个头？"

"捐多少？"袁继耀问。

"这工程没有修渠大，也花不了那多钱，所以我之前准备让你掏二百大洋、一百石粮食。但你现在修学堂也得几百块，那就少点，一百大洋、八十石粮食。这不为难你吧？"

袁继耀很明白这事儿已经没有商量的余地了，就当场应了下来。

春种一过，雁栖义塾的工程便紧锣密鼓地铺排开了。这一义举极大地调动了岭上众人的积极性，就连耿得禄也在开工当天主动来到工地上，就耿家也想参与修建雁栖义塾的想法和袁继耀谈了一番，并表示想和袁马两家均摊出资。见他如此真诚，袁继耀便依了他，只是对出资比例稍微做了一下调整，最终达成了袁家出资五成，耿家出资三成，马家出资二成的意见。之后，耿家几乎所有男丁一个不落地参与了整个工程建设。此时的耿得禄三兄弟已过天命之年，袁继耀便坚持不给他们安排活计，但他们也的确闲不住，都主动瞅着干一些力所能及的事儿。按照事先谈好的分工，袁继耀和马子杰负责施工，耿万顺负责后勤保障。在近两个月的工期里，三家便一直少有地紧密配合着，各项活计都被安排得井井有条。附近村落的人则更是积极，每天都有几十人主动前来帮工，打坯子、装坯子、添火、出砖、挖地基，一个个忙得黑水汗脸。为了不影响工程进度，耿万顺又拾闲着就地盘了两个大灶台，一天三餐都在工地上，就这样不到一个半月，墙体工程就基本完结，就差上梁盖顶了。

上梁那天，"捞饭盆"又像头年秋底"就地正法"那天一样，早早就聚集了黑压压一大群山民。李子青也一大早就赶了过来，按照事先的约定，他今天还要担任上梁仪式的司仪呢。为了彰显隆重，袁耿马三家还特意宰了两头肥猪，准备给匠人、帮工和所有前来看热闹的乡亲们款待一顿猪肉撬板粉。

太阳刚一露头，匠工头就指挥着帮工们将一根四米长的大梁抬到中房门前，上面还按照当地风俗扎了一块猩红的老粗布。李子青面容庄重地站到中房正前，仰起头大声宣布："吉时已到，上梁！"六名壮汉随即抬起大梁，顺着架板一步一步向上攀去。匠工头身披花被面，手里端着盛有五谷的木升子，器宇轩昂地立在墙头，待大梁抬到面前后，便手扶梁木，指挥大家将其摆正，放在事先留下的梁槽旁边，然后直起身子，神色庄重地咳了两声，随即便抓起五谷转着圈地抛撒起来，嘴里还不停地念叨着诀儿：

> 一上龙脊世不开，鲁班尊神下凡来。
>
> 二上龙脊世不开，先添功名再添财。
>
> 房里房外喜气生，文曲尊星降福音。
>
> 一撒东方甲乙木，出完知县出知府。
>
> 二撒南方丙丁火，当完总督当相国。
>
> 三撒西方庚辛金，个个头戴状元顶。
>
> 四洒北方壬癸水，锦绣文章写得美。
>
> 五撒中方戊己土，人人能文又能武。
>
> 匠工无忌，主家无忌，天无忌，地无忌，姜太公在此，百无禁忌，大吉大利！急急如律令！

几挂长长的鞭炮应时齐鸣。两位匠人一弯腰，将大梁推进梁槽，又将一本书、一支毛笔和五谷、馒头渣子、糕角、肉末、五色彩线、五彩布条塞进砖槽和大梁之间的缝隙里，转身从旁边挖了一铲子和好的胶泥，将整个梁槽抹平。至此，这场空前隆重的上梁仪式就算全部结束了。

几天之后，整个院落就完全从图纸变成了真砖实瓦的宽房大厦。四亩大的院子高墙围拢，六间正房面南一字排开，四间侧房分列左右，一色青瓦罩顶，灰蓬蓬一片宛如天外飘云。高挺气派的门楼上，由朱清民题写的"雁栖义塾"四个阳雕大字雄踞正中。两边的门柱上，"义举义随开风气之先河，即耕即读育民国之栋梁"的楹联分外显眼。要说这朱清民的字还真写得不赖，就连梁先生都说："还真有那么几分龙飞凤舞的气势呢！"

麦黄时分，义塾终于在一阵清脆的爆竹声中正式投用了。来自岭上三十六个村庄的六十八名童生瞬间便让这常年沉寂的山野热闹了起来，其中自然包括耿得禄的两个孙子耿金蛋、耿银蛋和耿得福的孙子耿宝蛋。梁先生当然就是"院长"了。长工头老杜早在开春的时候就"退休"了，并且因为袁继耀"强行"给了他一百亩土地的"退休金"而举家迁到了岭上，现在他又按照袁继耀的安排，把土地交给了儿子，转身做了塾院的"受苦先生"。之后不多时，就连这"捞饭盆"也被换了一个全新的名字："状元盆"。

尽管修建雁栖义塾的动因多少掺杂着几分被动，但它的落成依然让袁继耀那晦暗了大半年的心明亮了很多。之后好长一段时间，每当在附近劳动的时候，他总要满含柔情地朝这边瞟上几眼，尤其是那琅琅的读书声伴着燥热的山风传来的时候，他便不由得从内心深处泛起几分激越来。他慢慢感觉到，自己这项义举似乎正像立春后的第一缕山风，虽然并不可能一下唤醒万物，但至少已经给这古老的山岭带来了一丝春天的讯息，那千百年来笼罩在雁栖岭上的荒蛮愚昧的坚冰也似乎随着这股春风的到来而被撬开了一条隐隐的缝隙，并且随着风力的日渐强劲，这缝隙必将进一步裂大、变宽。而总有一天，整个冰层就会猝然断裂，融为满川流凌，直至完全化为一河温润的春水。到那时，雁栖岭真正温暖的春天就要来了！

第十八章

  自打塾院落成，梁先生也像袁继耀一样，好长时间都被一股莫名的舒畅笼罩着。其实何止这段时间，这两年，他的心情一直都很舒畅。

  自从来到雁栖岭，袁家人非但没把他当揽工的，反而处处抬举着他。几位老婶子起初都还有些认生，总学着袁继耀的样儿称他"先生"，但随着相互之间日渐熟悉，便于不知不觉中改成了"行顺"，那种毫无间隙的亲昵感就像老母亲呼唤自己的儿子一样。至于袁继耀，则更是一口一个"先生哥"跌不到地上，亲热得就像他的亲兄弟一样。当然，他也早把自己当作这个大家庭里的一口子了，以至于后来，每当袁继耀向他征求对一些事务的意见时，他竟然完全抛弃了初来时所严格秉持的"恪守本分，不越雷池"的戒律，热心地充当起了"狗头军师"，就连措辞也慢慢从"你"改成"咱们"了。年初，袁继耀又强行把原来谈好的二十块银圆的薪酬涨成了三十块，酬粮也在原来的基础上上调了五石。他知道，就他这个行当而言，这绝对算是顶破天了，还有什么不满足的呢？

  两年来，家里也一直很顺当，儿子梁毓文已经出落成一个茂腾腾的小后生了，年初又顺利考入了谷川县立中学。这几年，这小子还真学了不少新文化，天文地理头头是道，很多方面甚至让他这个老学究都有些自愧不如了。女儿梁毓书也已经满十岁了。这娃娃随娘，模样周正俊俏，心性温顺而又不失泼辣，手脚也相当麻利，在她娘的精心调教下，锅灶茶饭、洗洗涮涮都已经有了些模样，还学会了不少简单的针线活，去年又被她舅舅带到县城上了新学，成绩也一直很出挑。总之，一切似乎都朝好的方面发展着，夫妻和睦，子女争气，吃穿用度也不用发愁，作为普通老百姓，这样的日子基本上就算是甜到头了！不然还要怎样？

唯一美中不足的是自己常年在外，家里的事儿一点儿都搭不上手。庄户人家没个男人还真不方便，别的不说，单就拿轻掇重的事儿就实在不好解决。和袁继耀一样，他的老人都早早去世了，并且也只有他这么一根独苗，歪好就没个帮衬。尽管邻里邻家经常都会过来帮忙，但总归还是不方便，各有各的光景啊！年初，他还曾就这个问题跟婆姨商量过，自己一年的薪粮都管够全家吃两年了，不行就干脆把地租出去算了。但婆姨说甚都不愿意："那不是吃上吃不上的事儿，受苦人嘛！不种地干甚？"

眼下又到了夏收季节，他的心里便不由得涌上一股浓烈的愁绪来。"女人怕的坐月子，男人怕的割麦子。"这割麦可真是个下茬活儿，稍不注意，那干硬的麦秸就会给你来上"一刀"，在你手上拉开一条血淋淋的口子。加之这夏收又是虎口夺粮的急紧事儿，没熟透不能收，一旦熟透了就一会儿都不敢耽搁，弄不好一场雷雨顷刻间就会让挨到嘴边的希望完全破灭。所以，每当看到岭上人没明没黑地抢收麦子的时候，他就烦躁得要命，满脑子尽是这事儿，甚至就连做梦都是"家里人"那双布满血口子的手，心也就自然跟着飘回几百里外的老家了。

又是一个礼拜天，娃娃们各回各家了，他也就没事可干了，便坐在门楼下面的阴凉地看起了书，可看着看着就又心不在焉了，便干脆把书扣到膝盖上，痴痴地盯着雁头崾发起了呆。正这么着，袁继耀就来了。

"哈呀！我的先生哥！你这一离开大院就把我的魂都给勾走了，一满不好身，就像老曲儿里唱的：'多下个枕头少下个人，越看枕头我越伤心'。"

他那酸溜溜的模样当即把梁先生逗笑了："怎还成阁中秀女了？这么多愁善感！"

"你也说呢？你是没见，一满可怜得就跟没娘娃娃一样。"

二人说笑着就进了办公室。梁先生顺手将书本放到桌子上，双手抓住他的肩膀使劲儿摇了几下："兄弟啊！你这下真是把好事做下了，你袁继耀的名字必将永久地刻在这雁栖岭的历史上！"

"刻在甚上？"袁继耀一时还不明白"历史"这个新鲜词儿。

"雁栖岭的历史上嘛！"梁先生重复道。

"历史是个甚？"

"历史就是过去的事儿，就是咱们说的那个'古朝'嘛！将来后人写雁栖岭的时候，肯定会提到你撑头修建雁栖义塾的事儿，就像现在的戏班子唱杨家将一样。"

袁继耀这下终于明白了，哈哈一笑："咱一个平顶子百姓还敢跟人家杨家将比？只要没人骂就对了！"

梁先生嘿嘿一笑，又一本正经地说："兄弟这追求可不简单啊！人生在世一辈子，得几句夸赞倒不是个难事，但要没人骂，那可不容易啊！"

袁继耀仰头思谋了半天："啊呀！要不说你们文化人水平高，还真是这么个道埋哦！"

梁先生笑了笑，转身给二人各倒了一杯凉白开，接着便将塾院的运行情况大体讲了一下，随即话锋一转，问起了夏收的事儿："麦子都进囤了？"

袁继耀如释重负地舒了一口气："刚停当，可把人给攒坏了！不过今年这收成还可以，打了六十来石，等黑栓他们稍微歇缓上两天就给嫂子送回去。六月六眼看就到了，让她们也吃上一顿新麦子馍馍熬羊肉。"

梁先生释然一笑："收完就好！天这么热，不要忙着送，我家里也种一点着呢！"

"你还种麦子着呢？"袁继耀问。

梁先生笑着点了点头："不多，就三二亩。"

袁继耀叹了一口气，悻悻地说："这割麦子可真是赖营生。实在是太远了，不然就你那几亩地，我随便派几个人扭着秧歌都给你收了。"

梁先生苦笑了一下："没事，估计也收得差不多了。"

袁继耀略略犹豫了一小会儿，随即咣咣几下磕掉烟灰，两眼直直地盯着先生说："先生哥！我最近一直琢磨个事儿，今儿想和你拉谈拉谈。"

"甚事？"梁先生看着他问。

"我看你还不如把老家的地租出去，连家搬过来，就身到这塾院，我再就近给你划块地，能种多少算多少。加上你的薪酬，也能过一把好光景，关键是一家人团团圆圆，也好照应嘛！"

梁先生吃惊地盯着他，一股暖流旋即涌上心头，但很快又镇静了下来。尽管他们之间早已处成了无话不谈的兄弟，但有一点他心里始终还是有数的，自己虽然"贵为先生"，但终归是揽工的，和袁家的其他长工也并无多少区别。这揽工人嘛，就要恪守揽工人的本分，万不能东家稍一抬举就不知道脚手高低了。所以对袁继耀的这个提议，他并不是不想答应，而是不能答应，只是一时又想不出合适的拒辞来，便推脱着没有立即答复。

看梁先生迟迟不表态，袁继耀便急忙解释道："先生哥，你千万不要多想！我说这话绝对不是嫌往你老家送粮麻烦，我就觉得你们一家人一直这么扯在两地也不是个事儿，如果你不愿意，就当兄弟没说。能不？"

梁先生慢慢回过神来，满怀感激地说："不瞒兄弟说，我这几天也正为家里的事儿犯愁呢。兄弟如此真心，老哥怎还能不识抬举呢？只是这揽工人就要守揽工人的本分，不能过头了！"

一听这话，袁继耀悬着的心便放下了，啪地拍了一下桌子："你怎能是揽工人呢？你这么说就真把兄弟的心都伤了！你如果搬过来，那就是文曲星下凡落到咱雁栖岭了，这就是给我袁家，不，给整个雁栖岭贴金皮呢！再说了，我这么想也不是完全为了你，我也有我的私心呢！两年了，不知你有没有把我当亲兄弟，反正我早就把你当亲哥了，如果你搬过来，各方面都能帮衬我，眼下这社会，我是越来越应付不了了，没你这么个诸葛亮还真不行。"

"不不不，你听我说……"梁先生急忙阻止。

"甚都不说了，我都把话说到这份上了，你如果真把我当兄弟就听我说。今年的庄稼都已经半截子了，所以这几天就算了，等秋收一过咱就搬，今年这个年，咱就在岭上过。将来等你老了，想回老家，我再把你送回去，不想回就扎在这儿。这岭上虽然不如你谷川平整，但地土厚实，养人。咱两家世世代代就像我袁家跟马家一样，也来他个'狗皮袜子不分反正'，你看怎个？"

梁先生一纵身站了起来，伸出手搭到袁继耀的肩膀上，似乎还要说什么，但袁继耀一把将他的手推开："好了！如果你觉得身到塾院不方便，那咱干脆就在这附近给你箍两孔砖窑。牛背梁也行，反正修塾院还剩不少砖，我看也够。"说着便转身出门走了。

当草木再次衰枯，天宇再次呈现出陕北深秋所特有的旷远明净的时候，给梁先生搬家的事儿便在袁继耀的精心安排下启动了。按照高阴阳的掐算，梁先生一家必须于九月二十四那天入住新居，所以九月十八一大早，袁继耀就带着五名长工和八匹骡马从雁栖岭出发了。梁先生也将塾院暂时放了假，跟着回去了。

到达谷川县城后，梁先生先带着袁继耀去了趟他岳父家。他岳父李得隆是名扬谷川的老中医，从他太爷起就一直在县城东街经营着一家名号为"悬壶堂"的医馆，并于几十年前就营造起了一座规模宏大的四合院，里房起居，临街的三间通房经营医馆。

梁先生的小舅子李天春得知他要举家迁往南老山时一脸不悦："姐夫，你怎猛然间想了这么一出？我不早跟你说过嘛！我这儿人手也不够，你就到我这儿来嘛！为甚要背井离乡走南老山呢？你不听人常说'受屃走老山，枸子直砍完'嘛！那南老山山大沟深，有甚好的？"他这一急，便有些不顾袁继耀的感受了。

"我这一不会把脉，二不懂开方，在你这儿能干个甚？"梁先生笑着说。

"那对你来说不就是'秀才学阴阳——一拨就转'的事儿嘛！记账、收购药材你总会吧！再说，你就不替老人想想？你这一走，这满城的人肯定会一哇声地说：'李老先生拢共一个女婿，还到南老山逃荒走了！'你让老人怎在这谷川城活人呢？"

这些话当即让李老先生和老夫人抹起了眼泪。

"行顺，天春的话说得有道理。我知道你一贯自尊，但我不光养儿了，女子也养了，你们都是我的娃娃。我不敢说把你和天春、天秋一碗水端平，但也绝对亏待不了你。"

梁先生笑着抓住岳父的手："岳父大人，我知道你们都是好意，但君子当自立啊！毓文和毓书这几年就够麻烦你们了。再说了，我去南老山绝对不能算是逃荒，是我继耀兄弟抬抬举举请我去的嘛！不知你老是否知悉，那地方可真是个好地方，单论谋光景的话，确实比咱这儿要上。等我安顿好了，就回来把你二老接过去身上一段时间，到时候你就知道了。"

"对对对！到时间我和我先生哥过来接你二老！"袁继耀急忙帮腔。

见女婿决心已定，李老先生便再没说什么，只提议先不要搬家当，人过去就行了，还要儿子李天春也跟着走一趟，看看雁栖岭究竟是怎样一个地方。

袁继耀赶忙就坡下驴："也行，那就按老叔的主张办，毕竟几百里路呢！担心也正常。其实我那儿甚都有，人过去就行，但我先生哥担心我嫂子舍不得那些老家当，所以就赶了几匹骡马。"

不用说，梁李氏对他们的突然到来也深感意外，尤其是听男人说要举家迁往雁栖岭的时候，更是惊讶得目瞪口呆。虽然她曾多次听男人讲过雁栖岭的富足，并且这些年已经习惯了在大事上听从男人的安排，但叫她突然离开生活了十几年的桃花店，心里总还有些不舍，临走前还不停地在几孔窑洞里进进出出，这里站站、那里看看，直至所有人马下到坡底沟谷的时候才在梁先生的催促下哭鼻子抹泪，一步三回头地出了院子。

当他们回程来到李老先生那里的时候，李天春也已经准备好了行囊，并顺手将一个小木匣子递给梁先生："把这拿着！"

梁先生疑惑地打开一看，竟是四坨用红绸扎着的银圆棒子，便直接递了回去，神色严肃地说："天春，姐夫现在也不缺这个。你若真要去的话，还不如带上些常用的方子，几百里路过去了，就多待几天。那岭上常年也不来个郎中，正好给乡亲们看看病。"

说话间，梁毓文和梁毓书也都放学回来了。小后生刚满十四岁，但身高都快追上他大了，茂腾腾的一表人才，说话也有了几分男子汉的架势。

梁先生当即将搬家的事儿给儿子交代了一番。梁毓文的反应倒不像他舅舅那么强烈，只转动着两颗乌溜溜的眼珠问："那儿有中学没？"

"没有，只有一座小学堂。所以我就只能带你妹妹一个，你就在这儿念着，等放冬假后，我和你干大上来接你。"说着便让他见过了袁继耀。

袁继耀急忙从褡裤里掏出两块银圆递了过去，但梁毓文坚辞不收，梁先生也急忙帮着推绝，但袁继耀一把将梁先生扯到身后，直接将银圆装进梁毓文的衣兜里："拿上！这干大可不能白叫。好好给咱念书，等你将来念完了，干大就在岭上也修个中学，把你请来当那个叫什么来着？哦！校长。到时候，你就是比你大更大的文曲星了。"

此时，李家的妇人们已在后房准备起了饭食。李天春也按照梁先生的提议，去前房选装药材去了。趁着这个空隙，袁继耀带着长工们到街上采买了一些日常用品，反正回程的骡马空着也是空着。这谷川县城很是繁华，各类生产生活用品应有尽有，并且有好多都是延北县城兴隆寨买不到的，不一会儿就买了一大堆。

回到医馆之后，袁继耀又让黑栓他们将两匹马上驮着的梁先生夫人和女儿的衣服等日常用品倒腾到骡子身上，以便让梁先生夫人和女儿回程的时候乘坐。对于他这个多此一举的行为，黑栓似乎很不理解："骑骡子不也一样嘛！倒腾这干甚呢？"

袁继耀嘿嘿一笑："让你倒腾你就倒腾！我岭上袁家是甚主户！能让梁家千金骑骡子上岭？必须高头大马！"

黑栓当然不明白他的意思，便无奈地剜了他一眼，嘟囔着抱怨道："鬼说法怪多！弄得就像娶儿媳妇一样！"

二十四那天晌午，搬家的队伍准时赶回了塾院。按照岭上的风俗，乔迁新居一定是要暖窑的，不然冬天就冷得待不住。所以，磨六一大早就按照袁继耀走前的安排，杀了三只大绵羊羯子，此刻正安排人剁肉呢。伙房里，黄米糕已经出锅了，并且已经被揉制成了二尺长的卷子，只待冷却后即可入锅开炸。袁家的女眷们这几天也没闲着，赶时间缝制了一茬新被褥，并且提前一天就连羊毛毡一块儿送过来了。

学童们也散学了，忽地一下就围了过来，但都没敢进屋，只在门外探脖瞪眼地望着。只有袁国良似乎并不胆怯，拨开人群进到房子里，转动着眼睛将整个房间扫视了一圈，随即凑到炕楞前，对着坐在炕头的梁毓书问："你是不是先生的女子？"

梁毓书点了点头。

"走，到外面耍走。"

梁毓书没有说话，只摇了摇头。

袁国良可能认为她是怕生，便进一步鼓动道："不要怕，谁打你，有我呢！我是他们的大元帅，都能打过呢！"

但梁毓书依然没有说话，只忽闪着一双毛闪闪的大眼睛对他笑了笑。

看客人如此高冷，袁国良便没了兴致，转身就朝门口走去，正当他准备出门的时候，只听梁毓书来了一句："真好看！"他便又调转身子回到炕楞边，两眼直直地盯着她问："你说甚好看？"

梁毓书抬起胳膊朝后窗指了指。

袁国良当即脱鞋上炕，顺着她手指的方向，一丛一丛野山菊开得正盛，那浓密的、白中微微泛着蓝紫的小花儿在正午阳光的照射下精灵般地随风摆动着，漂亮极了。

"那花？"他转过脸问。

她微笑着朝他点了点头。

袁国良"哦"了一声，一纵身跳下炕，拖拉着鞋子就跑了出去，只一眨眼工夫就握着满满一捧野山菊回来了。

"给！"

梁毓书笑了，俊俏的脸蛋儿瞬间绽成了一朵花儿。

袁国良又脱鞋上了炕，凑到她跟前说："可香呢！不信你闻闻。"

梁毓书便真将花儿凑到鼻子上嗅了嗅，问道："这是甚花儿？"

"山菊。我们这儿可多呢！满山都是。"袁国良说。

梁毓书羞涩一笑："怎跟我的名字一样呢！"

袁国良似乎很惊讶的样子，瞪大眼睛问道："你也叫个山菊？"

梁毓书微笑着点了点头。

"先生肯定是想叫你像这花儿一样好看才给你取了这么个名字，是不是？"

梁毓书的脸上当即浮上了一抹绯红。

"我小名叫个二臭。"袁国良笑着说。

梁毓书当即笑出了声，银铃一般清脆。

袁国良也跟着笑了："我大又不是先生，没文化，就随便给我取了这么个名字。不过尔格不叫了，我尔格叫个袁国良，你大给我取的，好人的意思，你大说让我长大当好人呢！"说着又指了指立在门口的袁国温说："那是我哥哥，叫个袁国温。"

梁毓书顺着他手指的方向看了袁国温一眼，并朝他笑了笑。

"我尔格也不叫山菊了，叫梁毓书。"

"怎写呢？"袁国良问。

梁毓书把手展开伸到他面前，一笔一画地在自己手心里比画了起来。袁国良愣愣地看了半天："这笔画还稠呢嘛！"紧接着又将眼睛瞪得老大："哈呀！你还会写字呢？你们那儿女娃娃也念书呢？"

这当间儿，他们的对话已经引起了大人们的注意，袁刘氏轻轻捅了一下梁李氏，笑着说："行顺家的，你看这俩碎人拉得怎好！"接着又笑着对袁国良说："咱好好拉，看人家娃娃多俊，不像年画？将来就给你问成婆姨算了！"

"憨嫂子哟！人家行顺是什么主户！能看上咱呢？"老二袁吴氏笑着说。

袁国良转身把他二奶奶瞟了一眼："我尔格这大元帅是要要的，但我长大就当真的大元帅呀！带领千军万马，也可牛呢！"

众人一阵哄笑，梁李氏也咯咯咯地笑了，好大一会儿才止住笑，朝袁刘氏问道："这是你孙子？"

"哦嘛！继耀的二小子。一满顽得不行，天生土匪架子，让行顺费了不少心。"袁刘氏笑着说。

"看干妈说的！好灵顿娃娃嘛！掌柜的过年回家还说这娃娃将来肯定不得了。"

正说着，门外突然有人喊道："大元帅，赶紧，打仗呢！"

袁国良"哦"了一声，一冲跳下炕跑了，但刚出门就转过身子指着梁毓书大声说："那是先生的女子，跟我一伙的，谁都不能打！谁如果敢打，老子非把他的鼻血打出来不行。"

"你看这土匪架子！将来怎办呀嘛！"三奶奶袁马氏指着孙子，面朝梁李氏说，接着便又是一阵热闹的哄笑。

几十个半大小子很快分成两拨人马混战起来。所谓的混战，其实就是摔群跤。按照惯常的游戏规则，倒地就算"死了"。在这群娃娃里面，袁国良并不算壮实，但身手却极为矫健，只见他不停地跳跃着，躲闪着，并且瞅准机会一连干掉了好几个"敌人"。在进攻敌方司令耿金蛋的时候，不小心将面部碰到了对方的胳膊肘上，鼻血当即涌了出来，但他并未当回事，只弯腰抠了一小块土疙瘩塞进鼻孔就又投入了战斗，直到最终因为不敌三个"敌人"合力进攻而倒地才遗憾地退出了"战场"。

就在他们混战成一片的时候，梁毓书一直静静地在窗户前趴着，因为不认识别人，所以便只关注着袁国良的战况，心绪也随着他的处境不断起落着。也就是那天，袁国良给她种下了极为深刻的印象，以至于几十年后，当她已是满头银发的百岁老人，那束山菊的清香和那场战斗依然清晰地驻留在她的记忆里，并且依然如昨日一般新鲜！

第十九章

自打民国以来，岭上的年头基本上还算顺当，几乎是要风就风要雨就雨，只在民国三年（公元 1914 年）和民国七年（公元 1918 年）分别遭遇了一次覆盖面较大的雹灾，但庄稼也只是较大幅度的减产，并没有绝收。加之土地相对较为广裕，多数户族还有些余粮，所以日子虽然紧巴，但还能勉强维持。可是，几千年的苦难史早已证明，对于莽莽陕北高原来说，这连续近十年的顺当纯属例外！这不，正当岭上人为这些年的风调雨顺而感到庆幸，并且已经开始憧憬起当年的丰收景象时，一片由北方飘来的噩梦般的"云彩"瞬间便将一切化为了乌有。

那是七月一个晴朗的午后，袁继耀正和已经接替老杜当了工头的黑栓在长咀峁查看谷子的长势，无意间看到北边遥远的天际线上飘来了一块硕大的、不见边尾的黄褐色云彩。"黄云雨多，黑云怕死老婆。"眼下正是糜谷拔节抽穗的关键时候，如若真能应时来上一场"浇头雨"，那可真是再好不过的事儿了！所以他便转身高兴地对黑栓说："赶紧回，雨又来了！"

黑栓顺着他手指的方向望了望，脸上也荡起了一抹欣慰的笑意。但很快，那笑容便死死地僵在了脸上。只见他猛地侧转脸，将手掌挡在耳后，屏声静气地听了一会儿，随即大叫了起来："快！赶紧叫人点火，那是瘗踪（注：陕北方言，指蝗虫）！"

几乎同时，袁继耀也听到了一阵强过一阵的嗡嗡声，便几步跨上田埂，翻身上马飞奔着叫人去了。

但他刚刚进了村头，铺天盖地的蝗虫就雪片般地在砸在了他的身上，啪啪直响。枣红马也被这突来的情况吓住了，猛地停下脚步，四蹄不停地在原地捣动着，发出"咴咴"的哀叫。他急忙抹下头上的羊肚子手巾疯狂地扇打起来。就在这个间隙，他惊讶地看到路边的田地里，蝗虫已经完全遮盖了庄稼的本色，到处都是麻溜溜的一片。他使劲儿催赶着身下的枣红马，但那家伙死活都不肯前进一步！无奈之下，他便只好翻身下马，挥舞着手巾，没命地朝村子里跑去。

此时，长工们也已经从最初的惊愕中缓过来了，正忙乱地在大院旁边的打谷场上捆绑干草呢。可等他们背着干草挣命赶到地头的时候，一切都已经无可挽回了！所有的庄稼叶子都被铺天盖地的蝗虫吞噬了，只剩下一地光秃秃的秸秆。

这惨不忍睹的景象瞬间将袁继耀打蒙了，他扛着柴火骑在马背上，目光呆滞地看着黑栓挥舞着褂子，疯狂地满地跑着跳着驱赶着。过了好一会儿，他才将柴火扔到路边，翻身下马走到黑栓跟前拉住他，一脸悲戚地说："二哥！算了，没救了！"

黑栓这才停下了挥舞，一屁股坐到光秃秃的谷子秆上，狠狠在地上砸了一拳，痛苦地叫了一声："天大大哟！"

袁继耀也在他身边坐下，装了锅烟点着递给他，强装镇定地说："天要杀人，谁都躲不过，不要太上火！"正说着，又像猛然记起了什么似的，转身对磨六吼道："快！赶紧到面水山那面喊人放火，说不准还没到那边呢！"

但后来的情况证明，他这纯粹是幻想，就在他们受灾的同时，面水山的人也在承受着和他们一样的痛苦。而且不止面水山，之后没几天，他就从李子青那里得到消息，这次蝗灾几乎覆盖了大半个陕北，其中以怀原、靖州、安定和延北县的北六区尤为严重。

第二天一大早，李子青就带着耿万顺来背水山查看灾情了。其实他也就是象征性地转一圈，明摆着的事，还有什么可查看的呢？半前晌，他又派人将背水山所有的保甲长就近集合到袁家大院，指示他们尽快对各家各户的存粮情况进行详细摸底。

"那还要摸呢？我坐这儿都清楚着呢！连撑到年底的都没几家，就这还不算要给明年预留的籽舍。"袁继耀一脸愁苦地说。

"不会吧！都连着丰收好几年了，还有夏粮不也收了嘛！"李子青似乎不太相信他的话。

"麦子是收了，但对咱岭上人来说，麦子就只是个捎带，每家都只种个三五亩，主要还靠秋粮呢！"耿万顺说。

李子青瞪着眼睛听他把话说完，然后试探着问道："之前就都没点儿积攒？"

他的这一问，瞬间将大家的情绪点燃了。所有的保甲长都一哇声地哭起了穷。当然他们说的也都是事实。偌大的一个雁栖岭，除了袁、耿、马三家之外，本来就都是些"刨一嘴吃一口"的穷人，根本就没有多少余粮。加之去年道里又无端将延北县的赋税上调了一倍，情况就更加糟糕了。

李子青仰头思索了一小会儿，然后转身问袁继耀："你家目前有多少存粮？"

袁继耀便掰着指头当场给他算了一账："去年秋收后连新带旧总共有一千来石，梁先生的薪酬二十石、长工短工一百二十石、补贴塾院二十石、缴税一百六十石、朱清民新修县署和风水楼子强征了八十石、酿酒用了二百石秫黍，春上借出去六十来石，这还没算我这一大家子人一年的开销和今明两年的籽饷。而且天把我哄了，我总不能也把先生和长工们哄了吧！所以满打满算最多也就剩一百来石了。光背水山就有一千多口人，就算我全部拿出来，能撑几天？"

李子青已经从"风水楼子"和"强征"这些字眼里听出了他内心的强烈不满，便没再多说什么，只喏喏地来了一句："无论如何都不能把人饿死嘛！"

"那还真不是你我说了算！如果今年再缴上一百六十石税粮的话，我袁家都得喝西北风。"袁继耀神态漠然地说。

李子青瞪了他一眼，语气坚定地说："你放心，今年的赋税应该不会再收了，最差也是缓缴，拖到……"

还没等他把话说完，袁继耀就仰头"唏"了一声，然后摸出烟锅慢腾腾地装上点着，皱着眉头猛地抽了起来，直到接连抽了几锅子之后才抬头看了李子青一眼："区长兄，咱俩借一步说话。"

李子青便跟着他来到后院梁先生原来起居的那孔窑洞。

刚一进门，袁继耀就问李子青："你说今年的税粮不收了？"

"我想应该不收了！就这情况拿甚缴呢？"李子青一边说一边疑惑地看着他。

"那咱兄弟俩带上个输赢。如果县里能把税粮免了，不要说背水山，你就把整个雁栖岭都交给我，我袁继耀保证不会给你饿死一个人，除非我袁家死绝了！"

"好！这可是你说的哦！如果县里真把今年的赋税免了，你老兄把背水山给我包了就行，至于面水山那边，我再想办法。"李子青也激昂了起来。

"没问题！我袁继耀一口唾沫一个钉。"

听了这话，李子青似乎猛然轻松多了，从兜里掏出两支烟，递给袁继耀一支，掏出洋火给他点上，然后便开始了他的谋划："南几区情况好一些，到时候……"

此时的袁继耀似乎根本没心情听他的这些谋划，只顾眯着眼睛抽烟，直到烟快要烧到手指的时候才猛地甩手扔掉烟头，往李子青面前凑了一下，两眼死死地盯着他问："区长兄！那要是不免呢？"

李子青这才发现自己一不小心又落进了圈套，便没有立即回应，只无奈地将头稍稍仰了起来，好一会儿才又转向袁继耀，一字一顿地说："如果不免，我李子青从此在这雁栖区区长的位子上不取一颗粮食、一块铜板的薪酬。"

袁继耀笑着摇了摇头："这倒不必，千里当官，谁不为点吃穿！都免了，婆姨娃娃怎办？"说完稍稍停顿了一下，两眼直勾勾地盯着李子青说："我看不如这样，如果不免，以后哪怕发生任何事情，你都不能给我使绊子！你看怎个？"

李子青没有说话，只瞪着眼睛死死地盯着袁继耀。他当然明白他的意思，只是没想到他竟然敢直截了当地说出来，所以一时竟想不到该怎样回复了，好一会儿才满腹忧虑地问了一句："兄弟！你这话甚意思？"

"兄弟我一向明人不说暗话，就是你想的那个意思！"袁继耀也死死地盯着他，刀削斧劈般的面孔岿然不动。

李子青起身离开椅子，顺手又掏了根烟点上，边抽边在脚地上转着圈儿，待抽到一半的时候，他猛地转过身子，将烟头重重地戳到桌子上："行！大不了回沙城接我老子的班，开瓷器行！"

袁继耀也猛地站了起来："区长兄！咱相处已经一年多了，兄弟觉得你还算条汉子，这说话可要算话呢！"

"没问题！我李某虽然不敢说一口唾沫一个钉，但也不是那小脚婆姨，起码的下数也还是有的。"说完便转身出了窑门走了。

离开袁家大院，李子青就直接到县署报告灾情去了。

他三下两下将马拴在县署外面的一棵杨树上，转身小跑着进了院子，径直向朱清民的公窑而去。刚走到当院，他就听见有人正在东厢的会议室里大声喊叫着："看你们一个个那丧气样！那'瘟踪'是我姓朱的叫来的？再说麦子不收了嘛！动不动就免税！那你们到道上说去，只要道上免，我就连一颗都不收。你们一个个都想装好人，这坏人、恶人的名声就让我朱清民一肩挑了？门儿都没有！不吃凉粉就给我腾板凳！屎没人吃，官还没人当？怪事情！"

李子青瞬间愣在了原地，只感到脊梁骨一阵阵发凉，倒不是因为他和袁继耀之间的那个赌注，而是他内心对朱清民最起码的善良的期盼也已经被残忍地摔在了地上，哐当一声砸得粉碎。他慢慢仰起头，哀伤地望着旷远的高天，方墩墩的脸痛苦地抽搐着。

会很快就散了，朱清民将门哐啷一摔，气愤地出了会议室，迎面就看见呆站在院子里的李子青，脱口问道："你怎不进来呢？你那儿怎样？"

"彻底绝收了！"李子青冷冷地说。

朱清民连想都没想就说："我刚说了，赋税该收还得收，道上不免，咱有甚办法呢！如果我能顶，就把我杀了缴税算了！"说着竟还有些大义凛然了。

李子青只默默地看着他，没有说话。

见自己这位铁杆属下都不吱声，朱清民接着说："不论怎，你那儿可不能给我撂挑子，雁栖岭人本来就刁……"

这个"刁"字当即将李子青刺火了，他只感到心头的怒火腾腾地激荡着，冲撞着，但因为现场还有旁人，便强憋着没有发泄，只神情严肃地来了一句："朱知县，我想辞职。"

朱清民一看事法不对，便急忙止住了话语，只对他招了招手，示意到办公室再说。

刚一进门，朱清民就气愤地将他收拾了一番："我知道雁栖岭人刁钻，不然就不会派你去。可你也太让我失望了，竟然带头给我撂挑子！有什么困难你只管说嘛！是不是袁继耀那刁货又挑头闹事了？"

李子青再也压不住内心的火气了，大声说："不，是我大年纪大了，让我回来照看瓷器行呢！"

"你放下大好前程不顾，竟然要回去卖瓷盆水瓮！怎想的？"朱清民显然不会相信他的这个辞职理由。

"那是祖上传下来的产业，不能在我手上给断送了。"李子青说。

朱清民哼哼冷笑了几声："屁产业！都按你这样的话，那朱元璋还能当了皇帝？就守着他大那几亩薄田不就行了？"

"我没人家那份雄心。"李子青反驳道。朱清民似乎还要说什么，但还没等他开口，就被李子青打断了："所以我辞职和雁栖岭人无关，更和袁继耀无关。而且我还要告诉你，我在岭上已经一年多了，那袁继耀硬是硬，但绝对不是你说的那种刁人。"说完便转身走了。

李子青的突然辞职让朱清民深感意外，也让他当即感觉到了事态的复杂性。当然，他也并非非得按照去年的数额征收赋税，因为他很清楚，在这样的大灾面前，道里一定会酌情减赋的，况且早在他刚刚到任的时候，道里已经主动把延北的赋税调回了原来的水平，只是他没有执行而已。所以他还想着先按照去年的数额把风放出去，然后在征收的过程中再做出一定的让步。这样一来，官民之间相互做个妥协，工作也好开展。当然不可能让到道里定下的那个数额，最多也只能降到去年的七到八成，否则他重修县署和建造延平楼落下的亏空拿什么来填呢？但从今天前来报灾的区长们反映的情况来看，几乎全县的人竟然都想着完全免除赋税。这还了得！尤其是李子青，竟然当面给他摆了挑子。他明白，这一定是因为他已经感受到了某种棘手的压力，而且他据此推断出这压力一定又与袁继耀这个刁钻的家伙脱不了干系，只是他无论如何都没有想到，这李子青竟然还替袁继耀说起了话，看来那家伙不光刁钻，还有一种令人畏惧的感染力。想到这里，他猛地将一截雪茄砸到地上，脱口喊道："瘟疫，绝对是瘟疫！"

正如朱清民所预言，愿意吃屎的人没有，但想当官的人却多得是。就在李子青辞去雁栖区区长的第二天，新的区长就到位了。这新区长不是别人，正是楚立革当年的那个跟班小郭子。这位从前朝一路走来的跟班，虽然官位一直没变，但年龄却已接近半百，只是人们似乎都已经习惯了"小郭子"这个称呼，便依旧这么叫着。

在拔擢小郭子这件事上，朱清民绝对是走了一步妙棋。试想，对一个整整坐了二十多年冷板凳又猛然间得到重用的人来说，他对提拔自己的恩公的忠诚度还需要怀疑吗？所以，当朱清民将自己的决定告诉小郭子时，这位老跟班死水般的心瞬间就被激活了，当即一个立正站在恩公面前，热泪盈眶地表了一番忠心："知县大人，您老人家就是我的再生父母。您放心，它雁栖岭哪怕就是刀山火海，我都要把它滚平。从今以后，我郭登云的这颗杏脑就是为您老人家长的，您啥时需要就啥时提走，我连眉头都不皱一下！"说着还照着自己已经渐显苍白的脑袋猛拍了几下。

朱清民满意地点了点头，随即将去岭上上任的注意事项详细地耳提面命了一番，当然重点提到了袁继耀："那小子不仅刁钻，还是一股瘟疫，不到两年就将李子青感染成那副尿样了，你可千万不能让我失望……"

果然不负朱清民所望，这郭登云一到任就展现出了非凡的魄力。在到达区公所的第二天，他就将全区的保甲长集合到区公所训了一通话："咱头顶民国的天，脚踏民国的地，就得给民国缴税，不然这么大的国家怎运转？当然，今年情况特殊，受了点灾。但朱知县体恤大家的艰辛，冒险决定今年的赋税按照往年的八成缴纳，还说道里责怪下来由他顶着。这是多大的恩典啊！咱雁栖岭我知道，都让闯贼高迎祥给带坏了！所以我临走的时候朱知县还专门安顿：一定要严防有人借机闹事！所以你们都把眼睛给我睁大点，一有苗头就立即报告，对挑头闹事分子该抓的就抓，该杀的就杀，我看谁敢当这个出头鸟……"

也就是在这次训话会上，所有的保甲长都嗅到了一股不寻常的气味：这新任区长开会竟然没叫袁继耀！要知道，在之前，不论是官家还是民间的事体，大凡小事绝对少不了袁继耀的影子，而且他往往是被奉为座上宾的。看来这事法真有些不对劲儿了！

这当然不是郭登云的疏忽，而是专意这么安排的。就在头天后响，当耿万顺提醒他要不要把袁继耀也叫来的时候，他还劈头盖脸把这位副手训了一顿："他算老几呢？保长不是保长，甲长不是甲长，为甚要叫呢？都是你们惯下的这号毛病！"

可话虽这么说，就连他自己也很清楚，在雁栖岭弄事，要想完全绕过袁家是绝对不可能的。他还知道，这雁栖岭早在老太爷手上就形成了一个不争的事实：天大地大袁家最大。所以他也并没想真的绕过袁继耀，只是想杀杀他的风头罢了。这不，就在训话会开罢的当天后响，他就带着耿万顺登门"拜访"袁继耀去了。

其实，训话会刚一结束，牛背梁所属的保甲长就跑到袁家大院，将会上的情况详细汇报过了，所以对于郭登云的来意，袁继耀当即明白了个七八九，并且已经大致想好了对策，但他还是装作一无所知的样子，慌忙丢下正在编织的半拉筐子迎了过去："哈呀！是你老兄！来岭上有甚公干？"

还没等郭登云开口，耿万顺就忙不迭地介绍起来："这是咱雁栖区的新任区长，昨黑里才到的。"

"新区长！那李区长呢？高升了？"袁继耀依旧一副很意外的样子。

"回沙城照看他家的瓷器行去了。"郭登云笑着说。

"甚？放下官不当，卖瓷碗盆子去了？那不是疯了！"袁继耀说完便急忙将来人让进了客窑。

"兄弟啊！老哥今儿是专门登门认错来了。"郭登云屁股刚挨到椅子上就大声说。

"看老哥说的，你认甚错呢！要说认错也轮兄弟认呢！你老哥到岭上当官来了，兄弟理应到雁栖关接驾的。唉！都怨这背水山偏僻，不知道嘛！"袁继耀一边拆烟盒一边笑着说。

郭登云将头探到袁继耀面前把烟点上，轻轻吸了一口："前晌跟保甲长们打了个照面，本来肯定是要请你的，但初来乍到，一摊子事给忙忘了。"说着就瞪了一眼耿万顺："刚路上还把万顺训了一顿，我初来乍到，他可是老人手了，怎不提点一下呢！咱雁栖岭的事哪能离了袁家，离了你老弟呢？"

"这怎了？兄弟平顶子百姓一个，保长不是保长，甲长不是甲长，凭甚叫我呢？"袁继耀一副泰然的样子。

郭登云哈哈一笑："看看看，兄弟这话里明显带着一股怨气，但无论如何，一碗水泼到地上已经揽不起了，等这几天忙过了，老哥我专门请你喝酒顺气。你看怎个？"

袁继耀将脸一板："绝对是真心话。咱打交道也不是头一回了，兄弟是甚人你老哥还不知道？至于喝酒嘛！你老兄虽然已经贵为岭上的父母官了，但说到底也还是客人，这世上哪有客人请主家的道理！我袁家的雁回头还可以嘛！只是煮羊排来不及了，种下几棵菜也让'瘟踪'给扬豁光了，只能炒几颗鸡蛋，基本就算是干捣。等你这几天忙完了，兄弟再专门安排给你接风。"说完就转身从地窖提来一坛上好的雁回头，他婆姨红椒也很快端来了满满一瓷盆子炒鸡蛋，三人就围着桌子小酌了起来。

一连几杯烧酒下肚，主客的脸上都已有了些红光，郭登云又慢慢举起酒杯，直直地盯着袁继耀说："老哥想借花谢佛敬你一杯，但这杯酒是有说事的，不知兄弟敢不敢喝？"

袁继耀淡然一笑，当即端起酒杯和他碰了一下，仰起脖子就灌了下去："甚说事？"

"老哥想让你在一件事上给咱带个头。"郭登云死死地盯着袁继耀，几分强硬，几分试探。

"没问题！"此时的袁继耀已经完全猜到他所说何事了，便按照自己事先考虑好的方案一口应了下来。

"兄弟都不问甚事就答应了？"郭登云显然没想到他会如此慷慨。

袁继耀坦然一笑："我想老哥也不会让兄弟带头跳崖吧！不就缴粮吗？缴嘛！皇粮国税嘛！只是今年秋粮颗粒未收，旧粮还都在窖子里窖着，得先挖出来晾晒一下，还得过一遍荒尘。今年已经动不了刀镰了，把长工都提前放了，就剩我和黑栓、磨六三个人了，还得个时间。"

郭登云自然没想到袁继耀会这么痛快，竟然愣了，好一会儿才回过神来，仰头将手里的酒喝了下去："好！兄弟有这态度，老哥就放心了。时间嘛，也不忙，目前还没有开始征缴，怎也得个九月底，到时候你可要记得今天的话哦！"

袁继耀又跟他碰了一杯："这没问题，到时候你就知道了！"

见大事已妥，郭登云便自饮了三杯表达了一番谢意，便以公务繁忙为由起身离开了。

袁继耀将他们二人送出大院，站在碥畔上一直看着他们上了东翅梁，脸上始终浮着一抹阴沉的微笑。

第二十章

刚进十月，全县的粮食征缴工作便雷鸣击鼓地铺开了。为了在朱清民那里邀功，郭登云从一开始就采取了一些激进措施，将全区划成五个片区，五支保安小分队各自进驻一片，几乎等于强行征缴了。

他当然不会轻易相信袁继耀的话，便直接将牛背梁列成了重点片区，严令手下严密监视袁继耀的动态，以防生出什么岔子。但令他感到意外的是，袁继耀还真将地窖子掀开了，这段时间也一直都在晾晒过土呢，并且据保安队反馈回来的消息，粮食都已经装好十几口袋了。只要袁家顺从了，一切就都好办了。所以他便放心地把监视袁家的两名保安队员撤到了别处，并立即指示各征缴队进一步加大征缴力度，务必保证雁栖区在全县争得头功。

大官小官，各事其主。就像郭登云想在朱清民面前邀功一样，征缴队之间也存在着竞争。眼看威逼利诱不见效果，这些二杆子后生便直接动起了手，强行将山民们的仓窑蹢开，亲自拿着口袋装起了粮。九月初三那天下午，负责杏树梁片区的征缴队竟然将实在凑不够税粮的牛二锤吊在一棵老杏树上，用枪托子砸了一顿，迫使走投无路的二锤他大当晚就在儿子受刑的那棵杏树上吊死了。

这牛二锤他大就是给袁家放了十几年羊的牛老汉。当牛大锤号哭着跑来报告情况的时候，袁继耀就像早已思谋成熟了一样抽搐着狼疤脸说："把我干大直接抬到区公所，搁到郭登云的公务桌上，就说拿这顶税了！但千万不能说是我说的，也不要老往我这儿跑，有什么情况让磨六过来说。"

这些天，袁继耀虽然一直都在打理粮食，但一刻都没有忘记捕捉岭上各村落的动静，所以直接给郭登云来了个"锅滚面现成"。

牛大锤得令离开后，袁继耀又一连在地板上拧了好几圈，随即恨恨地来了一句："这戏该开锣了！"说完便出了门，径直朝塾院去了。

梁先生正坐在马灯下看书呢，见他进来后赶忙问道："后晌还照见你拾掇税粮呢，怎还有空上来转呢？"

"还拾掇个屁！咱到旁边房子走，我要跟你商量个大事。"

梁先生这才发现他一脸亢奋的样子，便急忙合上书卷，提着马灯来到孩子们的教室，迫不及待地问："甚大事？"

袁继耀定了定神，面色冷峻地说："朱清民前年在这'捞饭盆'给我跳了一神。吃馍馍还卷卷，我尔格也准备到县署给那孙子跳一神！"说完便将早已成熟在胸的谋划和盘托出。

梁先生直听得目瞪口呆，好一会都说不出话来，直到袁继耀催着询问意见的时候才猛地站起来一脸惊诧地说："兄弟啊！这可不是耍呢！这就等于造反呢！闹不好可是要人头落地的！"

袁继耀一把将他按回到椅子上："所以我才跟你商量呢嘛！当然，总主意我已经拿定了，所以我今儿不是跟你商量这神跳不跳的事，而是和你商量跳神以后的事呢！我想把我袁家托付给你，一旦我回不来……"

"不行！我一个糜谷不分的人能掌管得了你家这么大的家业？你这不是成心要我呢？"梁先生直接打断了他。

袁继耀慢慢站了起来，一脸悲壮地说："如果真出事，还有家业呢？我的意思是，你就把我那两个儿招呼上，让他们长大成人就行了，你不说民国没有满门抄斩那一说了嘛！"

"好了，不要说了！征粮的事我也听说了，但我就不明白了，你袁家是拿不出那一百来石粮食的主户吗？为甚非要充那个好汉王呢？"

袁继耀慢慢坐回到椅子上，满脸痛苦地说："先生哥！看来你还是不了解我袁家。我好像给你讲过我袁家是怎么来的吧！要不是王老太爷和我老奶奶这些善人，我袁家能有今天？尽管当下的岭上人早已不是当年那茬子了，但道理还不是一样的道理？当年，这岭上人把我爷爷从鬼门关拉回来养大成人，帮衬着成了家、立了业，直至今天成了岭上第一大户，那是多大的恩典啊！现如今岭上人都活不下去了，我能不管不顾吗？所以你答应也好，不答应也罢，这神我都跳定了！反正对我袁家来说，'尿泡系子上锻刀子'的事儿也不是头一回了。哪怕真搭上这条命，我袁继耀也绝对不会在别人滚油浇心的时候只顾自己高台观灯，不然将来都没脸见我家老太爷。"

袁继耀这番慷慨激昂、入理入心的话很快就吊起了梁先生的激情，他仰头思谋了一会儿，然后慢慢将脸转向袁继耀："好！既然兄弟主意已定，我就不说了。感谢兄弟的信任，你放心，如果真有那么一天，汝之母即吾之母，汝之子即吾之子……"情激之下，这位老学究竟然又之乎者也了起来。

当天后半夜，袁继耀就带着梁先生将他藏埋"黄白硬货"的十几处地方连同数目挨着交代了一遍，直到东方开始泛亮的时候才回到大院。而就在他推开大门的时候，猛然看见距离门槛一步远的地方竟然扔着一个一拃大的粗布包裹。那包裹并没有用针缝，只缠了几匝细麻绳。

袁继耀慢慢将麻绳解开，里面竟然是一张写满文字的马莲纸，左上角还粘着三根鲜红的公鸡颈毛。他心里当即"咯噔"一下，他虽然并不认识上面的字，但瞬间就明白这便是传说中的"鸡毛传帖"，因为他小的时候，老太爷就曾多次给他讲过"八月十五杀鞑子"的事，据说就是用这"鸡毛传帖"联络的。正当他发愣的时候，解完手的梁先生也进来了。袁继耀一把将他拉进客窑，将传帖递给他："上面写的甚？"

梁先生接过信纸低声念了起来：

继耀兄：天灾点火，狗官添薪，民无生路，我延北男儿当奋起抗争，救人救己于倒悬！如兄亦有此念，请于明日午后抵龙川剑匣寺会商；如无此念，则万请缄口！

袁继耀颇有些激动地说："看来是有人跟我想到一块儿了。"

"也可能是个圈套，钓你呢！"梁先生满脸忧虑地说。

一听这话，袁继耀当即吸了一口凉气，因为他知道，全延北都没几个识字的庄户人，怎能写下这么一大段文绉绉的话呢？

梁先生又盯着信件看了半天，然后语气坚定地说："这字明显是用左手写的，但依然能看出些功底，绝对是出于老笔杆子之手。"

袁继耀没有立即搭话，只点了一锅烟，眯着眼睛慢腾腾地抽了起来，抽着抽着又猛地将还在燃烧的烟丝磕掉："我看不如试上一家伙，万一是真的呢？"

梁先生踱着小步在脚地上拧了几个来回："试一下倒也行，但一定要稳妥，得好好谋划谋划。"很快，他便想出了一个办法，由他跟着袁继耀前往剑匣寺，袁继耀先于就近处隐蔽，由他以观瞻剑匣古迹的名义先行进入寺院查看究竟，如果果真是官家设计钓鱼，二人皆可脱身。眼看再无更好的办法，袁继耀便只好应了下来。

第二天天还没亮，二人就起身赶往剑匣寺了。这剑匣寺地处雁栖岭以南八十里处的延水河畔，四孔洞窟依山凿窟，列于青石断崖，气势很是恢宏。据《延北县志》记载："唐初，太宗携李靖领兵征北番，过高奴、抵龙安界，土人奏大蟒为害，太宗射蟒，蟒入石隙，挽其尾，化为剑，缺刃，按剑抹之，石为之亏，状如剑匣，邑人感其恩德，筑寺记之，遂得此名。"也许正因为有了这个传说，剑匣寺的香火一直十分鼎盛。

约莫晌午时分，二人便赶到了剑匣寺所在的龙川村。这龙川村扼守于延水川和平羌川交汇的三岔口，从来就是交通和商贸要道，骡马店、铁匠铺、杂货铺分列道路两旁，生意很是红火。按照事先定好的计划，袁继耀就近进入一家铁匠铺定了几把锄头，然后就坐在炉边，和铁匠师傅聊起了闲天儿。梁先生则进入剑匣寺，慢悠悠地欣赏起了寺外崖壁上的历代石刻和那个传说是太宗磨剑留下的剑匣状石隙。透过门洞，他果然看见窟内有一男子，身着青衣，头戴礼帽，背对着寺门，在一尊佛像前站着。待他跨进门槛，那人转身看了他一眼，随即弯腰进了侧窟，梁先生也跟了过去。

"先生是来拜佛的？"

"路过，顺便看看。"那人转身微笑了一下。

"哦！早闻古寺盛名，一直无缘观瞻，今日一观果然气度不凡。"梁先生故意操了一口浓郁的谷川话。

"听先生口音像是东路人？"

"对！谷川人。现于北边雁栖岭教书，抽空来此看看。"

男子一惊："先生可知道岭上袁家？"

"正是鄙人的东家。"

男子诡秘一笑，随即脱下礼帽转身跟他握了一手："那就劳请先生告诉袁东家，鄙人姓谭，是他和楚知县共同的朋友。"

梁先生当即出了古寺来到铁匠铺，将来人的长相和话语详细给袁继耀汇报了一番，还没等他说完，袁继耀就神情舒爽地笑了："我知道是谁了。"说完便转身朝古寺去了。

一如袁继耀所料，来人正是谭启文。

"袁东家果然是个周全人，还怕人钓你！"谭启文笑着说。

袁继耀微微一笑："老兄是知道的，兄弟我的名声在姓朱的那里算是瞎完瞎透了，不得不防啊！"说完，二人便就抗税的事情快速进行了一番商谈，当然主要是谭启文讲、袁继耀听。

按照谭启文的计划，此次举事只反贪官不反民国，只针对县里不针对道里，只驱狗官不伤人命。总之一个目的：必须一举将狗官朱清民驱出延北。

"十月初九。不敢记错了！"谭启文说。

"选这个日子有说事吗？"袁继耀问。

谭启文诡秘一笑："那天，沙城道尹要来县署视察，咱既然拉场子唱戏，就给他唱到台面上。"

"不瞒谭局长说，我最近也正考虑给那姓朱的跳神呢！岭上人也都已经忍不住了，不存在任何麻达，只是光靠岭上那点力量怕是不行。"袁继耀一脸担忧地说。

谭启文笑了笑："其他地方也都已经安排好了。只是我的身份不方便抛头露面，所以我想让兄弟你把这个总头给咱撑起来，这也是我今天约你到这儿的主要原因。你敢不敢？"

袁继耀的情绪已经被完全被煽动起来，一咬牙就应了下来："不敢怕甚呢？不怕老兄笑话，兄弟之前已经把后事都安排好了。"

谭启文高兴地在袁继耀的肩膀上拍了一下："不愧是袁老太爷的后人！我是肤施谭家，就是咱这儿人说的'南谭北袁'那个'谭'！所以咱兄弟俩就联手再干一件大事，以便对得起咱两家的名号！"

……

十月初八那天傍晚，整个延北突然骚动了起来。所有的山峁沟川都涌动着火山喷发一般愤怒的力量，扛着镢头、铁锨的农人纷纷走出残败的院落，一团一伙地出了村口。很快，几十个、上百个团伙就像各条山谷里渗出的溪流一样渐次汇成了小河、大河，直至汇聚成一股股滔天的洪流，势不可挡地朝延水川和桃花川交汇处的兴隆寨涌去。岭上三百多号精壮汉子也在袁继耀的带领下，山洪般地涌出了雁栖关。

起初，郭登云还曾试图阻拦，带着十几名保安队员荷枪实弹地挡住了去路。袁继耀策马走到他们跟前，瞪着如环大眼吼道："兄弟们！你们也都是穷苦人家的子弟，你家、你亲戚家都有粮缴税呢？"说着又用马鞭指着自己的额头："你们要敢打就朝这儿打，不敢打就给我让开！"

　　不知是惧于袁继耀的威慑还是出于良心发现，这群刚才还威风凛凛的"黑狗队员"瞬间就塌了火，闪到道路两边了。

　　拂晓时分，袁继耀他们终于在茫茫浓雾中赶到了兴隆寨。此时，寨墙下面早已是黑压压的一片。寨墙上，一百多名保安队员四散分布，冷冰冰的枪口直指人群。朱清民正在谭启文等人的陪同下，在东门楼上歇斯底里地朝着人群喊话呢："县署已经和道里谈好，今年的赋税缓缴，请你们立即各回各家，否则通通……"

　　还没等他把话说完，下面就已经骂成了一片："缓你妈的脚片子（注：陕北人对"脚"的习惯叫法）呢！早干甚去了？"

　　按照事先的约定，袁继耀将羊肚子手巾向后扎着，将铁锨高高举起，顺着寨墙转了一圈。各区的头领们很快围上来领了任务，"攻城"便正式开始了。各路人马潮水般涌向城门，用老斧将一拃厚的老榆木门板劈开，但门洞早已经被石块封死了。

　　"翻墙！"袁继耀大声吼道。

　　城墙四围很快叠起了十几座人塔。

　　朱清民一下子慌了，赶忙责令保安队副队长照空放了一枪，现场瞬间安静了下来。

　　这副队长袁继耀认识，当年到县署看望楚立革的时候还曾跟他同桌喝过烧酒。袁继耀举起铁锨，直直地指着他的脑袋，目放冷光地吼道："你不就是花草坪高正满的二小子嘛！你要再敢把你大的引魂杆子动一下，信不信老子把你祖坟刨了？"说完便一冲跃上已经开始动摇的人塔，带头朝墙头爬去。

　　他这一声厉喝，瞬间使百余条步枪变成了蒿柴棍儿。现场再次沸腾起来，所有的人塔都在迅速增高，眼看就要叠到垛口了。

　　朱清民终于撑不住了，对着袁继耀几乎是哀求一般地喊道："袁东家，免免免，我和道里争取给你们免了。行不？"

　　"你早是干甚的，人都逼死了才记起免了？"

一看已经没了回旋的余地，朱清民便晃着肥嘟嘟的身躯跑了。

袁继耀一跃上了寨墙，东西南北四个方向也不断有人跃了上来，高墙壁垒护佑下的兴隆寨就这样被轻而易举地攻克了。潮水般的人群当即朝县署涌去。袁继耀带着一群人径直冲进知县办公室，但朱清民不在，并且找遍整个县署都没见他的影子。

"找！裤裆里的虱子朝哪跑呢！"

此时，谭启文正佯装惊惧地在当院站着，当袁继耀经过他面前的时候，他很快朝墙角处地面上一块足有两米见方的大石板瞟了一眼。袁继耀瞬间就明白了，几步跨过去用脚尖敲了敲，随即一弯腰将其掀开，下面果然是一个黑洞洞的地窖，窖底还横着挖进去一个半人高的窑子。

"你们几个下去看一下在不在里面！"

"不要下来了，我出来。"两个壮实的汉子刚一跳进地窖，里面就传来朱清民颤抖的、上气不接下气的声音。

众人一起上手，把肥猪般的朱清民从地窖拉了上来。此时的朱清民已经完全散架了，直接在窖口旁边的空地上瘫成了一堆腻乎乎的肥肉。

袁继耀慢慢在他身边蹲下，装了一锅旱烟点上递向他："来两口？"

朱清民慌乱地摇了摇肉乎乎的脑袋。

袁继耀将烟嘴儿擩到自己嘴里，吱地吸了一口，将浓浓的烟雾直喷到他的脸上，盯着他问道："大人可还认得草民？"

"继耀兄弟嘛！"朱清民一边点头一边喏喏地说。

"我是袁继耀，但不是你兄弟，而是你经常挂在嘴上的'刁民'！"

朱清民没有说话，只不停地摇着脑袋。

袁继耀又抽了口烟："你前年在岭上给我跳了一神，把我像狗一样给毙了，我岭上袁家向来有来有往，今儿也准备……"

还没等袁继耀把话说完，那家伙就猛地跪到他面前磕起了头："饶命，继耀兄弟饶命！"

袁继耀哼哼冷笑了一声："饶不饶命咱一会儿再说。我先问你个问题。你说究竟是你刁还是我刁？"

"我刁我刁，都是我刁。"朱清民面色惨白地答复道。

袁继耀点了点头："既然你刁，那我就带你去个地方，我倒要看看还有没有人管你这刁官了！"

正说着，有人就抱来了一大堆锦旗扔到袁继耀跟前："这孙子当婊子还立牌坊呢！"

袁继耀顺手扯过两幅锦旗铺开，指着谭启文喊道："你也不是个好东西，这姓朱的偷驴，你就是拔橛子的！这上面写的是甚字？"

"这个是'一身正气'，这个是'两袖清风'。"谭启文颤颤巍巍地说。

袁继耀恨恨地盯了一眼朱清民："就你还配这话？这都哪的？"

"自个儿在裁缝铺做的！"此时的朱清民哪还顾得了尊严，便实话实说了。

袁继耀顺手将一面锦旗砸到他脸上，随即站起身子："来，把衣裳给扒了，把这'一身正气'和'两袖清风'给挣在裤腰上。听说道尹大人今儿正在肤施县呢，咱押着他去见道尹！"

众人一拥而上，三下五除二就将胖乎乎的知县扒得只剩了一条衬裤，然后找来几根麻绳，将两面锦旗分别绑在他的前后腰上，活像吃奶娃娃的屁帘儿。随后又用一根麻绳一头绑了一个红烧肘子，一头绑了一坛五斤装的烧酒挂到他的脖子上，还硬逼着他拿了一把扇子。刚才还灰塌塌的朱清民很快被装扮得"光彩照人"了。旁边，另外一伙人已经按照"耿得禄的发明"扎好了"笸箩轿"。正午时分，这位风光无限的知县大人就被扶上"八抬大轿"，在几千人的簇拥下"威风凛凛"地向着肤施方向出发了。

在袁继耀他们"攻城"的时候，道尹康天恩就从肤施县署出发了。按照事先约定，他将于巳时三刻左右抵达肤施与延北两县交界处的杨家坪。到时候，朱清民将率领全县文武大员在此接驾。但当康道尹一行抵达杨家坪时，竟然连个鬼影都没有见到，心里不免有些窝火，但也只能硬着头皮继续前行。连续过了几道河湾后，终于远远地望见一大队人马正急匆匆地朝这边赶来。他转身对旁边的肤施知县吴海云怨怪道："这清民，带几个人就行了嘛！何必搞这么大的铺排，又不是……"可他说到一半就感觉有些不对了，急忙停住马，打发了两个随从前去查看究竟。

不一会儿，二人就策马飞返，老远就大声吼道："快！反了！"

"什么返了？"还没等康道尹开口，旁边的师爷抢先问道。

"延北人反了！把朱知县扒了个精光，用笸箩抬着要见道尹呢！"

"赶快保护道尹，撤！"吴海云急忙对众人吼道。

"慢！往哪撤呢！"康天恩一声喝住众人，接着安排道："海云，你们几个就在这里待着，根据情况行事，其他人跟我走！"说完便催着坐骑向北边过来的大队人马跑去。

"我是道尹康天恩，你们这是干啥？"康天恩拦住队伍问道。

一听是道尹，袁继耀和十几个骑马的头领便就地下马，当即指示众人齐刷刷地朝康天恩跪下，大声说："道尹大人，天灾点火，狗官添柴，我四万延北人已无活路，叩请大人做主！"说着便将事先写好的状子双手举过头顶。

康天恩可是个滑头，他知道今天这场面万不能动硬，便很认真地看完状子，随即两把撕碎扔到风里，朝着朱清民大声喝道："朱清民，你给我过来！"

此时的朱清民已经明显有些体力不支了，在众人的辅助下才终于下了"笸箩轿"，晃着肥嘟嘟的身躯小跑起来，前后两块"屁帘"不断被风掀起，煞是搞笑。但他已经顾不了这么多了，扑通一声跪到康天恩的马前，磕头如捣蒜："你看兄弟都活成甚了，大人一定要给卑职做主！"

康天恩几乎是在翻身下马的同时照着他那肉嘟嘟的肩胛狠狠抽了一马鞭："还给你做主！道里已经命令延北靖州四县的赋税缓缴了，你为啥抗命不从？真是个狗官！"

听道尹这么一说，袁继耀当即朝他磕了一头，随即举起拳头朝着众人吼道："道尹大人圣明！中华民国万岁！打倒狗官朱清民！"

震天动地的呼喊声立时涌满了整个河川。

康天恩摆了摆马鞭示意大家停止呼喊，随即大声说："前些天，道里曾专门申报省府同意，决定今年受灾严重地区的税粮缓到来年再缴。朱清民这狗东西擅自篡改政令，罪不可赦，就地革职！只是国有国法，所以请乡亲们将这狗东西交给我，回到道里之后一定严加处置！好不好？"

袁继耀重新跪下，大声问道："既然如此，我们今天算不算为民国除害？"

"请大家放心，只要大家立即各回各家，我保证概不追究。"康天恩自然明白他的意思。

朱清民就这样被革职了。为稳住局面，康天恩又就地任命跟随他巡视的沙城道税务局局长苟玉忠为新知县，并让他当天就到兴隆寨上任了。有了朱清民的前车之鉴，这苟知县显然收敛多了，但也绝对不是什么好鸟，所以之后没多久，延北县就传开了一个顺口溜："赶走一头猪，来了一条狗，老楚之后全牲口！"

延北县暴力抗税的事儿很快就传到了省府，于主席十分恼火，当即革了康天恩的职，任命跟随他多年的老秘书贾伟谋为新一任沙城道尹，并千叮咛万嘱咐要妥善处理善后问题，尽量争取"软着陆"，万不可再生事端。

贾道尹刚一到任，袁继耀就去沙城找了一趟他姑舅马继财。这马继财五年前就顶替父亲做了沙城袁记雁回头的大掌柜，对沙城的人事很是熟络，所以很快就通过道里刘师爷的沟通见到了贾伟谋。这一次，袁继耀可真是下了血本了，一咬牙就送了五根一拃长的"黄条子"。

"有钱能使鬼推磨。"通过五根金条的牵线，贾伟谋当即认下了袁继耀这个"土朋友"，还托他给苟玉忠带了一封书信，表示五天后就启程南下延北一带巡视，还在信中特意提到："兄境雁栖岭袁东家乃吾多年故友，故此行第一站即到袁家，兄不必车马劳顿前来岭上，只在县署等待即可！"

我们完全可以想象得到，当袁继耀将这封信交到苟玉忠手里的时候，这位新任知县会是何等惊骇！

八天后，贾伟谋一行如期抵达雁栖岭。

苟玉忠当然不会听从这位新上司的"忠告"，早在两天前就先行抵达岭上，亲自安排起了迎驾事宜，并拐弯抹角地向袁继耀打探了一番他和贾道尹的交情，但袁继耀自然不会告诉他，只说了一句："老贾不让说。"

贾伟谋是午后时分来到岭上的，一进村口便一把拉住袁继耀的手，那热乎的感觉真像是久未谋面的老朋友。袁家也自然予以了超规格接待。整整两天时间里，主客各取所需，一派其乐融融的景象。按照马继财和刘师爷的运筹，贾伟谋此行还专门带来了一块由他亲自题写的"仁泽桑梓"的牌匾，袁继耀也一改往日低调内敛的作风，当场就挂到了门楼上。

送走客人后，被雁回头熏得满脸飞红的袁继耀仰头指着匾额问梁先生："这几个蚂蚱蚱是甚字来着？又忘了。"

"仁泽桑梓。说你袁家仁义，造福乡里呢！"随即又盯着匾额看了一小会儿，"你还别说，这草书还真有几分于先生的神韵呢！只是估计写字的时候心里还为你那几根条子激动着呢，笔触稍稍有些慌乱。"

"管他呢！反正先挂上几年再说！"

梁先生会意一笑："从老太爷起，你袁家就不知收到过多少牌匾，但都不挂，今天为甚突然要挂这个呢？不如再卸下来放到仓窑算了。"

袁继耀嘿嘿一笑："看你说的！五根条子请的这么个门神，放到仓窑不糟蹋了？"

梁先生抬腿在他屁股上踢了一脚："我看人家朱清民一点儿都没冤枉你，你绝对是延北第一刁民！"

第二十一章

给朱清民跳完神之后没几天，冬天的气息就渐渐浓了。虽然天宇依旧一如秋日般碧蓝，但大地却猛然间荒芜了下来。"十八罗汉"顶上，成片成片的旱芦苇已完全枯黄，密匝匝的芦穗汇作银白色的海洋，在西北风的拨动下海浪般地翻滚着、跳跃着，整个大地似乎都随着连绵起伏的苇荡弹跃了起来，就像重槌擂击下的牛皮鼓面。干枯的草木落满了毛茸茸的霜花，在初冬早晨的阳光下闪烁着银鳞般的光泽。农人们大都换上了冬衣，一些早起拾粪的老汉甚至已经披上了厚重的羊皮袄，神态漠然地游荡在村前屋后的小路上。

不过，对袁继耀来说，这个灾荒之后的冬天较常年反倒来得有些迟缓。自打从兴隆寨回来，他的心就始终被一种不可描摹的豪壮和激越笼罩着，但也许只有他自己才知道，这种感觉并不全是因为刚刚过去的那场名噪全省的"暴动"以及他在"暴动"中所扮演的关键角色，也不是因为他成功驱走了狗官朱清民，而是因为另一件在他心里已经谋划了好几年，并且已为之做了不少铺垫的大事基本上已经水到渠成了。当然，说水到渠成也只是他自己的判断，但从方方面面的情况来看，他越来越坚信自己的判断是准确的。不过他又很明白，只有真正吃到嘴里的肉才算是自己的！所以这些天，他总是被这事儿纠缠着，就连干活也不像惯常那么专注了，总会不由得停下来思谋上半天，生怕哪里还有一丝一毫的纰漏。

一大早，他就冒着弥天雾气来到柳叶沟的河湾里，趁土地还未完全封冻，刨了几根小腿粗的柳根回来，埋头坐在门台上削挖起了木勺子。当然，这在很大程度上就是为了给自己找点活干。他的确是个闲不住的人，一旦没活干，浑身就痒得厉害。浸了水的柳根韧性极强，加之削挖技术又不太娴熟，眼看晌午了，手里的柳根依然是柳根，这让他很是烦躁，便又停下手，仰头思谋起了那事。

"去你的吧！就算借不到粮，还能把口袋丢了？"

这么一想，他便咣的一声将刻刀丢到窗台上，起身朝鸡圈走去。

正在窑里捻毛线的红椒听到鸡叫声之后急忙跑了出来，一脸疑惑地问道："不年不节的，逮鸡干甚？"

"谁说只有过年过节才能杀鸡呢？"袁继耀头也不抬地反问道。

这一次，他并没有像往常一样将鸡剁块，而是将四只公鸡囫囵丢到锅里煮了起来。这是他几天前到沙城处理"暴动"的善后问题时才学到的洋式子。那天，他和表兄马继财在沙城最豪华的酒楼珍味居宴请新来的贾道尹时就上了这么一道菜，那味道至今让他记忆犹新。因为酒楼正好在袁记雁回头隔壁，所以他没两天便和掌柜的混熟了。那掌柜的也是豪爽人，听说他想学做这道菜之后就直接将他带到后厨学了大半夜，临走前还给他装了一布袋子专用调料。

几位妇人都没见过这个洋式子，纷纷表示怀疑："啧啧！这能煮熟呢？可不敢糟蹋了！"

袁继耀笑了笑："放你们的心！前段时间在沙城请那个贾道尹喝酒的时候就上了这么一只。可美呢！要说那群官老爷还就是会享受，还给这取了个洋名，叫'东方欲晓'，就是鸡叫明的意思。"

"你怎猛然间记起做这个了？"红椒似乎从他亢奋的神情里看出了些异样。

袁继耀诡秘一笑："我今儿要拿这'东方欲晓'给咱办个大事。"

"甚大事？"

"跟先生哥结个亲家！"

几位妇人当场就被他的突发奇想惊呆了，好一会儿才回过神来。

"天大大哟！人家梁家是甚人，咱是甚人，你这不就是癞蛤蟆想吃天鹅肉嘛！"大妈袁刘氏瞪着眼睛说。

袁继耀一边用勺子从锅里往出打血沫一边说："这事儿我都谋了三四年了。梁家是天鹅不假，但咱袁家也不是……"

"反正我心里也没底。你说人家那文明人能看上咱这泥腿子呢？"没等他把话说完，二妈袁吴氏抢着说。

"泥腿子怎了？没咱泥腿子，他们文明人吃屁呢！"

……

这"东方欲晓"还真是耐炖，直到太阳落山时分才终于出了锅。袁继耀吩咐红椒将平时往山里送饭的桦树皮桶找来，挑大个的装了一只，然后又到地窖里提了一坛雁回头便直奔塾院去了。

一路上，袁继耀一边走一边不停地在心里推演着自己的计划。按他的估计，这事儿应该不会有多大问题，唯一担心的就是梁家在两个儿子的选择上与自己产生分歧。按常理来说，他必须首先解决老大的问题，长幼有序嘛！况且在这件事上，他内心本就倾向于老大。通过这一年多的观察，他发现山菊那娃娃真是完美吸收了她大和她妈的全部优点，心眼活泛，精明能干，口齿也很是伶俐，身上还有一股连一般男娃娃都比不了的硬气，而这些恰是他的大臭所欠缺的，如果这两个孩子走到一块儿，可真就像人们常说的那样："烟锅子配火镰——正对事！"可梁先生就不一定这么想了，因为他明显感觉到，就他两个儿子而言，梁先生更偏爱老二……就这样一路走一路盘算，眨眼就到了塾院后面的西翅梁。他将手里的东西放下，就地坐下歇了一会儿，继续思谋着自己与梁先生的这个"分歧"，但想来想去也想不出个办法来。

"老二就老二！驴粪蛋滚进羊圈里——反正都是自家的粪。"这么一想，他便一纵身站了起来，大步朝塾院走去。

梁先生一家正围着桌子吃晚饭呢，见袁继耀进来，便热情地将他让到了桌子前，并取来碗筷给他盛好了饭食。但他并没有立即动筷子，而是将桦树皮桶的盖子打开对梁李氏说："给咱寻个大盘子，咱今儿也开一回洋荤。"说着便将通身金亮的"东方欲晓"提了出来。

梁先生一惊："哈呀！哪买的？"

"我家灶火圪崂买的！"袁继耀笑着调侃道。

"你还有这个手段？"

"这回到沙城刚学的。听那饭店掌柜的说，那些官老爷就好这口，还给取了个名字叫'东方欲晓'，你说都……"

"把他毛大们都吃到肚子里了，还'晓'个屁！"还没等袁继耀说完，梁先生便冷笑了一声，一反常态地来了一句粗话。

袁继耀哈哈一笑："我正准备说这话呢！"说完便顺手将一对翅膀扯下来递向坐在对面的梁毓书，笑着说："看下给干大当儿媳妇不？看下的话这两膀子就都你吃了。女娃娃吃了鸡膀子手巧，将来也给咱来个'石榴牡丹冒剪的'。"

还没等梁先生开口，梁李氏就嘿嘿一笑："我们这单门小户哪能攀上你家的高枝呢！"

袁继耀脖子一拐："看嫂子说的，我家是甚高枝？我常说，我先生哥就好比细瓷碗，面面上的人，我就是那尿盆子，再大都搁不到碗架上。"

梁先生当即被他这个比方给逗呛了，一时也顾不上文雅了，将满满一口"钱钱饭"喷得到处都是，一边咳嗽一边泪眼婆娑地说："你那是甚比方嘛！"

袁继耀也跟着笑了起来："本来就是这么个事嘛！"

饭很快就吃完了，梁先生便叫夫人收拾了饭桌，自己起身找来两只小瓷碗，弯腰从饭桌下面提出来一坛烧酒，一边开坛一边说："你以前拿来的还没喝完，还有三四坛呢！"说着便满满倒了两碗，端起碗和袁继耀碰了一下笑着说："还真没发现你这么能逗笑！"

袁继耀仰头咕噜噜灌了半碗烧酒，死死地盯着梁先生说："先生哥，兄弟这可真不是逗笑呢！"

梁先生也从他的表情里看出了严肃，便停下笑容，只半眯着眼睛看着他。

袁继耀又将酒碗端起，径直在梁先生的酒碗上磕了一下，自顾自地喝了个底朝天，神情庄重地说："先生哥，其实这话兄弟早都想跟你拉了，只是一直都没那个底气。今儿我就冒失说了，但你千万不要为难，如果不愿意的话，就当兄弟没说，咱以后该怎还怎！能不？"

"你说！"梁先生也仰头将剩余的半碗烧酒喝了下去。

"我真想和你结个亲家。"袁继耀几乎是脱口而出。

梁先生盯着袁继耀看了一小会儿，一本正经地问道："怎个结法？"

"你说怎结就怎结！"

"老大还是老二？"

"你说谁就谁？我都行。"

梁先生微仰着头稍稍做了一番酝酿，随即眉头一紧："那就老大吧！长幼有序嘛！"

袁继耀满脸惊愕地说："咱俩想到一块儿了！"

这当间儿，梁毓书一直站在后房偷听，听到这儿，竟猛地掀开门帘走了出来，分别将她大和袁继耀看了一眼，脱口来了一句："我要跟二娃！"

梁先生瞬间就愣了，一双大眼不停地在袁继耀和女儿的脸上挪来挪去，似乎完全乱了阵脚，好大一会儿才站起来走到女儿跟前，伸手为她擦了把眼泪，和声和气地说："你还小，不懂！大完了慢慢给你说。"说完便让夫人将女儿带回了后房。

梁先生坐回到椅子上，一脸严肃地问："兄弟怎猛然记起这事儿了？"

"怎是猛然呢？在你先生哥面前我从不藏情。不瞒你说，早在去桃花店请你的时候我就有这个想法了。有些事真是怪，也不知道为甚，我一眼就看上山菊这娃娃了。"袁继耀激动得已经有些自相矛盾了。

梁先生哈哈一笑："那还不藏情？"

袁继耀立即换了一张哭丧脸："好我的先生哥呢！不怕你骂我张狂，如果放在这岭上，包括耿家，只要我提出和谁结亲家，那真就是高抬谁呢！但你不一样，你在天上我在地下，所以一直都没这个底气嘛！"

梁先生笑了笑："什么天上地下！咱都一样，都是凡人。而且严格来说你是东家，我只是个揽工的……"

"你又来了！我袁家全家上下从来都没把你当揽工的，一直都把你当烧香磕头请来的文曲星呢！就在我来前，我大妈还说我是'癞蛤蟆想吃天鹅肉'呢！"

"大婶子真是老糊涂了！"

……

那天，兄弟俩一直对饮到大半夜才收场。梁先生和夫人苦苦挽留袁继耀在塾院过夜，因为这个季节正是野狼最猖獗的时候，走夜路极不安全。但袁继耀怎都不从，还扬脚打手地说："岭上所有的狼都是我一家子，还能伤我？"

夜已经深了，但野狼依旧没有休息，嗥叫声一阵接着一阵。袁继耀提着马灯摇摇晃晃地行进在荒草围拢的小路上，并不时停下脚步，仰起热烘烘的脑袋对着不远处绿莹莹的亮点发出几声悠长而激越的嗥叫，似乎想把内心的喜悦一股脑地分享给他的那些"一家子"们。

那天晚上，袁继耀的确是太亢奋了！刚翻过西翅梁，他又猛然想起应该把这事儿给老太爷汇报一下，让他老人家也高兴一把。这么一想，便直接从山后绕到了东翅梁，几乎是小跑着进到坟圈子里，扑通一声斜靠着老太爷的坟堆根儿坐下，啪啪拍了几下坟冢，扯声扯气地吼道："老狼！你在不？"听四下无声，又失望地来了一句："唉！这老家伙，又不知道串我哪个干奶奶走了。"没想到他话音刚一落地，雁头峁方向就传来一声悠长高亢的狼嗥。溶溶的月光下，一条体态健壮的狼正面朝他蹲在烽火台上，双眼碧绿如萤。

"嘿！你这老东西耳朵还灵呢！"袁继耀直起身子面朝老狼坐转，又大声吼道："爷爷！狼娃儿今儿给咱老袁家办了个大事！你想听不？"

"啊——哦——"那狼仰起头，对着青幽幽的月亮叫了一声。

"我今儿给你重孙子定了门亲事，梁先生，就是我专门从谷川请来的那个文化人的女子。我就想给咱袁家改换一下品种，咱老袁家可不能一直当土狗，你说是不？"

那狼真就像听懂了一样，又仰天长嗥了一声。

凉飕飕的山风很快将酒劲儿彻底激发了，使得袁继耀一时忘了自己的所在，竟然又摸索着找起了酒杯。"唉！没了！爷爷！你放心，都好着呢！虽然今年又跌了个年成，但问题也不大。你孙子媳妇又一连给你养了两个重孙女子，可这几年老是有不了。不过也没事，就像你常说的，种地还要轮茬子呢嘛……"

他就这样山上沟底地乱说了一气，竟然趴到坟冢上睡了过去，直到临亮的时候才终于被铺天盖地的雾气给潮醒了。

他一骨碌坐起，揉搓了几把脑袋，试图把昨天的事情回忆一番，看自己酒醉之后有没有在梁先生面前说下什么"漏齿话"，但无论他怎么用力，也只能记起个大概，这让他很是苦恼，便慢慢仰起头，无奈地望向对面的雁头峁。而就在那一刻，他猛然发现峁顶的烽火台上竟然蹲着一条体态雄健的狼，这才记起了头晚的荒唐事，一股惭愧和感动相互掺和着的情绪迅速涌上了心头。

"你老人家真就照了我一夜？"

那狼又仰天长嗥了一声，然后抖了抖密匝匝的颈鬃，转身下了烽火台，很快就在他的视线里消失了。

袁继耀慢慢支起身子站起来，痴痴地望着老狼离开的方向，眼眶不由得一阵温热。

梁先生并不知道他的亲家竟然出了那么大的一个洋相，因为他看到那盏昏黄的马灯翻过西翅梁之后便放心地回去了。

梁毓书已经睡着了，但梁李氏还没睡，正心不在焉地做着针线活等他呢！见男人进来后，她顺手将针别到鞋底上，从被褥垛上拉过一领羊皮袄递给男人，柔声问道："他大，我就醒不开，你不常说二娃好吗，为甚又要选臭娃呢？你看娃娃也情愿老二嘛！"

梁先生将皮袄披到肩上，转身来到前房，倒了一碗雁回头慢吞吞地啜了一口，然后转身看着妇人说："好后生不一定就是好女婿嘛！"

对于男人的这句话，梁李氏直听得云里雾里："你说的是甚意思？我还是醒不开。"

梁先生重重叹了一口气："这么跟你说吧！咱老百姓过日子图个甚？不就图个稳字嘛！但国良这娃娃生来就和这个稳字没关系，我担心这小子将来能把天捅开窟窿！"

梁李氏终于有些明白了，但情绪依旧很低落，也长长叹了一口气："也不晓为甚，我就品见山菊跟二娃才是一对儿！"

看着妇人不悦的样子，梁先生也又跟着深深叹了一口气。

其实，早在袁继耀撺掇着让他举家迁来雁栖岭的时候，他就隐隐觉察到他是抱着某种目的的，尤其是袁继耀前段时间给他托付后事的时候，他瞬间就明白那是在专意试探他在你心里的分量呢，抑或说就是一步步逼他就范呢，只是当时尚未搞明白他的具体谋求罢了！所以这些天，他一直都在琢磨这事，但又总琢磨不出个子丑寅卯来，直到他今天直截了当地说出来之后才恍然大悟，这家伙原来是在谋人呢！要说这袁继耀还真是个鬼人，对盯住的事儿从来不会直截了当，而是像挖水渠一样一镢头一镢头地刨，一锨一锨地铲，直至最终水到渠成。试想，面对一个愿意向你托付后事的人，只要他提出的要求不是太过分，你还有什么理由拒绝呢？

"不愧是狼叼来的！"梁先生嘿嘿笑着抿了一口烧酒，随即陷入了沉思。

他也知道女儿和国良更对事。可他就这么一个女儿，有时候，他对女儿看得甚至比儿子梁毓文还重。但看重归看重，对于两个儿女的将来，他的期望还是有所区别的。梁毓书终归是女娃娃，学点文化，懂得些事理，然后找一个不错的婆家，生儿育女，衣食无忧，平平稳稳就行了！而就这点来讲，袁家，尤其是袁国温无疑就是最好的选择。当然，他也知道，如果选择国良，情况说不准还会更好，但就他目前对自己这个得意门生的认知和判断来说，这中间还明显存在着很大的不确定性，因为那小家伙实在是太让人难以捉摸了！想到这里，他的心里竟然蓦地涌上了一股棒打鸳鸯的负罪感！但在爱女和高徒之间，他心里的天平最终还是倒向了女儿。

"唉！这辈子说不准还真就在你两个那儿背了债了！"

他越想越烦乱，越想越纠结，便长长叹了一口气，转身到后房睡了。

袁继耀可是个急性子，第二天就跑到米面梁高阴阳那里看好了订婚的日子。

按照雁栖岭的风俗，订婚仪式是要在女方家里进行的，但考虑到塾院的设施不太齐全，袁继耀便与梁先生商量着移到了袁家大院。

订婚可是个大事，双方的叔父、娘舅也都要参加。梁先生的一位伯叔哥于前一天就到了塾院，就连梁毓书的外公，名冠绥谷的老中医李得隆老先生也不顾路途遥远，和儿子李天春一块儿赶来了，这让袁继耀很是高兴。

十一月二十四那天，天气出奇地好。虽然西北风已经如刀子一般生硬，但晴朗的天空却没有一片云彩，纯净得就像秋日里雁栖关大坝的水面。

待梁先生陪着李老先生他们进到村口，两挂鞭炮便噼里啪啦地爆开了，浓浓的火药味瞬间给这个特殊的日子平添了几分喜庆。

"国温国良，快给外爷叩头！"袁继耀急忙指令两个儿子行起了大礼。

两个小后生立即上前，齐刷刷地跪在当路，将头深深地磕到地上，齐声吼道："外爷大人康健！"

李老先生急忙下马，碎步走到两个娃娃面前将他们扶起，当即从兜里掏出两块银圆分给他们，嘴里还不停地回礼："康健！康健！娃娃们也乖！"

马玉山父子和耿得禄父子也依次过来向李老先生问了好，随即相跟着朝大院去了。

此时的大院已经进入了紧张而有序的最后准备阶段。名扬全岭的伙头刘八碗正扎着围裙，像战场上的将军一样威严地对着各个灶台不断发布着号令。案板上，猪羊鸡肉堆积如山，看来一贯节俭的袁家也要铺排一回了。

晌午时分，订婚仪式正式开始。李老先生坚持把马玉山让到正席坐下，然后才挨着他坐了下来，因为论辈分，他还比马老汉小一辈呢！本来，梁毓书的舅舅和叔父是要分列正席左右的，但两位懂礼的客人死活不从，硬是将耿得禄和马子俊、马子杰几位长辈让到了李老先生旁边，然后是袁家的四位老夫人，他们自己则分别挨着三夫人和四夫人入了座。

按照礼仪，要待订婚的相关事宜全部谈妥后，酒宴才能正式开始，所以此时的桌面上便只摆了瓜果梨枣等一些简单的零嘴儿。

待主客全部坐定后，袁继耀便看了耿得禄一眼，示意开始。老耿头会意起身，笑着朝马玉山和李老先生点了点头就开口了："哈呀！这人逢喜事精神爽，天逢喜事太阳高。看今天这天气，多好！那天，继耀过来说让我当媒人。唉！好我的亲戚们呢！我马干大在这儿我不敢说老，但其实也倒六十几的人了。这世古人就咒死了：'门神老了不捉鬼。'咱都黄土没脖的人了，说话也不一定灵了！但又考虑到袁家和梁家结亲是咱岭上的一件大喜事，那就再要一回'老二梁'（注：陕北方言'二杆子'的意思）吧！"说着又朝李得隆偏了偏身子："尤其是听说你老兄也要来，那兄弟我要是再不跑这个堂就有些不识抬举了！我看是这，既然订婚，有些事咱就得事先拉清楚。老哥你看怎个？"

李老先生微笑着点了点头。

"那好！首先第一点：这袁梁两家都愿意嘛哦？"他盯着袁继耀和梁先生问。

二人急忙点了点头。

"既然都愿意，咱就开始商话研礼。人常说十里路上不同俗，咱两家之间几百里路程，好多事情肯定不一样。虽说入乡还俗，但我看都可以商量，这礼是死的，人是活的嘛！老哥你看怎样？"

"那要问行顺呢！我就是个亲戚嘛！"李老先生笑着说。

"就按岭上的乡俗来，都不搁事。"梁先生急忙说。

耿得禄哈哈一笑："好！人常说这媒人不好当，当好猪脑羊羖子（注：指被阉割过的公羊），当不好就磨棍碾夹子。不过给你两家当媒的话，我看磨棍碾夹子是挨不上。"他的这句幽默话直引得大家一阵哄笑，他也跟着笑了几声："既然行顺这么大道，那咱就按岭上的乡俗来，如果哪里不满意就提出来再议，好不好？"

说着便正式开始商谈彩礼了，但梁先生两口子都坚决不要一毛彩礼。看两口子态度如此坚决，耿得禄便提议等过门的时候以喜钱的方式弥补。

"哈呀！从一鞋底子抚养到十七八不容易呢！多少都是继耀的一点心意嘛！"

梁先生继续辞拒，连喜钱都不要。

耿得禄便笑着说："那就成了你们两亲家的事儿了，老汉就不管了！"

随后，双方又就"房头外家"的礼仪商谈了一番，但李老先生父子和梁先生的户家哥也同样坚决辞拒，什么都不要。

一看这情况，耿得禄便故作愠怒地说："老汉说了半辈子媒，还没见过你们这么些倒遭亲戚，生硬把我给考住了。我看是这，礼不在轻重，但不能失！行顺你是知道的，这袁家向来是礼仪之家，就这会儿，我干大都说不准在那墩峁子上照着呢！如果我哪里失了礼，一阵回家的路上真敢啃我两口呢！"

众人一阵哄笑，而就在笑声还没有完全停止的时候，雁头峁方向竟然真的传来了一声嘹亮的狼嗥。

耿得禄转身透过开着的窗户朝雁头峁方向照了照，两手一摊："你看我说甚！继耀，那我就定了哦！"说完转身把所有人扫视了一圈："本来这个东西也没楞格，就看主家的家当呢！但我们继耀这肉头也不碍事，所以我看是这，娘老子一人一身衣裳、一床铺盖，爷爷、奶奶、外爷、外婆和哥哥嫂子一人一身衣裳，叔父大爷、舅舅姨娘该给的都不要少下，就一人一件衣裳算了！"

袁继耀表示缝制铺盖、买衣裳不方便，一来路远，二来不知道身量大小，干脆都折成钱。爷爷、奶奶都已经不在了，外爷、外婆和梁先生两口子每人五块银圆，其余每家两块。

李老先生正要辞拒，但耿得禄一把按住他的肩膀："老哥！我看就这么定了算了。我这媒人说甚都不算数还能行？"说着，又像突然记起什么似的："哦，真是老了，还有本人的一些东西。唉！不过看这情况，拉那也没用，反正就袁家这把家当，将来还不都是娃娃们的？"

"对对对！"梁先生那边的人急忙应和。

至此，所有的礼节性问题就都商议完了。

耿得禄哈哈笑了一声："我今儿这猪脑羊蝎子吃得容易。"说完就胳膊一挥大声吼道："那就开酒！"

话音一落，十几道各色菜肴和两坛通身糊着红纸的陈年雁回头就上桌了。两只坛子之间链着一根染红了的羊毛线，中间还绑了两根金灿灿的"黄条子"。

耿得禄俯身将两根金条解下来，分别递给袁国温和梁毓书，笑着说："这继耀平时也是牙缝里抠银子的人，看今天多大方！"说着便开了坛，指示袁国温和梁毓书给所有人敬了酒，所有人也都按照约定，给两个娃娃发了喜钱。袁继耀和梁先生也依次向大家敬酒表示了感谢。至此，这门婚事就算是定下了。

而就在大家相互敬酒的时候，袁继耀猛然发现已经有好一会儿没看到袁国良了，便对坐在身旁的红椒说："怎不见二娃？让他也给亲戚们敬一圈！"

然而谁都没有想到，此时的袁国良正仰天睡在东翅梁的阳湾里独自痛苦呢！

自他大从坟地睡醒回来，当着他的面兴奋地宣布马上就要为他哥和梁毓书订婚的那一刻，他那幼小而敏感的心就像被什么狠狠扎了一下，痛得要命。当然，痛归痛，他还小，还不能完全明白这事儿的全部含义，所以很快就淡忘了。但今天，当他看到一大群人喜气洋洋的样子后，一瞬间又烦乱得要命，便不由得看了梁毓书一眼，没想到梁毓书也正在看他，眼神里充满了幽怨和无奈。他就一刻也待不下去了，只想尽快逃离这个不属于自己的红火喜庆之地，便趁大人们不注意，扛了把镬头，拉了根绳子，悄悄溜了出去。

他一口气爬上东翅梁，拼命地挥舞起了镬头。那柠条很粗壮，砍起来很是费力，没几下，手指根儿就打起了一连串水泡。但他已经顾不上那么多了，依旧不顾一切地砍着，似乎想通过手心的疼痛来掩盖心里的痛一样，直到将整个小山峁的几十棵柠条全部剃成光秃秃的茬子才不得不停了下来，随手将镬头丢在地上，连手上的伤口都没看一眼便就地倒头睡了。

他木木地盯着蓝幽幽的高天，满脑子都是梁毓书的影子，她的模样、她的笑容，还有她说话时的神态等等。

当然，在他大告诉他这个事之前，就连他自己都不知道自己已经喜欢上了梁毓书，还是那种和平常的喜欢不太一样的喜欢。但不论知道不知道，残酷的现实已经直白地告诉他，这一切都已经不可能了。他眉头紧锁，嘴里咀嚼着一片干黄了的旱芦苇叶子，痛苦地思索着，脑海里又慢慢浮出他和哥哥，还有村里其他娃娃们砍柴的事儿。每到山上，只要他看见哪块柴好，便霸道地用镬头四下一指："从这儿到那儿再到那儿，我都占下了哦！"其他伙伴们就只能在他的领地之外另辟新地了。如果有谁胆敢在他的范围内动上哪怕一镬头，他就一定会像恶狼一般扑上去，用拳头宣示一番主权。但在这件事上，靠霸道是明显行不通的，况且他之前也并没有对任何人说过："山菊我占下了哦！"而更让他感到无奈的是，进他"领地"的正是他的哥哥，他总不能也紧攥拳头冲上去吧！这些年，因为哥哥的性格相对软弱，不管是父母还是几位奶奶，都一直压制着他，使他早已习惯了事事都让着哥哥，就连平时玩打土匪一类游戏的时候，只要哥哥愿意参与，他就推举哥哥当头，尽管事实上都是由他指挥着，但只要哥哥担了名儿，他似乎就安心了。再说了，这事儿全都是大人安排的，他哥之前也并不知情，也不能怨怪他啊！

一想起大人，他就怨恨起了梁先生。你平时不是动不动就说我是你最得意的童生，怎一到关键时候就记不起我呢？都是假的！但话再说回来，也许人家梁先生也并没有发现他已经看上梁毓书了，就连他自己也是刚才发现的嘛！退一万步说，要是先生将梁毓书许给别人，那他真敢直接找他理论呢！但偏偏许给了他的亲哥哥，这怎理论呢？

他慢慢坐了起来。空旷的山野一片寂静，只有干黄了的苇林在风力的作用下间或发出阵阵口哨般的啸声。这透彻心肺的孤寂更加加重了他的感伤，两颗滚热的泪珠儿很快冲脱睫毛的羁绊滚了出来，扑棱棱滑过脸蛋，在下巴尖合二为一，颤悠悠地摇曳着，荡悠着。泪眼蒙眬中，一首哀婉绵长的信天游幽灵般地从遥远的山梁飘来：

> 木瓜开花哟红芯芯，全庄就看下你一人。
> 你为了彩礼跟人跑，一对对剩我单爪爪。
> 沙鸽子喝了消冰水，脸上硬撑我心里灰。

这歌声让他更加督乱了，火气呼一下就蹿上了心头，便一个猛子跃起来，抓起身边的小镬头，抡圆了胳膊照着歌声飘来的方向远远地甩了出去。

快到晌午的时候，袁国良的情绪终于慢慢稳定了下来，又猛然觉得自己在这样一个日子里躲在这孤山旷野有些不太对事，便紧力气整了一背柠条，颤颤巍巍地下到半坡，捡起刚才甩出去的镬头，倒腾着沉重的碎步朝大院去了。

此时，订婚仪式已经结束了，男人们还在喝酒，女人们都已经坐在门楼外的太阳地拉起了闲话。当他背着一大背柠条，青筋暴突地从坡底上来的时候，几位奶奶齐声喊叫起来："碎爷爷哟！就不能少背点？看压死你不！"

刚好出来上厕所的袁继耀也不解地盯着他问："谁让你砍柴了？"

袁国良咚的一声将背子撂到柴垛根儿，一边拍打身上的黄尘一边说："夜后晌碰见点好柴，怕叫人家砍了！"

袁继耀过去帮他拍了拍黄尘，牵着他的手进了客窑，一脸歉笑地说："这娃娃，说夜后晌碰见点好柴，怕人家砍了，给我砍柴去了！"

众人一阵哄笑，纷纷打趣道："看来这天下东家都没冒的！"

袁国良很快在他大的导引下给客人们敬完了酒。可就在他准备转身离开的时候，梁先生突然叫住他："国良，你等一下！"

他调转身子，不解地望着梁先生。

梁先生端起酒杯站了起来，一脸凝重地说："先生专门敬你一杯。先生希望你记住，你是一匹纵横千里的马，眼睛一定要向远看，千万不要只盯着槽里的那点草料。你明白先生的意思不？"

袁国良稍稍犹豫了一下，随即双手接过酒杯，仰头灌了下去，在最初的辛辣劲儿过去之后，便面对梁先生深深鞠了一躬："国良谨记先生教诲！"然后转过脸笑着对旁边的梁毓书说："嫂子，给我寻根针。"

红椒当然没能明白他这一声"嫂子"的用意，急忙责怪道："这娃娃，怎还使唤起你嫂子了！要针干甚呢？"

"手上扎了刺了，挑一下。"

红椒赶忙到后窑寻了针走到他跟前："来，我给你挑。"

袁国良伸出胳膊将母亲挡开，拿过针噌噌几下在虎口处挑开了一道口子，两指一抠就将一根半寸长的利刺拉出来扔在地上，然后起身盛了一大碗羊肉，大口吞咽起来。

至此，他人生里第一次有关情感的失落就随着他人生第一杯烧酒的下肚和对梁毓书第一声"嫂子"的出口被深深地埋在心底了。

第二十二章

袁梁两家联姻之后不多时，岭上就迎来了入冬以来的第一场雪。这初雪出奇地大，瞬间便使灰黢杂乱的原野归于一片洁白的纯净。那一嘟噜一嘟噜的群山在雪后阳光的映照下，有如一群通身赤白的巨兽在碧蓝的天幕下疾驰，蔚为壮观。但人们似乎并没有闲心来感慨这雪后的美景，他们眼下最关心的是如何熬过这个大灾之后的冬天。而正当他们为此感到焦虑的时候，谭启文来了。

谭启文祖籍浙江绍兴，明弘治年间，其先祖谭展翼到当时的延州府任了知府，因为在位期间清正廉洁，爱民如子，百姓都尊他为"谭青天"。本来，按照当时的规定，官员去职后必须返回原籍养老，但谭知府退休的时候，当地人念其恩泽，联名上书朝廷，请求允许其继续留住当地。朝廷感民诚恳，便破例予以恩准。

谭展翼所生三子，名号分别为谭龙、谭虎、谭雄。得到朝廷恩准后，他便只派长子谭龙返回原籍续传香火，其他两支从此世代定居延州。之后，老知府因不齿官场的贪腐暴烈，便严禁子嗣再度入朝为官，只以耕商为业。三兄弟便合力组了一支商队，将北草地的皮货经陆路运到汉中，再经水路运到几千里之外的绍兴老家，回程的时候又将南方的茶叶运到沙城南边的镇川堡，最后经驼队销往北草地直至俄国，没几年便赚了个"富可敌州"。但明朝末年，因被李自成"吃了大户"而落得家破人亡，只有谭雄一支的一个后人谭又安侥幸逃了出去。清康熙年间，在外已经有了家口的谭又安辗转回到陕北，先是在肤施县的姚家店落了户，并很快挣下了一份不小的家业。到谭启文的祖父谭光义这一代，兄弟四人又联手重返肤施城，不几年就重塑了荣光，光店铺就占了半条街，于是便有了"肤施半城皆归谭"的说法。

这谭光义所生三子，老大谭宽、老二谭平、老三谭直，兄弟三人知书达理，仁义正直，分别被尊称为大先生、二先生和三先生。辛亥革命爆发后，谭家子嗣积极参加革命，并为陕西革命党输送了大量经费。民国后，三门兄弟八人除老五谭启良在家操持家业，其余七人皆到民国政府领了职务，其中尤以老大谭启璋职务最高，官拜汉中道尹。

谭启文为二先生的次子，在堂兄弟里排行老四，早先启蒙于肤施嘉陵塾院，后考入西安三秦公学，并在那里参加了国民革命，辛亥之后被委派到延北任职，初任建设局局长，位上曾协助楚立革修筑了南北二渠，后因反对朱清民劳民伤财重建县署，被平移到了劝学局这个闲位上。抗税暴动之后，苟玉忠观其老成，便让他当了雁栖区的第三任区长。

跟李子青一样，谭启文原本估计雁栖岭的情况肯定要好一些，因为岭上一直地广人稀，袁耿马三家大户自然不用提，就是普通百姓也大多有着不下三二十亩的土地，加之近十年来基本还算风调雨顺，想必都有盈余。可是，当他向袁继耀了解情况的时候，这位东家却劈头给他浇了一盆凉水。起初，他也不太相信，便亲自到岭上各个村庄巡视了一圈。但令他失望的是，正如袁继耀所言，各村各庄的情况远远比他估计的要严峻得多，且不说已经断顿的那几户"倒塌鬼"，就连正常家户的情况也实在不容乐观。

这一可怕的局面一下子就把他心里那抹细若游丝的希望彻底泯灭了，原本就沉重的头上瞬间被搁了一块青石碾盘。但他还是想不开，这么广裕的土地怎能是这个情况呢？

"都是洋烟搞的鬼！"面对他的疑问，袁继耀痛心地说。

雁栖岭的洋烟是由面水山飞燕峁村一个叫常明高的脚户带回来的。这常明高前些年一直给沙城镇川堡的一家商队赶牲口，每年出了正月就离家，常年往返于沙城和西安之间。但四年前，他突然不走了，开春后竟然一口气雇了七八个短工，先将家里原本种谷子的七八亩地深翻了一遍，然后将土疙瘩全部敲碎，就连指甲盖那么大的土块都不容许存在。对于他这出格的苛刻，揽工汉们当然有怨言："你这究竟是种人参还是种灵芝呢？"

"人参算个屁！"

当天晚上，常明高就拿出一小袋岭上人从未见过的东西给那些揽工汉展示了一番。那东西通身黑褐色，很像当地常见的白菜籽儿，但要小得多。看大家稀奇的样子，老常当即炫耀了一番："这是洋烟籽，可是好东西呢！比黄金都贵！袁继耀有钱不？但只要咱种上几年这个，他在咱面前就是讨吃的。咱这地方偏僻，解不开，人家关中地到处都是，成片成片的。而且这东西还不愁卖，有多少能卖多少……"

这常明高在兄弟中排行老四，因为一向喜欢吹牛放炮，总是把芝麻渲染成西瓜，于是便有了"四渲渲"这样一个外号。所以一开始，大家都没敢相信他的话。可就在当年秋底，这家伙竟然齐刷刷地起了四孔硬墩石窑。四渲渲的一夜暴富一下子吊起了整个雁栖岭人的胃口，都争着跑到他家求起了"洋菜籽"。所有人都一口一个"老哥"一口一个"干大"，一下子就使平日并不怎么受人尊重的四渲渲成了个人物。

这四渲渲也是个仗义人，几乎来者不拒，都或多或少都给了一些。第二年一开春，几乎所有人都在本就不多的土地里最大程度地压缩了口粮田的比例，大面积种起了洋烟，少数胆大的人甚至直接把糜谷像种旱烟一样变成了捎带，整个雁栖岭至少有三分之一的土地都沦为洋烟的天下了。

夏秋之交，漫山遍野都是妖艳的洋烟花。不几日，成片成片的果实就像即将成熟的核桃一般，在秋日的山风里不停地晃荡着，直叫人心旌摇曳。

当然，袁继耀本来也是要种的，并且已经从常明高那里要来了籽响。种套黍酿酒不但麻烦，挣钱还远不如种这个来得快，还不如将那三百多亩套黍地改种洋烟算了。所以他还专门去了一趟沙城，准备和表兄马继财商量着将袁记雁回头关掉。没想到他刚一说明自己准备关掉酒号的理由，就被表兄劈头盖脸地训斥了一顿，并当即带着他到街上转了一圈。

这一转真把他给吓着了，不大的沙城，光烟馆就有十多家。一个个萎靡不振、瘦骨嶙峋的烟鬼就像喝醉了一般躺在烟榻上，昏昏沉沉地吞吐着烟雾。门外，一些犯了瘾但没钱吸烟的穷鬼们或扶着门框，或干脆睡到门口，鼻涕横流，哈欠连天，就像刚从地狱里逃出来的野鬼一样。

这番景象使袁继耀深受刺激，从沙城回来的那天，他就直接到仓窑把那害人的罂粟籽取出来倒在碾盘上，准备碾碎后倒入茅坑。红椒对此当然不解，急忙上来阻拦，袁继耀瞪着眼大声吼道："这种杀人不见血的东西，咱老袁家哪怕穷到讨吃要饭的地步都绝对不种。"

不仅如此，他还想方设法阻止岭上其他人种植，一遍又一遍地将自己在沙城的所见所闻讲给他们，但根本就没人听。一看如此，他又跑到时任区长李子青那里，请求他强行禁止，但李子青也很无奈："上面也没有这个政策啊！"无奈之下，他只好下硬招，将所有租种他家土地的佃农和在他家干事的长工们召集起来，宣布所有租种袁家土地的佃户，只要有种罂粟的，一律收回土地，长工一律解雇。但还没等他说完，人家竟然都笑了："我的东家啊！有这东西，谁还给你趴长工呢？谁还租你的地呢？就把自家那几亩地种了就足够了！"

袁继耀这才发现，在白花花的银子面前，袁家祖孙三代的仁义竟然如此脆弱，如此不堪一击。是的，人们已经彻底疯狂了，头脑早已完全被那白花花的银圆所占据。在他们看来，只要有银圆，还怕没几斗糜谷？直到今年因为蝗灾绝收，他们才猛然发现，有时候一块银圆还真不如一碗小米来得实在。

听完袁继耀的倾诉，谭启文悲哀地叹了一口气："唉！可怜之人必有可恨之处！但是这个事儿上，政府也有责任，明知道是害人的东西却不严令禁止，只知道罚款征税，那不就等于默认嘛！你这一说我就明白了，不光雁栖岭，整个延北都一样！但不管怎样，这灾荒还得赈济，你老兄还得出力，总不能眼睁睁地看着乡亲们饿死吧！"

袁继耀的情绪还没有完全稳定下来，脸依旧涨得通红，便瞪着眼睛咣咣地敲着桌子说："出力可以，没种洋烟的，我袁继耀还是像以前一样，要多少粮我借多少，还不收利息。凡是种过洋烟的，一斗粮十块响洋，不赊不欠，愿意就买，不愿意就啃他的响洋坨子去。这些贱骨殖，不让吃一回屎，根本就不信屎是臭的！"

见袁继耀依旧如此激动，谭启文便没有立即搭话，低头从抽屉里拿出一包卷烟，拆开递给他一根，自己也点了一根埋头抽了起来，等抽到一半的时候才慢慢抬起头说："这些人着实可恨，但都乡里乡亲的，不管怎办？给你老兄说句实话，我在来的路上就已经拿定了主意，准备吃你们几家的大户呢！希望兄弟不看僧面看佛面，就当帮老兄一把。能不？"

此时，袁继耀的情绪已经有所缓和了，加之谭启文的话又如此诚挚，他也不好再拗，便重重吐了一口浓烟问道："怎么个吃法？"

谭启文略略思索了一下："你几家除过自家的口粮和明年的籽饷，其余全部出借，行不？"

袁继耀猛然将脸一黑："那不行！"

谭启文瞬间僵在了那里，吃惊地盯着他，刚才还昂扬激越的脸猛然间就阴云密布了。

看谭启文失望的样子，袁继耀急忙补充道："老兄啊！生气归生气，但这灾还是要济的。全县成千上万人，你老兄单单就把'鸡毛帖'丢到我袁继耀的院子里，就凭这个，我就得为你两肋插刀。况且这本就是岭上的事儿，从我爷爷手上就立了规矩，只要袁家有一口吃的，就不能叫岭上的乡亲们饿死！我能不管吗？只是这雁栖岭人我比你了解，有些人真是连夜穷，如果把粮食一次全给他们，我敢保证，还没到明年开犁的时候，早就吃得一颗不剩了！所以我不但要留我的籽响，还要把他们的籽饷都留下，不然明年种屁呢！"

谭启文的脸上浮出了一抹笑容，不住地夸赞袁继耀想得周到。

袁继耀又吸了一口烟，继续讲道："不光这，咱还要定量，每人每天核算三两粮食，我袁家也一样。在你面前我绝对不说假话，扣完明年的籽饷，我总共只剩四百来石粮食了，咱全区可有将近三千口子人呢！还有我那四个婶娘的娘家十几个舅舅，我的七个姐姐，我奶奶的娘家，总共一百多口人，都得接济，再抽出几十石，就只剩三百多石了。而且，假如明年再不收怎办？听老人们讲，连跌三个'黑死老年成'的事儿又不是没有过，这些事情都得考虑啊！"

"看来你早就算过这笔细账了。"谭启文感动地说。

袁继耀深深叹了一口气："要不是岭上人当年救了我爷爷，哪里还有我袁家，这人都得讲良心啊！"说完又将袁家的来路、发家史，包括他家与楚立革的渊源以及神狼献子等等详细地给谭启文讲述了一遍。关于这些，谭启文虽然早有耳闻，但也只知道个大概，所以这些离奇的情节直惊得他目瞪口呆。

待袁继耀讲完后，谭启文感慨地说："当下兴起了一种仇视富人的思潮，说人一有钱就变坏了，叫为富不仁，看来这也不是绝对的嘛！"

袁继耀点了点头："这坏不坏跟穷富真没关系，关键在于人。"

谭启文赞同地点了点头，又将自己在赈灾方面的一些具体想法谈了一番。按照他的打算，区里还要成立一个赈灾会，由他亲自担任会长，袁继耀、耿万顺和马子杰担任副会长，并专门邀请梁先生担任账房。

袁继耀当即应了下来："这官我当！"

随后，谭启文又告诉袁继耀，就在接到任命的当天，他就回肤施城走了一趟，说服他大伯从谭家的公账里抽出一笔钱到关中地收购一批粮食运到雁栖岭救济灾民，估计再有半个月就可到达。

听谭启文这么一说，袁继耀一下从椅子上站了起来，双手握拳，准备代表雁栖岭百姓对区长和谭家的义举来一番感谢，却被谭启文制止了："这都是跟老楚学的。"

一提起楚立革，两个人的脸上都显出了一抹浓郁的感伤，活跃的现场很快就肃穆下来。约莫一根烟的工夫，谭启文才又看了袁继耀一眼，满脸悲戚地问："你知道老楚现在在哪不？"

袁继耀同样悲戚地摇了摇头："有人说，老楚那官当成屁了！但依我看，老人家那才叫把官当成官了。唉！算来他老人家也已经六十有二了，不知道又在哪飘着呢！"

当天后晌，谭启文又登门拜访了一回耿得禄，向他征求了一番对赈灾的意见。耿得禄也是个聪明人，也当即表示愿意拿出余粮，大力支持区长的赈灾工作。这些天，他也不知把这事儿琢磨过多少遍了，并最终拿定了一个主意：与其让灾民们吃了大户，还不如主动拿出来落个好名声。

见耿老东家也如此慷慨，谭启文当然很高兴，便满怀感激地问："老叔能否告诉我，你家有多少余粮？我心里好有个数。"

耿得禄在心里略略计算了一下："约莫一百五十石。"

谭启文只知道耿家是与袁家旗鼓相当的东家，并不知道耿家三兄弟早在几年前就彻底分家单过了，所以对这个数字深感意外。

耿得禄很快明白了他的疑虑，便面带难堪地解释道："区长可能还不知道，我耿家早就三个锅灶吃饭了，所以这一百五十石只是我家的，老大和老三家我就不清楚了。"

谭启文并不知晓耿家分家的前因后果，便当场指派耿万顺前去请他大爸和三爸过来一块儿商议，但耿得禄又哀伤地叹了一口气："唉！不怕你笑话，不和才分呢嘛！这几年，我嫂子和老三婆姨看我们父子一直都是'黑眼钉心'，如果万顺去叫，不但不能成事，反而会坏事。"

谭启文惊异地点了点头："那我就亲自上门拜访。但之前也不认识两位老叔，你老人家看谁跟我一块儿去比较合适？"

耿得禄将头微微仰起，恨恨地吐出三个字："袁继耀！"

耿老大和耿老三也每人拿出了一百石余粮，就连外来户梁先生也将自己今年的薪粮全部捐了出来，这样一来，就只剩二百来石的缺口了。半个月之后，由关中运来的三百石粮食也陆续到位了，不但基本上保证了岭上的粮食安全，还发扬了一回风格，给临近的龙居区和西沟区各支援了五十石。

就在赈灾的粮食全部筹集到位的第二天，谭启文便召集全区群众开了一次声势浩大的赈灾大会。

会上，谭启文讲完话，袁继耀便接着将自己这些年因为种植罂粟所积累的不快一股脑地发泄了出来："我当年怎说的？你们听没听？要不是看在谭区长的脸面上，我一颗粮食都不可能捐。你们手里不都有响洋嘛！那你们就啃那银疙瘩去！你们成年种洋烟卖银子，让我袁继耀黑水汗脸地给你们攒粮，天底下哪有这个道理？我袁家祖上是欠了雁栖岭的人情，但也不是欠你们的。我凭甚给你们揽这个底灰呢？从明天开始，每人每天限量三两粮食，十天一发放。我袁家带头执行这个规矩，如果谁再连夜穷，那就喝你的西北风去！实话告诉你们，我们三家的余粮，只我们自己二十年都吃不完！就为了救济你们，我们几家老小都得跟着你们挨饿。人家谭区长刚到岭上就捐了三百石，梁先生也把今年的薪酬全部捐了，都跟着你们挨饿，如果你们还稍微有点良心，就按住胸口掂量去！还有，其他人我管不了，但我袁家捐粮是有条件的，那就是，所有领了粮食的人从此绝对不能再种洋烟，不然再遭下年成，你哪怕一碗米给我掏十块响洋我都不卖。告诉你们，我袁家虽然不种洋烟，但也不缺那几块响洋坨子。就这条件，愿意领粮的就在梁先生这里登记，不愿领的就自己想办法去。你们不是响洋多嘛！我听说关中地的麦子堆得像山一样，自己买去。还有，现在家里还有余粮的，全部交出来统一分配，明天一早就交到各自的保长那里，再由保长统一交到公所来。当然，我们也不掌握各家有多少余粮，自己凭良心去……"

所有人都将头深深地埋了下去，偌大的会场鸦雀无声。散会后，好多人都跑到袁继耀面前承认了错误，作了承诺，并报告了自家的余粮数目。从大家的预报量来看，情况比预估的还要乐观一些。

就连谭启文自己也没有想到，他上任后的第一把火竟然烧得如此顺畅。当他拿着"成绩单"到县署汇报工作的时候，知县苟玉忠惊讶得目瞪口呆："那老朱总说袁继耀刁钻，从这事上看，这人不但不刁，反倒是个仁义之士嘛！"

谭启文当然清楚，知县这话虽然不能说不真诚，但也或多或少掺和着新任道尹贾伟谋的因素，因为他到现在都没摸清袁继耀和贾道尹究竟是什么关系，所以总想和道尹的这位"故交"搞好关系。这么一想，他便故意来了一句："在丑人眼里，所有的镜子都不平。同样的道理，在刁官眼里，所有的老百姓就都是刁民！"

第二十三章

　　自从对着梁毓书喊出第一声嫂子之后，袁国良的情绪就一直很低落。当然，他的低落并不单单因为他哥和梁毓书订婚本身，很大程度上还与梁先生敬他的那杯烧酒有关。

　　现在，他已经无意间从他大和他妈的谈话中了解到，正是梁先生选择了他哥，并且从先生给他敬酒的举动来看，先生似乎也知道他的心思，而且对他也是认可的。那既然如此，又为甚偏要选择他哥呢？之后好长一段时间，他都被这个问题纠缠着，但又一直百思不得其解。也由此，刚满十岁的他第一次体味到了大人们心思的复杂。

　　从此，他便开始注意揣摩起了梁先生的心思。可令他感到疑惑的是，直到现在，先生依旧一如既往地偏爱着他，讲书的时候还总爱把他叫起来听他谈感受，谈对了就大加赞扬，哪里不对了就当即指点纠正。他还隐隐感觉到，先生对他的要求似乎较以前更加严格了，写字的时候，只要有一笔一画不到位就立即要他重来，而其他学童，包括他哥，那字还远远不如他写的呢。还有背书的时候，其他人打了绊子最多只瞪两眼，但他就不行，一旦不能行云流水就是几句严厉的警告："千里马就得有千里马的样子，磕磕绊绊怎行？"

　　当然，对于梁先生的严厉，他从心里一直都很是受用，因为他知道这是专门为他定下的一条更高的标准，但正因为这样才使他愈加感到蹊跷，而愈是蹊跷便愈想琢磨。时间一长，连心性似乎都有些变了，虽然还会像过去那样狠劲儿地疯玩，但偶尔静下来，默默地看伙伴们玩耍的时候，便隐隐感觉到自己与他们的距离正在慢慢拉远，而且这种节奏似乎还在不停地加速，以至于后来他干脆不愿意再整天和他们泡到一块儿了，没事的时候总喜欢一个人躲在角落里，安安静静地看会儿书，抑或思考会儿问题。等到冬假的时候，他已经将先生给他的《说岳全传》和《杨家将》的石印本读了两遍，也似乎慢慢有些明白先生所说的"千里马"的意思了。

袁继耀也慢慢觉察到，他的这个"土匪"儿子似乎不再像之前那么顽劣，变得安静多了，脸上也慢慢有了些肃穆庄重的感觉。虽然眼神还是一如既往地活泛，但明显多了几分镇定。话也猛然间少了，偶尔说几句也是句句不离"钟耳子"，有些话甚至连他都感到震惊。其实，儿子的这些变化早就露出了端倪，只是他没太注意罢了。现在回想起来，至少从他头年冬上和谭启文商谈赈灾事宜的那天起，这小子就已经不再是懵懂的娃娃了！

那天后晌，当他从区公所回来，向家里人宣布从当天晚饭开始，全家上下只能限量六成饱的时候，小家伙竟然以商量的语气对他说："大！这么大的饥荒，只要不饿死，几成饱都行。只是几个奶奶年龄都大了，你和我妈又苦重，你们几个不能挨饿！我们几个还小，也没甚活，就再少吃点，把省出来的给你们加上。"

这贴心的话顿时让袁继耀的眼鼻一阵发酸，几乎都要流泪了。他伸手在儿子的头顶爱惜地摸了一把："好！你几个奶奶每人两碗，咱们每人一碗。冬天也没甚活儿，大也不饿！"

因为蝗灾，长工们早早就放假了，大灶也随之停了，袁继耀和双胞胎儿子便并回了小灶，一家人破天荒地在一块儿吃了小半年饭。这在袁家的历史上也是少有的，所以大家都很珍惜这段来之不易的正常居家时光。

但就在当天晚饭的时候，餐桌上就上演了一场闹剧。开饭没多久，分给老大袁国温的一碗和菜饭很快就被他吃了个所剩无几。十来岁的小后生正是长身体的时候，一碗饭当然吃不饱，所以还没等饭碗见底，就眼巴巴地盯起了几个奶奶的饭碗。大奶奶袁刘氏便顺手将自己的饭倒进了他的碗里，而正当他高兴地将饭碗凑到嘴边的时候，袁国良猛地胳膊一甩，照着哥哥的手腕就是一筷子："你个软骨殖！少吃点能饿死呢？"

这一下显然打得很重，袁国温手里的饭碗咣的一声掉在了地上，随即低声哭了起来。这可是袁国良懂事后第一次对哥哥下手，看到哥哥慌愧的样子，心里也难免有几分慌乱。几位奶奶也齐声责骂起来了他，红椒更是转身抓了一把鸡毛掸子准备对他动武，好在叫他大一声给喝住了："干甚呢？要打也该打臭娃！二娃说得对，老袁家哪有这号软骨殖呢！"

可规定是死的，人却是活的。之后，只要袁继耀不在，红椒就立即将"六成饱"的规定抛到了九霄云外，一边鼓动大家敞开肚皮吃，一边恨恨地说："这老袁家祖祖辈辈都是些撑擎脑，再大的饥荒还能把照仓子的饿死？"但不管她如何鼓动，袁国良照例只吃一碗，就连他妈专意给他换的大碗也被他换了回去。对一个刚满十岁的小后生来说，这样的定力怎能不让人心生感动呢？

但好景不长，梁毓文的出现又激起了他的反叛。

此时的梁毓文已满十六岁，刚刚从谷川中学毕业，并且顺利考入了新近成立的绥州省立第四师范学校高等班。但由于还没开学，他便跟着梁先生过来了，这也是他第一次来雁栖岭。

那天后晌，袁国良率领一众玩伴从面水山的飞燕峁赶完庙会路过塾院的时候，梁毓文正挺着胸脯站在塾院碥畔上看风景呢，袁国良便直端凑过去问："你是先生的儿子？"

梁毓文笑着点了点头。

袁国良急忙像大人一样伸出右手："我是袁继耀的二儿子……"

梁毓文笑了笑，一边和他握手一边说："我知道你，叫袁国良，对不对？"

"是不是先生给你说的？"

梁毓文笑着点了点头。

袁国良很快将梁毓文仔细打量了一遍："你穿的这是甚衣裳？怎么这么威武！"

"学生装。"

此时的袁国良还没听过"学生"这个新名词，便一脸好奇地问："学生是甚？"

"就是念书的，你也是学生。"

"哦！那是洋叫法。我们这儿叫童生。"正说着，他又猛然看到了梁毓文别在上衣兜里的钢笔，便指着问："你口袋里别的是甚？"

"钢笔。"

"干甚用的？"

"写字的。"

"让我看看能不？"袁国良更好奇了，便以请求的语气问道。

梁毓文顺手将笔抽出来递给他。

袁国良翻过来调过去看了一会儿，一脸疑惑地问："这连笔锋都没，怎写呢？"

梁毓文便将这群半大小子带到了梁先生的办公室，将钢笔拧开，写下了"雁栖岭"三个字。

这西洋景一下子就把袁国良镇住了，忘情地感慨道："哈呀！这真是个好家具！用这写小楷保险美气！"

那天，梁毓文的确给了他太多的震动，尤其是那个地球仪，让他第一次接触了"世界"和"宇宙"等一系列之前闻所未闻的新奇概念。也就是那天，他才知道这个世界上并非只有"中华民国"这么一个国家，而是由几百个不同的国家和民族组成的；这个世界也并非只有茫茫原野，还有无边无际的海洋。尤其是当梁毓文告诉他，相对于整个世界，雁栖岭充其量也只能算是一颗小米的时候，着实把他美美震惊了一把，尽管他当时还不能完全理解这些新知识。随着梁毓文的讲述不断深入，他心里的问题也日渐多了起来：谁又没到天上照呢，怎知道地球是圆的？如果真是圆的，那脚底的阿根廷人怎能站住呢？不直接掉下去了嘛！再说了，既然地球是圆的，那些水怎能盛得住呢？但总的来说，他感觉梁毓文好像并没有哄他，因为他觉得他的很多话还是有道理的。

从此直到梁毓文收假，袁国良就像丢了魂一样，总想往塾院跑。无奈他家家教森严，放了假就得上山劳动，于是便又盼起了下雨。一遇到下雨天，他就一整天都在塾院泡着，直到天黑之后才一路小跑着翻过西翅梁回家。

起初，每当他跟梁毓文海聊了一天回到大院的时候，脸上总洋溢着兴奋。但随着知识的扩展，他的表情又慢慢凝重了起来，尤其是知道了鸦片战争、马关条约、八国联军、租界等一系列耻辱的历史知识以后，心里就更是难受得要命，经常独自坐着发呆。有一天晚饭，他吃着吃着又发起了呆，呆着呆着竟然自言自语地来了一句："咋不要修你先人的筋了，连那么几个人都打不过！"他大还以为他又要"领兵"跟面水山的娃娃们打架呢，便急忙瞪着眼问他："又准备打谁呢？"他这才回过神来，把刚刚听到的八国联军进攻北京，把皇帝和慈禧太后撵到西安，最终还要割地赔款的事儿给家人讲了一遍。袁继耀也是第一次听这事儿，似乎也不太相信，还瞪着眼睛问："真有这事儿？"

"我毓文哥说的。"

"哦！我说那几年的税怎么那么重，原来都给人为孙子了！"

从此以后，袁国良就等不及梁毓文放假了，几乎是在掰着指头数日子呢。一旦盼来了，就想方设法和他泡在一起，天文地理地海聊。后来，梁毓文就直接将自己用过的课本连同一些报刊带来给他看。

然而，梁毓文也没想到，正是他的这份热心，给他大日后的教书造成了很大的干扰，因为自打接触了新学，袁国良对"四书五经"就越来越没了兴趣，尽管梁先生一再叮嘱他，只有学好国学才能考入新式学校，但他还是不由得分神。基于这种情况，梁先生便多次警告儿子不能"扰乱民心"，但是已经晚了，袁国良的心早已是草原走马，非但谈不上收拢，反而愈走愈远了。终于，在梁毓文将新学带到岭上的第二年，一场关于新旧学问的大辩论便在梁先生和袁国良之间爆发了。

那天前晌，梁先生挥笔在纸上写下了"君子当忠君爱国"几个大字，待几位学童誊抄之后就讲起了其中的道理，讲着讲着就发现袁国良有些走神，便用戒尺重重敲了两下桌角："你想甚呢？"

"先生，我觉得你讲得不对。"袁国良猛地回过神，慢慢站起来盯着先生说。

梁先生一惊："怎不对？这可是圣人之言。"

"圣人也是人，他说的也不一定全对嘛！"

"那你说怎个不对法？"梁先生拉起脸问。

袁国良略略思索了一下："不是说忠君不对，关键要看他是什么君。就前朝那几个软蛋皇帝的话，忠他干甚呢？"

"不可胡言！怎么软蛋了？"梁先生提高嗓门训斥道。

"挨了打还倒转给人家割地赔款！这还不软蛋？"袁国良依然没有丝毫惧怕的意思。

"你这都是听谁说的？"

"我毓文哥说的。"

"那是因为枪不如人，炮不如人。"

袁国良摇了摇头，随即开始了他的长篇大论："不对。我看关键是人不如人。那八个国家总共来了两万来人，咱几十万人，就相当于咱们十几个打人家一个，这还要枪要炮呢？就一人扛一把拦羊铲子都撂倒了，怎还能让人把皇宫给端了，把皇帝撵到西安呢？"

"这事很复杂，不是三言两语能说清楚的。你现在还小，只管好好念你的书。"梁先生正色警告道。

袁国良又抬头看了一眼梁先生："这有甚复杂的？我老爷当年拔龙山寨的时候，天杀狼有大几十人，还有四五杆枪，我老爷就带了四十八个人，一杆枪都没有，就拿大刀，不照样连窝端了？这说明甚？这就说明关键不在于武器，在于人。就怨那皇帝太尿了，没悍性！这号尿包皇帝还忠他干甚？不如直接反了算了！"

梁先生当即被他的这番高论吓到了。他实在没想到，一个不满十二岁的娃娃竟然会考虑这么些事儿，而且那歪理还一串一串的，连他都一时无法反驳。他的脸憋得通红，定定地盯着这个曾被他寄予无限厚望的学生，脸上慢慢显出了一抹惊惧和无奈相互掺和的复杂表情。

"你还真成李自成了！"梁先生直接将戒尺戳到他的额头上，痛苦地喊叫道。

袁国良往后退了两步，接着说："先生！你一提李自成我又记起了。那些说书的以前都把李自成叫闯贼，但我毓文哥说，李自成就是你们那儿的人，本来是赶牲口的，是因为遭了年成，朝廷不管不顾，饿死的人堆天摞地才逼得他带人造反的。那老百姓每年缴的银子和粮食都哪去了？为甚不管？这种朝廷不反还等甚呢？所以我看李自成不但不是贼，还是好汉，大好汉！"

"对！反了！"坐在袁国良后面的磨起世举起胳膊吼了一声。

梁先生狠狠瞪了磨起世一眼，随即对着袁国良厉喝道："你这样下去迟早会出大乱子的！你这几年的圣贤书都读到哪了？怎么净想些乌七八糟的事儿？"

袁国良稍稍犹豫了一下，一仰头发起了最后的攻势："我看问题就出在这些圣贤书上。动不动就忍，就让，说是中庸之道，实际上就是教人怎装孙子呢！这装孙子还要学呢？"

"闭嘴！"梁先生再也忍不住了，还没等他说完便大吼了一声，随即转身气愤地对袁国温说："你回去叫你大立马到塾院来。"

就在这时，袁继耀竟然机缘巧合地不请自来了。眼前的一幕显然让他很是困惑，便瞪着眼睛问："又怎了？"

"你问你的好汉儿！"梁先生气愤地说。

袁继耀便转身问袁国温："怎了？又闯甚乱子了？"

还没等袁国温开口，袁国良便抬头看了他大一眼，接着将刚才发生的事儿大体叙说了一遍，刚讲到他的"装孙子理论"时，袁继耀便抡圆了胳膊，照脸就扇了过去："你还上天呀！"

袁国良的两股鼻血当即山洪般地涌了出来。

一看袁继耀动怒了，梁先生急忙起身拉住他，并叫袁国温将袁国良带走，随即一脸严肃地说："兄弟啊！这书我是真不敢教了，要是真教出来个李自成，怎给你交代呢？你还是另请高明吧！"

袁继耀稳了稳情绪说："你让我到哪请呢？你就是最高的高明。你稳稳教你的书，这二老子你教不了就我教，反正我袁家迟早也得个'顶门杠'，都让念书也不行。"说着便到教室将袁国良扯了出来，照屁股又是一脚："跟老子学'戳牛屁股'走！"

"不念就不念，这号装孙子学问我正不想学。"自觉受了委屈的袁国良转身对着他大大声吼道。

袁继耀又要动手，但被梁先生和夫人拦住了。

父子二人一路无语。回到大院的时候，几位奶奶正在碥畔的大槐树下做针线呢，看到袁国良满胸脯的血迹，急忙丢下手里的活跑过来询问情况。

"这孙子又给先生跳了一神！"袁继耀气愤地说。

袁国良转身盯着他大大声理论道："那怎能叫跳神呢？明明是谈观点呢嘛！"

袁继耀更加恼火了，但无奈被几位婶娘拦扯着到不了他跟前，便弯腰脱了一只鞋，隔空砸了过去："你谈屁呢！"

袁国良一闪躲开，转身进了门楼。大奶奶袁刘氏搗动着小脚跟在后面："你就不能懂点事？刚说你大了就又闯下乱子了！你究竟弹甚了？弹坏了？"

"你解不开！"袁国良头也没回地来了一句。

第二天，他大就真没让他再去塾院，一大早就给了他一把小号锄头，带着他上山了。

袁国良的说法让梁先生陷入了深深的矛盾之中。当天晚上，他就将前晌的事儿反复掂了几遍，越来越觉得这娃娃的话还真有些道理。孙大总统不就因为满清政府昏庸无能才革命的嘛！革命不就是造反嘛！并且直到现在，他依然认为袁国良绝非凡胎，只是他一直希望他将来能成为一个真正的"治世能臣"，而非"乱世枭雄"。但当下的社会究竟是"治"是"乱"，连他自己也拿捏不准。如若不幸沦为后者，那还真少不了那些戡乱的枭雄们。再说了，如果没有"乱世枭雄"，又何谈"治世能臣"呢？

第二天，当他从袁国温那里得知袁继耀真不让袁国良念书了之后，心情就更加复杂了。上完课，他就将自己来到雁栖岭之后有关袁国良的点点滴滴仔细回想了一遍，心里又剧烈地打起了鼓："如果真让这小子就此握了老镘头把子，会不会真耽搁了一个栋梁之材？反之，要真成了李自成式的人物，又怎能对得起继耀的信任呢？"整整一天，他都在翻来覆去地考虑这件事情，可越想越担忧，越想越凌乱，好在有一个念头最终占了上风："长短先把他叫回来再说。"于是后晌一散学，他就跟着袁国温去了袁家大院。

不大一会儿，袁国良就扛着锄头回来了，看到梁先生后先是一惊，随即赶忙将锄头放下鞠了一躬："先生好！"

"好好好！熬不熬？"梁先生笑着问。

"不熬。"

正说着，袁继耀也进来了，急忙把他让到家里。

刚一坐定，梁先生就看了他一眼说："还是让国良来念书吧！"

"为甚？"

"娃娃嘛，偶尔不听话也是正常的。再说我今儿想了一天，他说的那些话还真有一定的道理。"

袁继耀慢腾腾地点着烟锅抽了一口："先生哥！我这么安排其实和他给你跳那神没多大关系。我早就谋划好了，这么大一份家业，将来总得个接摊子的。我今儿来塾院本来就是跟你拉这事儿的。国良马上十二了，也能给他教点家务方面的事了，尽早把他培养成一个棒尖受苦人，将来把这份儿家业交到他手里就行了。"

"我就怕把娃娃耽搁了！"

"耽搁不了。生在袁家，他就这命。"袁继耀语气坚定地说。

梁先生似乎还想说什么，袁国良就过来叫他们吃饭了，梁先生便直接对他说："国良，你明天还是来念书吧！"

袁国良感激地看了先生一眼，随即将脸微微转向他大等他表态。但袁继耀这回并没有听梁先生的，只笑着说："先生哥，你以后好好把你女婿培养上就行了。国良嘛，就接我的班，将来当好他的袁家掌柜，也不算亏待他！"

饭碗一放，梁先生就要回去了。袁国良立即进到窑里提了一盏马灯，主动提出要把先生送到塾院。袁继耀知道梁先生胆子小，不敢在野狼出没的岭上独自夜行，便依了他，并叮嘱他今晚就别回来了，明早直接从塾院赶到地头就行。袁国良便顺手把马灯递给梁先生，转身到墙角扛起他的那把小号锄头出了门楼。

起初，师生二人并没有说话，直到出了村头，梁先生才揽住袁国良的后脑勺说："千万不敢和你大顶吵，马上就放忙假了，误几天也没事儿，我以后再慢慢给你大说，收假肯定让你念。"

袁国良感激地点了点头，两步走到梁先生前面，转过身子满眼泪光地说："先生，昨天是我不对。其实我也不是那意思，但一激动就没管好自己的嘴，说了些让您伤心的话。我今天在山上想了一天，旧学问也有它合理的地方，只是我发现我毓文哥学的那些学问更有意思。毓文哥这两年给了我不少新书，我完了给您拿来，您也看看，有些学问真比旧学问里说得有道理。"

"先生不怪你！其实，我当时就觉得你说的话是有道理的，只是我担心这些新思想会扰乱你。我不懂新学，咱这儿又没有新学校。你现在还小，还不能到外地上学。再过两年，我就让你大把你送到沙城念中学，那比你毓文哥念的绥州师范都要好。"

"毓文哥给我说过。"

"所以你当下就不能乱想，要好好做学问。不论新学问、旧学问都是学问，多学点没坏处……"

师生俩一路走一路谈，很快就到了塾院。

梁李氏正坐在门台上，就着月光给住校的学童们缝补衣服呢，见男人回来后急忙问："吃了没？锅里给你留着呢！"

"吃过了。赶紧给国良端盆水，直受了一天苦，还没顾上洗呢！"梁先生一边熄灭马灯一边说。

梁李氏放下手里的活慢慢站起，伸手在袁国良头上摸了一把，转身恨恨地剜了男人一眼："娃娃就说了几句过头话，你该打就打该骂就骂，为甚要把继耀叫来呢？你又不是不知道他那驴脾气？咋看晒成甚了？"

梁先生顺手将马灯搁到窗台上，一脸无奈地说："我就那么一吓唬，谁知道他竟然不请自来了，怎这么端呢！"

正说着，梁毓书就端来了一盆凉水。

"嫂子，给我拿根针，挑一下水泡。"

"洗完再挑，那伤口着了水才疼呢！"梁毓书愠怒地说。

"没事，我就称疼呢！"

"犟板筋！"

梁毓书转身将他妈搁在窗台上的衣服拿起，将穿到线上的针解下来递给他。

袁国良接过针，就地坐在门台边上挑了起来。梁毓书提着马灯，蹲在旁边给他照着亮儿，俊秀的脸随着他挑泡的动作一拧一拧地抽动着。

"你大真不让你念书了？"

"真的！"

"那怎办？"

"还能怎办？受苦嘛！"

"都怨你，说那些话干甚呢？有些话心里知道就行了，为甚非要说出来呢？"

"根本就不怨那些话，我大本来就这么安排的，让我接他的班，管家里这摊子。我哥念书，将来当先生。即便没有昨天的事儿，我也迟早得回去受苦。"袁国良说完便将针递给她，转身猛地将双手搋进水里。

正如梁毓书所言，着了水的伤口钻心地疼，直叫他的面部剧烈扭曲了几下。

第二天天刚麻亮，袁国良就起了炕，到住校生灶上吞了两碗黄米干饭，扛起锄头就出了塾院。但刚出门楼，就看见梁毓书正在硷畔上站着。

"这么早站这儿干甚呢？"

梁毓书没有正面回答，只看着他问："你还想念书不？"

"肯定想，可是我大不让念了嘛！"袁国良说。

梁毓书看他一眼："那你跟我走！"说完便转身在前面走了。

"去哪儿？"袁国良紧赶了几步问。

"去你家，我给你大说。"梁毓书头也不回地说。

"先生说了都不顶事！你能行？"

梁毓书转身瞪了他一眼："我大是我大，我是我。"

这一下，袁国良似乎看到了希望，便赶忙说："那咱直接去跑马梁，估计我大这会儿也快到地里了。"

等嫂叔俩到了距离跑马梁不远的岔路口的时候，袁继耀正好领着一众长工从不远处过来了。梁毓书便快步走过去，两眼直勾勾地盯着老公公说："大！你让二娃回塾院念书，咱家里的事儿将来有我呢。我接你的班。能不？"

袁继耀当即愣在了那里，他无论如何都没有想到，他这个小小的没过门的儿媳妇竟然会给他来这么一出，而且手段还不是一般的高明，说句不恰当的话，甚至都有些刁钻。在雁栖岭，儿媳妇只有过门之后才改口，所以她的这一声"大"和一个"咱家"，明显就是在断他的退路呢！此时此刻，除了答应还能怎样呢？

这当间儿，黑栓也趁机帮起了腔："赶紧嘛！还等甚着呢？这儿媳妇的脸面短不了给！将来七老八十还想不想吃几碗顺气饭了？"

袁继耀这才从惊愕中回过神来，伸出手对袁国良说："拿来！"

袁国良一时还没明白他大是要甚呢，便转动着眼珠子问："甚？"

"锄嘛！要不是你嫂子，你这牛屁股就戳定了！"

袁国良这才反应过来，赶忙将锄头递了过去，撒腿就朝塾院跑去。

第二十四章

　　尽管这次辩论的后果着实让袁国良出了一身冷汗，但他从心里一直都认为自己并没有什么过错，如果硬要说有，也只是梁毓书说的那样：不该将这些想法说出来。这也是他在此次事件中所吸取的最大的教训。也正是因为吸取了这个教训，他的性格比之前更加内敛了。但这样的情况并没有持续多久，因为仅仅半年后，梁毓文就从绥州省立第四师范学校毕了业，来到雁栖岭当了"小梁先生"。

　　绥州东望华北，西辐朔漠，南控西延，北扼绥蒙，向来是无定河流域的商贸重镇，素有"西北旱码头"之称。商业的繁荣带动了文化的兴盛，早在明清时期，这里就形成了崇文重教、文武并举的传统。民国之后，当地的乡绅富贾更是争相将子弟送往平津上海乃至欧美东洋镀金深造，使得该地一时文风大兴，才俊云集。

　　在这种风气的熏染下，县城西关的刘银匠自然也不甘居后，用一锤一锤敲来的散碎银两将儿子刘子川从绥州雕山塾院一路送到省城三秦公学和北京大学，直至成为中国共产党最主要的创始人李大钊先生的学生，并通过李大钊的介绍加入了中国共产党。

　　民国十二年（公元 1923 年）初，正在北大求学的刘子川得知陕西当局拟筹建第四师范学校后，积极串联在京陕北学子和陕北籍知名人士多方奔走，促成当局将第四师范学校定到了绥州。第二年，由于对守旧的教学思想不满，全校学生奋起抗争，迫使省教育厅罢免了首任校长。于是，子川先生便于六月份由北平回到绥州，做了第二任校长，并在随后举行的秋季开学典礼上发表了长篇演讲，公开宣称自己"之所以放弃北平优渥的工作待遇迁就此职，并非只为师资教育和个人职业，而是为了传播马克思主义思想的种子，唤醒进步青年和劳苦大众推动革命、改造中国，建设人类最科学、最美满、最理想的共产主义中国"，并提出了"求学勿忘革命，革命勿忘求学"的全新办学理念。

"清廷虽倒，民国已建，但帝国主义、封建主义、官僚资本主义三座大山依然压得我们喘不过气来。看看我们的周围，看看我们的父老兄弟，他们依然还在伸手不见五指的暗夜里挣扎着，中山先生的'三民主义'早已被封建军阀和官僚所篡改玷污，沦为了一个美丽的梦。'革命尚未成功，同志仍需努力！'我们所有生逢当世之青年，就不光要有知识、有文化，还要有理想、有抱负、有激情。这个理想是什么？就是共产主义，就是要用我们的奋斗和牺牲，建设一个没有剥削、没有压迫、人人平等、处处自由的共产主义之中国！而要想实现这个理想，就得边读书边革命，如求学而忘革命非真求学，革命而忘求学非真革命……"

整整大半个上午，梁毓文一直笔挺地坐着，认真地听着。他只感到周身的血液都在猛烈地激荡着，心也在剧烈地跳动着，简直都有些醉了。从此以后，他就按照子川先生的教导，在发奋学习功课的同时，如饥似渴地攻读起了先生带来的《资本论》《共产党宣言》《新青年》《共进》等介绍新思想的书籍杂志，思想在不断进步，目标在不断明确。他的努力很快就引起了先生的注意，并且不到三个月就由先生亲自介绍加入了中国共产党，成了由三十六名骨干党员组成的"共进社"的一员。

充实的时光总是短暂的。一眨眼，首届两年制师范生就要毕业了。

临近毕业的一个周末，子川先生将他和另外两名共进社骨干成员叫到办公室，吩咐他们当晚将三十六名党员全部召集到他家的银号来，说是有重要礼物赠送，还专意安顿一定要等到天完全黑下来之后再来。

天刚一全黑，三十六名学生就分批陆续下了学校所在的疏暑山，在三关口的小吃摊吃过晚饭后便径直朝县城西关的刘家银号去了。但是，当他们走到子川先生家的时候，院落里所有房间竟然都没有点灯。因为当天恰好是阴天，加之银号又位于西关头大理河边相对独立的一块空地上，几十米内再无其他房舍，整个院落漆黑一片，一点都不像要接待客人的样子。所有人就摸着黑，顺着过洞慢慢向后院走去。当走到一半的时候，院子正中突然腾起了一团火柴的亮光，正是子川先生。只见他迅速将放在面前的马灯点着，高高举过头顶，一脸庄重地问道："看见路了吗？"

"看见了！"已经走到他跟前的学生说。

子川先生笑了笑，然后指着旁边的木箱说："打开吧！"

几名学生立即上前，将箱盖揭开，里面满满的都是崭新的马灯。

子川先生笑着指着旁边石桌上的油壶说："一人一盏，都把油加上！"

待油加好后，子川先生又指令大家围着他站成一圈，挨个儿将他们手里的马灯引着，然后让他们将已经点着的马灯送到全院各个角落，随即大声问道："亮了没？"

此时，大家都已经有些明白先生的意思了，便异口同声地回答："亮了！"

子川先生庄重地点了点头，接着便开始了他的演讲："没有灯就看不见路，就得摸黑。一盏灯只能照亮一小块地方，但三十六盏灯就能照亮整个院子。如果这三十六盏灯，每盏后面再有三十六盏、三百六十盏、三千六百盏，直至几万盏、几百万盏，那将会是什么？那就是太阳的光辉！马上就要毕业了，你们都已经开始考虑自己的出路了吧！我们都是光荣的中国共产党党员，共产党员就要做劳苦大众的灯，还要让自己手里这一抹微弱的光尽情地扩散，尽情地壮大，直至汇聚成太阳的光辉。到时候，一切黑暗都将不复存在，全中国、全世界必将是一片耀眼的光亮！大家能做到吗？"

"能！"所有人异口同声地回答道。

"这就是我要送给你们的礼物！提着它，到你们该去的地方去吧！"

梁毓文正是提着子川先生送给他的马灯来到雁栖岭的。本来，按照子川先生的安排，他是要去葭州县立高小担任教务长的，但在先生与他谈话的时候，他便和盘托出了自己早已成熟在胸的计划："我想去延北，去雁栖岭。"

那天晚上，师生俩就着马灯微弱的亮光谈了整整一个通宵。梁毓文将自己所了解的延北和雁栖岭的风土人情、乡民性格、社会结构等等所有情况给子川先生作了详细汇报，尤其详细介绍了袁国良、磨起世等几个小伙子。

"虽然他们还小，但革命也绝对不是一朝一夕的事。给我三到五年时间，我一定能将他们培养成优秀的、坚定的共产主义青年。"

子川先生一听这情况，当场同意了他的意见。

的确，通过几个寒暑假的接触，梁毓文已经深深喜欢上那几个小后生了。他们的聪睿、机智、干练、血性无不让他印象深刻！尤其是袁国良，他总觉得这孩子身上明显带有一种与生俱来的特殊气质。当然，他也明白，他们当下才是十三四岁的毛头小子，还不到和他们谈"思想"和"主义"的时候。他现在所要做的就是尽快将雁栖塾院改造成新式学校，然后给他们以春雨润物般的引导。也就是说，他的使命就是给共产主义这块大田培养几棵壮实的苗子，而一旦这些苗子长壮实了，用不了多久，整个雁栖岭乃至整个延北必将成为蓬勃茂密的共产主义的森林。

一到岭上，父亲又忧心忡忡地和他聊起了袁国良，并责怪他不该过早地将新文化传导给他。

"他的心已经野了，对传统国学越来越没了兴趣。尽管后来收敛了不少，但这明显只是迫于我和继耀你干大的压力。更为严峻的是，他已经感染了其他学童，他们都背着我听他讲'新文化'……"

此时的梁毓文正为如何启动雁栖塾院的改造而犯愁呢，没想到父亲的话竟然一下子让他看到了亮光。他看了一眼愁容满面的父亲说："为何不换个角度解决问题呢？"

"怎个换法？"梁先生问。

梁毓文直了直身子，语气诚恳地说："爸！我知道您做了半辈子学问，对传统国学有感情。但您也要承认，这'新学'代替国学已经成了不可阻挡的时代潮流。雁栖岭也要和外面接轨啊！您想，如果国良他们不学新学，将来的出路在哪里？难道真如我干大所言，识上几个照门字就回家受苦？所以还不如把雁栖塾院改造成新式学校。"

梁先生苦笑了一下："说话当然很简单，问题是教新学的老师在哪里？你们年轻人都被这新学混野了，不是北平上海就是出国留洋，谁愿意为几块银圆来这深山野岭呢！"

"如果我叔他们愿意改造的话，我来！"梁毓文直接回应道。

梁先生一惊，死死地盯着儿子，好一会儿都没把目光从他脸上移开。其实，关于将塾院改造成新式学校的事儿，他也早就不知琢磨过多少遍了，但总觉得不现实，主要原因就是老师的问题不好解决。当然，他也曾考虑过儿子，倒不是单为塾院考虑，这些年，他已经越来越明显地感觉到，外面的世界又有些风起云涌了。如果儿子能来雁栖岭，虽然不能大富大贵，但只要一家人团团圆圆、平平安安，他也就知足了。只是现在年轻人的心气儿都高过梁了，好不容易学到了些文化，都想到大地方发展，谁愿意在这深山老岭忍受一世清贫呢？况且他就这么一个儿子，加之这些年为了生计一直将他一个人孤零零地扔在老家，已经觉得有些对不住他了，又怎能委屈他接受自己的意志呢？于是便愣愣地盯着儿子问："你是怎考虑的？"

梁毓文便直接把早已准备好的"脚本"拿了出来："爸！师范就是培养教书先生的。咱教书人注定不会大富大贵，但只要为国家培养出哪怕一个栋梁之材，就算无愧于'师'这个称呼了。我就觉得国良是个苗子，咱父子俩就接续把他培养成才，往大了说是对得起民族、国家，往小了说也算对得起我干大对咱梁家的尊崇之恩了。"

梁先生根本没有想到，刚满十九岁的儿子竟然能说出如此入情入理的话，便赶忙眼含热泪地说："好！能养你这么个好儿子，再培养出个好学生，大这辈子就算没白活一场。"

眼看时机已经成熟，梁毓文这才将改造塾院的困难和阻力提了出来。师资倒没有任何问题，他早在征得子川先生的同意后，就和同班同学史超然和薛海川谈好了。这二位都是临近的安定县中山川人，距离雁栖岭也就百十里的路程，都乐意来。当然，他并没有向他们倾诉自己的最终目标，因为他们都还不是党员，有些事还得保密，只说雁栖岭虽然偏远，但只要改造成功了，咱兄弟就可以放手大干一场了，不像在其他学校，还得受别人掣肘。眼下最关键的因素就是几位"校董"的态度了。这雁栖塾院本来就是袁、耿、马三家出资筹办的，如果他们不同意，一切就都无从谈起。并且他还知道，这三家的关键就在于袁继耀，这不光因为他是塾院的大股东，还一直独自承担着后期的运营费用，最主要是因为他在岭上的话语权。还有，如果真将塾院改造成新式学校的话，继续让袁家承担所有费用就有些不太合适了，因为他想将招生范围进一步扩大，争取覆盖延北北部的几个区，这样一来，负担就有些过于沉重了，所以最好能挂一个"县立"的牌子，真正成为一所公立学校。当他把这个想法讲给子川先生时，先生当即给他支了一招，说延北县的劝学局局长谭启文是他在三秦公学时的同窗，必要时可争取他的支持！

不过令梁毓文感到惊喜的是，他的这些担忧在父亲看来都不是事儿。梁先生信誓旦旦地保证，袁继耀那里包在他身上，而且谭启文早在两年前就到雁栖岭当了区长，并且之前就和他谈起过改造塾院的事儿，肯定会大力支持。至于县上，有袁继耀和贾伟谋的那层特殊关系，估计问题也不会太大。

果然不出梁先生所料，当他们父子俩第二天专程去袁家大院商议此事的时候，袁继耀只笑着来了一句："我只懂糜子怎种，谷子怎锄，至于这学堂怎办，你们看得弄咯！反正不管新文化还是旧文化，只要把我那'土匪儿'化好就行！"

谭启文自然也表现出了极大的热情，第二天就带着袁继耀、耿万顺和梁家父子到县署作了专题汇报。

苟玉忠一听这事儿，当即顺水推舟："这是好事儿嘛！我正愁北边的教育问题呢！"随即笑着对袁继耀说："只不过你那校舍修得比县立高小都态势，县里一下子拿不出那多钱买啊！"当袁继耀和耿万顺表示无偿捐献校舍后，苟玉忠又满怀感激地说："好，既然你们如此慷慨，县里保证足额保障后期费用。"

就这样，雁栖塾院又变成了"延北县立雁栖高小"。梁毓文自然担任了校长，史超然和薛海川也如约从安定赶来了。至于梁先生，也没有完全退休，转行当了书法先生，只负责教学生们写字，正如他自嘲的那样："这下真成了'闲身'了！"

很快，邻近的西沟、龙居、花园坪等几个区的大户们都争着将子弟送来入学。而且除了县上的经费，袁继耀依旧按照之前的约定提供资助，这样一来，雁栖岭的贫苦子弟们也能继续入学了，全校学生一下子增加到八十多人，基本上与县立高小旗鼓相当了。

临近开学的半个月，梁毓文又跟袁继耀要了两名长工，到绥州采购了一些教材和教学用具，并特意带上了袁国良，让他开开眼界。

他们是中午时分到达绥州的，一行四人在临街铺面吃过羊杂碎和油旋儿后，梁毓文便安排两名长工到就近的客店住下，自己带着袁国良登上疏暑山，直奔绥州师范去了。

一进学校大门，迎面就是二层中西合璧的教学楼，袁国良还是第一次见这洋玩意，不由得感慨了一句："哈呀！这房子上面还能摞房子呢？"

梁毓文哼哼一笑："这叫楼房，我们就在里面上课。咱先去见先生，一会儿带你到里面看看。"说着就领着他向靠东边的一排窑洞走去。刚走到窑洞前面，一名中年男子正好掀开门帘走了出来，梁毓文急忙上前叫了一声"校长"。那男子先是一愣，随即笑着下了门台："毓文！你怎来了？"

"学校缺少教材教具，我上来看能不能在哪里协商一些，顺便来看看您。"

袁国良立即明白，这人就是这所大学校的校长，便趁他们寒暄的机会将他仔细打量了一番。只见他个子老高，身板壮实，一身笔挺的青布长袍，如盘阔脸上两道剑眉很是抢眼，眼神也活跃跃的，似有一种穿透一切的力量。

子川先生将他们引进窑洞，看了座，倒了水，然后拉了一把椅子坐到了他们对面。刚一坐稳，梁毓文便指着袁国良介绍道："这就是我给您讲过的雁栖岭的那个大元帅！"

子川先生惊异地看了袁国良一眼，起身将手递到他面前："哈呀！大元帅，久闻大名！"

袁国良慌忙起身跟子川先生握了一手，不好意思地笑着说："校长好！那都是耍呢！我叫袁国良。"

"怎么写？"子川先生又问。

"姓袁的袁，民国的国，国难思良将的良。"

子川先生伸手在他肩膀上拍了拍："好一个国难思良将！"

简单聊了一会儿，梁毓文便叫袁国良自己出去转转，并借着这个机会将改造雁栖塾院的事儿向子川先生详细汇报了一番。随后，二人又带着袁国良，将整个学校详细参观了一遍。

不要说，这所号称"陕北的上海大学"的学校给了袁国良极大的震动，尤其是图书馆里海天海地的藏书，几乎把他震呆了："哈呀！咱要有这么多书该怎美气！"

子川先生哈哈一笑："我今儿就为大元帅徇一回私！随便挑，只要你能拿动！"

袁国良转身惊喜地望着子川先生："能拿马驮不？"

梁毓文急忙制止。没想到子川先生哈哈一笑："行，只要雁栖岭通公路，拿汽车拉都行。"

主人慷慨，客人实在，袁国良当即一头扎进书海挑了起来，不一会儿就将高高四摞书籍抱到了他们旁边的桌子上，还要转身去挑，但被梁毓文笑着拉住了："差不多了，不敢真搬空了！"说着便将这些书挨个儿查看了一遍，并叫他将其中的几本书重新送回书架。当梁毓文将厚厚的《资本论》丢出来的时候，袁国良似乎有些忍不住了，转着眼睛说："我就想看看这个大胡子老汉究竟写了些甚，怎这么厚呢！"

梁毓文笑了笑："这个你现在还看不懂，以后再看！"

第二天，子川先生就到绥州县立小学那里为他们协商了满满几大箱教材和教具，加上袁国良挑选的四大摞图书，直将四匹骡马装得满满当当。子川先生一直将他们送到城门口才与他们握手告别。在和袁国良握手的时候，子川先生还用另外一只手在他肩膀上拍了拍："国良，期盼你能早日加入我们的队伍。"

此时的袁国良当然不明白子川先生所说的"队伍"指的是什么，便歉笑着说："先生，我不想当老师，也不想当校长，就想当将军呢！"

子川先生仰头大笑："好！袁将军，再见！"

正如他大袁继耀当年去谷川请梁先生一样，袁国良也是带着透彻心肺的震撼走完这几百里路的。一路上，他基本上没有言语，只静静地消化着内心累积的震撼，直到临上雁栖岭的时候才转身问梁毓文："毓文哥！那校长叫个甚？我看那真是个有本事人！"

"他叫刘子川，一个伟大的人。"梁毓文说。

从此以后，这个光辉的名字便犹如一粒种子，永久地种在袁国良心里了。

第二十五章

　　遵照民国教育部小学教育大纲，延北县立雁栖高小实行五年制，但目前只有四个年级。课程设置上也完全按照大纲要求，开设了国文、算术、体育和图画课，四年级还增加了历史和地理两门课程。为了赶时间，梁毓文直接安排袁国温、袁国良、耿金蛋、磨起世和马家的两名子弟马大宝和马二宝上了四年级。开学当天，他又给几个还在使用小名的学生每人取了一个大名，耿金蛋取了志存高远之意，叫耿志高；磨起世因为生性比较硬正，就叫了个磨石坚，马大宝和马二宝则取了单字，分别叫马腾和马飚。

　　按照分工，校长梁毓文负责三四年级的国文和四年级的历史；史超然负责三四年级的算术、四年级的地理和全校的体育；薛海川负责全校的图画和一二年级的全部课程。在全面强化文化教育的同时，还利用史超然出身于武术世家的便利，将传统武术纳入了体育课，用来培养学生们坚定的意志和顽强的忍耐力。为了尽快补齐之前的亏空，还专门设了晚课。这样一来，所有的学生就只能住校了。

　　需要特别交代的是，梁毓书也跟袁国良他们一样上了四年级。此时的梁毓书已经满十五岁了。这女子在模样上几乎完美地吸收了父母双方的全部优点。人都说"女大十八变"，仅仅两三年工夫，原本肉嘟嘟的身段已经悄然颀长曼妙了起来。白皙俊秀的鹅蛋脸上，所有的器官都像被刻意修整归置过一样，不仅棱角分明，布局也恰到好处。周身上下已经明显有了些青春的光彩，给人一种赏心悦目的舒适感。特别是那对忽闪闪的双棱花眼，如山泉般清澈明亮，叫人不由得于惊叹中生出几分妒意来。总之，出众的模样加上多年来的书墨滋养和良好的个人卫生习惯等等，赋予了她明显有别于于岭上其他同龄女子的特殊气质。尤其是那一抹浅浅的、略带羞涩的笑容，更如春风拂花般柔润。然而，我们千万不要因为她的这点羞涩就认为她是一个内向的女孩儿，恰恰相反，几乎所有熟悉她的人都能明显地觉察到，这娃娃身上不仅有梁先生的内敛持重，更有她妈梁李氏的干脆热辣，只是由于严格的家教和良好的文化修养，使她不得不尽可能地将这份热辣深埋心底。即便如此，我们依然能从她那羞答答的眼神里捕捉到几分坚毅和锐利。

毋庸置疑，改造后的学校显然比之前正规多了。每天天刚麻亮，全体师生就到院子里集合，先列队绕着四围山根的小路跑上几圈，再到院子里扎马步打拳，练习梅花桩。早饭过后便开始了一天的课程。待一切理顺之后，梁毓文还专门为学校创作了一首校歌——《努力吧！雁栖子弟》。从此，每天出操前，激昂高亢的歌声就会刺破微微晨曦，山风般地回荡在这古老而苍茫的大岭上：

> 巍巍雁栖我家乡，天高云淡地苍茫。
>
> 延水大理源山脚，仁义骁勇远名扬。
>
> 看我曾经繁荣昌盛之华夏，而今四周皆列强！
>
> 听那声声刺破长空之雁鸣，而今满是无尽哀伤！
>
> 努力吧！雁栖子弟！尽情遨游于知识的海洋，
>
> 把希望装在心里，把责任扛在肩上，
>
> 用我们的智慧和意志，托起祖国明天的太阳！

新知识带来的新鲜感极大地调动了学生们的积极性，尤其是梁毓文的历史课，每每让他们着迷。炎黄伟业、战国群雄、汉唐雄风等所有的灿烂辉煌都会让他们豪情万丈。但一到近现代史，格调就突然变了，鸦片战争、甲午海战、马关条约、火烧圆明园、二十一条、华人与狗不得入内等屈辱无不让他们尚且稚嫩的眼睛里满含泪光，而梁老师恰到好处的总结又总能让他们于剜心的悲戚中腾起一股悲壮的力量。

仅仅几个月，整个学校就被改造一新，所有的学生都像久旱的禾苗一样，贪婪地吮吸着新文化的甘霖，不大的校园里到处洋溢着一股新崭崭、活跃跃的气氛。

这所有的变化都被老梁先生看在眼里。过完年，他就辞去了"书法先生"的职业，彻底给年轻人放了手。

他本来是要回谷川老家的，但拗不过袁继耀的挽留，便用修建塾院时剩下的砖瓦在距离学校不远的向阳山湾里盖了两间瓦房，就近种了二十来亩土地，喂了些鸡羊家畜，彻底过起了半耕半读的颐养生活。

袁国良更是从这些变化中感受到了一股强烈的、直撞心肺的刺激，尽管他还不能完全明白这种变化对他来说意味着什么，但他已经明显感觉到，有一股蓬勃的力量正在自己心里聚集着。不仅如此，他还隐隐意识到，这股力量早晚会像夏日里的山洪一般彻底爆发。因为自从绥州之行后，他就越来越坚信，梁老师和子川先生之间一定存在着一个神秘的计划，而他早晚也会成为这个计划中的一员。

也正是这份神秘的感觉，让袁国良的性格变得更加沉稳了，脸上的顽劣气似乎正在慢慢消退，逐渐有了些秀才的气质。但相对于日渐静腼的外表，他的心性非但没有丝毫减弱，反而更加硬气了。每天一大早，他总是第一个起炕，出操也要站在队伍最前排，胸脯笔直地挺着，头颅高昂。扎马步总是第一个扎下去，最后一个站起来。练梅花桩的时候也不像其他学生那样惧怕疼痛，总是置小臂上成片成片的淤青于不顾，一遍又一遍地苦练，直到所有的动作都像史老师那样洒脱有力才肯罢休。后来，他干脆提前半个钟头起炕，一个人跑完几圈，再返回院子集合。再后来，史老师干脆不叫他入队了，只由着他自由奔跑。从此，他每天都要绕着山根儿狂奔几十圈，风雨无阻。也就是从这时候起，锻炼便成了他人生中几个最重要的习惯之一，直至生命之灯惨然熄灭的那天早上。

第二年，梁毓文便开始逐步执行他的"马灯计划"了。

那是一个漫天飞雪的黎明，袁国良照例早早起了炕，摸黑绑好沙袋，准备完成每天三十圈的晨跑。刚出宿舍门，他就看到梁老师正抱着双臂在当院站着，他便定了定神儿，快步走过去问了声好。

梁毓文微笑着对他点了点头，指着他小腿上的沙袋说："把这卸了！"

"为甚？我每天都绑呢嘛！"袁国良不解地问。

"带我爬趟雁头峁，绑着它上坡不方便。"

"那不出操了？"

"你今儿就不用出了，我已经跟史老师打过招呼了。"

一听是这，袁国良便转身回到宿舍卸了沙袋，跟在梁毓文后面出了学校大门，拐上了通向雁头峁的小路。

等他们爬到峁顶的时候，天已经亮了，但雪依旧纷纷扬扬地下个不停。四围的山梁一片迷茫，原本旷远的高天此刻正如一条巨大的、厚重的驼毛毡子，边角低垂地罩于群山之巅，似乎随时都有坠下来的可能。在这一片雄浑的迷茫中，梁毓文双手叉腰，微微扬着头颅，将深邃的目光定定地投向远方那一道道连绵起伏的山梁，任凭雪花如杨花一般不断落在身上。

此时的袁国良虽然还不清楚梁老师为什么突然要将他带到这里，但已经隐隐意识到这绝对不会是一时兴起，所以便将眼神在遥远的山梁和梁老师之间来回不停地飘着。慢慢地，他觉得梁老师似乎也成了一座高高的山峰，傲然挺立于苍茫的天地之间。

正当他出神地欣赏着眼前这座山峰的时候，梁毓文突然转过身子，用炽热的目光盯着他问道："国良，你还记得子川先生对你说过的那句话不？"

"哪一句？"袁国良问。

"就告别时的那句。"梁毓文依旧热烈地盯着他。

"记得。先生说，希望我能早日加入他们的队伍。"袁国良一字不差地说。

梁毓文点了点头："那你知道先生说的队伍指的是什么不？"

袁国良不好意思地笑了笑："我当时还以为他想让我将来也当老师、当校长呢。后来考虑了好久，虽然还是没弄明白，但我敢肯定不是这个意思。"

梁毓文转过身子，猛地将双手拍到他的肩膀上，几乎一字一顿地说："先生的意思是'共产主义'！"

袁国良一惊，因为"共产主义"这个名词对他来说并不陌生，早在几个月前，他就在子川先生送他的《新青年》里看了一篇名叫《庶民的胜利》的文章，那里面就曾多次提到这个"主义"，便抬起头问道："就是《庶民的胜利》里写的那个共产主义？"

"对，就是那个！"梁毓文点了点头。

"哦！那真是个好主意，没有剥削、没有压迫、没有贫穷、人人平等，天下自由……"

从绥州回来以后，袁国良就一头扎进了子川先生送他的那些书里。当然只能偷偷摸摸地看，因为从绥州返回的路上，梁老师又将所有装书的箱子重新打开仔细挑选了一遍，然后将挑出的一小摞书集中装进一个箱子里，严厉地警告他，这些书不仅绝对不能让别人看，而且连讲都不能对任何人讲！其中就有这本《新青年》。虽然他当时并不明白，为什么这些公开放在绥州师范图书馆书架上任人借阅的书，怎么在他这儿就突然变得这么神秘了。但他又想，既然梁老师这么说，就一定有他的道理。再说了，这么神秘的书，梁老师竟然允许他看，而且只允许他一个人看，这让他小小男子汉的胸膛里腾起了一股强烈的被信任的自豪感，所以就一口应了下来。

回到家以后，他便偷偷钻进仓窑，将那些已经被赋予了神秘意义的书连箱子堵在那一大堆牌匾后面。他知道家里人从来都不会动这个地方，最安全。之后，他就只在歇假的时候才偷偷摸摸地拿上一本，打着上山砍柴的幌子，一个人躲在山野角落里偷偷地看，不到两个月就将半箱子神秘书全部看完了。

"那你愿意加入共产主义的队伍不？"梁老师又问。

袁国良没有丝毫犹豫，胸脯一挺："愿意！"

梁毓文死死地逼视着他的眼睛说："国良，这可不是耍耍呢！这么宏伟的目标，不是轻而易举就能实现的。将来的斗争一定会很激烈，闹不好还得掉脑袋！你还敢加入吗？"

"怎不敢？人迟早得死，怕甚呢？"袁国良的脸猛然间涨得通红。

"好！这个队伍就是共产党。你现在还小，还不能入党，只能先入共产主义青年团，等满十六岁就能入党了。按照规定，入团前都要宣誓，如果你愿意加入，就跟我宣誓吧！"

"宣誓是干甚呢？"袁国良激动地问。

"就是把你对党、对青年团忠诚的话说出来，并且终生都要为你所说的话负责。"

"哦！那就跟赌咒差不多。"袁国良终于有些明白了。

梁毓文笑着点了点头，随即指点他将右拳举到眉梢处，带着他宣起了誓："我志愿加入中国共产主义青年团，拥护中国共产党的领导，遵守团的章程，执行团的决议，保守团的秘密，严守团的纪律，积极工作，随时准备根据需要加入中国共产党，为共产主义牺牲一切，包括生命！"

宣誓完毕，梁毓文郑重地跟他握了握手："国良，从现在起，你就不是普通的学生了，而是咱雁栖岭第一个共青团员了，这是很光荣、很崇高的事！你一定要记住自己的誓言。眼下并没有什么工作，唯一要做的就是保守这个秘密，然后好好学习。"

袁国良一脸庄重地点了点头，随即仰起脸问道："梁老师，保密肯定没问题，但我就是不明白，为甚那些书在你们绥州师范能公开看，在咱这儿就要保密呢？"

他的这一问，让梁毓文脸上慢慢浮上了一抹浓郁的忧伤。他长长地叹了一口气："眼下是国共合作时期，共产党几乎所有的活动都是在明面上进行的。但依我看，这只是暂时的，就像我们吃饭一样，谁也不愿意让别人把筷子攮进自己的碗里。一旦国民党，就是现在的政府翻脸了，我们的处境就凶险了，弄不好就得血流成河。这话子川先生也给组织说过，但人家就是不听。唉！就这样下去，迟早是要挨拐的。"

"我明白了。就像我老太爷当年半夜训练拔寨子的人马一样，不就怕天杀狼知道嘛！等人马训练好之后，他就是知道也不怕了。"袁国良总喜欢把任何事情都与他家的光辉历史联系到一起。

"对！就是这么个道理。"

因为对路径熟悉，下山的时候，袁国良一直在前面走着。此时，新落的雪已经完全遮盖了来时的脚印，摆在他们面前的又是一条崭新的路。

入团之后不多时，学校就放了寒假。没几天，年味儿便渐渐浓了，农人们都开始杀羊宰猪，捣馍馍泡糕了，岭上到处都弥漫着年茶饭特有的香味儿。袁家自然不例外，腊月十二一大早就支起了杀猪摊场。这样的场合自然是少不了梁先生一家的。一大早，袁国良便和他哥去梁先生家请他们来吃杀猪菜。返回的路上经过学校的时候，梁毓文突然提出让大家先走，自己到学校找一件东西，随即带着袁国良来到办公室，掏出钥匙打开办公桌抽屉的锁子，取出一本《共产党宣言》递了过来。袁国良接过来一看，这书竟然也是他上次在绥州师范见到的那本《资本论》封面上的那个相貌奇特的"大胡子老汉"写的。当然，此时的袁国良已经知道"大胡子老汉"叫马克思，德国人，是共产主义的创始人。

"看这本书更要保密！"

袁国良坚定地点了点头："我知道。"说完便转身来到宿舍，三下两下把自己铺位上的狗皮褥子抽了出来，将《共产党宣言》严严实实地包在里面。待走到西翅梁后面的山湾时，他快速爬到靠近山顶的一处隐蔽的陡坡下面，将包着书的狗皮褥子塞进一个野兔窟里。

"这是野兔之前身过的窟窿，现在不身了。从明天开始，我就在这附近砍柴呀，几天就看完了！" 他一边拍打衣服上的尘土一边说。

从此以后，每天太阳刚一冒花，袁国良就扛着镢头和绳索爬上西翅梁，三下五除二砍上一大背柴火背到他的那个秘密世界，然后斜靠着柴垛子研究起了"共产主义"。

《共产党宣言》并不厚，袁国良只用了大半个上午就全部读完了，但里面的字句却很是拗口，让他如在云里雾里。什么"资产阶级""无产阶级""生产资料""阶级对立"，这都说了些甚？但他转念一想，既然梁老师都说这是一本好书，就一定有他的道理，所以他又回过头来，逐字逐句地细品，终于慢慢有了些感觉。

当然，此时的他无论如何还不能完全准确地理解其中的深意，只能比照雁栖岭"按葫芦画瓢"了，所以便慢慢对这些深奥的道理建立起了一套自己的理解："这资产阶级好像就是指有很多土地的东家，无产阶级就是穷人和长工，这么说我家也是资产阶级嘛！可是按书里写的，这资产阶级好像就坏完坏透了，但我看我家并不坏嘛！别的不说，单就前年那场灾荒，要不是我袁家出手接济，这岭上不知要饿死多少人……"

他久久地将书扣到胸前，闭上眼睛苦苦地思考着。突然，一道亮光有如夏日里的闪电唰啦一下划过头顶："这'阶级'并不是指某一个东家，而是指一个群体。这世界上并不是所有的东家都像我大和我老太爷一样仁义。听说桃花川一带前年饿死了不少人，难道桃花川就没有东家吗？"

等读到第三遍的时候，他终于明白了："这问题的根子根本不是东家仁义不仁义，而是制度的不公平。岭上大多数人穷困的根源在哪里？不就是东家们占有的土地太多了吗？如果把整个岭上的土地全部按人头均分了，那家家户户不就都有余粮了？那不就彻底解决了嘛！"

当他找机会把自己的这些理解讲给梁毓文后，梁毓文竟然惊讶得目瞪口呆："你看明白了！大体就是这么个道理。共产主义就是要每一个人都平等地占有生产资料，平等地享受生产成果。"

袁国良羞涩一笑："按马克思的说法，我家也算是资产阶级了，但我家又不像马克思说得那么坏，从来都不剥削人，还经常救济穷人。所以我认为问题的根子并不在于资产阶级本身的好坏，而在于土地分配制度公平不公平。就拿咱雁栖岭来说，我家、耿家、马家三家人就占了岭上的多一半土地，打的粮食吃都吃不完，其他人每家就那么点土地，勉强够糊口，一旦遭了年成，我们几家不救济就要饿死人。但如果把我们三家多余的土地拿出来，哪怕拿出一部分分给岭上的穷人，那问题不就从根子上解决了嘛！所以我这几天越来越觉得，我家之前的接济说到根子上其实就是'拿人家的拳头擂人家的眼'呢！你把地都占完了，粮食吃都吃不完，偶尔遇个灾荒年，把几年前的余粮拿出来接济一下乡里，还捞了个仁义的名声，那叫什么仁义？"

梁毓文深深叹了一口气："你家的仁义绝对是值得肯定的，但我们绝不能寄希望于天下的资产阶级都像你家一样仁义。再说了，雁栖岭的情况也比较特殊，就连最穷的人都有那么十来亩土地。但在全国大多数地方，土地的垄断已经到了无法容忍的地步了，无立锥之地的穷人比比皆是，尤其是一些平原地区，很多人甚至连埋葬老人的坟地都没有。"

"所以，相对于仁义，我们更需要公平。只要天下真的没了剥削，没了压迫，人人都平等了，即便把我家的土地分了，甚至真掉了脑袋也值。"袁国良说。

梁毓文猛地站了起来，抓住他的双肩摇了摇："好！我没看错你！还有一件事儿要跟你商量一下，我想把咱的队伍再扩大一下。你是娃娃头，对他们比较了解，你看咱学校哪些人比较可靠？"

袁国良仰头思索了一会儿："我哥性子太软，干不了咱这活儿。耿志远和马腾也一样。磨石坚肯定没问题。耿志高和马飚也能行，但他两家也属于资产阶级，不知道愿不愿意。"

梁毓文哼哼一笑："咱俩想到一搭了，就这三个，你先保密，等我试一下再说。"

第二年正月临近开学的一天，梁毓文就以给学校糊窗子的由头将袁国良、磨石坚和马飚叫到了学校，又打发袁国良到面水山叫来耿志高。待所有人到齐后，他便将大门反锁，将他们带进办公室，依次指着他们将同样的话挨个儿问了一遍："志高，你知道磨石坚这几个月都看过什么书不？磨石坚，你知道马飚这几个月都看过什么书不？……"

每个人的回答竟然都像事先商量过一样："不就国文、历史、地理，还有图书架上的那些书嘛！"

梁毓文满意地点了点头："好！你们的保密工作都做得不错。"随后稍稍停顿了一下，继续说道："那我现在就给你们抖明了，其实，我让你们每个人偷偷看的那些书，今天在场的人都看过。"

所有人都被惊得目瞪口呆。

梁毓文接连笑了几声："现在，每个人都谈一下感受！"

袁国良正要第一个开口，但被梁毓文制止了："你已经算是老同志了，今儿就不谈了，让他们先谈。"

大伙儿又一齐惊异地看了袁国良一眼，便依次谈起了自己的感受。耿志高第一个发言，他以发问的语气说："那书里说十月革命后，苏联人就人人平等，没有穷人了，真的？"

"真的，他们已经是社会主义了。"梁毓文说。

"哦！我就看见数这篇文章有意思。"

磨石坚的话倒很像他的性格，直截了当："按那书上写的，现在这天下就坏完坏尽了。梁老师，我看你不如带我们一家伙给反了算了。"

梁毓文笑了笑："我们就是要为你说的这个事儿做准备。如果你们愿意的话，就加入我们的队伍。"

"好好好！"几位学生接连点头表示愿意。

梁毓文也点了点头，又将目光在耿志高和马飚的脸上来回瞟了几下："志高、马飚，你俩和磨石坚不一样，你们都是富家子弟，这共产主义难免会损害你家的利益……"

还没等梁毓文把话说完，耿志高的脸就涨得通红："梁老师你放心，《共进》里都写了，人类最理想的社会就是没有剥削、没有压迫、没有贫穷、人人平等、天下自由的共产主义社会，天下人都富裕，肯定比我们一家人富裕好嘛！"

马飚本来就不善言辞，听耿志高这么一说，便急忙点了点头："对，二娃家才有钱呢！他都能干，我为甚不能干？"

"我还要告诉你们，这可不是耍呢！闹不好是要掉脑袋的……"

梁毓文又将之前给袁国良说过的话重复了一遍，但所有人都和袁国良一样，表现出了坚定的意志。这让梁毓文很是高兴。

随后，梁毓文便按程序安排他们进行了入团宣誓，之后再次强调了纪律："大家一定要注意保密，这可是刀尖儿上跳舞的事儿！今天，包括以前所有的事儿一律不能对任何人讲，你们之间也不能讨论。需要开会的时候，我让国良通知大家，所以你们还要像往常一样，该干甚照常干甚……"

第二天，梁毓文就借着去绥州搞教材的由头，找子川先生汇报工作去了。

师生二人简单握手寒暄了几句，便就最近的革命形势交换起了看法。子川先生轻呷了一口热茶，满脸担忧地说："自中山先生逝世后，我就感觉风向越来越有些不对了。你们一定要高度警惕，随时准备迎接变故。"

梁毓文长长叹了一口气："咱们之前太大意了，太相信国民党了，几乎所有的工作都在面上。从现在的风向看，我担心离挨拐真不远了！"

子川先生忧伤地点了点头："这话我也给上面说过，但根本就没人听嘛！"

梁毓文无奈地舒展了一下胳膊："事已至此，就让暴风雨来得更猛烈些吧！也许只有血的教训，才能唤醒那些依然沉浸在和平演变美梦中的领导者们！"

随后，梁毓文将自己一年来的工作向先生作了详细汇报，重点提请党组织批准谭启文、史超然、薛海洲和延北县立高小进步教师吴泽耀加入中国共产党，并就成立中共延北秘密支部和共产主义青年团征求了子川先生的意见。

当天晚上，子川先生就口头传达了组织的意见：同意谭启文、史超然、薛海川和吴泽耀由梁毓文介绍入党，并尽快成立中共延北秘密支部，由梁毓文任支部书记、谭启文任副书记。同时批准成立共产主义青年团延北支部，由梁毓文兼任支部书记，袁国良任副书记。还特意嘱咐党团所有工作都要坚持秘密开展，不得暴露。

从绥州返回的第二天，梁毓文再次以打扫卫生、准备开学的理由将四名团员叫到办公室，召开了团支部成立后的第一次会议，向他们传达了组织的指示，并就当前重点工作做了安排："年底你们就毕业了。根据组织的安排，袁国良考沙城中学，耿志高和马飚考绥州师范初级班。这是组织交给你们的第一项任务，必须完成。"

磨石坚一听没点自己的名字，便盯着梁毓文问："那我呢？"

梁毓文嘿嘿一笑："就你那功课，估计也考不上，就留到岭上给我打下手算了。"

磨石坚本就不爱念书，功课也一直很差，用他自己的话说就是"所有的字都长一个样儿"，这些年也没少挨老梁先生的戒尺，本来早都不想念了，只是为了跟大家在一块儿红火，才一直没在他大跟前表现出来。如今一听梁老师这么安排，便赶忙高兴地应了下来："能行！"

第二十六章

自打入了团，当了团支部副书记以后，袁国良的心里就升腾起一股更加强烈的神圣感，时常感到浑身的力量就像一锅烧滚的豆浆在剧烈地涌动着、激荡着，并且经常因为这股郁积的力量无处释放而感到扎心的压抑。实在憋得慌，他就利用下午课和晚课之间的休息时段，一个人爬上雁头峁猛吼上几声，然后站在高耸的烽火台上，定定地盯着远方怒海惊涛般的山峦发会儿呆。看着看着，他就慢慢感觉到那涌聚着的群山似乎活了，变成了一群披坚执锐的勇士，正呼号着、啸叫着向他涌来，而他也似乎化作了他们当中的一员，身跨骏马，手持利剑，势不可挡地冲入了一场昏天黑地、血溅十步的厮杀……

与此同时，他的身体也正发生着一些明显的变化。脸廓愈加棱角分明了，越来越明显地呈现出袁家男人特有的那种清瘦、刚毅、有如狼脸的感觉了。嘴唇上已经冒出了两溜细密的髭须，毛茸茸的，有如刚刚破土的麦苗。胸腔和肩膀头子的肌肉更加坚实了，小山一般傲凸着。小臂和手背上的青筋也弓弦般地凸了起来。就连最羞于见人的那个器官也已经出现了明显的吊坠感，使他不得不红着脸让大奶奶给他缝制了一条只有大人才穿的那种衬裤。但他并没有为此而烦恼，反而经常会感到激越，一股难以按捺又无法言表的激越，因为此时的他已经明白，这些变化正在为他彻底释放内心积压的那股汹涌的力量创造着最起码的条件，而他已经明显有些迫不及待了。

但是，随着毕业日期不断临近，一股预料之中的忧虑和痛苦便黑云压顶般地朝他袭了过来。因为对于他的前程布局，他大和梁老师之间明显存在着巨大的、不可调和的分歧。这不，就在年前，梁毓文专门到袁家汇报有关袁家两兄弟进一步深造的计划时，袁继耀就再次搬出了他的"顶门杠"理论，并且这次似乎真是铁了心了，不论梁毓文怎么劝说，他始终都抱着一种前所未有的决绝态度："我这么安排自有我的打算！说到底，我袁家也只是面朝黄土背朝天的受苦人。受苦人嘛！把苦受好比甚都强。至于你说的民族也好、世界也罢，对我一个平顶子百姓来说，都是些八竿子都打不到的东西，就管不了那么多了！"

无奈之下，梁毓文便想请老将出马。但当他把这事儿讲给他大的时候，梁先生竟然狠狠瞪了他一眼："那是人家的事，不要硬把手腕子往人家碗里伸！"

"那您的意思就真让国良当顶门杠算了？您不也常说他不是拴在槽头的牛嘛！这一顶不就拴住了？"梁毓文焦急地说。

梁先生淡淡一笑："真正的千里马是拴不住的！"说完又转身将站在旁边的梁毓书扫了一眼，几乎是一字一顿地说："你俩都给我记住，尤其是毓书，这事儿你们绝对不能再掺和了！就让国良自个儿解决去吧！这也算是对他的一次考验！如果真被拴住了，那就只能说明他还算不上真正的千里马！毓书也别考了！你干大虽然没说什么，但我很清楚他心里是怎么想的，为人不能光为自个儿考虑。"

就这样，眼看二月二的考试就要到了，但袁继耀的态度依然没有丝毫松动。情急之下，袁国良便直接给他下了个硬招。

"大，好说歹说你都不听，那我就把话给你撂这儿，你同意也好，不同意也罢，这书我是非念不行！你也别拿不给学费逼我，我已经不是娃娃了，哪怕揽工讨吃都要把这书念完！我的性格你是知道的，不信你就试试！"

可他无论如何都没有想到，他这一硬，竟然直接把自己硬到洋芋窖里了。他的话音刚一落地，他大就一冲跳下炕，鞋都没穿就冲出了出去，很快就提了一根拇指粗的麻绳进来，全然不顾众人挡架，一脚把他踩倒在地，三下两下就把他捆了个结结实实，然后弯腰将他提起，跑到院子里直接丢进了洋芋窖。

"你有本事就绑我一辈子！"袁国良大声喊叫道。

这当间儿，住在后院的奶奶们都被惊动了，打老远就拉起了哭声："和尚小子哟，你这是打土匪呢？"

"都站开！我的儿我管，不要你们操心。"

此时的袁继耀什么都不顾了，一边吼一边跑到碥畔的羊圈跟前，嘎巴一声把圈羊的栅栏门扯了下来，拉回来盖到二尺见方的窨口上，又抱来几块大石头将两边着地的部分压住，然后一屁股坐在石头摞子上，不顾几位婶娘和红椒的哭喊，大声吼叫道："谁要敢把这碎老子给我放出来，我就跟谁没完！"

袁国良就这样被他大在洋芋窨里整整关了三天三夜，直到二月初二早上，也就是各学校开考当天才被放了出来。三天来，他一直不吃不喝，身体已经极度虚弱，尽管好话说尽，但他依旧黑着脸，水米不进。无奈之下，红椒只好哭鼻子抹泪地搬梁先生去了。

一听情况如此严峻，梁先生父子三人立即赶过来了，但无论如何劝说，袁国良就那样虚弱地斜靠在被褥垛上，一言不发。几位奶奶又一起拉起了哭声。这时候，一直保持沉默的梁毓书突然开口了："好了，你们都到后院去，让我跟二娃拉一会儿。"

众人得令，转身朝门外走去。大奶奶袁刘氏一边走一边哭着对孙媳妇说："菊娃，你好好给奶奶劝劝哦，就看你呢！天神神哟！我是把这种子犟板筋人服了！"

这四川的猴还就要山东人耍呢！不大一会儿，梁毓书就来到后院，对着一脸焦急的众人说："好了，赶紧给稀和些拌上一碗疙瘩！"

众人争着问她是怎劝说的，梁毓书只面无表情地说："就那么说的嘛！先让二娃吃饭当紧。"

从此，袁国良真就转变了态度，该吃就吃，该喝就喝，并且第二天就不顾几位奶奶的劝阻，重新回到大灶吃饭去了，只是依旧黑着脸一言不发，饭碗一撂就径直到他们哥俩起居的后院窑里埋头睡了。

但对袁继耀来说，这无疑就算初步得胜了。于是，他便思虑着该如何与他的这个强性性儿子修复关系，进而展开进一步交心了。

机会很快就来了。那天晚饭后，袁国良竟来到小灶所在的前院偏窑，一进门就说："妈，给我找几件旧衣裳。"

"要旧衣裳干甚呢？"红椒既欣喜又不解。

袁国良转身看了老娘一眼："上山受苦，不穿旧衣裳穿甚呢！"说完就到后院自己的窑里去了。

这突来的顺从让所有人都惊呆了。但很快，包括四位奶奶在内的所有人脸上都露出了一抹释然的笑意。这也正常，因为就内心而言，她们所有人都是支持和拥护袁继耀的"顶门杠"理论的，并且在她们看来，这无疑是最合理的布局了。所以，等袁继耀从长工院的大灶吃完饭过来的时候，她们就争着把这一喜讯告诉了他。但令她们感到意外的是，袁继耀并没有像她们那样表现得很高兴，反而重重叹了一口气，一屁股坐在炕楞上，埋着头一锅接一锅地抽起了旱烟，直到一连抽了几锅后才满脸悲戚地说："都是我的儿，手心手背都是肉，割哪块都疼。但是我也没办法呀！咱家这片江山总得有人守啊！况且就本事来说，二娃明显比臭娃合适。可是这回这么一折腾，就真把二娃伤了！"说完便到后院找袁国良去了。

此时的袁国良正站在穿衣镜前，痴痴地看着镜子里的自己发呆呢！都说父子连心，袁继耀瞬间就明白，儿子这是与自己的书生时代做最后的告别呢！眼眶里便不由得泛起一股浓浓的温热，但他还是强忍住内心汹涌的情感，试探着问道："听你妈说你明天就要上山？"

"迟早要上，迟上不如早上。"袁国良转身看了他大一眼说。

袁继耀顿了顿："也不忙。刚从学堂下来，也得个适应过程，你这几天就……"

"从小在土疙瘩林里泡大的，还适应甚呢！"

袁继耀慢慢在炕楞上坐了下来，埋头装了一锅子旱烟点着，狠狠抽了一口，然后用鼻息将两股浓烟直直地压到自己的膝盖上："二娃，咱父子俩这么多年都没正经拉过话，我今儿想跟你好好拉拉。"

袁国良顺手把书桌前的椅子拉了过来，面朝他大坐下："你说！"

　　袁继耀又重重吐了一口浓烟："二娃，说句心里话，就你们弟兄俩来说，大其实一直都偏重你。起先是因为人都说你是老太爷的转世再生，所以大都有些怕你，好长时间都不敢给你当老子。后来是因为你这来三去四还真是越来越像老太爷了，头脑灵活，心性也硬，大就开始思谋将来把袁家掌柜交给你的事儿了。按理来说是要交给你哥的，因为古戏里说弃长立幼是大忌，就像耿家当年把掌柜传给你二干爷一样，不就出问题了！但你哥你也知道，性子太绵和，怕是撑不起这个摊子，所以就只能交给你了！娃娃，你现在还没这个体会，当老子也难呢！就在我决定把你当袁家少东家培养的时候，还担心你哥将来有意见呢！但好在你哥的心思一直都在念书上，这还让我的负担稍微轻了一些。你想念书这也没错，但就你们兄弟两个，都走了怎办？大迟早有入土的那一天呀！老太爷给咱挣下的这份家业谁守？说实话，不论活人还是做事，老太爷给大造成的压力真是太大了！你可能不信，大这半辈子都没活出老太爷画下的圈圈，就好像他老人家一直都在旁边站着，看着我一样。所以大干甚都一直小心谨慎，生怕哪里一不操心会惹得他老人家不满意呢！你毓文哥前段时间因为你念书的事儿给我讲了好多，什么民族呀、国家呀，还说那都是些大事。是不是大事大解不开，大就解开对咱受苦人来说，天大地大，种地打粮最大！当然，你哥将来当先生肯定走了轻路了，这对你真有些不公平。但你不能这么想，本来大准备连你哥都往回抽呢，但就是为了往开支他，给你接管咱家这摊子消除阻碍，才硬着脑皮让他去念书的，免得别人拿弃长立幼的事来挑拨你们兄弟俩，因为这招大就给耿家用过。当然，大当时也是被逼无奈才用了这么个小人做法。本来这些话是不能给你说的，只能由你慢慢品啊，但今儿大就说了！还有，大也不是那过于迂腐的人，不会抱住老太爷的那本皇历往老翻，也绝对不会让你像大一样，成天黑水汗脸，比长工都苦重。但咱家这么大的产业，不懂活路是绝对不行的，就连长工都没法指拨。所以等你了解了庄户人的全部活路之后，就不用再像大一样没明没黑地亲自上手了，好好培养个趁手工头就行。你看怎样？"

此时的袁国良都有些感动了，因为他很清楚他大这半辈子是怎么过来的。按理来说，被狼叼到富甲雁栖的袁家应该是一种幸运吧！但是，整个雁栖岭，甚至方圆百里的人都知道，从少东家到东家，他大这几十年真是不容易。早在孩童时期就因为袁家的特殊局面不得不扛起与他年龄严重不符的使命和负担。等到像他这般大的时候，早已经被老太爷规教成了一个样样不落人后的正桩受苦人了。老太爷突然撒手人寰后，他大又不得不以刚满二十岁的稚嫩独自撑起袁家这艘大船。虽然有马玉山竭力辅佐，但辅佐也只是辅佐，关键时候还得靠自己决断。仔细想想，他大懂事之后的近三十年来，尽管从来都不用像那些穷苦百姓为吃喝拉撒而发愁，但也真没过过一天轻松日子，有时候想想，还真不如那些穷苦百姓活得自在。想到这儿，他竟然发自内心地脱口来了一句与他的计划完全相悖的话："大，我都明白。"

第二天一大早，袁国良就跟着他大上山了，并且立即表现出了老袁家男人的优良传统，把裤腿挽得老高，一手扶犁一手举鞭，一连翻了好几天谷子地，就连众人在地头歇晌的时候，他还挥着老镢头刨挖地畔呢。"种地不刨畔，三亩顶亩半。"这是他自幼就熟记于心的口诀。

他这超格的表现自然让他大感到欣慰，就连一向以好苦水而闻名整个雁栖岭的黑栓都不由得望着他的背影感慨了一番："哈呀！真是老鼠的儿子会打洞！"

"你解开个屁呢！老爷这叫龙生一子定乾坤！"对于这话，袁继耀显然很是受用。

然而，事态的发展很快就证明，袁继耀的确高兴得有些太早了，因为三月初一那天早上，袁国良就突然不辞而别，直奔他理想中的沙城而去了。

尽管袁国良从心里真能理解他大的苦衷，但也从来都没有放弃去沙城中学深造的念头，因为他始终认为属于他人生的舞台就应该在更加广阔的天地之间，决不能被困于小小的雁栖岭。所以这些天，他一直在为梁毓书之前给他出的那个点子创造着条件。

在他被放出洋芋窖的当天，他嫂子就给他出了上、中两个计策，上策就是通过疯狂的劳动折磨自己，让他大产生怜悯之心，主动放他去念书；中策就是给他大造成错觉，以为他真的死了心了，从而为他的逃跑创造条件。可如今眼看都快一个月了，却丝毫没有感觉到他大的怜悯之心，于是便只好执行中策了。

三月初一那天一大早，向来习惯早起的袁国良突然一反常态地赖起了床，就连他妈过来叫他吃早饭都没起来，只说感觉到浑身乏力，困得不行。袁继耀还以为他是这些天过于劳累了，加之头天晚上又到梁毓文那里待了半夜，很晚才回来，所以便没叫他跟着出山，还给婆姨安顿，等他起来后好好给做顿好吃的。也是，无论如何，他当下还算不上正桩受苦人，还没打熬出来，一连十好几天的高强度劳动肯定是吃不消的。

等袁继耀他们刚上到山上，袁国良就突然起来了，还叫他妈给他烙了几张白面大饼，说是要带到山上当干粮。起初，他妈还极力劝他歇上一天，可他的态度却很是坚决："不能让人家笑话，说老袁家的后生刚半个多月就被打下马了！"

在他妈和面烙饼的间隙，他已经偷偷备好了马，等四张白面大饼刚一烙好，他就拿过笼布，三下五除二包了起来，转身出了大院，跨上马背狂奔而去了。

此时的袁继耀还被牢牢地蒙在鼓里，直到梁毓书半前晌突然出现在地头，告诉他袁国良已经到沙城去了的时候，他张开嘴愣了半天才反应过来。

"甚时候走的？"

"一早就走了。"梁毓书盯着他的眼睛说。

袁继耀气得直哆嗦，两片嘴唇不停地翕动着："又是你的主意？"

"对，我的主意。"说完，梁毓书稍稍犹豫了一下，又像几年前为袁国良救驾那次一样，眼泪汪汪地盯着老公公说："二娃不念书真糟蹋了！实在不行就把臭娃抽回来算了，将来我俩守咱家这摊子。我给臭娃说。"

"娃娃，你是不是有点儿过分了！"袁继耀几乎拉起了哭腔。

"不是有点儿，是太过分了！我大也一再给我和我哥安顿，不让我俩掺和这事儿。但为了二娃，为了咱这个家，我就顾不了那么多了。我已经做好挨我大打的准备了。"

话已经说到这个份上了，加之一碗水倒在地上已经揽不起了，袁继耀便也没再说什么，只一屁股坐在地上，伸出如耙大手，不停地将刚刚翻出的湿漉漉的泥土抓起来再丢下，反反复复好一会儿才停下来看着梁毓书问道："他走的时候带钱了没？"

"带了。"

"哪的钱？"

"我也不知道那里的花销，就把我定情的喜钱全给了，十块响洋，我哥好像也给了。"

"关键连试都没考，人家会收他？"

"我哥说他在绥州师范念书时的那个校长调到沙城中学了，还说二娃以前见过。他走的时候带着我哥的亲笔信，应该没问题。"

袁继耀的脸更加阴沉了："娃娃呀！你真是提心胆大！我这么安排自然有我的道理呢嘛！你们成年窝在这雁栖岭……好了好了，这会儿说甚都迟了！你回去吧！路过塾院的时候顺便给你哥安顿一下，你俩谁都不要在你大那里提这事儿，如果问起就说是我放走的。你给二娃的钱，我明天给你。"

看老公公的脸色如此冷峻，梁毓书也不免有些胆怯，便就坡下驴地走了。

袁继耀在刚刚翻耕过的湿土上坐了好长时间，久久地望着飞燕峁上空那一大片随风乱飘、相互拥挤着的云彩，不由得记起了去年秋底在沙城的所见所闻，心里痛苦地呻吟道："娃娃呀！总有一天你会后悔的！"

坐在不远处的黑栓自然不会明白他的忧虑，还以为他是因为袁国良和梁毓书的瞒天过海而恼火呢，便嘿嘿嘿地笑了起来。

"你笑甚呢？"袁继耀抓了一把土就朝他甩了过去。

黑栓偏头一躲："都说你拳硬，我看那是吃生米的没碰上吃生谷子的，一到你儿媳妇这儿就拳拳落败。那年因为你不让二娃念书的事赢了你一拳，今儿已经是第二拳了，哪天再遇个事儿就干三了。"说完就笑得更夸张了，直憋得脸红脖子粗，引得其他长工也都跟着笑了起来。

袁继耀伸腿在他屁股上蹬了一脚："嘴呲得就像烂鞋一样，操心把你咯嘣一下高兴死呢！你尔格笑话老爷呢？告诉你，老爷这会儿心里可实在美呢！不论如何，老爷这儿媳妇是瞅对了！还干三，哪怕干六老爷都愿意。"

就这样，袁国良带着他大锥心的担忧离开了雁栖岭，去追逐他那澎湃于胸的理想去了。

他一路走得很紧称，当天晚上在距离靖州二十里地的刘家峁骡马店歇了一夜，第二天天刚麻亮就又上路了。没走多长时间，时断时续的明长城便浩然出现在了北方相对平缓的山梁上，挺拔的烽火台间隔散落于雄浑的山巅，在微曦的晨光下有如一队正在静待号令的骑士。他微仰起头定定地看了一会儿，加速上了眼前平缓的山梁。而就在他刚一越过古长城那残破的豁口时，瞬间就惊呆了，因为他完全没有想到，陡然出现在眼前的竟然是一片无边无际的苍茫，平展展的旷野直抵北边遥远的天地相接的地方。东边的天际线上，火球般的太阳刚刚跃出地平线，将橘红色的晨光泼洒得到处都是。在这一片橘红中，一条笔直的小路丝带般地从脚下一直延伸到它自然消失的地方。时令已过清明，但这片位于黄土高原与毛乌素沙漠衔接地带的原野依旧一片逼人的萧瑟，可正是如此这般的萧瑟，给了他一股更加强烈的雄浑和遒劲的视觉冲击。他久久地凝视着这片无边的旷野，只感到周身的血液山洪般地涌向心房，一股难以抑制的激昂不由分说地在心里激荡起来，叫他难以按捺。他耸了耸肩膀，猛地将马鞭刺向北方那如烟的苍茫："前进！"长长的尾音刚一落下，胯下的枣红马就猛地腾起前蹄，凌空来了一阵犀利的长鸣，随即箭一般地冲了出去，伴着三月依旧略感清冷的晨风，闪电般地驰向那辽远的、未知的远方。

第二十七章

袁继耀之所以如此激烈地反对袁国良赴沙城深造，其实并不单单因为他的"顶门杠"布局，而是自从去年秋底的那次沙城之行以后，他就越来越真切地感觉到这世事恐怕又要乱了！

那天一大早，他正与表兄马继财在小吃摊吃早点，猛然听见前面的街道上闹闹嚷嚷乱成了一片。紧接着，一大群手持五色小纸旗的年轻人就从街道那头涌了过来，一边走一边还挥着胳膊高呼着口号："要生存、要民主、要平等、要自由，打倒封建军阀……"

马继财告诉他，这是沙城中学的娃娃们闹共产呢！

"棍铲？就是扛着棍和铲子闹事呢？"山里人哪懂得什么共产，便闹了这么个笑话。

马继财警觉地眨了眨眼："吃饭！回去给你说。"

按马继财说，大概两三年前，不知从哪里突然传来一种被称作"共产主义"的主张，说要建立一个人人平等，没有剥削，没有压迫，没有贫富之分的新社会，成天闹嚷嚷的，数这些学生闹得最凶，三天两头就上街游行演讲，还经常和警察发生冲突……

袁继耀似乎有些明白了，满脸惊恐地问："那就是又反了？就像当年剪辫子一样？"

"我看差不多。"马继财说。

袁继耀倒吸了一口凉气："这么大的江山，就靠几个学生娃娃能反了呢？"

马继财无奈地摊了摊手："我也解不开，反正就一直闹！前两年闹得才凶呢，撑头的那个学生叫个龙志宽，老家是咱南边保安县的，听说后来到广州上军校去了。还有绥州的那个师范学校，闹得也很厉害。听人说，咱这儿的共产主义最早就是从那里传出来的。"

袁继耀似懂非懂地点了点头："你说他们要闹个甚社会？"

"说是要建立一个人人平等，没有剥削，没有压迫，没有贫富之分的社会。"马继财把刚才的话重复了一遍。

袁继耀略略思索了一下："甚是剥削？"

"就是富人欺负穷人。"马继财也不大懂其中的意思，只能大体解释一下。

袁继耀眼睛一瞪："欺不欺负人和穷富有甚关系呢？咱两家在岭上倒算是富人，但咱人老几辈子，谁干过打娃娃骂老汉的事儿？"

"那我就解不开了！"马继财苦笑着说。

袁继耀仰起头思谋了一小会儿，脸上慢慢浮上了一抹不以为然的笑意："没有穷富之分，那不纯粹说喜呢嘛！世古人讲'没有平川就不显高山，十个指头都不一样齐'。这世界上怎会没有穷人和富人之分呢？有人就懒得筋抽呢，你有甚办法？就拿咱岭上那几户倒塌鬼来说，比如茅缸那小子，你就是给他开上个做响洋的铺子，也照样讨吃棍离不了手。"说到这儿，他又像猛然记起了什么似的浑身一抽："你刚说那绥州师范就是这个主义的老窝子？"

"嗯，沙城人都是这么说的。"

袁继耀的脸当即黑了下来，因为他突然想起了梁毓文。两年来，他一直都不太明白，一个绥州师范毕业的"秀才"为甚要主动来雁栖岭教书呢？图甚呢？而且自从这梁毓文当了雁栖高小的校长，他就曾不止一次地从儿子袁国良身上嗅到过几分诡异的、难以言说的神秘。之前，他并没觉得这有什么不对，大了嘛！也该收心了。但今天这么一说，他就猛然意识到这里面肯定有文章。闹共产他不懂，但哥老会他可是亲眼所见的，不就是一传十、十传百这么闹起的嘛！难道这梁毓文也是到岭上"传教"来了？如果真是这样，那袁国良肯定躲不过了。他的儿子他知道，向来不是省油的灯盏，最容易受蛊惑……

他越想越不对劲，只感觉后脑勺不由得一阵阵发紧，便一咬牙，直接问马继财："你说毓文会不会也是闹共产的？"

"就梁先生的那个小子？"马继财问。

袁继耀点了点头："他就是那个绥州师范毕业的。之前我还没觉得有甚，但今天你这么一说，我就猛然感觉到有些不对劲。"

马继财略略思谋了一会儿："这很难说。不过梁先生倒是个务正人，按理说应该不会。再说了，如果他真要闹共产，去岭上干甚？都一群受苦人，谁跟他闹呢？"

"我看二娃就……"袁继耀说了半句又猛然刹住话头，随即做出一个决定："账先不盘了，我现在就回呀！"

他这一路走得很紧。当回到大院对面杏树梁的时候，恰好碰到两个儿子在那里扫树叶，便停下马问："今儿没念书？"

"礼拜天，扫点树叶冬上煨炕。"袁国良说。

袁继耀翻身下鞍，将马拴到身边的一棵杏树上，从马鞍上的褡裢里取出几个从沙城买来的"糖棋子"递给儿子们，然后蹲下身子往麻袋里装起了树叶子。待连续装满两包后，突然以拉闲话的语气问："二娃，你毓文哥这几年都给你们教些甚？"

"就书上的那些新文化嘛！"袁国良转身看了他一眼说。

袁继耀"哦"了一声，又问："有没有给你们说过富人欺负穷人，还要天下没有穷人这些话？"

袁国良心里一惊，这才明白他大为什么突然问起了这个。但他并没有将惊讶表现出来，只装作不明就里地说："咱家又不欺负人，他说这个干甚呢？"

袁继耀"哦"了一声，起身将装好的麻袋绑到马鞍上，带着他们回家了。

第二天一到学校，袁国良就找机会把这个意外情况向梁毓文作了汇报。梁毓文当然也很震惊，急忙问："是不是漏嘴了？"

"不是！我大说他这次去沙城，看到一大群学生公然在大街上喊口号闹共产呢！"

梁毓文摸着额头思索了好一会儿，满面戚容地说："就知道搞学潮，搞工运，光靠几个学生和工人能成事？哪有那么简单！手中无刀杀不了人，这么简单的道理怎就听不进去呢！"

袁继耀当然不会轻易相信儿子的话。就在袁国良将这个情况报告给梁毓文的当天晌午，他就来到学校，将梁毓文也试探了一番。

"毓文，我这次去沙城，正好碰上学生们闹事呢。继财你干大说那些学生娃娃们嫌富人欺负穷人了，要闹一个没有穷富之分，家家都能吃上'谷米杠子'的社会，你解开这个事儿不？"

"解开呢！共产主义嘛！我在绥州念师范的时候就听人说过。"梁毓文直截了当地回答他。

袁继耀狠狠抽了一口烟，眯着眼看着他说："如果真闹上那么个社会，一个穷人都没，所有人都'谷米杠子'顿顿管饱，也不缺响洋花，倒也是个好事。"

梁毓文知道他这是在试探他，便从容一笑："如果真那样当然好，但问题是能不能实现了？那可不是喊几句口号的事儿！咱先不说别的，你愿意把你的地拿出来给岭上人分了不？"

袁继耀将脸一板："就怕不愿意都不由我呢！"

梁毓文嘿嘿一笑："我逗你呢！咱岭上又没闹共产，你就稳稳当你的东家。"

"那你说咱岭上将来会不会闹？"袁继耀又问。

"这个不好说，但眼下不会。大城市都闹不过来，谁会盯咱这老山岭呢！"

袁继耀转身在窗台上将烟灰磕掉，长叹了一口气："我以前还说让国良守家，国温也像你一样念绥州师范，将来回来给你打下手。这下不了，都安安在岭上受苦。哪里都是鸡叫狗咬人，哪里都是黄土埋死人，出去干甚？尤其是国良，这小子生来就不安分，外面的世事这么乱，弄不好真敢栽拐呢！我这主意可是捉死了，不管谁，哪怕他真给我说得天上掉下来个雀都不顶事。"

所以，自从袁国良走了沙城以后，袁继耀的心就一直悬着，总感觉"共产"就像幽灵一般，在不远的暗处偷偷盯着他。他虽然不明白什么是共产主义，但有一笔账却并不难算，天下的穷人远比富人多，而且这些穷人一旦有人号召，必将势不可挡，就像灾荒年间"吃大户"一样。在汹涌的灾民面前，任何高墙大院都像纸糊的阴宅一般脆弱。

事态的发展也很快就证明，袁继耀的预感的确是精准的。因为就在袁国良北上沙城求学之后没多久，延北和临近的保安、安定、靖州一带就雷鸣击鼓地闹起来了，而这一切还得从一个神秘的外乡人说起。

三月十六那天，岭上突然来了一个货郎子，背着满满一大包针头线脑之类的东西逐村叫卖，并于日落时分来到雁栖高小，请求在此过夜。

半夜里，这货郎子突然将梁毓文叫醒，点着马灯，从麻布大包底部的夹层里取出一张折成四方的马莲纸递给他。梁毓文赶忙凑到灯前将纸打开，两行飘逸俊秀的蝇头小楷瞬间跳入了他的眼帘："东旭先生：年前托锻银镯已讫，请速带延水兄于四月初一来号验取，过时不候！"

梁毓文一眼就看出，这字出自子川先生之手。他立即将信纸捋成一捻，伸进马灯里点着烧掉，随即盯着来人看了一会儿："你也是我们的同志？"

那货郎微笑着点了点头。

梁毓文正要询问他的名姓，又猛然记起了组织纪律，只好神情激动地与他握了握手，随即取过纸笔，写了一封大体内容与子川先生书信相同的短信："延水兄：年前托锻银镯已讫，刘掌柜托言于四月初一赴绥州验取，弟亦一并前往。望兄务必于本月月尽当日正午先行抵达伏牛坪等候，万不可来岭。东旭。"

第二天一大早，这货郎子就按照梁毓文的嘱咐，只在背水山沿途的几个村子吼喊了几声，便下了雁栖关，径直朝县城兴隆寨去了。

梁毓文所说的"延水兄"就是谭启文，他原本为雁栖区区长，年前调回兴隆寨，出任了县党部的副书记兼农民部长。

按照约定，梁毓文和谭启文准时在青羊河与大理河交汇处的伏牛坪会合，并于四月初一傍晚顺利抵达绥州。

当天晚上，子川先生就在他家后院接见了他们，说是陕北特委明天将在绥州东边濒临黄河的义和镇召开国共合作以来的第一次秘密会议，安排部署整个陕北的农运工作。

听子川先生讲，他年初曾专门去了一趟北平，就陕北党团组织建设等工作向北方局作了一次专题汇报，没想到受到了主要领导同志的严厉批评，说陕北特委"光点香不放炮"，尤其是农运和工运工作，一点响动都没有，并严肃责令他们坚决克服畏惧思想，立即行动起来，尽快将国民革命推向高潮。

"这纯粹就是一种不计后果的'盲动主义'！"听了子川先生的话，梁毓文气愤地说。

子川先生脸上慢慢浮上了一抹阴郁的悲伤："唉！我也是这么想的。但作为基层党组织，我们除了服从，还能有什么选择？"

梁毓文无奈地摇了摇头，泪眼蒙眬地说："先生，我已经看见了堆积如山的、血淋淋的脑袋。"

不要说，第二天的会议内容也只能是执行北方局的指示，只不过子川先生还或多或少地搞了一些变通，将农运工作全部交给已经暴露了身份的党员，其他秘密入党的同志则继续隐蔽。按照这个政策，延北县的农运工作便只能交给谭启文了，因为早在去年冬天，他就以共产党员的身份加入了国民党，也就没有什么好隐瞒的了。

会后没几天，整个陕北的农民运动便轰轰烈烈地铺开了，延北当然也不例外。四月初八，延北县第一个农民协会就在桃花川的枣树坪村成立了，并且当天就将本村的高东家斗了个体无完肤，使他不得不答应减半收取地租和欠债。

这一胜利的消息很快就传遍了延北十五区的山山洼洼，真金白银的利好自然极大地调动了广大农民的积极性，不到半个月，十五块白底绿字的农民协会的牌子就挂起来了，整个延北就像点着了一堆巨大的干柴，熊熊燃烧了起来，"一切权力归农会"的口号声海啸般地响彻天宇。

相对而言，雁栖岭的农协是最晚成立的，这当然与袁继耀在岭上的特殊地位有着很大的关系。其实，早在枣树坪农会成立没几天，岭上就开始传言闹农协的事儿了。起初，袁继耀并没有意识到问题的严峻，只暗暗关注着事情的动态，甚至准备设法抵制。但随着运动愈演愈烈，他越来越有些坐不住了，尤其是桃花川上游的大东家李凤扬竟然被农协会员砍了脑袋，所有的土地、家产都被划分的消息传到岭上后，他就猛然感觉到岭上人看他的眼神似乎都有些不对了，绿莹莹，刺辣辣的，就像一群紧盯猎物，即将发起最后一跃的饿狼。于是他猛然间想起了楚立革所说的那场"风"，并且清楚地记得老人家给他开的那个方子："不管你支持不支持，但绝对不要堵！"但对这句囫囵话，他还不能完全把握其中的意思。究竟该怎办呢？这位一向以精明著称的东家竟然完全没了主意，心里乱成了一个麻团，于是又到梁先生那里讨计去了。

那天，梁毓文也正好在家，袁继耀便直接问他："毓文，你见多识广，你说闹农协这关咱应该怎过？"

梁毓文皱着眉头略略考虑了一小会儿："我这几天也一直在考虑这个问题呢。眼下老百姓已经发动起来了，那就像山洪一样，靠硬堵肯定是不行的。而且看这情况，咱雁栖岭的农协肯定是要成立的，而且会很快，这谁都挡不住。所以，与其徒劳无功地挡，倒不如来个顺势配合。"

"怎么个配合法？"袁继耀急忙问。

梁毓文看了他一眼："只要咱选个合适的人当了这个农会的会长，很多事就不会太被动。"

"那你看谁合适？"

"磨石坚！"梁毓文就像早就思谋好了似的直接说。

"那才是个十五六岁的娃娃，能弄了呢？"

梁毓文淡然一笑："干大，你和磨六是甚关系？磨石坚和我们父子又是甚关系？他就担个名嘛！全靠咱在暗中掌控呢嘛！"

袁继耀这才明白了，随即又有了新的担忧："这办法好是好，但问题是这会长又不是咱家的长工头，我说谁就是谁！"

"你和谭启文是甚关系嘛！还能没办法？"

这一下，袁继耀终于彻底明白了，顺手端起水杯慢悠悠地放在唇边，但并不喝，只对着杯沿吱吱地空吸着，两只眼睛就像两把利剑一样久久地逼视着梁毓文。此刻，他已经大体有了一个判断：这梁毓文绝对是共产党，弄不好可能还是个头头。因为从刚才的情况看，这股运动似乎就在他手里握着，由他扒拉着呢！不仅如此，这小子估计已经把"共产"在雁栖岭传开了，其他人他不敢肯定，谭启文算一个，袁国良也算一个，磨石坚也八九不离十。不过，从今天梁毓文给他支的这招来看，他倒愿意相信自己的判断是准确的。"也好！不管国民党还是共产党，只要双方里面都有自己人，问题就不会太大，大不了就是在两颗鸡蛋上跳舞嘛！"想到这里，他仰起头咕噜噜一连灌了几大口水，然后用他那特有的、极具穿透力的眼神死死地盯着梁毓文说："毓文！干大这下真明白了，彻彻底底明白了，你娃娃信不？"

梁毓文对着他淡然一笑："你老人家一向精明嘛！"

果然，雁栖岭的农民协会就是完全按照梁毓文的设想成立的，只不过经他和谭启文的秘密协商，最终决定由谭启文兼任协会会长，磨石坚担任了负责日常工作的副会长。

协会是四月二十三挂的牌。那天，黑压压的人群把区公所外面的空地挤了个满满当当。谭启文亲临大会作了动员讲话，用通俗易懂的语言给大家分析了广大农民为什么如此贫穷，那些土豪劣绅为什么敢肆无忌惮地骑在穷人头上拉屎撒尿，并号召广大农民团结起来做自己的主人，坚决与土豪劣绅、贪官污吏做英勇斗争，维护自己的利益！

他讲完后，磨石坚就带领大家喊起了口号。"农民兄弟们团结起来，打倒土豪劣绅，打倒贪官污吏，一切权力归农会！"冲天的口号声响彻云霄，直震得对面的土崖哇哇直响。

口号声刚一落地，袁继耀便挤过人群，来到主席台前，探着脖子对谭启文说："谭书记，我想问你个问题。"

谭启文当时并不知道他葫芦里装的是什么药，便朝他皱了皱眉："袁东家，有什么事咱一阵儿再说，这不开会呢嘛！"

"这话就要在会上说呢！"袁继耀当然知道他这位老朋友是担心他在这个场合说出什么不恰当的话，便朝他眨了眨眼睛，示意他不必担心。

看他如此坚决，谭启文便只好应了他，并叫他上台来讲。

袁继耀双臂一撑上了主席台，转身对下面的人群大声说："我有几个问题解不开，想问一下咱们的谭书记。"

直到这时候，人们才猛然发现，他今天竟然又像郭登云召开训话会那次一样，没有被安排到台子上。

袁继耀清了清嗓子，对着谭启文大声问道："你说我算不算劣绅？"

谭启文这时已经明白了他的用意，便大声说："你不算，因为你虽然是东家，但从来不剥削穷人。"

听谭启文这么一说，袁继耀便直了直身子："既然我不是劣绅，那我还想跟乡亲们说几句话。"

谭启文朝他扬了扬手，以示同意。

袁继耀得令转过身子，对着黑压压的人群开口了："乡亲们！办农会是个好事，我举双手赞成。刚才谭书记说我不算劣绅，我还不太相信，你们说我算不算？"

"你不算嘛！你袁家是仁义东家，给咱岭上做了一河滩好事，我们肯定不会卖这个良心。"不少人一哇声地回答道。

袁继耀哦了一声："那我就代表老太爷、我的五个老子和我袁家老小感谢大家了！既是感谢，就不能干指头蘸盐。所以我在这儿表三个态：第一，从今年起，我袁家所有的地租全部减半；第二，把我那一千来亩飞地都拿出来分了，只要你们不嫌远，咱就按丁口分；第三，我家借出去的粮食和银钱全不要了。"说着就叫黑栓将满满一袋子借据拿来倒在台前的空地上烧了。看了一眼腾起的火苗，袁继耀继续说道："从老太爷手上开始，我家就从来没想要过。老人家们都知道，年轻人回去问问我老哥、我干大、我干爷爷们，看我们袁家开口要过没？不瞒你们说，这些都是近两年的借据，那些陈年借据早就让我一把火烧了！而且，以后如果再遇上灾荒年，我袁家该接济照样会接济。"

他的话当即赢得了所有人的认同，等他说完下了台子以后，好几位老年人接连爬到台上表起了态，对袁家的仁义予以了充分肯定。

随后，谭启文又作了补充讲话，再次强调了农民运动的方针政策，尤其是重点强调了农民运动是党部领导下的运动，绝对不容许任何违背方针政策的过火行为出现，当然也捎带着讲了几句袁家和雁栖岭的特殊性。

袁继耀的这番表演自然是经过精心设计的，而且就眼下的形势来说，这无疑也是最明智的办法。当然，他的表态在客观上给他造成了一定的损失，但也并不致命。这个账他早就算过了，他家光出租的土地就有四千来亩，就是减半也能收不少租子，要那么多粮干甚呢！至于那些飞地，离家都很远，有好几块甚至在靖州和安定地界。远山不养人。以前那象征性的一点地租还不够灾荒年接济他们呢，还不如干脆撂给他们自己种去，倒省得伺候他们了。至于借出去的粮食和散碎银两，从老太爷手上就没想过往回要，一直都是还则不拒，不还也从来不催。可是，虽然袁家从来都没把这些借据当回事，但立据的人就不一定了，并且从李凤扬的遭遇来看，一了百了的"肉体消灭"无疑已经成了穷人们还债的最好捷径，如果再不烧毁，这些借据弄不好就会变成勾命的符。而以袁继耀的精明，他才不会吃这号眼前亏呢！

马家与袁家向来是"一把韭菜不零卖"，自然是完全按照袁家的路数行事了。只有耿家似乎有些不太服气，还准备凭借耿万顺手里那十几条枪抵抗呢！但事实很快证明了他们的不明智，在山洪般的民怨面前，那些破枪很快就成了蒿柴棍子，最终不仅鼻青脸肿地按照袁家划下的道道了了事，而且要不是谭启文和磨石坚全力挡架，估计只那三拳两脚还交代不了。

至此，袁继耀眼前的这个坎就算平稳度过了。但延北各区的其他东家就没有这么顺当了。

群众一旦发动起来，难免会出现过火的行为。从四月底开始，暴力的气味就骤然浓了起来。尤其是自从谭启文率众赶跑贪腐的西河区区长之后，各区农民协会的胆子就越来越大了，动辄私设公堂，不分青红皂白地对地主、富农施加暴力。一些利欲熏心的官僚也趁火打劫，通过各种渠道给农会煽风点火，从中渔利。仅仅十来天时间，全县就有十三人在运动中步了李凤扬的后尘，而且手段也越来越残忍了，有铡刀铡的、杀猪刀捅的、乱石砸的。总之，随着运动"利好"的不断扩大，县农民部对运动越来越失去了控制，原本以"平均地权"为主要内容的运动几乎变成一场扛着农运旗号的集体抢劫了。

针对这一情况，梁毓文紧急秘密约见了谭启文，强烈要求他尽快制止这种混乱无序的过火行为。然而这位农民运动的总头领也是一脸无奈："控制不住嘛！已经换了八个会长，抓了二十多人了……"

严峻的局面让梁毓文周身一阵阵发冷。火是点着了，而一旦失控，必将引火烧身。农民阶级的无纪律和散乱的利己主义必将给反动派留下口实。并且他已经得到消息，国民党已在南方开始清党，成千上万优秀的共产党员已经大批大批地倒在反动军阀的屠刀之下了。虽然陕西眼下还没有动静，但从方方面面的情况判断，刚刚主政陕西的冯司令也极有可能会倒向蒋介石，如果真这样……

他实在不愿想象已经在他脑海里多次出现的血流成河的悲惨景象了，便慢慢闭上眼睛，棱角分明的国字脸痛苦地抽搐着，哆嗦着。好大一会儿，他才睁开眼睛，一脸悲戚地盯着谭启文，用几近呻吟的语调来了一句："等着吧！马上就要血流成河了。"

第二十八章

时令在一片杂乱中渐渐抵近了六月。岭上的麦子又一次干熟了。燥热的夏风滚过金灿灿的麦田，空气里到处弥漫着诱人的麦香。"六月六，新麦子馍馍熬羊肉。"农人们似乎已经嗅到了新面馍的醇香，甚至连做梦都要忘情地咂吧几下嘴巴。一些急紧的人已经磨起了镰刀，随时准备投身于"虎口夺粮"的忙碌了。与此同时，另一拨人也正悄悄地干着与他们同样的活计——磨刀，并且他们的动作似乎更快一些。这不，就在忙碌的夏收即将铺开的前夜，一股呛人的、令人作呕的血腥味便盖过醉人的麦香，在整个延北县弥漫开了。

五月二十四那天傍晚，陕北镇守使景山岳的一个营突然开到兴隆寨下，在一片杂乱的狗吠声中将不大的寨子围了个水泄不通。随后，一队荷枪实弹的士兵冲进寨子，一脚将党部大院的老榆木门板踹开，将谭启文来了个五花大绑。与此同时，另一拨人冲进了延北县立高小，用一根拇指粗的老麻绳将共产党员吴泽耀和另外两名进步教师链成一串，并很快关进了监狱。

县城的抓捕结束后，全营三百多人外加县署保安团共五百余人又被分成十五个大队、一百二十个小组，恶狼般地扑向延北十五区的农协会长和骨干会员们所在的每一个院落，整个延北瞬间笼罩在了一片令人窒息的白色恐怖之中。

磨石坚和雁栖农协的另外三名骨干成员是在天亮前被抓走的。当袁继耀得到消息跑到杏树梁磨六家时，磨六婆姨已经晕了过去，男人正掐着她的人中大声哭叫着。好大一会儿，她才哇的一声醒了过来，爬起来跪到袁继耀面前，双手抱着他的腿大哭："他干大，起世你可要管呢，只要你把起世的命救下，我们两口子，不，我磨家世世代代给你当牛做马！"

"嫂子，我管！怎能不管呢！"袁继耀在她身边蹲下，一个劲儿地劝慰着。待她终于止住哭声，就直接把她带到袁家大院，交给红椒和几位婶娘，然后就带着磨六去找梁先生父子商讨对策去了。

袁继耀和磨六是当天临黑的时候赶到兴隆寨的。一进寨子东门，就见一群人正聚在东街口的一棵老槐树下谈论这场变故呢。城里人当然不会太关心农运，话语中就或多或少地有着那么几分事不关己的从容。

"党部的谭书记也被抓了，听说还是个共产头头。哈呀！这人不长尾巴可真是难认呢！你说好好的一个书记，怎就成了共产头头了！"

"你也说呢！这谭启文平时倒也稳稳重重的，怎闹下这么一摊子事！听说上面是要杀人的，估计是麻烦了。"

袁继耀没敢停留，急忙朝县署大院走去。

此时的县署大院已经完全戒严了，四名持枪哨兵将他挡住详细盘问了半天。正盘问着，正好碰上从县立高小巡视审讯回来的苟玉忠，他便急忙按照新近才改换的称呼冲他喊了一声："县长兄！"

苟玉忠一惊，走过来在他肩膀上拍了一下："啥时候来的？怎？也在这次暴乱里受凉了？"

袁继耀赔着笑脸："没没没，岭上没怎闹。"

"哦！我都听说了。那是你小子弯弯转得快，不然也好受不了。"说着便将他带到了办公室。

刚一坐定，袁继耀便开门见山："县长兄，兄弟这次来是想求你个事儿。"

苟玉忠转身拉了一条毛巾丢到水盆里，一边揉搓一边问："甚事？是不是想让我把姓磨的那个小共产分子砍了？"

"不不不，我想把他给保出去。"袁继耀赶忙说。

"甚？保他？"苟玉忠惊讶地问。

袁继耀点了点头："对！只要老兄能放他一马，其他事都好说。"

苟玉忠皱着眉头一脸不解地盯着他看了半天，阴阳怪气地说："岭上袁家的仁义果然名不虚传，受了别人的凉还倒转给人说好话，有意思！"

袁继耀顿了顿，侧身从褡裢里掏出用红布包裹着的两根金条放到面前的茶几上："县长兄，在你面前兄弟就掏心掏肺了。其实你们不该抓磨石坚，要抓也要抓我呢，因为雁栖岭农协真正的会长其实就是兄弟我！岭上这次为甚闹得不凶，不就是我在后面掌控着呢嘛！这娃娃就是个摇栽栽的。唉！兄弟一个受苦人，运动一来，硬扛肯定扛不住，所以就想了这么个办法。"

苟玉忠用余光将金条扫了一下，随即眼睛一瞪："你也不是什么省油灯，朱清民不就是倒遭到你手里的？"

袁继耀欺笑了一下："好我的县长兄呢！那都是陈年旧事了，提那干甚呢！朱清民是我赶走的不假，但自你老兄到任以后，兄弟可是诚心拥护的。上次去沙城和老贾喝酒，他还问你呢。我说都好着呢！这才像个父母官嘛！"他趁机将已经改任国民党沙城党部书记的贾伟谋抬了出来。

苟玉忠将一杯凉白开递到他面前："那就感谢兄弟了！但这次清党，是由沙城的景司令派人全盘接管的，我只是个跑堂的，说了也不算。"

袁继耀当然明白他的意思，赶忙又从褡裢里取出两根金条："景司令的人我又认不得，就有劳老兄从中沟通了。"

苟玉忠又将金条扫了一眼，故作愠怒地呵斥道："动不动就把黄条子摆出来，亮家当呢？咱兄弟什么关系！只要能帮上忙，还要这个？"

袁继耀顺手拉开抽屉将四根金条撸了进去，也装作生气的样子说："我还不知道咱兄弟的关系？我这些东西可不是给你老兄的。如果这事儿真你说了算的话，我最多只带一坛雁回头。问题是你也得方方面面打点嘛！现在这社会，光靠干指头能蘸来个盐？反正这事儿就赖到你身上了，不够你就随时言传。"

苟玉忠装模作样地瞪了他一眼："尽给我添麻烦！"

袁继耀嘿嘿一笑："兄弟有难，你这当哥的不麻烦让谁麻烦呢！"

苟玉忠再没有说话，只温柔地瞟了他一眼。

袁继耀略略犹豫了一下，又抬起头看着苟玉忠说："能不能让我见谭书记一面？毕竟……"

但没等他把话说完，苟玉忠就打断他，说谭启文是景司令钦定的要犯，肯定是要处决的，绝不允许任何人探视。袁继耀便只好长叹一口气放弃了。

此时的兴隆寨俨然已经变成了恐怖的人间炼狱。县署大院、党部大院，到处都成了关押"暴动分子"的临时监狱，就连县立高小也放了假，关满了从各区抓来的非骨干农协分子。

因为是"要犯"，谭启文被单独关在县监狱的重刑号里。此刻，他还不知道梁毓文是不是也被抓来了，所以一直斜靠在一堆麦秸上，皱着眉头紧张地探听外面的动静。

第二天，审讯就开始了。第一个过堂的当然是谭启文。他是午饭时分被提出来的，被两名军士扭着胳膊，旁边还跟了两个荷枪实弹的士兵。

一出窑洞，谭启文就看见所有被抓的人都已经被提前绑了过来，正列队在院子里站着，但并没有梁毓文，便挣扎着直了直身子，对大家大声吼道："莫怕！干革命就会有牺牲，但我们的牺牲必将换来子孙后代永久的幸福！"

两名士兵猛地把他推进审讯堂，强行按在了脚地正中的一把椅子上。

审讯堂设在县监狱的一孔比正常民窑大出两倍的窑洞里。靠边上的一块丈二长的原木板上，各色刑具一应俱全，叫人不寒而栗。中堂处的条桌后面依次坐着营长孙海权、主审官阎明山和一个做笔录的文书。这阎明山本是肤施监狱的狱头，素来以心狠手辣著称，人送外号"活阎王"，据说就没有他审不下来的人，此次把他请来，就是专门对付谭启文这个"硬圪节"的。旁边还站着几个满脸横肉的彪形大汉，他们显然已经做好了最后的准备工作，正叼着烟等待上峰的指令呢。

得到孙海权开始审讯的示意，那"活阎王"清了清嗓子，一脸杀气地盯着谭启文："姓名？"

"谭启文。"

"籍贯？"

"肤施。"

"是否共产分子？"

"你们不是都知道嘛！"

"我要你回答！""活阎王"大声吼道。

"是！"谭启文以更大的声音吼道。

"活阎王"狠狠瞟了他一眼："何时何地，经谁介绍加入？"

谭启文慢慢将头仰起，一字一顿地说："从现在起，我就变成哑巴了！"

"好！有意思！但你知道阎某是干甚的不？告诉你，老子其实是个老郎中，专治你这号不说话的病。"说着便朝站在旁边的几位助手喊道："绑起来！让我给这位病人号号脉！"

孙海权摆了摆手，随后掏出一根纸烟点上，慢悠悠地吸了一口："谭书记！鄙人姓孙，叫孙海权，肤施守备营营长。我知道你出身于有名的'义门谭'，令尊二先生和令叔大先生、三先生都是方圆百里有名有望的人，老兄可不能因为一时糊涂败坏了门风。"说完用余光扫了谭启文一眼，看到他没有任何反应后接着说道："你谭家曾有功于国民革命，党国对你谭家也算是厚爱有加了吧！这你自己最清楚。所以景司令说了，只要你诚心悔过，就对你既往不咎，希望你能珍惜这个机会。"

谭启文微扬着头，依旧一言不发。

"活阎王"与孙海权对视了一眼，随即起身，将放在原木板上的各色刑具挨个儿拨拉了一遍，然后冷笑着说："既然谭书记不愿意搭话，那就跟它们谈吧！我相信你们一定会谈得很愉快的。"说着便喝令几位助手将他绑到窑掌处的一个粗木十字架上。一个彪形大汉阴笑着拿过麻鞭，弯腰在旁边的水桶里蘸了蘸，慢慢凑到他面前,一边将抹鞭梢一边死死地盯着他说:"我看你还是说吧!何必呢?"

谭启文轻蔑地瞟了他一眼,慢慢闭上了眼睛。

蘸了盐水的麻鞭雨点般地落到他的身上,但他一直都紧咬着嘴唇,连哼都没哼一声。

"活阎王"气急败坏地吼道:"既然这小子不吃麻鞭,那就再给他上一盘'泥菩萨开口'!"

几位助手得令,拿过夹指棍套在了他的双手上。

那"活阎王"走过来,将他的手抓起来看了一下,讪笑着说:"好一双白净的秀才手,可惜了!"然后在他脑门上戳了几指头,自信满满地说:"你要再不开口,老子就跟你姓谭。"

这一次,谭启文果真开口了,但也就"啊"了一声,然后就昏死了过去。

这一声惨叫无疑对院子里"陪堂"的"人犯"们造成了极大的震慑,至少有十多个人当即瘫倒在地,几个胆小的甚至已经咧开嘴大哭了起来。这幅景象正好被出来小便的孙海权看到了,便指示"活阎王"将谭启文拉到院子里来个现场表演,以加强震慑。

刚刚被浇醒的谭启文很快被拖到院子里,绑在了一棵水桶粗的老枣树上。他挣扎着慢慢抬起头,对着战友们艰难地笑了笑,大声说:"同志们!我们挨拐了,有人背叛孙先生的主义了……"

"活阎王"仰头哈哈一笑:"此一时彼一时,现在这天下已经姓蒋了,就是你们曾经强烈支持过的北伐军的那个蒋总司令。"

谭启文咬了咬牙,用尽最后一丝力气照着他狰狞的脸上狠狠地啐了一口。

"还真是一块茅檐石!"活阎王揩了把脸,转身从旁边的炉子里抽出已经被烧得通红的烙铁,举到面前吹了吹,猛地按到谭启文的乳头上。

一股浓烈的皮肉焦糊味瞬间飘满了整个院子。

谭启文惨叫一声,再次昏死过去,原本微扬的头颅重重地耷拉到胸前,就像秋日里地塄上吊垂着的南瓜。

此时，几乎所有"观堂"的人都已经跪倒在地，捣蒜般地磕起了头，嘴里还不住地哀求着，有的人甚至已经失了禁，当场拉到了裤裆里，一股令人作呕的恶臭充满了整个院子。只有磨石坚、桃花川狄寨区的农协会长柳世武和西沟区农协会长野老三依旧原地站着没动。

那"活阎王"用毒辣辣的眼神将所有人扫视了一圈，随即猛地转身，将目光定在磨石坚脸上："你为甚不祷告？"

磨石坚瞟了他一眼，一言未发。

"把这碎子儿给我绑起来！"

这时，孙海权发话了："别绑了，今天就到这里！先押回去，再给你们一次机会，如果不想受苦，就好好想想该怎么交代，只要交代好了，并保证再不生乱，就放你们回去。但如果给脸不要脸，那咱明天继续唱戏。"

两天后，处决谭启文、吴泽耀和另外十名曾在运动中有过过火行为的农协会长的命令就下来了。

那两天，袁继耀一直在县署对面的客栈里住着。当苟玉忠把这个消息告诉他时，他再也忍不住了，一屁股坐在脚地上，斜靠着墙壁，浑浊的眼泪山洪一般泛滥，与谭启文相识相知的一幕幕皮影戏一般不停地在脑海里回放着。

他与谭启文初次见面是十年前，也就是他带着胡三来县署看望楚立革那次。在当天晚上的酒场上，楚立革指着当时还是小伙子的谭启文打趣："老楚草莽出身，不像人家谭局长说话那叫什么来着？对！文雅！"当楚立革向谭启文询问修筑灌渠的费用的时候，谭启文竟然一口气报了个汤清水利。从那时候起，他就对这个文化人产生了一丝莫名的好感。老楚走后第二年，相互了解并不透彻的他俩竟然通过"鸡毛传帖"合力导演了一场"驱朱大戏"，这事儿真让他一连激动了好几年，当然并不是因为他在"驱朱事件"上的风光无限，而是因为与他并不怎么熟识的谭启文给予他的那份信任。要知道，早在老太爷手上，延水一带便有了"南谭北袁"的说法。但在他看来，袁家再大也不过就是个土财主，哪能跟名冠肤施城的"义门谭"相提并论呢！所以他一直都把谭启文对自己的信任当作"高看"。再后来就更不用说了，在谭启文到雁栖岭担任区长的日子里，他们已完全成了兄弟般的朋友。每当农闲或者雨雪天气，谭启文就带着耿万顺从面水山的区公所翻山来到塾院，叫上梁先生一起来到牛背梁，隔着院墙就吼叫起来："袁东家！你亲家又带我们吃你的大户来了，好酒好菜赶紧上哦！"并且每次都要跳进地窖亲自选酒："我自己挑，不然怕你个土财主不上好酒呢！"慢慢地，谭启文竟然学会了好多庄户人的粗话："我把你这狼叼来的！你说你是岭上第一大财东，除了这道狼疤子也算是一表人才了，我就不信你在这岭上就真没个相好的？""先生哥，继耀咱先不说，但你我是真不信，在咱这缺文少字的地方，只要你把'之乎者也'往出一甩，还能缺住个拜识？"

十二名"要犯"吃了绝命的猪肉撬板粉后就被押往刑场。谭启文因为双腿都被折磨断了，被四名士兵用门板抬着走在最前面，其他人因为受伤轻一些，都被五花大绑，由两名士兵架着依次跟在后面。

出了监狱大门，苟玉忠又安排谭启文的家人和他见了最后一面。谭家三位先生都已经上了年纪，只一声哀号便都瘫软了。谭启文这才掉了几滴眼泪，叫人将门板放在地上，然后拖着两条断腿就地跪下，双肘着地，一连朝三位老人重重磕了三个响头，便又叫人抬起，头也不回地走了。

黑压压的人群早已将位于东门下面河滩地的刑场挤了个满满当当。上百名维持秩序的士兵荷枪实弹地分布四周。按照孙海权的安排，除了县城附近的百姓，全县所有的村庄都得派人到现场接受教育。磨石坚和其他近百名刚刚在悔过书上签了字的"人犯"也被绑了过来，并且特意被安排到最前排享受了"特殊待遇"。

十二名"要犯"一到场，现场就立即骚动起来，所有人都朝这边涌了过来。

谭启文坐起身子将四周环视了一圈，猛地将已经变了形的右手高高举起，用尽最后的气力对着黑压压的人群发表起他人生最后的演讲。

"同胞们！我的双腿都断了，站不起来了，但我的信念从来都没有倒下。斗争，一定要坚决地斗争，不屈地斗争，莫怕牺牲。你们一定要相信，总有一天，我们劳苦大众会真正成为这天下的主人的！一个没有剥削，没有压迫，没有贫穷，人人平等的共产主义新中国必将出现在我们面前……"

孙海权当即命令一名士兵将裹腿布塞进他的嘴里，然后加快步伐将他们押到临时搭建的宣判台上。

二尺高的台子上，营长孙海权、县长苟玉忠、狱讼科长"花眼老高"和几位名冠延北的乡绅正襟危坐，就连袁继耀也被苟玉忠"请"了上去。

一声响亮的枪声过后，整个刑场立刻安静下来，宣判正式开始了。苟玉忠受命担任宣判官。他慢慢站起身子，从兜里掏出一张马莲纸，大声宣读起来："民国抵定，时至今日已逾一十六载，四海之众无不秉持总理之主义，倾心革命，以求我中华重屹于世界民族之林；各级政府无不谨遵总理之训导，励精图治，以求我民国疾驰于复兴再荣之道。尤自一大以来，总理为彻底革命计，以亘古未有豁达之胸襟，联俄联共，扶助农工。然少数不法忘义之徒，竟置领袖天恩于不顾，挟域外之邪念，蒙蔽领袖，欺诈民众，以联合之名，苟乱国之实，致使国民革命危如累卵，幸遇蒋先生明鉴秋毫，强力戡乱，扶大厦于将倾，解民众于倒悬……兹有首犯谭启文，籍贯肤施，本为国民党延北县党部副书记兼农民部长。该犯深沐党恩，非不思报答，反擅入异党，乱言蛊众，虽经极力挽救仍不思悔改，经呈省府决定，于今就地正法……"

一串邪恶的枪声过后，谭启文和他的十一名战友永远倒在了这片苦难深重的土地上。当天下午，他们的头颅就被装在用木板条钉成的笼子里，悬挂于东门顶和全县各个重要路口，直到三天后才在社会各界的交涉下被他们的家属各自领走入了土。当然不会举行葬礼。直到八年后的一九三五年六月，龙志宽率部一举解放延北全境，才在他们牺牲的地方为他们隆重补开了追悼会。从此以后，这十二名优秀的延北男儿便有了一个共同的名字——延北十二烈士。

之后第二年，在他们倒下的地方竟然奇迹般地生出了一棵稚嫩的柳苗。说起来还真蹊跷，到中华人民共和国成立时，这柳苗已经长到碗口粗细，而且不多不少正好生了十一根柳椽。当地人都说那主干就是谭启文，十一根柳椽便是另外十一位烈士，于是便叫它"十二烈士柳"。如今，这棵浸润了烈士鲜血的柳苗早已长成了参天大树，几十年来，每当清明时节，附近村落的人们都会自发来到树下祭奠这十二位优秀男儿，从不间断。

第二十九章

袁继耀是等谭启文入土后才回到雁栖岭的。

此时，忙碌的夏收已基本接近尾声，麦子大都已经收割停当，散布于各个山峁的土场边上又一次堆起了一座座小山般的麦垛，清脆的连枷声和婉转高亢的信天游此起彼落，一派忙碌的丰收景象。

从方方面面的情况来看，刚刚发生的那场血腥屠杀似乎并没有让岭上人感觉到太大的震动，尽管他们也都或多或少地明白，谭启文等人的血其实就是为他们流的，但依旧麻木地恪守着自己的生活哲理："咱就是个受苦人。只要手里还有根老镬头把子捏就行了，管他呢！"

当然，他们也并不是一点都不关注这件事，因为当他们从袁继耀那里了解了谭启文等人就义的全过程后，也都或多或少地发出了那么几声感慨，但也无非就是"哈呀！那谭区长平日里文文的，没想到还真是个硬骨殖"之类的话。那轻描淡写的感觉，就像刚刚在五狼庙会上看了一台奸臣害忠良的古戏！甚至就连这点感慨似乎也只是一个铺垫而已！这不，就在袁继耀准备起身的时候，就有人提出了一个所有人都在密切关注的问题。

"继耀！那你在农协大会上说的那些话还算不算数了？"

袁继耀终于对他们的麻木和冷淡忍无可忍了，黝黑的狼疤脸涨得通红："算你妈的脚片子呢！谭区长是为哪些杂儿子送命的？你们连一滴眼泪都不滴，还惦记老爷那几亩飞地着呢！那老爷今儿就把话撂这儿！老爷哪怕摇了荒蒿都不给你们！地租子也不减了，该缴多少就多少，一颗都不少。"

"那你屙下还能往回塞呢？"有人竟然理直气壮地理论起来。

袁继耀哈哈冷笑了一声，随即怒虎般地吼叫着给他们上了一盆"老爷拌疙瘩"。

"老爷今儿就塞一回让你看看！你能怎？你不提闹农协老爷还不气肠！农协成立那天，要不是老爷服软的话，估计早都让你们扬豁了！看看你们前段时间那副屄样儿，一个个眼窝瞪得绿格汪汪的，恨不得把老爷一口囫囵吃了！你们都把胸口按住想想，从老太爷手上到今天，我袁家哪里对不住你们了？其他不说，就那几次饥荒，要不是我袁家把余粮拿出来和你们一块儿挨饿，你们还能在这儿张嘴放屁呢？早都绝了种了！吃了人家的饭还要砸人家的锅，良心都让狗吃了？喂你们这群杂儿子还真不如喂几条狗，喂狗还给你摇几下尾巴呢……"

他一口气将这些天累积下的委屈倒了个痛快，随即翻身上马，直奔梁先生家去了。

袁继耀飞奔着冲进小院，马都没拴就进了房子，对着梁先生就放声大哭起来："先生哥哟！你是没见，启文兄……"

梁先生也跟着哭了起来："我都听说了，但我没想到会那么快，不然我也应该去见兄弟一面……"

待情绪稍稍稳定了一些，袁继耀就把谭启文受刑和就义的全过程详细讲述了一遍，这更加激起了梁先生的伤感，失声痛哭道："杀人不过头点地，怎能把人凌辱成那个样子呢！"

待梁先生终于停下了哭声，袁继耀便说有要事要和他商谈，让梁李氏先到外面转一会儿。

梁李氏出去后，袁继耀伸手抹了一把泪脸，迫不及待地盯着梁先生说："有个事儿兄弟早就想跟你拉谈了，但一直又寻不上个说法……"

"你就直说嘛！"梁先生焦急地打断了他。

袁继耀把身子往梁先生跟前靠了靠："你有没有品见咱毓文哪里不对劲儿？"

"毓文？"梁先生略略思索了一下，随即摇了摇头，"没品见嘛！怎了？"

袁继耀顿了顿，语气坚定地说："我担心毓文也是共产党！"

梁先生忽地一下站了起来，张嘴瞪眼地盯着他看了半天，好大一会儿才回过神来，哆嗦着双唇说："兄弟啊！这话可不敢乱说，毓文怎会是共产党呢？"

话虽这么说，但他明显已经有些慌乱了，因为他很清楚，他亲家绝非信口开河的人。

袁继耀便把自己年前去沙城的所见所闻和梁毓文到岭上之后的各种表现详细讲了一番，又把自己所判断的梁毓文暗中操控雁栖岭农协的事儿详细推理了一番。

"就咱三个拉雁栖岭农协的事儿那天，你有没有感觉所有的事儿就像都在毓文手里捏着一样？还有，咱本来是让起世当会长的，但后来为甚又突然让启文撑头了呢？"

"为甚？"梁先生不解地问。

"那是因为他担心起世年龄小，控制不住局面。"袁继耀说。

"那怎了？"梁先生依旧一脸疑惑。

袁继耀直了直身子："我听六子给我说，就在咱岭上农协成立的头天半夜，他的二小子，就那个转世，起炕尿尿的时候看见毓文公房里的灯还亮着，里面还有人低声说话，他就悄悄摸过去从门缝里看了一下，启文、起世，还有那个史老师、薛老师都在，他就听见毓文说：'石坚还小，一旦闹开怕控制不了局面，其他人又不可靠，所以这会长就只能由你暂时担着了。我知道你很忙，所以你也就担个名儿，具体事儿有我呢！'那转世还当成又要换五狼庙会的会长了，就给六子说了。"

梁先生这才信了，一屁股坐回椅子上，颤抖着叫了一声："妈哟！这碎老子竟然背着给我蒸下这么大一盆糕！"

袁继耀叹了一口气，继续说道："所以，我看毓文不光是共产党，弄不好还是整个延北县的共产头头。你看嘛！连启文都要听他指挥，不是头头是甚？人家沙城人都说，他在绥州念的那个学校就是陕北闹共产的老窝子。还有，我还品见这娃娃已经把共产党在岭上传开了，其他人我不敢保证，但起世和二娃肯定跑不了！"

梁先生痛苦地思索了一会儿，又像突然看到希望似的问道："那这次怎没抓毓文呢？"

"哈呀！那不跟闹哥老会一样嘛！有明的有暗的，不然为甚要把启文整那么惨呢？要不是启文骨殖硬，看把他抓了没！"

此时的梁先生已经完全信服了他的话，脸煞白煞白的，完全没了主意，只颤抖着问："那你说咱怎办嘛？"

袁继耀便建议他把梁毓文叫来，先问个清楚。然后让他赶快离开雁栖岭，到外地躲一躲，等这阵风过去了，他再带着"硬货"到沙城找贾伟谋疏通。

"不瞒先生哥说，我的条子真不多了，但只要能救了娃娃，咱哪怕砸锅卖铁都不说那话。"

梁先生一看也再没有更好的办法了，便起身洗了把脸，亲自到学校叫儿子去了。他家离学校不到二里路，不大一会儿，两人便一前一后地回来了。

一进屋，梁先生便叫儿子坐在自己面前的那把椅子上，两眼死死地逼视着他问道："毓文，这里没外人，你实话告诉我，你是不是有什么事儿瞒着我？"

梁毓文警觉地扫了他大和袁继耀一眼，笑着说："我能有什么事呢？就是有事儿也不可能瞒着你们二老啊！"

"那你在绥州师范都学了些甚？"梁先生进一步问道。

此时的梁毓文已经感觉到事法有些不对了，因为就在他们上次讨论农民协会的时候，他就感觉到袁继耀已经品见点什么了，但依旧强装镇定地说："不就那些新文化嘛！一时半会儿也给您说不完，再说我那些书您不是都看过嘛！"

梁先生把椅子往他跟前拉了拉："你是不是闹共产了？"

梁毓文一惊，但很快又稳了下来，装作一副莫名其妙的样子说："你是不喝醉了，说甚醉话呢？"

"你看着我的眼窝说话！"梁先生厉声喝道。

梁毓文知道再强撑下去也没什么意义了，便痛苦地点了点头说："既然如此，我也就不瞒你们了。对，我是共产党，还是延北支部的书记，就是延北共产党的总头子。"

梁先生两眼直直地盯着儿子，苍白如纸的脸不停地剧烈抽搐，就像"羊角风"患者犯病了一样。约莫一锅烟的工夫，他才颤巍巍地从椅子上站了起来，猛地抡起胳膊，照着儿子的脸上就是一记重重的耳光。

梁毓文还从来没挨过父亲的打，由于猝不及防，嘴唇磕到了牙齿上，钻心地疼，一丝掺着血的口水当即从嘴角流了出来。

袁继耀急忙挡住梁先生，把他推到两间房子的过道口，转身回到梁毓文面前，一脸真诚地说："毓文，不瞒你说，你闹共产的事儿是我给你大说的，但我们都是为了你好。你说你，究竟是吃不上还是喝不上，为甚要闹那个瞎事呢嘛？"

"为了天下人永远不受剥削，不受压迫……"

还没等他把话说完，梁先生猛地冲过来又要动手，但被袁继耀拦住了。

梁先生真是被气晕了，竟然不顾文化人的体面爆起了粗口："你真是'羊下羔撑得狗屁股疼'，那和你有甚关系呢？"

梁毓文本想以"天下兴亡匹夫有责"之类的话辩驳，但他知道，在这种情况下一切都是白搭，便再没有说话。

梁先生直接将指头戳到他脑门上，大声逼问道："你是不是已经把国良和起世他们误导了？启文你干大不就是死在你手上的？你还想害谁呢？你今儿要给老子说不清楚，老子非把你当害给除灭了不行！"

一提谭启文，便戳到了梁毓文的痛处，两行热泪当即奔涌而出。他紧咬着嘴唇，慢慢仰起头，咬牙切齿地说："所有人的血都绝不会白流，我一定会让他们血债血还的！"

梁先生痛苦地看着袁继耀，哭诉一般地说："我真不知道哪座庙上的神神没拜到，怎养下这么个半脑子！"

袁继耀转身示意先生坐到炕楞上，将梁毓文也按回椅子上，苦口婆心地劝说了起来："毓文！干大虽然没文化，说不了话，但就活人来说，经见的大风大浪肯定比你娃娃要多。所以我今儿就把心亮给你。我袁家虽然只是个庄户人，但在这周打方围从来都没觉得比谁低过，走路都把脑朝得高高的。但是自从把你大请到岭上以后，我就慢慢觉得，这人活一辈子不仅仅是响洋呀、元宝呀、粮食呀，还有其他很多更重要的东西，比如说文化，这东西虽然不顶饱，但有时候的确比真米化谷、黄金白银都重要，所以干大一直都把你梁家当天上的星宿一样看呢！后来一步一步，先是把你家搬到岭上，再结了亲家，这都是干大不知考虑了多少个半夜谋划下的，不为别的，就为攀你梁家的高枝，把我袁家的血统给改变一下。你如果闹共产，一旦像你启文干大一样有个三长两短，你让我怎面对你大呢？那不就等于我把你梁家给苦害了？当然，即便咱两家从来不打交，就是说我和你大不要阴差阳错走到一块儿，你也说不准照样会闹共产，但那就是另外一回事了，与我何干？对不对？"看梁毓文没有任何反应，袁继耀接着说道："对你们闹这个共产，干大也多少了解一点，不就是古戏里唱的杀富济贫嘛！但你要明白，这富有富的道理，穷有穷的原因，凭甚就要割富人的命呢？十根指头都不一样齐，这天下人哪能把光景过成一个样呢？除了连跌上三个老年成就都一样了。我常说，就咱岭上那几个讨吃鬼，不要说给他们几亩地，就是给他们开上个做响洋的铺子也照样讨吃棍离不了手，你信不？再说了，这岭上谁是有钱人？不就我嘛！我是谁？不就是你妹子的老公公？我所有的家产终究不有山菊的一份吗？那你闹共产究竟是闹谁的产呢？当然，谁也有迷糊的时候，这没事，只要咱赶紧更改了就行了。所以你就听干大一句劝，再不敢瞎闹了，先到外地躲躲，等这阵风过了，干大给你摆这事儿，不就几根条子嘛！咱花了再挣嘛！"

梁毓文伸手捋了几下头发，抬头看了袁继耀一眼："干大，你说的话也不能说不对，但你对共产主义的了解太片面！这共产革命针对的并不是某一个具体的人，而是整个社会制度的不公平。你袁家的仁义我当然知道，但并不是全天下的东家都像你一样，各个地区的情况也并不是都像咱雁栖岭这样地广人稀，再穷的人也还没到活不下去的地步。你到关中地看看，很多人真连埋老人的一块坟地都没有，根本就谈不上生存。所以，劳苦大众要想活命，就绝不能寄希望于东家的仁义，而是必须要从根本上改变生产资料的分配制度，让耕者有其田，就是让所有人都平等地拥有土地，平等地获取土地的回报。至于少数讨吃鬼，我不否认你的观点，但那是另外一个概念了……"

梁先生气愤地打断儿子的话："行了！绕了半天你还不是要分你干大的地呢嘛！继耀，你明儿就把国温的那份子地交给这孙子，让他把他妹子的地都给分了！"

袁继耀摸着额头想了一小会儿说："你说得也好像有一定的道理，但问题是上头就不让你们这么干嘛！所以你无论如何先出去躲上两年，你是没见启文你干大，太怕人了。"

梁毓文悲戚地笑了笑，脸上慢慢浮上一抹豪壮的神采："其实，启文我干大就是替我牺牲的，我怎能跑呢？没有组织的指示，我哪都不去。但你老人家放心，不论何时，组织上一定会考虑到你岭上袁家的特殊性的，绝对出不了什么大岔子。当然，多少也会动你家一些利益，但那都是些身外之物。你想想，几十年了，你家的那些余粮还不都是等于给岭上人攒下的，你们自己吃了几颗？还不如让他们自己种去！"

见儿子一副死猪不怕开水烫的样子，还一套一套的，梁先生的情绪再次激动起来："老子给你说清楚，你如果不离开这雁栖岭，老子就大义灭亲，明天就到县署告你小子的状。"

梁毓文忽地一下从椅子上站起来，转身走到炕楞前，两眼直直地盯着他大："爸！我真没想到，你一个知书达理的人竟然如此顽固守旧！你去，现在就去！我把话给你撂这儿，你要敢举报，我就敢当第二个谭启文，你就等着埋我吧！我这几天正为他的牺牲而内疚呢！好几天都吃不下饭睡不好觉，正好省得痛苦了。"说完转身跟袁继耀打了声招呼，然后到前房洗了把脸，头也不回地走了。

看着儿子的背影，梁先生无奈地在大腿上重重拍了一巴掌，拉着哭腔咒骂道："我梁家祖祖辈辈循规蹈矩，怎猛然养下这么个孙子！还真是'砍了荒蒿出圪针'了！"随即呜呜地哭了起来。

袁继耀完全能理解梁先生此刻的痛苦，便没有搭理他，只自顾自地抽起了烟锅子，任凭他宣泄着内心的担忧和无奈。

当然，此时的袁继耀也有自己的担忧，从刚才的情况看，袁国良闹共产的事儿基本就被坐实了，并且他还感觉到，梁毓文似乎正在布局一盘大棋，而袁国良无疑是这盘大棋里的一颗重要的棋子儿，可这盘棋的结局究竟会怎样，他根本想不来。是的，他当然想不来。

袁继耀一边吸烟一边思索着，竟然又觉得梁毓文的话似乎还有那么几分道理。待三锅烟抽完，梁先生的情绪也暂时稳定了，他便直接将自己的看法讲了出来："先生哥！毓文的话还是有那么几分道理的，你看哦……"

"有个屁道理！你怎还替那说开话了？我看你也快成共产党了！"快十年了，梁先生还从来没有如此粗鲁地对待过袁继耀。但袁继耀自然不会怨怪他的不妥，所以并没有回怼他，只默默地在他旁边坐着。很快，梁先生也意识到了自己的不妥，便换了一种口气说道："兄弟啊！道理不道理我现在管不了，但我梁家三代单传，就这么一根独苗，你说万一……"说到这儿，他突然停住了话脚，又痛苦地哽咽起来。

袁继耀也无奈地叹了一口气："哦……好我的哥呢！这跟独苗不独苗没关系，我倒两个儿呢，但谁是谁，一个都不多余。反正这茬年轻人，我是越来越解不开了！就说国良吧！你甚不能干，非得闹共产，那不就是明摆着在他大下巴子底下支砖呢嘛！"

"唉！咱兄弟俩就这命！你说一个是我的儿，一个是我最得意的学生……"

说到这儿，梁先生突然顿了顿，抡起胳膊在自己头上猛拍了一巴掌："毓文是狗号怨自身，但国良都怨我，我要不来雁栖岭，毓文就来不了，那不就没事了？"

"你不是我请来的嘛！"袁继耀苦笑着回应道。

这时候，梁李氏提着满满一筐子野苦菜进来了，看到他们俩都哭丧着脸，便一时有些慌乱，急忙问："怎了？"

"谭启文殁了！"袁继耀说。

"唉！好人不长久，坏人驴万年。可是个好人呢！你说那些当官的为甚非要杀他呢，即便是犯了错，就不能让坐上几年禁闭？哪怕坐上一辈子也行啊！歪好还在这人世上呢嘛！"梁李氏一边流泪一边说。

稍稍坐了一会儿，袁继耀便提议梁先生跟他一块儿去雁头峁转转。梁先生当然知道他的意思，便跟着他出了院子，径直朝雁头峁走去。

时值午后，太阳很是毒辣。高高的雁头峁似乎也禁不住这六月阳光的炙烤，于湛蓝的长空下一派慵懒。半路上，袁继耀突然想起应该去老太爷的坟上走一趟。这些年，每当遇上大事、难事，他都要到老太爷的坟前坐上半天，这几乎成了惯例。老人家早已是"闭口衙门"了，当然不会给他指点迷津，但他总喜欢这么做，这或许也可以算作一种心理寄托吧！这么一想，他便转身对梁先生说："我看不如问上一卦，看咱这关怎过！"

梁先生还以为他要去庙上，便略略有些不悦："你还真信那些泥疙瘩呢？"

"问我家狼神爷走。以前每次遇到难肠事，我就在他老人家坟前坐上半天。哎！你还不要不信，还真就能想出好法子呢！"

梁先生笑了笑，便跟着他去了袁家祖坟。

一进坟圈子，袁继耀便像往常一样对着坟头大声吼喊起来："狼神爷！在不在？"巧合的时候，雁头峁方向还真会传来那么两声悠长的狼嗥。但今天却不凑巧，他一连呼喊了几声都没有任何回应，四围除了昆虫的鸣叫便是一片寂静。

"这老东西！又到庆阳地界跟'一点红'麻糊走了！"

"一点红是谁？"

袁继耀嘿嘿一笑："我爷爷的拜识嘛！"说完便就地坐下，给梁先生讲起了老太爷的风流史，这当然完全是为了逗乐子，以便不让他太苦闷。

"这岭上人都把老太爷当神仙呢！其实那也是个儿货（注：陕北方言，指调皮），串门子马都撵不上。那时候岭上人还没尔格多，这附近十几个庄子也就那么几十户人，相互都很熟悉。那老东西就给婆姨们每人取了绰字号。胡家峁胡海山他大是开油坊的，他老婆又大又胖，他就给取了个'胡家油坊的榨油墩'。木瓜峁有一个赖婆姨，成天疵得洼眉二道，就是'泔水缸缸没人闻'。杏树梁牛三他妈是个歪腰，叫了个'套黍秆秆没长成'。黑燕峁的王罗锅他奶奶是个细腰腰，走路还爱扭屁股，就叫了个'细腰子蜂拧两拧'。桃树洼那会儿身一家姓樊的，听说那婆姨俊得怕人呢，那就给取了个'白面馍馍一点红'。岭上的老年人都说他跟这个'一点红'有麻糊呢！还有人说那'一点红'的三儿就跟老太爷长得一个样。但我没见过，等狼把我叼来的时候，他们一家人早就投奔亲戚搬到庆阳了。后来我常想，要不搬走的话，那也算是一门亲戚嘛！反正我单门小户的。对不对？"

梁先生果然笑了："按这么说的话，这岭上说不准还有你的叔老子姑姑呢！"

袁继耀哼哼一笑："你还不要说，就在耿家上蹿下跳跟我掰手腕那几年，我还真注意瞅捏过，如果真有的话，那歪好也是个臂膀嘛！可是就没有一个长得像的！"

梁先生自然知道他是拿"倒他爷的沙"来逗他开心呢，心里便不由得升腾起一股强烈的感动，便满怀感激地在他的肩膀上拍了拍。

一看时机已经成熟了，袁继耀便又将话头引到了正题上。

"你说是不是那股风来了？"

"什么风？"梁先生瞪着眼睛问。

"就是楚立革我干大说的那股风嘛！"

梁先生一惊，慢慢仰起头，皱着眉头思谋着，好大一会儿才自言自语般地呢喃了一句："我倒把这回事儿给忘了！"

袁继耀顺手捡起一根柴火棍儿，一边掰扯一边说："你还记得老人家的话不？他说一旦这股风真刮起来就千万不要挡，只咱挡不住。"

梁先生点了点头，随即陷入了沉思。

他是文化人，对于楚立革的话，理解得当然要比袁继耀到位得多。只是作为一个教书先生，他总觉得那些大事都离他很远，所以也就听听而已，并没有放到心上。现在经袁继耀这么一提醒，他才猛然觉得所有的一切离他其实并不遥远。他记得表叔当时还说过，孙先生的革命只是上层精英的革命，并没有充分发动国民广泛参与，所以他的革命只能是"半拉子"，几万万国民并没有从中得到什么利好。

的确，他也是身跨两朝的人了。自清廷垮台以来，这社会好像也并没有多大变化，虽然不用再留辫子了，见了当官的也不用下跪了，但老百姓该穷还不是照样穷着吗？尤其是庄户人，成满年东山的日头背西山，一颗汗珠子摔八瓣，好不容易在土疙瘩林里刨挖那么几颗活命的粮食，但还没等入囤，就被什么人头税、烟洞税、羊角税等名目繁多的赋税榨取得所剩无几了。这雁栖岭土地广，又等上袁家这么个仁义东家，情况还能稍好一些，但他老家谷川一带就没这么幸运了！那里本就人稠地少，而且大量土地都被集中在少数人手里。加之雨水也不顺头，多数人真是穷到骨殖上了。每到农闲季节，男人们就背着几件简单的工具，背井离乡去售卖手艺和苦力。说是靠手艺吃饭，但也并没有多少雇主，所以他们便只能随机应变，有活的时候就是手艺人，没活的时候就是"讨吃鬼"。尤其是冬天，好多人干脆就锁了家院，拖家带口拉起了讨吃棍，光他家搬到雁栖岭之后就不知接待过多少落难的老乡。仅仅为了一口救命的吃食，这些老乡就一边不知劳累地搜寻着给他干一些并不紧要的活，还拼命跟他攀拉着亲戚。少数人固然真是亲戚，但更多的人他都不认识，可人家就一口咬定"我是你二姑夫的三妹夫的四姑舅"，你能怎办？再说了，即便不是亲戚也是老乡，人家几百里路上来了，能不接待吗？而且，因为平常饥一顿饱一顿，这些人的饭量都出奇地大，一个老汉一口气吃了一瓷盆子黄米干饭依然没有撂碗的意思。去年冬天，他的几位远房舅舅也结伴来了，而且一连住了半个多月。因为都是长辈，他便热情地接待了他们，来了个"谷米杠子顿顿管饱"。他们一辈子都没有过过这样的生活，所以几乎每顿饭后都要感慨半天："哈呀！这天底下真还有这么好的地方呢？干饭都能放开肚皮吃呢。"每当这时候，他总会感到一股彻心的悲哀。临近年根儿的时候，一位年纪最长的舅舅竟然提出了一个让他难过了好长时间的请求："行顺，你看我们都跟你妈姊妹了一回，也都是些黄土埋到脖子上的人了，可一辈子都不知道白面馍馍管饱吃是个甚享受！我们明儿就准备回呀。只要能放开吃上一顿白面馍馍，哪怕死在回家的路上，也就算没白在这尘世上活一回人了！"他二话没说，当即让婆姨发了一老盆面。等馍馍端上来的时候，老人们个个都像饿狼一般，几口一个，眼看十来个都下肚了，依然没有住口的意思。他实在看不下去了，便满眼心酸地说："不敢吃太多了。不是外甥舍不得，真怕把你们撑着呢！是这，剩下的你们都带回去，让我妗子和娃娃们也都尝一下。"临走的时候，他不光给他们带了馍馍，还一人给带了二升白面。谁知他这一慷慨竟然闯了大祸，正月初三刚过，二姑舅、三两姨又一拨接一拨地来了……

他再也不愿往下想了，便转身问袁继耀："那你说咱怎办？"

袁继耀将手里的柴火棍一扔："还能怎？只能走一步看一步了。"看梁先生不解其意，他又进一步补充道："一方面，咱的娃娃们已经着魔了，一时半会儿肯定说不转，咱总不能真到官府举报吧！另一方面，娃娃们说得还是有一定的道理呢！你看，要真把土地均摊了，不能说天下就没穷人了，但肯定不多，二流子毕竟少嘛！如果真这样，人人都有馍馍吃，你还能遭上正月那茬子罪呢？"

梁先生仰起头想了想："道理倒是这么个道理，但你愿意把你的土地拿出来给众人分呢？"

袁继耀伸手扯了一把旱芦苇叶子："那还要说吗？那就等于是割我的肉、掏我的心呢，我怎能愿意呢嘛！但咱沤了还能说焦的话呢？不愿意怎办？李凤扬倒不愿意，有甚办法呢！退一万步说，即便咱的娃娃不闹咱的共产，还肯定有人闹呢嘛！我听继财我姑舅说，这共产主义传得可快了，早都遍地开花了，只官府能杀几个！眼下是没事了，但迟早压不住。而且这笔账我早算见了，现在的天下是一家富贵九家穷，九个打一个还打不过？所以真不敢硬扛。再说了，如果这天下都没穷人了，我就不信单能把我袁家穷了？这岭上总共三万来亩地，人均十几亩，不管他怎分，我袁家十口人的地总得给我留吧！不是给你吹呢，就我这份儿苦水，能把这一百多亩地种出花儿呢！照样能在这岭上'拔梢子'，你信不？"

梁先生点了点头："这我肯定信。但问题是你家所有的地都是真金白银买来的，就这么白白丢了？"

袁继耀长长叹了一口气："先生哥！有些问题说复杂就复杂，说简单也简单。人常说'纵有良田千万亩，一天只吃三顿饭'。攒那么多粮顶甚呢？富人不买，穷人买不起，也变不成钱，一到灾荒年，还不是白白捐出去了？听名儿是这岭上人趴长工、打短工地伺候我呢，其实是他老爷反转伺候人家着呢！"

梁先生再没有搭话，只慢悠悠地点了几下头。

太阳已经坠下了西边的一字梁，布满云彩的西天一片绚丽的烟紫。落日的余晖里，那一嘟噜一嘟噜的群山有如一群归牧的骏马，正拥挤着、啸鸣着从遥远的天地相接的地方疾驰而来。山里的傍晚起风了，山下台梁地上的糜谷和近前的旱芦苇一齐摆动起来。袁继耀转身看了梁先生一眼，噗的一声将嘴里的芦苇叶远远吐了出去，随即慢慢站起身子仰天长叹了一声："唉！回吧！真起风了！"

第三十章

自从谭启文和吴泽耀他们牺牲以后，梁毓文就一直被揪心扯肺的痛苦折磨着。其实，早在磨石坚被抓走的那一刻，他就意识到谭启文已是凶多吉少了，只不过那时的他还顾不上过多地考虑这一点，因为面对这突发的变故，作为延北秘密支部的书记，他还有更重要的事情要做——随时准备快速应对这场变故引发的连锁反应。尽管从当局没有事先对他下手这一点来看，延北支部目前尚未完全暴露，可这并不能绝对排除随时暴露的可能性，因为他很清楚谭启文和磨石坚他们接下来将要面对什么。

当然，对于谭启文，他绝对不会有丝毫怀疑，这是他到雁栖岭之后发展的第一个党员，并且相互之间早已经建立起了一种高度的默契和信任，他知道老谭是不会做任何妥协的。但吴泽耀是老谭推荐的，他素未谋面，所以就不敢绝对相信了。还有磨石坚，他还只是个娃娃，尽管平常也是一颗生冷不忌的"冷子"，但能不能挺过那些令人闻之色变的酷刑，他实在没有太大的把握，毕竟是血肉之躯，出现任何情况都是情理之中的事情。所以，磨石坚刚被带走，他就让薛海川背着画夹子去了雁头岽，以画画为托词，密切监视着通往岭外的所有路口，并且已经定好了撤离方案。直到两天后，十二烈士牺牲的消息传到岭上，他才终于于锥心的疼痛中稍稍松了一口气。

但也就在那一刻，新的痛苦便开始残酷地折磨他了，尤其是当他从岭上被抽去接受"现场教育"的老乡那里了解到谭启文就义前所经历的那些非人的摧残后，心就像乱刀捅绞一般疼痛。

当天夜里，梁毓文便拖着丢魂般的疲软身子，组织史超然和薛海川召开了一次支部会议。因为恰逢礼拜天，所有的学生都回家了，他们的自由度就大了一些。会上，他泪流满面地向两位同志传达了谭启文和吴泽耀以及其他十位烈士牺牲的消息。其实，这并不需要传达，他们都已经知道了。随后，三人一起为十二位同志默了哀，并举行了一个简单的追悼仪式。整整小半夜，不大的办公室始终被铺天盖地的悲怆浸泡着，几位坚强的青年哭得泪人一般，直到临近鸡叫时分，梁毓文才强撑着作了总结："我们都把眼泪擦干。同志牺牲了，固然应该伤心，但我们更应该为有启文和泽耀这样优秀的、坚定的同志而感到骄傲！革命就得牺牲，这是避免不了的事儿……"可话虽然这么说，谁又能靠这几句打气的话就能释然呢？

而且，相对于谭启文的牺牲，还有更令梁毓文心焦的事儿呢！子川先生现在怎么样？是不是也……当然，从主观意愿来讲，他无论如何都不愿这么想，但又不得不想，因为他知道，作为西北革命的播火者和陕北革命的主要领导者，反动派是绝对不会轻易放过他的，并且他也早已暴露了身份，而如果先生真的不幸落入虎口，无疑会对整个陕北革命造成毁灭性的打击，那后果就真的不堪设想了。

谭启文就义的第二天，梁毓文就派史超然以探亲的名义返回安定，看有没有子川先生的消息。超然的哥哥在县里的邮局任职，像"子川先生被处决"这样的大事，反动当局肯定要在报纸上大肆渲染的，但报纸上却只字未提这事儿。起初，梁毓文还感到有些释然，但很快就陷入了更加可怕的担忧之中，因为他又想，像先生这样的"大鱼"，肯定就是蒋介石钦定的"要犯"了，闹不好还得押往南京受审，绝对不会像启文同志那样被草草处决。这么一想，他几乎都要崩溃了，就连梦里也都是先生身戴铁镣、遍体鳞伤的惨状。可眼下的局面又不容许他进一步打听，所以便只能这么痛苦地熬着。

我们完全可以想象得到，对于一个刚满二十一岁，尚未经过大风大浪考验的革命青年来说，仅这双重的痛苦就足够他承受了！可就在这关键时刻，生活偏偏给他来了个节外生枝，他的秘密身份竟然在他大和袁继耀面前暴露了。本来，他那天当着他大和袁继耀的面承认了自己的共产党员身份已经算是严重违反组织纪律了，但不承认又有什么意义呢？那袁继耀是个极端精明的人，根本不可能瞒哄过去。并且就在他们三人商谈雁栖岭农协的那天晚上，他就已经明显地感觉到，对于他的身份，袁继耀的心里似乎已经有底了。当然，他并不担心这个暴露会给自己和延北党支部带来什么危险，只是他实在不愿意让自己的父亲因为他这份充满危险的职业而提心吊胆，并且这种情况也或多或少地会对他今后的工作造成一定的干扰。

这重叠的痛苦让他片刻不得安宁，尽管已经连续几天没合眼了，乏困得要命，真想睡上一觉，哪怕就眯那么一小会儿，但还没等闭上眼睛，满脑子又都是谭启文以及千千万万同志那血淋淋的身躯、拖吊着的断腿和被到处悬挂的头颅。于是仅仅两个来月，梁毓文就完全脱了相，消瘦了不少，原本红润的脸也变得蜡白蜡白的，布满了血丝的双眼深深地陷了下去，就像被泼了变质的羊血一样，红通通、黏糊糊的，看着都令人惊怵。

好在正当他为这一摊子痛苦而感到扎心和瞀乱的时候，八月底的一天晚上，那个货郎子又来了，还按照组织的指示直接对他公开了自己的身份：白云飞，中共陕北区委委员，秘密联络部部长。

白部长此行共有两项任务：了解各县党团组织在此次"清党"中遭受破坏的情况和传达"清党"后陕北区委第一次秘密会议的通知。

白云飞表明来意后，梁毓文三言两语汇报了延北党团组织的情况，随即迫不及待地向他打听起了子川先生和沙城、绥州的情况。正如他所预料的那样，沙城和绥州两地的党团组织几乎遭到了毁灭性的打击，大约百分之八十的党员英勇就义，作为革命大本营的沙城中学和绥州省立师范也已经被景山岳责令停课整顿，党的全部工作被迫转入地下。好在子川先生已于"清党"开始前的半个月被党组织派到西安秘密筹建中共陕西省委去了，这才幸免于难。

得到先生安好的消息，梁毓文的脸上终于露出了久违的笑容："好好好！只要先生在，陕北革命的魂就在。"

看到他如释重负的样子，白云飞便又告诉了他另外一个好消息：中央月初在武汉召开了秘密会议，湖南代表毛泽东在会上提出了"枪杆子里出政权"的论断，得到了大多数与会同志的赞同，中央已经决定将党的工作重心转移到武装建设上来了。按照会议精神，龙志宽同志已经秘密回陕，在省军委主席子川先生的领导下具体负责陕西的兵运和武装斗争。

"枪杆子里出政权。这话说得太好了！早该抓武装了，此番'清党'带来的灾难已经雄辩地证明，没有枪杆子做后盾，单靠工运和农运搞革命就是飞蛾扑火，蛾子成批成批地倒下，火却还是火。这下好了！只要先生当了省军委主席，再有龙志宽同志鼎力协助，一切就都有希望了。"

梁毓文的脸涨得通红，这接二连三的好消息瞬间让他紊乱了好长时间的身体机能恢复了正常，竟然感到有些饿了，这才记起光顾说话了，还没给白部长准备饭食呢，便急忙到史超然的办公室，叫他赶紧拌上一锅疙瘩汤，再跌几个荷包蛋。因为事关机密，有些事情只能传达到他这个层面，所以史超然和薛海川这会儿还没有参会，正在他们自己的办公室下棋呢。

待梁毓文安排好饭食回来后，白云飞又正式传达了有关秘密会议的通知，说省委决定于九月十五日在葭州县木图峪召开秘密会议，安排部署当前和今后一段时期的革命工作，并要求梁毓文务必按时参加会议。而正当梁毓文为此感到兴奋的时候，白云飞又说："还有，子川先生决定调你担任他的联络员。能让你干这个工作说明了什么，我想你也明白，我就不多说了。"

梁毓文当然明白，这至少说明子川先生对他是极端信任的，便痛快地答应了。

"好！你这身份是高度机密的，此次秘密会议就不涉及这个问题了，所以请你务必注意保密，会后立即前往省城报到，接头的具体事宜会有人告诉你的。"

此时，梁毓文才突然记起了学校的问题，便急忙问："雁栖高小是县立的，我突然离开，县署那边怎交代？"

"这你不必操心，组织上已经安排好了。"

正事谈完后，一盆滚烫的疙瘩汤也很快端过来了。四个人一边吃饭一边开会。会上，白云飞传达了召开秘密会议和抽调梁毓文到外地工作的事儿，但并没有宣布具体岗位，只宣布由史超然接替梁毓文出任延北秘密支部书记，但一再强调，在没得到组织指示之前，暂时不开展任何工作，也不新发展党团员。

白云飞走后第二天，雁栖高小突然来了七八个人。据那带队的自我介绍，他叫周泰康，是刚刚到任的国民党延北县党部副书记，与他一道前来的还有县教育局局长和一位教师模样的年轻人。

一到学校，周泰康就组织梁毓文等三名教师开了个会，当场宣布了延北县政府的决定，免掉了梁毓文的校长职务，并限期十日内必须离开延北，校长一职由新来的孙秉文接替。

对于儿子突然被免职并被要求限期离开，梁先生着实有些高兴，但考虑到儿子的情绪，便没有表现出来，只故作关切地问了一句："那你以后准备干甚呢？"

"我还没来得及考虑呢！"梁毓文装作不耐烦的样子回答道。直到第二天，他才把"自己的想法"告诉了父亲："咋想了半夜，先到省城走一趟，看能不能上个大学。实在不行就出国勤工俭学，闹好了就干脆留在国外算了，反正中国是没救了，我一天都不想待了。"

梁先生自然不会真心同意他的想法，因为他就这么一个儿子，实在不愿意让他流浪海外，但又觉得，只要儿子能尽快离开雁栖岭，危险就远了他一步，那就长短先让他离开再说。

刚进九月，梁毓文就准备动身了。临走的头一天，梁先生特地杀了两只公鸡，叫来了袁继耀。父子三人一改前段时间的剑拔弩张，其乐融融地喝了一场分别酒。梁李氏当然会为儿子的远行而担忧，一直灰塌塌地坐在炕楞边上，一边听他们谈话，一边不停地用围裙擦着眼泪。

酒场一直持续到太阳落山时分才结束。袁继耀执意要让梁毓文跟着他到大院走一趟："娃娃出这么远的门，我总要打发点盘缠嘛！"梁毓文拗不过，便只能跟着去了。但等走到雁头峁下面的山湾里的时候，袁继耀就拉着他就地坐了下来，一脸庄重地说："娃娃！干大不管你去哪里，也不管你是不是真去上学，但既然出门了，就千万要多留几个心眼……"

对于这话，梁毓文并不感到意外，因为就在刚才喝酒的时候他就已经意识到，袁继耀根本就没相信他那番到省城上大学的说辞，只是没有当场提出来罢了，所以便模棱两可地回应："干大！在咱雁栖岭，我最佩服你！"

袁继耀笑了笑："我一个扛老镢头的，有甚佩服的！"说完便从裤腰带处摸出了一个小包裹递给梁毓文。

梁毓文急忙打开一看，竟是两根黄灿灿的金条和两根银圆棒子，便急忙合上包裹递了过去："这太多了，我不能要。"

袁继耀猛地推了回去："拿着吧！羔娃。这东西在关键时候还真管用呢！"说着便起身大步走了。

第二天一大早，梁毓文就上路了。不用说，这又是一次肝肠寸断的离别。梁李氏和梁毓书哭得泪人一般，梁先生的鼻根也一阵阵发酸，只是强忍着没哭罢了。袁继耀也于一大早就赶来了，正一个劲儿地宽慰亲家母和儿媳妇呢！

梁毓文向大家挥了挥手，便下了硷畔洼，直直地走了，直到爬上对面山顶之后才回转身子，久久地凝视着这片他生活了三年多，并且早已经融入了他生命的土地。

秋雾正浓，对面山湾里的学校和不远处的家都被淹没在一片浓浓的雾气中，但从清脆的哨子声判断，此时的孩子们正在集合，准备出操呢！果然，孩子们那嘹亮的、充满朝气的歌声很快就刺破漫天浓雾飘了过来。

巍巍雁栖我家乡，天高云淡地苍茫。

延水大理源山脚，仁义骁勇远名扬。

……

伴着清脆的歌声，一幕幕往事渐次涌上心头。第一次来到雁栖岭、认识袁国良、改造雁栖书院、与谭启文彻夜长谈、介绍几位优秀的学生入团等，一切都恍如昨日般新鲜。总的来说，他感觉自己的这几年是充实的，有意义的，它必将像这岭上秋日里到处盛开的野山菊一般永远绽放在他那未必漫长也未必壮美的人生里，并且必将让他于充满凶险的前路上时刻嗅到那缕缕不绝、回味绵长的清香。

梁毓文于九月十四日中午准时抵达了木图峪。

木图峪位于葭州县中部的黄河滩，自古就是秦晋之间的重要渡口之一。明清时期，东来西去的货物在此大量交易集散，使得原本只有几十户人家的村庄迅速扩张成为一个繁华的镇子。各色商号店铺比肩而立，客栈酒肆绵延不绝，而且每年九月十五到月底都要举办盛大的物资交流大会，俗称"九月会"。届时，来自陕北、内蒙古以及河对岸的山西、河北平津一带的大量客商都要云集于此，或进或出，各取所需，一时间车鸣马啸，舟楫塞河，好不热闹。

按照白云飞的通知，所有参会人员都要下榻位于街道中段的四海升客栈。所以一下船，梁毓文便直接拐进街道，以肤施城瓷器行老板的名义报到去了！

就是在这四海升，梁毓文竟然意外地与袁国良碰面了。此时，他们已经分属不同的小组了，按纪律，他们本来是不能单独见面的，但因为参会的沙城党组织负责人黎明先生也是他在绥州师范上学时的老师，还是"共进社"的主要负责人之一，所以就没那么多忌讳了，三个人直接在黎先生的房间里来了一场集体会晤。

"你这小子，半年来书无书信无信，快说说你的情况。"一进房间，梁毓文就迫不及待地开口了。

还没等袁国良说话，黎先生就抢先开口了："情况不怎的！抱着金碗讨了半年饭！"

"抱着金饭碗讨饭？"梁毓文不解地问。

"一个大财主家的公子，成天给人掏茅厕，礼拜天还得去建筑工地抱砖、扛木料，不就是抱着金碗讨饭嘛！"黎先生一本正经地说。

"你怎知道我家是财主呢？"趁着梁毓文惊愕的瞬间，袁国良抢着问道。

黎先生嘿嘿一笑："子川先生去省城之前告诉我的。"

"你带的钱足够用的，怎还干那活呢？"梁毓文赶忙追问。

袁国良笑了笑："花你们的钱也不是个事儿嘛！"接着就把自己到沙城中学以来的情况详细讲了一遍。

原来早在去沙城的路上，他就下定了主意，绝不能花梁老师兄妹的钱，尤其是他嫂子的那十块银圆，那可是定情的喜钱呀！花了怎办？本来，即便没有那些钱，他也根本不用为花销发愁，他家的袁记雁回头就在沙城，还能缺住他的那点儿学杂生活费？但他又不想在他大面前输那口气，因为他已经在他大面前把海口夸出去了："哪怕揽工讨吃都要把这个书念完！"所以一到沙城，他虽然打问着找到了他家的酒坊，但也只是为了把来时骑的那匹马安顿在那里，让他表叔马继财找路过雁栖岭的驼队捎回去而已。所以，从找到子川先生办完报到插班事宜的第二天起，他就一连几天利用晚自习之前的活动时间到街上转了几圈，看有没有适合自己干的活计。但那活还真不好找，建筑工地倒是可以，可只靠周末一天的收入是根本无法满足他最起码的开销的。正在他为此而感到沮丧的时候，机会来了。那天，他老早就起来在操场跑步，无意间碰见几位农民模样的人正担着茅粪担子从他面前经过，他便灵机一动，过去跟他们攀谈了一会儿，并且第二天就加入了他们的行列。还别说，对他来说，这还真是最合适的活计了，因为这活在天亮之前就得干完，一点儿也不影响上学，关键是城里的机关单位和大户多，几乎天天有活干，收入也不错，足可以满足他的基本花销了。

"你就真不怕丢脸面？"梁毓文满脸痛惜地问。

袁国良嘿嘿一笑："怎能不怕呢！起初也怕，所以我们学校的茅厕我是不挖的。但后来我就越来越觉得，所有的劳动都是神圣的，掏茅粪也不例外，慢慢也就不怕了。"

据袁国良讲，与他一起掏茅厕的几位工友还真把他当作穷苦人家的子弟了，并且很快就被他坚持求学的精神所感动，把沙城中学的活全部让给了他，以方便他一边干活一边上学。从此以后，他每天凌晨四点就起床了，等到打起床铃的时候，他已经往城外送了好几回茅粪了。当然，他的这份差事很快就被同学们知道了，他们对此自然很是鄙夷。尽管他每天收工后都会把脏衣服藏得远远的，还会洗个凉水澡，可他们还是嫌他臭，所以这几个月来，他一直都在教室最后面的角落里坐着，但就这还落了个"粪爬牛"的外号。但他却一点都不在乎。"粪爬牛怎了？总比那些寄生虫强吧！"

聊到这里，黎先生的表情突然庄重起来："对，任何劳动都是神圣的。你身上的确有一股与其他同龄人明显不同的气质。正如子川先生所言：'一个富甲一方的少年，竟然能置身边人的白眼于不顾，一连好几个月坚持担茅粪，单凭这一点就能证明你绝非等闲之辈！'正因为如此，子川先生才钦点你作为正式代表参加此次会议。据我所知，你小子可是此次会议的唯一一名团员代表啊！"

梁毓文欣慰地笑了笑，但随即又严肃起来："历练自己肯定是好事，但你到沙城中学可不仅仅是为了历练，而是应该像龙志宽同志当年那样做学生领袖，然后利用这个平台来推动我们的事业。这样下去怎办？"

袁国良笑了笑："这个担心我也曾有过，但就在我入学之后没多久，子川先生就找我谈过一次话，说让我暂时就这样是龙先盘着，是虎先卧着，没有他的指示绝对不能抛头露面。所以我就一直谨记先生的指示，吃最差的饭，穿最差的衣，行事方面也一直唯唯诺诺，尽量给人一种卑若蝼蚁的印象。但我的性格您还不了解吗？吃饭穿衣倒无所谓，关键是从小娃娃头当惯了，可如今却不得不处处装新媳妇，那真能把人憋疯呢！但你说怎办？疯了也得憋啊！"

在他说这番话的时候，黎先生一直微笑着看着他，眼神里充满了认可和爱惜。待他的话音刚一落地，先生便哈哈大笑道："子川先生是在刻意考验你的耐心和沉稳度呢！不过你放心，考验结果是优秀的，而且马上就不用憋了，明天你就知道了。"

第二天早饭一过，会议就以瓷器展销订货会的形式正式开始了。会场被安排在后院的一个大通间，房间正中还特意布置了一个由十几张条桌拼成的展台，上百件来自耀州窑的瓷器依次陈展。

大家落座后，龙志宽便在陕北区委组织部部长黎明同志、宣传部部长邵子玉同志和秘密联络部部长白云飞同志的陪同下进了会场，几人依次在展台北边的靠背椅上落了座。

黎明先生首先向与会同志简单介绍了龙志宽："这位同志就是子川先生的特使，因为事关机密，在此不便作详细介绍。当然，部分同志之前就认识他，但组织要求你们不要乱传，也不要互相打听，这是铁的纪律。特使同志此番过来，主要就是全权代表省委和子川先生主持会议，并传达中央和省委的最新指示。"

随后，白云飞通报了陕北各县党团组织在此次"清党"中遭受的破坏情况。从通报情况看，损失绝对是惨重的，单子川先生当年从绥州师范撒出去的"三十六盏马灯"就折损了二十八盏，五盏尚在反动派的监狱里，只有梁毓文等三盏前来参加了会议。

在一派哀痛的气氛中，龙志宽同志开讲了："我也是陕北人，民国十五年（公元 1926 年）入党，这几年一直按照组织的安排在外奔波。从刚才的通报看，陕北各县的党团组织所遭受的破坏程度是非常严重的！问题出在哪里？就是因为我们没有枪杆子。这是血的教训啊！同志们！这血淋淋的事实已经证明，干革命光靠搞学潮和工农运动是绝对不行的，必须得抓枪杆子。如果没有枪杆子，一旦别人翻脸了，我们就得滚蛋，就得血流成河。好在刚刚闭幕的八七会议上已经通过了抓武装建设的决议。也就是说，从现在起，我们党的工作重心就要转移到抓枪杆子上了。当然，这并不是说农运和学运就不搞了，还得搞，而且要大搞特搞，尽快形成新的高潮，这一方面是为了分散反动当局的注意力，为抓武装斗争作掩护；另一方面，从客观情况来看，我们的武装只能是与劳苦大众高度融合的武装，要通过农运和学运培植武装斗争的土壤，发现和培养武装斗争的人才。基于这个全新的形势，子川先生特让我转告大家两层意思：第一，牺牲固然令人悲痛，但也不可避免，要化悲痛为力量，尽快重新振作起来，以更加昂扬的斗志迎接即将到来的新的革命高潮；第二，革命的前景是光明的，但道路一定是曲折的，希望同志们能做好面对新挑战、新挫折甚至新牺牲的准备，用我们坚定的信仰和无畏的牺牲精神，全力开拓陕北革命的新局面。"

……

他的讲话得到了全体与会同志的热烈响应。当天下午，龙志宽又组织召开了小范围会议，就筹备成立陕北特委及组织领导等相关事宜进行了安排部署，并分别与相关同志进行了一对一的谈话。

大会闭幕后，同志们就带着全新的使命离开了黄河边这个繁华的渡口小镇，"打铁花"般地分散到了莽莽陕北高原。之后不多时，陕北乃至整个陕西就燃起了武装斗争的熊熊烈焰，渭华起义、清涧起义等大大小小的武装斗争遍地开花。虽然这些斗争大都以失败告终，但正是这一次次不屈的尝试，有如一团一簇的火把，让置身于茫茫暗夜的人们看到了希望，找到了前行的路。

第三十一章

也正是在这次秘密会议上，袁国良竟然一连得到了两份意外的收获：受到龙志宽同志的单独接见和正式加入中国共产党。

大会刚一闭幕，袁国良就突然接到黎明先生的通知，要他随时准备接受特使同志的单独接见。所以整整一个下午，他哪儿都没敢去，一直在自己居住的窑洞里焦急地等待着。

临近天黑，他终于接到了通知，便急忙起身，对着镜子整理了一番着装，然后在黎先生的导引下来到了后院二楼。

在靠南边的那间客房门口，袁国良长长吸了一口气，定了定神，这才轻轻叩了几下房门。

里面很快传来一声清脆的回应："请进！"

他慢慢推开门，特使同志正端坐在靠墙的一把靠背椅上，见他进来后指了指他面前的一把椅子，示意他坐下，随即微笑着问道："你就是袁国良？"

"对！我叫袁国良。"他赶忙回答。

"多大了？"

"十六了。"

特使同志点了点头，直直地盯着他笑着说："子川先生说你是'小龙志宽'。"

"不不不！我哪敢跟人家龙志宽比呢！"袁国良慌忙站起来说。

特使同志一边微笑着示意他坐下一边说："怎不敢？龙志宽也是普通人嘛！"

"龙志宽可不普通，整个沙城的学生领袖，把沙城搅得天翻地覆，景山岳都没办法！"袁国良一脸恭敬地说。

"是吗？那你想认识他不？"

"肯定想嘛！但按照组织纪律，我暂时是不可能接触到这么重要的人物的。"袁国良似乎有些放松了。

特使同志哈哈一笑："那有什么不可能的！你已经见过了。"

因为太过意外，袁国良一时竟然没反应过来，只愣愣地盯着特使同志，但很快，他便唰地一下从椅子上弹了起来，脱口来了一句："您就是龙志宽！是不是？"

"对！我就是龙志宽。不像吗？"特使同志哈哈一笑。

袁国良这才壮起胆子，将眼前这位年轻的特使同志仔细打量了一番，猛然看见了他那对早已经在沙城被传得人尽皆知的鹰眼般的铜黄色瞳仁，急忙说："对对对，全沙城人都知道您长了一对鹰眼，还说您就是释迦佛祖肩膀上的那只雄鹰转世！还有人说您长了一张雷公嘴，是大闹天宫的孙悟空……"正说着，又猛然感觉有些出格了，便急忙停住话脚深深鞠了一躬："龙先生好！"

龙志宽哈哈一笑："咱共产党人都是坚定的唯物主义者，不讲迷信，所以龙志宽就是龙志宽，不是什么雄鹰转世。不过孙悟空这个外号我倒比较喜欢，咱革命者就应该有大闹天宫的气魄和胆略。"说完便将手递了过来："咱也不兴鞠躬哈腰，就握个手吧！可不敢叫我先生，咱都是子川先生的同门弟子，本该以师兄弟相称。但我们共产党人又不提倡称兄道弟，就直接叫我志宽同志吧！"

随后，龙志宽详细了解了袁国良的籍贯、家庭、学业以及他对革命的认知和看法等情况。当谈到家庭出身时，袁国良还颇有些不好意思，可也不能瞒哄，便只能红着脸说自己出身于地主家庭。没想到龙志宽竟然笑着说："其实子川先生大体给我说过了。别不好意思，我也出身于地主家庭，不过没你家的家业大。出身由不得我们，但道路却可以自己选择，从这一点来讲，你我都是自己阶级的背叛者。"说完便转入了正题，"跟你谈话，主要是为了传达子川先生托我交给你的两项任务：第一，自'清党'以来，陕北的学运一直处于停滞状态，当然这也正常，不能顶着枪口硬上嘛！但我在会上讲了，从现在起，我们党的工作重心就要转移到武装建设上了，就是抓'枪杆子'，这就需要用学潮来分散反动当局的注意力，为开展武装斗争作掩护。所以子川先生指示，你就不用再盘龙卧虎了，要尽快想办法出头，像我当年一样成为学生领袖，不但要随时准备根据革命的需要把学潮闹起来，还要保证整个运动牢牢掌握在党的手里，而且不能暴露自己的身份。明白了吗？"

袁国良的脸早已涨得通红，他等待这一天已经好久了，所以便语气坚定地回答道："明白了！"

龙志宽点头示意他坐下，继续说道："至于这头怎出，得自己想办法。我刚和黎先生把这事也谈了，凡事要多向他汇报。第二项任务：既然抓武装斗争，就需要大量军事人才。今后，组织将设法把一大批优秀的同志送进军校。子川先生说你是这块料子，准备像当年培养我一样重点培养你。但自从蒋介石发动反革命政变以后，所有的军校没有国民党大员的保荐是根本进不去的。所以你必须设法和景山岳搭上关系，争取得到他的保荐。这个任务可不是一般的艰巨，一定要有充分的心理准备。"

此时的袁国良已经有些激动难抑了。当然，他一时半会儿还不能完全掂量这两项任务的真正分量，可他似乎一点儿都不为此感到愁虑，信心满满地说："先生，虽然我现在还没有具体的打算，但请您转告子川先生，国良定将不负他的信任和期望，坚决完成这两项任务。"

龙志宽满意地点了点头，随即起身做出要和他握手，结束谈话的样子。

袁国良猛地站了起来，但并没有伸手，而是以立正的姿势大声说："先生，我还有一个请求。"

龙志宽似乎并不感到意外，直接来了一句："你说！"

"我要入党。"话音刚一落地，袁国良眼里便是一阵潮乎乎的温热，视线也随着模糊了起来。

龙志宽朝他探了探身子，两眼死死地盯着他："这个时候入党？"

"我知道当下白色恐怖横行，但我就是要拿实际行动向反动派宣示，我们共产党人是杀不完的。"说完，两颗泪珠便唰啦一下滚出了眼眶。

龙志宽嘿嘿笑了几声："哈呀！咱先生真是神了，竟然算到了你会提入党的事儿。"随即突然严肃起来："好！那我就代表子川先生批准了，而且要和黎先生，还有你的老师梁毓文一块儿当你的入党介绍人，怎样？"

袁国良泪流满面地点了点头。

当天晚上，袁国良就在龙志宽、黎明和梁毓文的见证下正式加入了中国共产党。当他面对神圣的党旗举起右拳的时候，泪水瞬间像夏日午后的暴雨一般倾泻而下。那一刻，他幸福得简直都有些迷糊了。

回到沙城中学后，袁国良立即陷入了苦苦的思索之中。当初接受任务的时候光顾着激动了，并没有仔细掂量其中的分量，如今仔细一想才觉得这两项任务都不好完成，正如龙志宽同志所言："不是一般的艰巨。"

这沙城中学可不是雁栖高小，但凡能来此深造的基本上都非富即贵，最不济也是像他这样的"东家子弟"，要想在这个大世界里出头，还真得动点脑子。不过，总的来说，他对自己还是有信心的。虽然到沙城中学以后，他就一直按照子川先生的指示充当着"盘龙卧虎"的角色，但他还真没闲着，因为他明白，"盘龙"也好"卧虎"也罢，一切都是暂时的。所以他一直都像雁栖岭上的野狼一样，暗中密切关注着这所陕北二十三县最高学府里的一切风吹草动，并时刻准备根据组织的指示跃出"草丛"发起攻击。半年来，他重点关注了学生里面的几个"红人人"，他们虽然不是官宦子弟就是富家公子，但就个人能耐而言，他打心眼里没把他们当成个人物。所以仅仅出头的话，倒也不是什么难事，挑个硬茬子打一架就行，而且他正好是这方面的好手。可问题是还要跟景山岳搭上关系，这就不好办了！堂堂一个陕北镇守使，见一面都难，怎能搭上关系呢？

正当袁国良为此而感到苦恼的时候，机会就不找自来了。

那天吃过下午饭，袁国良正在操场上散步，景秀川就带着一帮狗腿子们过来打球了。这景秀川是景山岳的"老生儿子"，与他同级不同班。仗着他大的威风，在学校一贯飞扬跋扈，无恶不作，就连上厕所都有专用便坑，严禁任何人在任何时间使用。他的所作所为在整个沙城中学早已民怨沸腾，只是因为他的特殊身份，所有人又都敢怒不敢言。而正因为如此，只要掰了这个"硬圪节"，不要说沙城中学，在整个沙城都绝对出了风头，并且一旦把这个火候把握好，就自然把他老子也牵进来了，这样不就接触到景山岳了吗？要想和他搭上关系，就必须先引起他的关注，然后才有机会。想到这里，袁国良便转身离开操场，顺着台阶来到宿舍前面，像一只即将对眼前的猎物发起最后一击的野狼一样死死地盯着篮球场上的景秀川。

说是打球，其实就是一伙人陪景秀川一个人玩，所有人抢了篮板后，都要自觉传球给他，一旦篮球到手，他便如入无人之境，随心所欲地运到篮板下面，反复投球，直到投中为止，根本没人敢上前阻挡。

袁国良痴痴地盯着这个已经被自己当作"猎物"的狂傲之徒，脸上不由得浮上了一抹轻蔑的冷笑。

当然，他也知道这是一步险棋，而且按组织纪律来说，这么大的事情肯定是要向黎先生汇报的，但先生昨天就去绥州师范讲学去了，得三四天才能回来，而且即便回来也不见得同意他这么干。所以他便转身回到宿舍，斜靠在被褥垛上，开始酝酿如何给黎先生汇报这个冒险的方案了。

据他之前暗中了解，这景山岳虽然是坚定的反共分子，对待共产党是出了名的心狠手辣，但从沙城人对他的评价来看，本质上似乎也没有坏到底。眼下，自己的党员身份还没有暴露，景山岳就是再嚣张，也应该不会仅仅因为"娃娃打架"的事儿置人于死地吧！但无论如何，拿景秀川"开刀"无异于在"太岁头上动土"……

正这么想着，与他同宿舍的柳明海就掂着一颗湿漉漉的脑袋哭哭啼啼地进来了，后面还跟了好几个同学。

"怎了？"袁国良侧脸问了一句。

"那景秀川给明海尿了一脑。"一位同学说。

"为甚？"袁国良问。

"还不是因为上厕所的事儿。其他便坑上都有人，明海实在受不了内急，就用了景秀川的一号坑，没想到那家伙正好进来了，二话没说就给尿了一脑。"

袁国良的内心当即泛起了一股冲动，便咚的一声跳下炕走过去，大声怨怪道："为甚不捶那孙子呢？"

几个月的"盘龙卧虎"早已使他成了同学们眼里的"乖娃娃"，如今冷不丁来这么一出，怎能不叫人惊愕？但在最初的惊愕过后，所有人的嘴角竟然都浮出一丝鄙夷的冷笑。

"景山岳的公子，谁敢动他！"

"景山岳的公子怎了？他哪怕就是天王老子也得讲点道理吧！"袁国良几乎是一字一顿地说。

"那你说怎办？"其中一位同学似乎也来了一些情绪。

袁国良拨开众人来到柳明海面前："你告诉我，你能咽下这口气不？"

"咽不下又能怎？"柳明海哭着说。

"你就说你想不想咽，至于怎不怎那就是我的事了。"袁国良挽了挽袖子说。

见他态度如此坚决，柳明海便止住了哭声，扬起泪脸说："那肯定不想咽嘛！"

"好！那就跟我走！"袁国良说着便一转身出了宿舍。

这时候，所有人都已经被他鼓动起来了，也跟着他出了宿舍，其中一位同学还顺手将顶门杠递了过来："那孙子狗腿子多，操心吃亏。"

袁国良咣的一声将棍子扔到门台上："抿只蚂蚁还趁上用刀子！"说完便头也不回地朝教室方向去了。

当他们来到景秀川的教室时，那家伙正坐在课桌上手舞足蹈地夸耀自己的壮举呢。

袁国良拉着柳明海大步走过去，大声责问道："你为甚给人往头上尿呢？"

景秀川还从来没遇过这样的情况，一时还有些震惊，但很快就回过神来："为甚？因为他不懂规矩。"

"那是甚狗屁规矩！那便坑是你从家里背来的？别人怎就不能用了？"袁国良上前一步质问道。

这时候，教室外面已经聚了黑压压一大群人。

景秀川似乎还想延续刚才的壮举呢，猛地从桌子上跳下来，直直地指着袁国良吼道："还真是怪事，粪爬牛都充起好汉了。老子就尿了，你能怎？"

袁国良啪的一声把他伸过来的胳膊挡开："你先别管粪爬牛不粪爬牛，你今天必须给柳明海道歉！"

景秀川讪笑着将他上下打量了一番，随即仰头哈哈大笑起来："道歉？我从来就不知道道歉是个啥！"

"请你慎重考虑，我这是给你机会呢！现在我数三个数……"

景秀川扬了扬头打断他："你就是数三百个数都没用。"说着便挥起拳头朝袁国良的面部砸来。

袁国良偏头避开，照着他的左脸就是一记重重的摆拳。那家伙一个趔趄差点倒在地上，嘴里"啊"地发出了一声惨叫。还没等他"啊"完，袁国良又就地腾空跃起，照准他的胸口咣咣连蹬了两脚。一身肥肉的景秀川便应声起飞，像飞出木叉的秸秆捆子一般重重地倒在了三米开外的地板上。袁国良又一个鹰扑兔跃了过去，一脚踩住他的脖颈，直直地指着他的脸厉声喝道："再给你一次机会，这歉你究竟道还是不道？"

此时的景秀川已经清醒地认识到自己不是对手了，便没再挣扎，但也不认尿，依旧狂妄地叫嚣着："你敢打老子！"

袁国良轻蔑一笑："我知道你是景山岳的儿子。但你听好了，你哪怕就是天王老子，只要不道歉，老子就照样捶你！"

"老子就不道，你敢把老子怎？"

袁国良狠劲儿搓了搓脚："好！这可是你自己不要脸的。"说完转身大吼了一声："请女同学回避一下！"

待所有女生出了教室，袁国良就当场解开裤腰带，照准景秀川的脑袋来了个"飞流直下"。

景秀川撕心裂肺地惨叫起来："你太过分了，老子弄死你……"

袁国良并没有搭理他，只顾着倾泻，直到尿完之后才一边扎腰带一边大声说："你听好了，我姓袁名国良，一一班的。"说完便将踩在他脖颈上的脚收了回来，转身指着呆站在旁边的几位"狗腿子"大声呵斥："主子落难见死不救，就你们这副屄样儿还当狗腿子呢？让开！"

拥挤的人群当即让开了一道巷子，袁国良扯了扯衣角，步履坦然地走了。在他跨出门槛的时候，迎面就碰上了杜校长。

杜校长也是刚刚得到消息才赶来的，一看到他就大声呵斥起来："袁国良啊袁国良，你让我怎说你呢？你一贯乖乖静静的，怎猛然干下这么一档子事！"

"我是为我同学鸣不平呢！"袁国良说。

杜校长无奈地撇了撇嘴："你一个穷苦子弟，能有机会到这儿念书不容易。我还刚想着到景司令那儿给你争取点儿助学金，让你不要再勤工俭学了，好好把心思用在学习上。你这倒好，一下子就把天都给捅破了！"

袁国良仰头望了一眼墨灰色的高天，气定神闲地说："这不好好的嘛！哪破了？"

杜校长冲上来在他的脑门上戳了几指头："你真是不想活了！"说着便将他拉到了办公室。

杜校长之所以能在几百名学生里记住袁国良的名字，自然是因为他的"粪爬牛"工作。之前，他还向子川先生问过他的学习情况。当得知他的学业也相当优秀之后，还从学校的经费里划拨了一些钱，托子川先生设法资助给他。只是因为子川先生知道他其实并不缺钱，所以转而把这笔钱资助了真正困难的学生。

杜校长一边叹气一边皱着眉头，在地板上走来走去。

"走！跟我到景司令那儿道歉走。"

"让我道歉可以，但必须先让景秀川给柳明海道歉，否则我是不会去的。"袁国良说。

"娃娃！我这是在救你啊！如果景司令硬逼着我开除你怎办？他可是沙城的土皇帝啊！"杜校长大声吼道。

"他哪怕枪毙我，我也是这个态度。"

正这么争执着，景山岳的副官便带着十几个兵丁荷枪实弹地闯进来了。那副官和杜校长握了一手，随即一把攥住袁国良的领口："走！景司令要请你喝烧酒呢！"

"放开！我自己走。"袁国良大声吼道。

一位兵丁一冲过来就准备教训他，但被杜校长拦住了："好好好！我也去，正好有事要给景司令汇报呢。"

当他们押着袁国良出了校长办公室后，顿时就傻眼了。几百号学生正在外面围着，一哇声地喊了起来："凭什么抓人？"

那副官大声吼道："我奉景司令之命前来带人，胆敢阻拦，一并抓捕。"

"我们今儿还挡定了！这天下还有没有公理了？是他景公子作恶在先，袁国良同学才伸张正义的。对不对同学们？"

袁国良挣扎着抬起头看了一眼，说话的正是杜校长的女儿杜光霞。

"对！我们今儿就挡定了！"几百人一齐回应道。

杜校长急忙大声呵斥道："光霞，别胡闹！"

"爸！我们这哪是胡闹？司令的公子就可以为所欲为吗？再说不就是同学之间打一架嘛！他景司令有看法可以来学校处理，凭什么抓人呢？"

那副官走到杜光霞面前低声对她说："别啥事儿都往自个儿身上扯，小心受凉！"

杜光霞笑了笑："谢谢你的关切！但这事儿我还扯定了。我们已经与女师的学生会联系过了，如果他景山岳胆敢对袁国良同学下毒手，我们就罢课，集体到省城请愿，绝不会让正义受屈！"正说着，一声接一声的口号声便从大门方向传来了："支持正义、反对特权、反对恶霸！"

沙城女子师范学校的学生们已经赶过来了。

"调人！赶快调人！"那副官撕心裂肺地吼道。

"抢人，把袁国良保护到教室里，要想抓人就从我们的尸体上踏过去。"

随着杜光霞的一声令下，几十名男生猛地冲上来和兵丁们撕扯了起来，一场暴力冲突眼看就要发生了。

"住手！"袁国良大喊一声，整个现场立即安静了下来。他侧转脸对副官说："我跟你们走，但请允许我说几句话。"

陆副官无奈地点了点头，并示意手下将袁国良放开。

袁国良直了直身子，大声说："感谢各位同学的关照。但请大家不要冲动，如果景司令铁了心要抓我，只你们是挡不住的。再说了，他景司令追随中山先生革命几十年，想必也是明事理的人，不会把我怎么样的！大家都听我说，上课去吧！"

杜光霞一把扯住他："你可别冲动，那儿可是狼窝虎穴啊！"

袁国良朝她笑了笑："没事。"接着又朝众人摆了摆手："都上课去吧！"说完便大步朝前走去。

当袁国良被押扭着进到司令部后院的时候，恰好碰见景山岳晃着肥嘟嘟的身躯在院子里散步。他借着灯光向这边瞅了瞅，瞪着眼睛一脸疑惑地问："这娃是干啥的？为甚抓呢？"

他似乎对这事儿并不知情。

那副官照袁国良的屁股踢了一脚："这小子是沙中的学生，吃了熊心豹子胆了，竟然把小公子给打了一顿，是四太太叫我抓来的。"

景山岳脸一黑："胡闹！学生娃子打个架，让学校处理一下就行了嘛！抓来干啥？"

正说着，他的四姨太便从旁边的偏院跑了过来，哭叫着就朝袁国良扑去："你个挨千刀的……"

"退下！还有没有王法了？"

随着景山岳的一声厉喝，女人立即停住了叫骂，转身跑到他跟前哭诉起来："老爷啊！你可要为老小做主，这挨千刀的把老小打了一顿不说，还给尿了一脑，你说咱老小哪能受得了这气，要是……"

"好了好了，回你的偏院去，咱自会处理。"景山岳说着便叫副官把袁国良带进正前的大厅，把杜校长也叫了进去。

袁国良微仰着头，等待着即将到来的暴风骤雨。说实话，此时的他也难免有些紧张，但一想到景山岳刚才的态度，又镇静了下来。

景山岳翻着眼，将面前这位"好汉王"上下打量了一番，随即操着一口浓重的关中腔开口了："叫个啥？"

"袁国良。"

"阿搭人？"

"延北县的。"

景山岳点了点头："你这牛牛娃，打架就打架嘛！为啥要给人'杀'上尿尿呢？"

袁国良定了定神："请您先问问景秀川，看他干甚了！"

杜校长急忙劝解："好好跟景司令说话。"

景山岳朝杜校长摆了摆手，颇有些震惊地看了袁国良一眼，隔窗吼了一声："把老小叫来。"

景秀川很快就过来了，一看到袁国良便挥起拳头冲了过来。

袁国良转身抓住他的手腕，两眼死死地盯着他说："在这儿对我动手，恐怕有失令尊大人的脸面吧！"几乎同时，景山岳也大声呵斥："放肆！站一边去。"接着从办公桌那边走了过来，两眼死死地盯着儿子问："你干啥了？这娃为啥要打你呢？"

景秀川低着头没有回答。

"说！"景山岳大声吼道。

可景秀川依旧一言不发，只顾低头抠指甲。

景山岳瞪了儿子一眼，随即转向袁国良："娃！你说，只要你娃占理，咱绝不为难你。当然，就是不占理，咱也不会怎。娃娃打架嘛，能怎！"

袁国良便将整个事情的来龙去脉详细讲了一遍。

景山岳的脸红一阵黑一阵，待袁国良全部讲完以后便猛地转过身子，抡圆胳膊照准景秀川那胖乎乎的脸上就是一家伙："你个瓜皮，老景家的门风都让你给糟蹋完了。"

杜校长急忙起身制止："别别别，娃娃嘛！"

景山岳依旧怒气未消："啥娃娃？都十六了，弄些啥事嘛！还专用坑，他老子都没耍那么大。滚！"

待景秀川出去后，杜校长硬将景山岳推到办公椅上坐下："景司令，您放心，这事儿我会处理好的。他袁国良必须在全校师生大会上做检查，道歉。"

景山岳定了定神，从抽屉里拿出一盒香烟，递给杜校长一根，自己也叼了一根："道啥歉呢？咱老景是那不明事理的人？这不明摆着怪咱那败家货嘛！"说着又指了指袁国良："当然，你娃也不是一点儿问题都没。那败家货给你同学尿了一泡，你就非得给他也尿一泡？就好比你叫狗咬了一口，你总不能非要也咬他一口吧！得是这？"

"这真是我的不对，确非君子所为。"袁国良说。

正说着，那副官突然打了个报告进来，对着景山岳耳语了几句。景山岳眼睛一瞪，一副吃惊的样子，但很快就摆了摆手："没事，让弟兄们别惹事就对了。"

说完又转过身子问道："哎！你娃知道秀川是咱的儿不？"

"知道。"袁国良答道。

"那你为啥还敢收拾他呢？"

袁国良想了想："说实话，也犹豫过，但又想到司令您追随先总理革命半生，必是深明大义之人，应该不会因为这事儿过于为难我，所以就打了。"

景山岳哈哈一笑，面朝杜校长说："这娃不光硬，还贼得很，还知道给咱戴高帽子。好，就凭你敢收拾咱老景的儿，并且到这搭还这么从容，你娃就是条'棍儿！'"随即转身对杜校长说："奎元兄，这事儿就算过去了。但就着这个机会，咱还得冒昧批评你几句。咱老景虽然一介武夫，但向来崇文重教，每年哪怕挪用军饷，都从来没差过你的经费，要多少拨多少。这不假吧？"

"那是那是！没有司令就没有沙中的今天。"杜校长急忙回应道。

景山岳点了点头："那咱把儿子送到你那儿，怎就成了这副屌样了呢？当然，咱知道你是碍于咱的情面，不愿严加管束。但咱老景在你眼里就是那样的人？怕啥呢嘛！咱不是说过嘛！你们文化人只要不闹共产，用陕北话说就都是咱的上姑舅，尽管放开手管教，不然才是真对不起咱。你怎就不听呢？"

"听听听，一定严加管教。"杜校长赶忙应承。

景山岳点了点头："好了，那你们就回吧！等哪天不忙了，专门到学校了解了解咱那败家货的情况。"

当袁国良和杜校长进了司令部大门的时候，沙城中学和女师的几百号学生已经将偌大的司令部围了个水泄不通，见他俩一前一后地出来，也就都跟着朝学校去了。

这步充满凶险的棋就这样被袁国良走活了。等远在绥州师范讲学的黎先生听到消息，火急火燎地赶回来后，一切都已经风平浪静了。但他还是对袁国良的擅自做主予以严厉批评。不过批评归批评，就连他也不得不承认这的确是一步一箭双雕的高棋。

第三十二章

立春过后，天气就渐渐回暖了，僵了一个冬天的积雪也悄然加快了消融的步伐，不到一个月，莽莽旷野就又完全裸露于早春的阳光之下了。等到农历二月中旬，当最后一股西北风意犹未尽地退回西伯利亚老家，第一枝粉嫩的山桃花摇曳在明长城那古老的堡墙根儿的时候，毛乌素沙漠真正的春天便又一次如约而至了。春天啊！你总能激起人们对生命的希冀和生活的希望。而就在这令人振奋的希冀中，袁国良也大踏步地走进了属于自己的人生的春天。

自从痛打景秀川那一飞脚成功踢出去之后，所有人对他的态度就猛然变了。之前曾对他不屑一顾的男生们自然都把他当成了人物，女生们则更是敏感，虽然也并不怎么交流，但时不时便会向他投来一抹略带羞涩的微笑，甚至每次上街的时候，都总能听到有人在他背后指指点点："那就是打景公子的那个后生！"总之，从方方面面的情况看，他显然已经成了名人了。

新学期一开学，袁国良就在学生会换届选举中被高票推选为新一届主席，并作为学生代表在开学典礼上发了言。不用说，他的发言自然很精彩，不光赢得了全校师生的普遍赞誉，就连应邀前来出席典礼的景山岳都大加赞赏。

总之，一切都似乎顺风顺水，就像完全由袁国良操控着一样。这不，正当他因为初步完成"引起景山岳的注意"的任务而如释重负的时候，一股源自青春的萌动就像春风拂过的水波一般向他荡过来了。

开学典礼之后的第二周，袁国良就组织召开了新一届学生会班子第一次全体会议。为了荡涤木图峪会议以来淤积的心理压力，他便特意将会场安排到城外的丹石峡，就算是半开会半游玩吧！

这丹石峡位于沙城西北三公里处，两壁悬崖陡立，佛洞密布，峡底沙溪清澈，杨柳成荫，每当日落时分，霞光与红石相映成趣，蔚为壮观，"沙城八景"里的"红山夕照"指的正是这里。由于风景优美，历朝历代的戍边将帅和文人墨客们经常于此豪饮唱和、题诗作赋，还在西边的石壁上留下了上百幅书法石刻，更是给这条秀丽的大漠峡谷陡增了几分厚重的古韵。

会议只开了不到一个钟头就结束了，所有人便开始自由行动了。

在著名民主人士崔焕九先生题刻的"力挽狂澜"几个大字前面，袁国良久久驻足，一边看一边不停地在腿面上比画着。就在他忘情地沉醉于这幅苍劲有力的书法作品时，杜光霞一直在他旁边站着，痴痴地盯着他，直到他转身和她说话的时候才猛地回过神来，俊俏的脸上当即浮上了一抹羞涩的慌乱。

袁国良还没被女生这么看过，也有些慌乱了。也难怪，此时的他们也该懂得一些男女之间的奥妙了。

"听说这几个字是杜秉真先生让他刻在这里的。"袁国良急忙找了一句话来掩饰尴尬。

杜光霞也很快会意地接起了话茬："杜秉真是我堂哥，也当过咱沙中的校长。"

"你家怎尽出俊杰呢！听说你大哥是黄埔一期生，还作为优秀青年代表给中山先生守过灵。是不是？"

杜光霞笑着点了点头。

"现在在哪里？"袁国良接着问。

"我也不清楚，好几年都没回家了。"杜光霞的脸上渐渐浮上了一抹不自然。

袁国良当即明白了她的不自然，因为他早就听说她大哥已经成了蒋介石身边的红人了，而自"四一二"以来，沙中的学生们早已经把蒋氏和"坏人"画了等号，所以便没有延续这个话题，只点了点头便下到了谷底。

壁立的丹崖之间，古柳已经缀满了毛毛虫一般的嫩芽，柔嫩的枝条在涧风中悠悠地颤摆着，一派跃动的苍翠。

袁国良顺手折了一根筷头粗的柳枝，只几下便拧了一个树皮哨子递给杜光霞。

杜光霞笑着打量了一番，随即放在嘴里吹了起来，那清脆的啸鸣声撞到两边的石壁上，又被弹了回来，原本单一的声音迅速被叠加，似有很多只哨子在齐声吹奏。

袁国良看着她笑了笑："我们老家把这叫'咪咪'。听老人们说，这东西只能在外面吹，在窑里吹会混老鼠的。"说着又折了几枝柳条编起了柳圈帽子。

杜光霞"哦"了一声，又盯着他看了起来。

"老人们说的，至于是不是那么回事就不知道了。"袁国良还以为她不相信，便进一步解释道。

杜光霞恬然一笑，随即问道："你刚说我秉真哥是什么？"

"人物嘛！"

杜光霞意味深长地笑了笑。

袁国良抬头看了她一眼："怎？难道不是吗？"

杜光霞没有立即搭话，只用他刚刚抽出的枝芯在地上不停地划拉着，好一会儿才细声细气地说："我们班的女生后来经常谈你呢，说你……"说到这儿，她突然停了下来，微笑着将头埋了下去。

"说我甚？"袁国良停住手问道。

"说你也是个人物，还说之前竟然没发现你是咱们学校最英俊的男生！"杜光霞头也不抬地说。

这话让袁国良深感意外，因为他对自己的长相还是有自知之明的。在他看来，这"英俊"基本上与自己乃至整个老袁家的男人们是不搭边的。说来也怪，按理来说，从他大袁继耀起，袁家的血统遗传就断开了，但也不知为什么，他们兄弟依旧像是遗传了老太爷的长相，不高不矮的身材，略显清瘦的体格，干瘦而棱角生硬的脸廓，两片立挺挺的招风耳，充其量也只能算是相貌平平了。如果非得找出点特点的话，那就只能是眼睛了。袁家几代人的眼睛的确有些特别，虽然并不大，但都明亮亮的，似有一股洞穿一切的肃杀之气，叫人不敢直视。所以岭上人都说他们长着一对狼眼。今儿猛然间听到有人说他英俊，还真有些接受不了，所以便羞涩一笑："就我还俊呢？长得跟狼一样！"

"反正她们都这么说！"杜光霞的脸上已经浮起了一抹红晕。

袁国良好像突然从她俊俏的脸上读出了一点意思来，心里当即"咯噔"一下。在这之前，他并没有过多地关注这位号称"沙中一枝花"的校长千金，甚至都没怎么说过话。一个"粪爬牛"哪有这个资格！只在他灭掉景秀川的威风之后的第二天，才对她的仗义执言和大力支持表达了一下感谢，但也就寥寥数语。可如今经她这么一引导，他竟突然记起了之前他跟嫂子梁毓书开过的那个玩笑："沙城可是个好地方，听说那地方有一条桃花水，可养人呢！两边庄子里的女娃娃个个水格灵灵、粉格嘟嘟的，就像三月里的桃花。我将来非挂一个桃花女不行。都说你是咱雁栖岭的'拔梢子'，到时候非把你比下去不行！"这么一想，他便笑着问道："你不会也觉得我俊吧？"

这杜光霞虽然是大家闺秀，性格也明显比别的女生开朗得多，胆子也大一些，但似乎也禁不住这话的冲击，便只红着脸笑而不语。

袁国良双手一摊："我就说嘛！堂堂校长千金，鉴赏水平肯定不会太差嘛！"

"谁说的！"杜光霞的脸愈加红了。

这话显然刺到了袁国良，他猛地抬起头看了她一眼，没想到正好来了个四目相对，那眼神热辣辣的，直将对方的脸庞映照得霞云一般绯红，似乎只需再加那么一丁点的热辣就会呼地着起火来，并且几乎就在对视的那一瞬间，他们就像被对方的热辣灼疼了一般，急忙收回了目光，随即陷入了令人悸动的沉默。此刻，他们似乎都想极力找出一个合适的话题来打破这个僵局，可越急就越没了头尾，所以便只能那么默默地坐着了。这样的情境最容易滋生尴尬，仅一小会儿，两个人就都有些不自在了。就在这关键时候，袁国良终于搜寻到了一个比较轻松的话题："你知道我为什么长得像狼不？"

杜光霞如释重负地看了他一眼，红着脸摇了摇头。

袁国良便把雁栖岭和他家的那些传奇故事详细讲了一遍，当然刻意绕过了他家厚实的家底，只重点讲了"神狼喂奶"和"神狼献子"这些事。这离奇古怪的情节直听得杜光霞一愣一愣的，便不由得感慨道："真是个神秘的地方，有机会真想去转转！"

"那还要什么机会呢！暑假就可以。只是五百多里路呢，怕你走不动。"袁国良笑着说。

杜光霞依旧不停地划拉着地面，好大一会儿才慢慢抬起头，两眼直直地盯着他："只要是跟你一块儿走，五万里我都不怕！"

两颗敏感的心瞬间就同频共振了！他们再没有说话，只同时把饱含深情的目光热烈地投向对方。沉默，久久的沉默，逼人的沉默。此情此景，任何激情的言语都远不及时空停滞般的沉默来得直白。好一会儿，他们才又相视一笑，慢慢从对方的眼神里走了出来。袁国良伸出胳膊，将插满野花的柳圈帽戴到杜光霞头上，一脸柔情说："头抬起让我看看！"

杜光霞红着脸慢慢抬起头，明亮的眸子里满是羞涩和激越交织的光芒。

其实，他们的这份悸动来得并不突然。尽管袁国良一直背着"粪爬牛"的外号，但杜光霞早在去年初夏的那场沙尘暴过后，清理东城墙外的积沙时就注意到他了。

在那次义务劳动中，他俩正好被分在一二班责任段的接合处，几天里一直都是挨着干活的。仅仅第一天，杜光霞就发现袁国良身上有着一股特殊的豪气，不光干活很是卖命，还丝毫不在乎吃亏、沾光这些琐事。每当他因为扛了半天沙袋过于劳累而被换下来装沙的时候，总会利用自己沙包离开的间隙帮她们装上几锹。起初，她还以为他是弄错了，便善意地提醒他："这是我们二班的！"可他却并不在意："不都一样嘛！早点干完早点上课。"从此，她就开始默默关注起这个之前并不怎么出众，甚至都有些卑微的男生了。尤其是自从他痛打景秀川之后，她就越来越觉得他身上似乎聚集着一股其他同龄人所不具备的某种神秘气质，温情而又不失阳刚，谦让而又不缺血性，动静之间总能给人一种如沐春风的舒适感。于是她便越来越怀疑他之前好像一直都在刻意隐藏着什么。这不，就在前段时间，所有人突然发现他的篮球竟然打得很好，完全可以算得上是班里的绝对主力了。要知道之前他可是从来都不摸篮球的，甚至连球场都不去。可后来，每当球赛的时候，他总是踊跃上场，并且总能照顾到所有人的感受，不仅从来不把自己当核心，反而经常主动把到手的球传给一些相对弱势的队友，尽管他们所处的位置远不如他具有优势。面对对手，他也从不像其他队员那样不顾一切地拼抢，如若不小心将对方撞倒，还总要歉笑着拉起来。不仅如此，每当比分大幅度领先的时候，他总会让对方几手，并且总设法不让对方明显感觉到。落后了也不气馁，即便比赛马上就要结束，仍然保持着开场时的那股龙腾虎跃的斗劲儿。当队友们因为输掉比赛而相互埋怨的时候，他也总会投以一抹平和的微笑："没事，玩呢嘛！"不光这些，就连对生活的态度，他也明显要比同龄人老成那么几分。当然，她一开始并不会注意他生活方面的事情，但后来，随着对他关注度的不断加码，她就慢慢注意到，他平日里总穿一身笨拙的粗布衣衫，尤其是那双"踢倒山"老布鞋，几乎从来不换，与时新服装、围巾皮鞋的主流简直格格不入。就在本学期开学典礼上，当她看到他又蹬着一双"踢倒山"上台发言的时候，心里还不由得浮起了一抹哀怜，甚至产生了扶助他一把的想法。为了不伤他的自尊，她还挖空心思想了一个绝妙的办法——说她哥前几年买了一双皮鞋，但因为不太合脚就一直没穿过。对，反正她家也再没有男孩了，放着也是白放，这个说法也不至于太牵强。那天临散会的时候，她爸正好通知袁国良散会后抓紧时间吃饭，然后到办公室等着，说景司令饭后要召见他。所以她也匆匆吃了几口饭就来到了她爸的办公室。不一会儿，袁国良也来了。因为年前痛打景秀川那天晚上，他俩曾一块儿在这里挨过批评，加之第二天他还专门就她的支持向她道过谢，相互之间已经算是有了些接触，所以并不怎么生疏，一见面就聊了起来。起初自然要聊学习的，但聊着聊着，她就开始刻意把话题往鞋上引了："东街的罗记……"但正在这时，景山岳来了，并且一进门就大声吼喊起来："哈呀！刚还和杜校长说呢！说你个夼娃怎敢在你叔头上动土呢！原来你还真不是个善茬。前两天回关中，路过你们延北县的时候专门把你娃打问了一下，没想到这一问还真把咱给吓着了！你们苟县长说你家富甲延北，五千多亩土地，两千多只黑头绵羊，还开着酒坊。咱喝了多少年雁回头了，还不知道那就是你家的。还说你家的元宝一步摆一个，都能从你老家一直摆到百里之外的兴隆寨呢！把他的！你这夼娃嘴紧得太嘛！"

这一夸张的说法当即将袁国良呛得满脸通红，急忙解释道："这都是岭上人胡说呢！就一个种地的，哪有那么多元宝呢！"

景山岳的兴致还没降下来："咱还听说，你岭上袁家的人都是狼转的，你先人在前朝那会儿带几十个人就把靖州地界的一个土匪寨子给拔咧，还拔出了一个青天知县！得是有这事儿呢？"

袁国良不好意思地点了点头。

景山岳哈哈一笑："来，把你的狼爪子让叔看一下！"

袁国良便径直将左手展开递了过去。

景山岳的脸上慢慢浮上一抹惊讶的神采，随即转身对杜校长说："哈呀！你还要说，这夼娃弄不好还真有几分星宿呢！"

杜光霞当即愣了。虽然她对五千亩土地没概念，但袁记雁回头她知道，生意很火爆，一直被公认为"沙城第一坊"。她这才猛然意识到，他之所以对自己的着装不怎么讲究，并不是因为穷，而是出于对生活的深刻理解和洞察之后的一种泰然。作为校长的女儿，她对学校各方面情况的了解自然要比一般学生多一些。她知道沙中的学生大概有三分之一来自陕北各县，但从他们平时的表现来看，所有人似乎都非富即贵，好像不是官家公子就是富商千金。当然，但凡能来这儿上学的人，条件一般都不会太差，但也绝非全是鼎食之家，所以好多人所表现出的那股优越感，很大程度上都是因为自卑感作祟呢！而相形之下，袁国良的那身灰塌塌的粗布衣衫和那双笨拙的"踢倒山"就像一面法力无边的照妖镜，直白地反照出了他们的肤浅，当然也包括她自己。

很快，景山岳便要与袁国良正式谈话了，杜光霞便知趣地回教室去了。

时间已经不早了，教室里也并没有多少人，她顺手拿起刚从图书馆借来的那本《牛虻》，但没看几眼便又没了兴致，心里就像爬进了毛毛虫一般督乱，于是便烦恼地合上书本，仰起头慢慢闭上眼睛，试图让自己静一静。但就在她刚刚合上眼皮的那一刻，袁国良的形象又野蛮地闯进了她烦乱的脑海。那激情四射的体魄、从容淡定的神态、清澈而富有穿透力的眼神……于是，她便做出了一个大胆而美妙的决定：走近他，用自己火一般的青春读懂这部神秘莫测的书卷。

青春的太阳一经跃出骚动的地平线，就必将会用那炽热的、玫瑰般绚丽的光芒照亮每一个寂寞的角落。自从丹石峡的那次碰撞以后，袁国良和杜光霞就经常相约走进无垠的毛乌素，像沙漠里焦渴的野花和野草一般尽情地、贪婪地吮吸着因为青春萌动而沁出的甘露。

时令已至初夏，寂寥了大半年的荒漠终于重归新绿。沙梁四围，一丛一簇的灌木挑着针尖般的新叶，于燥热的漠风中精灵般地摆动着。那一排排破了膛的千年古柳和挺拔俊秀的白杨的叶子都已长齐，再加上沙梁根底那一丛一滩绽放着的野花，无不给人以蓬勃生命的激越。沙梁与沙梁之间的山湾里，偶尔会出现一两个绿树掩映的村庄。由于天气已完全回暖，农人们都已换上了单衣，此刻，他们正赤着脚，裤脚挽得老高，挥舞着锄头于碧蓝如洗的高天下慢吞吞地游走。因为一连几场饱雨，苗架似乎都很不错，黑黝黝、壮腾腾的，给人一种强烈的丰收的昭示。在这一派醉人的田园静穆中，偶尔会有山野小调传来，但声调却相对平缓多了，远不及雁栖岭的山曲儿那般婉转高亢、大起大落，并且已略略融合了一些北草地的味道：

> 三十里的明沙二（呀么）二十里的水，
>
> 五十里的路上我看（呀么）看妹妹，
>
> 半个月就跑了十五回，十五（哟）回，
>
> 直把哥哥跑成个罗（呀么）罗圈腿。

遥远的沙梁上间或有驼队走过，时断时续的驼铃声随着燥热的漠风飘来，风铃儿一般清脆。那些常年被寂寞所困的脚夫们自然不会放过这个红火，也停住脚步参与了进来：

> 过了一回黄河都没喝一口黄河水，
>
> 交了一回朋友都没亲妹子的嘴，
>
> 住了一回骡马店都没跟妹子睡，没跟妹子睡，
>
> 直把我后悔得难（呀么）难活起！

村妇们自然要扯着嗓子夸张地笑骂一番："咯咯咯！你说这砍脑鬼小子！唱些甚嘛！"

在和煦的阳光中，他们逐渐固定了去处——镇北台。这镇北台位于城北红山顶上，楼台高耸，据险临下，控南北之咽喉，扼东西之要津，巨锁般地守护着游牧民族通往农耕文明的门户，素有"万里长城第一台"之称。明初，延绥镇由波罗堡迁至沙城，并在此设市，与蒙古人开展边贸。但自互市以后，蒙古人便经常伺机南下掠夺财物，给陕北一带造成了严重的祸患。明成化十年（公元1474年），延绥巡抚余子俊在秦、隋长城的基础上，历时四月修筑起延绥镇长城，同时为配合贸易修筑了易马城和供蒙古人纳贡的"款贡城"，之后又在红山顶上修筑了这

座镇北台，用来监视敌情和互市情况。到如今，这镇北台虽然历经了几百年岁月，部分台体已经坍圮，但并不影响它的伟岸。立于台顶，只见天宇旷远，金沙连绵，尤其是那雄浑的古长城，有如一条上古留存下来的兽脊，时断时续地横亘在古老而苍茫的旷野上，给人以强烈的撞击心肺的雄浑感。

从去年起，袁国良便经常一个人光顾这里，并且每次都要站在台上，久久地、饱含深情地将这片广袤而苍凉的大漠凝视半天。看着看着，那一幕幕早已消逝在历史云烟里的画面便又穿越时空般地呈现在他面前，有"不破楼兰誓不还"的豪迈；有"杀气三时作阵云"的骁勇，更有"沙场秋点兵"的雄壮。可是，随着思考的逐渐深入，最初的那份强烈感动似乎又慢慢掺和了几分揪心的悲哀："这究竟得有多大的无奈，才能促使那些统治者们不顾民怨沸腾，于莽莽北疆的崇山峻岭和大漠戈壁间打了这么一堵长达万里的院墙呀！"也正是因为心里淤积的这份悲哀，他和光霞之间还曾发生过几句争论。

那是五月初的一个午后，当他们第一次相约登上这直刺天宇的台顶时，光霞便不由得对着巨龙般蜿蜒在大漠里的古长城来了一句感慨："雄壮的古长城啊！你真是中华民族的骄傲。"

"不，这是劳动人民的骄傲，却是统治者的耻辱！"袁国良脱口反驳道。

杜光霞瞬间惊呆了，愣愣地盯着他，好大一会儿才问道："怎能这么说呢？"

"因为你只看到了长城的雄伟，没看到这雄伟背后的荒唐。"

"此话怎讲？"杜光霞不解地问。

袁国良苦笑了一下："几千年来，那些痴心妄想的统治者们总是一边用尽心思愚民，巴不得将民众驯化成呆傻的、血性尽失的绵羊，一边又举全国之力，不断修筑和维护这道并没有多少实质意义，自欺欺人的边墙，以图江山万世永续。但是，五胡乱华、元人南下、八旗入关，哪一次挡住了？如果我是当时的皇帝，就绝不会干这号徒劳无功的蠢事。与其穷尽国库扎这么一道连野狼都防不住的篱笆，还不如竭尽所能改善百姓的生活，激发百姓的血性，用人心和血性凝成一道真正的铜墙铁壁。对，非但不修，我还要把前人修好的长城全都拆了，用那数以万计的墙砖铺设一条从边疆直通都城的八车大道。我看谁敢进来！"

杜光霞似乎有些明白了，意味深长地"哦"了一声。

袁国良顿了顿，继续说道："再观当下，一个小小的倭国，竟然不费吹灰之力就将东三省蚕食了个所剩无几，几十万东北军都干啥去了？我就不信那些倭兵都是些刀枪不入的妖怪？什么枪不如人炮不如人，狗屁，关键是人不如人，就是因为几千年来，我们的国人都被那些无能的统治者们驯化成了一群绵羊，早已没了血性，只知道一味地顺从，一味地忍让。我常想，等我毕业了就去东北抗日，哪怕死也要拉几个日本人垫背。想我中华四万万之众，如果能有百分之一的人站出来，每人拉几个日本人垫背，何愁倭寇不灭？但如今的政府，放着倭寇不驱，成天就在窝里横，清党……清党，清你妈个……"

说到这里，袁国良突然意识到自己的话有些出格了，便赶忙停了下来。在他说这些话的时候，杜光霞一直静静地站在他旁边，如水的眸子里满是激越的光泽。

"对不起，我好像有些激动了。"袁国良歉笑着解释道。

"不，国良同学，如果我的判断没错的话，你我都是心向光明的人。"杜光霞几乎要流泪了。

袁国良猛地一惊，随即一步跨到她的面前，嘴唇快速蠕动着，但又不知道该怎么回复，便只满脸惊悸地看着她。

两颗晶莹的泪珠扑棱棱地从她那俊俏的脸蛋上滑落下来，但她却不管不顾，只固执地向他投来两束热烈的目光："啥都别说，我都明白。"说完便从书包里掏出那本《牛虻》递给他："看看这本小说吧！我越来越觉得你就是这主人公的原型。"

袁国良不明就里地看了她一眼，随即打开小说看了起来。

"亚瑟坐在比萨神学院的图书馆里，出神地浏览着一堆布道文稿……"整整一个下午，袁国良都一动不动地斜靠在青砖台墙上，主人公那传奇的革命经历让他如痴如醉，充满悲壮的遭遇却又让他眼含热泪。一时间，他竟然忘掉了时光，忘掉了饥渴，忘掉了一切。而杜光霞一直静静地在他的对面坐着，热辣辣地盯着他，忘情地通过他面部表情的变化享受着共鸣的快感。

当火球般的太阳跌到西边沙梁上的时候，袁国良终于合上书本，转了转酸痛的脖颈，慢慢将困倦的目光投向远方那浓稠的苍茫："我的孩子，如果你的心中燃起一线新的光明，一个为你的同胞完成某种伟大的工作的梦想，一种为减轻劳苦大众负担的希望，这样你就要留意上帝赐予你的最宝贵恩惠，所有美好的东西都是他的赐予，只有他才会赐予新生。"

杜光霞热烈地望着他："当我们中间一个人死了，另一个人将会记得这一切。如果我们两个人都死了，我们将会忘记这个喧闹而又永恒的世界，手拉着手走进死亡的秘密殿堂，躺在那些花的中间。嘘！我们将会十分安静。"背着背着，她竟然开始篡改原著了。

随即，两个人不约而同地站了起来，齐声背诵着小说结尾最经典的那段话："不管我们活着还是死去，我们都是一只牛虻，快乐地飞来飞去！"当最后一个字音完全落地的时候，两个人的目光便正正地撞到了一起，久久没有移开。落日的余晖斜斜地打在他们身上，顷刻间便使他们各自成为对方眼里的一座极具浪漫主义色彩的雕塑。

哦！十七岁，你这春柳一般鲜嫩，野花一般芬芳，溪水一般清澈，火焰一般热烈的年龄啊！

第三十三章

雁栖岭有句老话："运气来了门板都挡不住！"而当下的袁国良似乎正进入了这样一种一顺百顺的状态。在不到百天的时间里，他不仅基本完成了组织交给他的两项任务，收获了青春的第一缕萌动，还意外得到了一位终其一生都陪伴他左右，并且心甘情愿替他赴死的铁哥们儿——景秀川。我完全可以想象得到各位看到这个名字时的惊诧表情，但事实就是这样，有些人的改变真就是一瞬间的事。

袁国良的这个收获的确足够意外。

那天在警备司令部过完堂，景山岳顺便对杜校长倾诉了一番自己的不快："奎元兄，按说咱老景家也算是关中名门了吧！可是子弟们下来却个个都不如你所愿！老大说啥都要当工程师，老二耍起了手术刀，老三干脆甚都不弄，成天就知道胡作非为。唉！把他的，你说等咱结伙食账的时候怎办？谁接咱这个摊场呢？老三倒是愿意，但就他那副'执跨'（纨绔）样子，毁这份基业倒还是个人才。唉！一天把人愁得'杀'疼！"

这话瞬间让袁国良心里闪过一道亮光。如果和景秀川交了朋友并设法改变他，让他不再"执跨"，那不就等于帮了景山岳的大忙了吗？甚至从某种程度上讲，自己都能算是他的恩人了，那不自然就搭上关系了吗？所以他当即产生了一个大胆的想法：改造景秀川。

说干就干。第二天吃过下午饭，袁国良就去了二班教室。因为还没有从前一天的羞辱中缓过来，此时的景秀川正闷坐在自己的座位上发愣呢，霜杀了一样。

"景秀川同学，你出来一下。"

景秀川还以为袁国良又要收拾他呢，便猛地站起后退了几步："你打也打了，尿也尿了，还想怎？"

袁国良笑了笑："别误会，我想和你谈谈。"

"有话就在这儿说。"景秀川依旧不放心。

袁国良慢慢在旁边的座位上坐下，一脸诚恳地说："我真有些话想对你说，但这儿不方便。如果不放心的话，你给咱找地方，你说去哪儿就去哪儿。怎样？"

这么一说，景秀川似乎有些放心了，站起来就朝外面走去。二人相跟着来到宿舍，袁国良指了指自己的铺位给景秀川看了座，然后一脸诚挚地说："秀川同学，昨天我确有不对的地方，以牙还牙确非君子所为，我向你诚恳道歉。"说完就深深鞠了一躬。

景秀川警觉地瞥了他一眼，没有言语。

"如果你觉得脸面过不去的话，我可以在全校师生大会上给你道歉。真的！"

"那倒不必了，是我有错在先的。"

"那你就算是接受我的歉意了？好，谢谢你！"袁国良转身在对面的一只木箱子上坐下，清了清嗓子说："我这人有两个特点，一是从来不欺负弱者，但也从不畏惧强者；二是喜欢结交天下豪杰，包括你。"

景秀川猛地抬起头，向他投来一抹疑惑的眼神。

袁国良看着他笑了笑："我知道你这眼神是什么意思。你是不是想问我你能算豪杰吗？"

景秀川猛地点了点头。

袁国良略略思谋了一下："说实话，就目前来说你还真不算！但你想想你爸，还有你十一叔景务木先生，哪个不是英雄盖世？像你这样的家庭，出几个豪杰应该是很简单的事，只是你没把握好，说白了就是不会正确利用你家的资源。我说得对不对？"

景秀川又抬头看了他一眼，眼神里已明显少了几分敌意。

"秀川，我就问你一句话：你有没有想过自己将来干甚呢？"

"没想过。"

"问题就出在这儿了。你怎能不想呢？你家的情况你最清楚，肯定要比我们小老百姓复杂得多。别的不说，就你父亲的六房夫人相互之间有没有竞争？而且据我了解，你兄弟三人都不是一娘所生。现在有你爸在，问题倒不大。但老人家总有走的一天，就你这么下去，到时候你让你妈拿什么在景家立足呢？母以子贵嘛！你让她怎贵呢？"

这番入情入理的话显然让景秀川有所触动，抬头看了他一眼："那我怎争气呢？"

"争取接你爸的班。"袁国良一字一顿地说。

"问题是我接不了啊！"此时的景秀川已是一脸真诚了。

"这正是我今天想对你说的话。对，就这么下去，你肯定接不了，还差得远呢！但我们现在还年轻，只要诚心学好，一切还都来得及。"

"那怎学好呢？"

"很简单！听你爸和老师的话，把心往正路上用！"

"我不知道怎用呢嘛！"

袁国良慢慢站起来，把手搭到他的肩膀上："如果你愿意的话，咱俩交个朋友，共同进步。你可能不了解，快五年了，我每天都坚持晨跑，起先在我们雁栖高小外面的野地里跑，到沙中后就在操场上跑，风雨无阻，为的就是磨炼意志。所以我建议你也先从锻炼身体开始，其他的我以后慢慢给你说，咱一步一步来。"

……

从此以后，沙城中学的操场上又多了一个晨跑者。因为身体肥胖，景秀川起初自然跑不了几圈，所以每当他实在坚持不下去的时候，袁国良便叫他休息一会儿，站在旁边看他跑。但看着看着，他又主动跟着跑了起来。十圈、十五圈，仅仅一个月就能跑完二十圈了，当然速度还是有些慢。不仅如此，随着时间的推移，他真的开始疏远之前的那些狐朋狗友了，学习也刻苦起来，就连集体劳动也跟之前不一样了，尽管干起来依旧不像那么回事，但态度绝对认真多了。

他的这些变化很快就被家人发现了。就在他刚开始跟着袁国良磨炼意志没几天，他的母亲就发现了他的异样——每天早上四点半就起床了，随便对付着吃点东西就走了。起初，她还以为这小子又不知沾了什么邪气，便打发佣人跟踪了几天，可那佣人反馈说，他竟然跟着一个同学在学校操场跑圈圈呢，便暂时放心了。后来，她又慢慢发现儿子很多方面都跟以前不一样了，周末都不出去胡逛了，一个人坐着看起了书，而且一看就是半天，吃饭也不像以前那样挑食了，端来啥吃啥，甚至自己动手洗起了衣服。看着儿子怪怪的样子，她便忍不住问了一句："你怎猛然变得懂事了？"

"我要争气，要学好，不然您将来拿啥在咱家立足？"

这话简直没把她给吓得跳起来。当天晚上，她就按捺不住心里的喜悦，把这些情况一股脑地道给了景司令，谁承想他竟然满脸不屑地来了一句："哈巴打扮死都是狗样子！"

也是，景山岳成天公务缠身，加之又有六房太太，不大可能一直到四房来，自然就不会经常见到景秀川了，怎会相信他猛然变得如此上进呢？还总以为这四姨太又是在他面前争风呢！直到寒假里的一天，他无意中在练兵场上见到儿子，这才知道老四的话原来真的不假。

景山岳也是习武之人，并且一直坚持着这个爱好。那天早上，他照例天不亮就去了练兵场，刚到边上就看见景秀川正沿着场边快速奔跑着，便一声喝住他："过来！你这是弄啥呢？"

"磨炼意志。"景秀川说。

"就你？咋要修你大的筋了！"

直到这时，他还以为这家伙是受他妈的指示，故意给他上眼药呢，便不分青红皂白地骂了一顿。但儿子并没有跟他理论，只没事人一般接着跑了起来。

"好！让你装，老子看你能跑几圈。"这么一想，他便没像往日一样练习拳脚，只一边散步一边盯着儿子。但令他意外的是，这小子竟然一口气绕着偌大的练兵场跑了二十圈，并且慢走了两圈之后又扎起了马步。他这才感觉到事法真有些不对了，便走过去问："啥时候开始锻炼的？"

"两个多月了。"景秀川扎着马步回答。

"你怎猛然记起这了？"

"袁国良给我说的。"

"他给你说啥了？"景山岳很是吃惊。

"要我向我十一叔学习，不能辱没老景家的门风。"也许是为了报复父亲刚才的蛮横态度，景秀川故意没有提他。

"好好好！向你十一叔学习好。老子今儿就把话给你放这儿，你小子将来若能有你十一叔一半的出息，老子就在咱老景家的祖坟上放它九九八十一响铳子。"

景秀川再没有说话，依旧稳稳地扎着马步。

景山岳也没了练功的心思，一直面带微笑地在儿子面前站着，直到部队前来上操的时候才急忙说："行了，咱让开，叫他们上操。"说完便带着儿子到办公室去了。

一进办公室，他就叫勤务兵端来一杯热水，并用景秀川从来没有听过的和蔼的语气说："喝点水，操心虚脱。"

在景秀川喝水的时候，景山岳一直亲昵地看着儿子，直到他放下水杯后才说："前几天就听你妈说你猛然懂事了，咱还不信，但咱现在信了。我说嘛，咱老景家的子弟，再瞎都有个样样呢！好好给咱学好，你大哥和你二哥都不愿耍枪弄棒，将来等老子蹬了腿，你就把这个摊场一接。你要看老子只带了一万来兵，但在陕北这一亩三分地上，什么姓蒋的、姓冯的，那都是庙里的牌位子，最终还是老子说了算。你如果能把这个摊场给咱接起，那还怕啥呢？"

景秀川点了点头。

"你刚说是袁国良给你说的？他怎给你说的？"景山岳又问。

景秀川便将事情的前因后果和他俩这两个多月的情况详细讲了一遍。景山岳边听边点头，肉嘟嘟的脸上始终浮着一抹释然的笑意。

要说这袁国良还真遗传了老太爷和他大的几分精明，什么事情都滴水不漏。就在杜校长跟他谈话，希望他担任新一届学生会主席的时候，他就力荐景秀川当副主席。他的这个提议当然会遇到很大阻力，但他似乎铁了心了，与班子成员和他所物色的各部部长人选逐个谈话，当然不会把真实想法说出来，只圈圈大套地讲了一番大道理，诸如要给追求进步的人机会和鼓励；景秀川毕竟身份特殊，当了副主席很多事情肯定好办等等。

这人啊，有时候还真得鼓励。自从当了这个副主席，景秀川就真的更加进步了，不仅学习比以前刻苦了，还事事模范带头，并且说服他爸把奖学金的数额翻了一番，后来又用自己多年积攒的压岁钱设了一个以他十一叔的名字命名的"务木助学金"。

我们完全可以想象得到景山岳看到儿子这些变化之后的心情。这不，就在时间刚刚跨进四月的时候，他就正式向袁国良发出了邀请，说是要用一场隆重的家宴来感谢他对景秀川的"再造之恩"，并且指明要杜校长、黎先生以及袁国良和景秀川的班主任作陪。而就在这场家宴上，袁国良竟然出乎意料地见到了磨石坚。

那天，景山岳之前的警卫连长、年前派驻肤施清党的孙海权恰巧到沙城来了。为了省事，景山岳便直接并了桌。

因为大多数人都已经是老熟人了，只有袁国良和孙海权相互不认识，所以景山岳就只给他介绍了一下袁国良。那孙海权一听是个学生娃，便也没太重视，只象征性地点了点头。没想到景山岳当即将脖子一拐："还狗眼看人低呢！告诉你，这娃可是老子的恩人，也是今天的主宾。你一个烂尿营长，能让你陪客就不错了，还当老子这桌是给你摆的？"说完又像突然记起了什么似的说："对嘛！国良是延北雁栖岭人，岭上袁家，你知道不？"

孙海权一惊："哦！岭上袁家，那肯定知道嘛！"紧接着猛地拍了一下桌子对袁国良说："我的警卫班长也是你们雁栖岭人，叫个磨石坚，你认得不？"

早在寒假回家的时候，袁国良就听说磨石坚当兵了，还当到长官身边了，就连回家都骑着高头大马。当时他很是意外，怎还混进国民党的军队了？不过转念一想，这也许也是梁老师布下的一个局，尽管在木图峪开会的时候，梁老师并没有给他说这个，但他知道，有些事是不方便让他知道的，于是便又有些释然了。不过，既然是警卫班长，想必也会跟着来，不如就此创造一个见面的机会。这么一想，他便故意笑着说："从小耍大的，一直都是我的龙威将军。"

"龙威将军！那你是啥？"景山岳笑着问。

袁国良故作着涩地说："我是雁栖大元帅。"

满桌子的人都轰的一声笑了。

孙海权也笑了，转身对景山岳说："司令，就我刚说的那小子真是颗'冷子'，当兵没几天就直接把一拃长的洋钉子支到班长的脖子上，硬逼着他叫了几声爷爷！我看这小子是个硬人，就调来给我当警卫了，前不久又提他当了班长。"

景山岳哈哈一笑："哈呀！这雁栖岭怎尽出'冷子'呢！"说完就指着袁国良对孙海权说："刚忘给你说了，就这后生把老三给打了，打了倒不要紧，还打成朋友了！咱老三现在就跟他学好呢！你看是不跟以前不一样了？"

孙海权这才明白"恩人"是什么意思了，便赶忙回应道："太不一样了，我下午就发现了。"

景山岳高兴地笑了笑："那你把那颗'冷子'带来了没？"

"带来了，就刚才搬东西那个后生，现在在客房呢！"

"陆副官，还戳在那儿干啥呢！赶紧把咱大元帅的龙威将军请来让老子见识见识！"说完便让勤务兵在袁国良的旁边加了一把椅子和一套餐具。

孙海权也跟着陆副官去了，返回的路上还一直喋喋不休地给磨石坚安顿着各种礼节。

磨石坚自然不比袁国良，一则是因为第一次见这么大的官；二则是因为他已经算是在景山岳手下吃饭的人了，难免有些紧张。但一听说袁国良也在，还是主宾，就又稍稍释然了一些。一进大厅，他就就地立正，敬了一个标准的军礼，大声报告道："肤施守备营警卫班班长磨石坚前来报到，请司令训示！"

景山岳故作严肃地说："哎！你要先给你们大元帅报告呢嘛！"

磨石坚竟然真又给袁国良敬了一个军礼，直引得大家一阵哄笑。景山岳也哈哈大笑道："好！龙威将军，就挨着你们大元帅坐吧！"

三杯开场酒过后，景山岳就端起酒杯，对坐在他旁边的杜校长说："先敬老兄三杯。但这酒可不白敬，你老兄一定要把秀川和国良给咱管好，等明年毕业了，咱要送这俩娃上军校。黄埔不好进，蒋先生不一定给咱面子，但阎老西咱有办法，上个太原步校还是有把握的！"

杜校长急忙举起酒杯应了下来。

景山岳点了点头，随即笑着对黎先生和两位班主任说："几位先委屈一下，等我把主宾敬完再敬各位。"说着便端着酒杯直接朝袁国良走去。

袁国良急忙起身："我是小辈，应该我敬您。"

景山岳伸手在他头上轻轻摸了一把，大声说："哈呀！叔也算是混了半辈子江湖了，还没见过你这么一颗'冷子'，直接就把叉劈到你叔的'杀'上了，真是'兔鼠子撵上咬猫呢——要二百五不要命了！'"说着又哈哈大笑了两声，"但你叔没为难你吧！"

还没等袁国良搭话，众人便一哇声地恭维道："司令大人大量……"

谁知景山岳将脖子一拐："咱老景向来明人不说暗话。咱也有咱的算盘呢！咱是看上这小子了。"然后又举起酒杯对袁国良说："叔刚敬了校长三杯，也敬你三杯。这第一杯是佩服酒，叔佩服你的硬气，把咱的儿打了还面不改色心不跳，到司令部来了还腰板直挺挺的，用咱把兄弟张老八的话说，你小子尿性！"说着便仰头喝了下去。

袁国良也赶紧一饮而尽，然后歉笑着说："不瞒您说，当时真是硬撑着呢！您不怒自威，怎能不怕呢！"

"能撑住就是好汉！这第二杯是感谢酒。感谢你能让秀川学好。只要秀川能学好，叔就比啥都高兴！所以，叔代表老景家全家感谢你！"

"不不不，秀川本来也很优秀，之前只是因为家境好贪耍而已，我只是点化了一下。"袁国良急忙解释。

"点石成金也是功劳嘛！"景山岳喝下第二杯酒继续说道，"这第三杯是希望酒。眼下世事不平，乱党四起，所以叔希望你要有定力，千万不敢跟着共党瞎闹！共党是啥？就靠几个工人和学生娃能成个事儿？不要看他们现在闹得欢，终究都是'冷子打墙冰盖房'，简单一个清党，不就一口奶都不吃了？叔刚说了，好好把秀川带上，明年就送你们到太原上步校，完了和秀川一块儿把叔的这个摊场经管上。能成？"

"行！"袁国良赶忙点头应承。

……

那天的宴席一直持续到很晚才结束。临近散场的时候，袁国良又专意敬了孙海权一杯，说他跟磨石坚一年多没见了，想把他带到他家的酒号聊聊。也许是碍于他和景山岳的特殊关系，孙海权便痛快地答应了。当然，他们并没有真去酒号，而是到街上找了一家客栈。

此时，住店的客人们早已睡定，整个客栈漆黑一片。一关上门，磨石坚便转身在袁国良的肩膀上拍了一巴掌，低声说："哈呀！你连景司令的儿都敢打！"

袁国良嘿嘿一笑："没这本事还给你们当大元帅呢？"接着便迫不及待地问道："你当兵是不是梁老师安排的？"说完又记起了组织纪律，便又说："如果不方便说就不要说。"

"在你面前就没有不方便的。梁老师到现在还不知道呢！等我回岭上的时候，他已经走了。现在我就把我当兵的前因后果告诉你，将来正好能给我当个证。"

　　这一切还得从去年那场血腥的"清党"说起。我们已经知道，当时，这位年仅十六岁的雁栖区农协副会长也被五花大绑地抓走了。后来因为袁继耀的那几根金条，小命倒是保住了，但也被绑到架子上抽了几十麻鞭，还陪了一回刑场，随后又被判了一年劳役，到兴隆寨下面桃花河与延水河交汇处修河堤扛石头去了。

　　要说这扛石头还真不是个活儿，关键他们又都是刚在鬼门关逛荡了一圈的暴乱分子，自然就更不会被当人看了。苦重是自然的，还填不饱肚子，而且稍不留心就会挨打挨骂。劳动也是定量的，每人每天三十块石头，加之石场距离工地足足有二里地，来来回回光路就要走够一百二十里，并且有六十里都要扛着几十斤重的石块子，只半天下来，脊背就被压了个稀巴烂，钻心地疼。天黑收工的时候，整个人都散架了，两条胳膊就像筛糠一般，连碗都端不住。"唉！早知这样还不如一枪毙了算了！"而正当磨石坚这么盘算的时候，一件意想不到的好事竟然端端地砸到了他的头上。

　　那天临近中午，磨石坚刚把一块石头丢到匠工面前，转身领取计量签的时候，就听见背后有人叫他。他转身一看，竟然是孙海权。他还以为又要重新提审他了，便不由得紧张起来。"长官好！罪犯磨石坚接受训示。"这些天，他已经习惯了监狱的规矩。

　　孙海权看了他一眼，操着一口浓重的关中话问道："怎相？舒服不舒服？"

　　磨石坚怯生生地看了他一眼："不舒在也没办法嘛！"

　　孙海权哼哼一笑："我倒有个办法，不知你愿意不愿意？"

　　磨石坚一脸疑惑地看着孙海权，怯怯地问："甚办法？"

　　孙海权甩了一下马鞭："跟老子混，当兵。"

　　磨石坚早就被这牛马般的劳役给折磨怕了，眼里当即闪出了一抹亮光，便赶忙应承道："能行！"于是，他当天下午就跟着孙海权来到肤施城，被安排到三连一排当了一名兵丁。

　　和扛石头相比，当兵就纯粹是天堂过日子呢，每天就在河滩跑几圈，练练刺杀，打打枪，很是轻松，并且这些活儿都是他爱干的，所以便尽情地享受起来。但没几天，他就突然记起了一件事。自己已经是有组织的人了，按照组织纪律，这当兵的事儿必须事先经得组织批准才行，可梁老师至今还不知道这事儿，这该怎办呢？当然，早在孙海权问他愿不愿意当兵的时候他就想过这事儿，还准备以和他大商量为借口回一趟雁栖岭，但他又想，即便孙海权同意他回去，也肯定会派人寸步不离地跟着他，根本就没法汇报。况且他之前就曾听梁老师讲过，将来肯定要将一批人送进国民党军队"拉杆子"，这不正好嘛！那就等等吧！以后找机会再汇报吧！

谁知这一等就等出了问题。就在入伍之后不到半个月，他就因为实在忍受不了班长的欺负，捅了一个大娄子。

那天早上起床号过后，他正在整理内务，班长突然叫他："你过来！看尿桶里有个甚？"他根本没想到这是一个套，便赶忙跑了过去。等他刚一俯下身子，那家伙就一个"鸭子潜水"把他按进了尿桶里，随即便是一阵放肆的狂笑。

他一下子就火了，猛地站起身子，摆了摆湿漉漉的脑袋，瞅准那家伙的面部就是重重一拳："老子弄死你！"

一床被子唰一下罩在了他的头上，紧接着便是一顿狂乱的拳脚，还重重挨了几棍，直到他咚的一声倒在脚地上，班长才揭开被子，一脚踩到他的脸上："小子，你真是活腻了，一个新兵蛋子竟然敢打班长！告诉你，那叫海底捞月，老子们当年也是这么过来的。从今儿到年底，这尿桶就你倒。"说完又重重在他脸上趿了几下。

尽管磨石坚曾跟史超然练过几年工夫，但要对付整整一个班却绝不可能，况且自己已经被打倒在地，就不能硬撑了。好汉不吃眼前亏嘛！所以他便没再登荏，爬起来自己清洗去了。但他"岭上第一亡命徒"的名号也绝对不是白得的，是绝对不可能平平淡淡咽下这口恶气的。

第二天恰巧有一下午休息时间，磨石坚就一个人到街上转了一圈，在路过一家木匠铺的时候，突然就来了灵感，进去买了一根一拃长的洋钉子，坐到延水岸边的一块石头上整整磨了一下午，直磨得寒光闪闪。晚上睡觉的时候，他偷偷将钉子攥到被窝里，熄灯号一响就一个猛虎扑食跃过去骑到班长身上，猛地卡住他的脸，将剑一般锋利的钉子戳到他的喉结处，厉声喝道："叫爷爷！"

众人一下子就慌了，急忙点着灯过来劝解："不敢胡来，昨儿那是跟你耍呢嘛！"

"谁跟你们耍呢？都下地站着别动，不然老子就捅了他。"

待众人按照磨石坚的指令下到地上后，他又目放凶光地盯着班长大声喊道："快叫！不然老子就送你见阎王！"

正在这危急时刻，连长和排长刚好查铺来了，急忙命令他放开，但他依旧不为所动："你别高兴，司令来了都没用，快叫！"说完就直接在班长喉结旁边的肉皮上挑开了一道口子。那家伙终于撑不住了："好好好！爷爷，爷爷，行了不？"磨石坚嘿嘿冷笑了一声："好！老子今儿就饶你一命，但你听好了，你要再敢动老子一指头，可真就连当孙子的机会都没了，不信你就试试！"说完咣的一声将钉子扔到地上，跃过班长的头顶跳到脚地上："要杀要剐随便了。"

"绑起来送到营部。"连长喊道。

到了营部，孙海权简单问了一下情况之后就顺手打了他一耳光："我还当为啥呢！你个碎子儿，哪个部队不整新兵？不瞒你说，老子也是这么过来的。自古就这规矩。"然后又对排长和班长说："你们先回去，这碎子儿让我处理。"

但等班长和排长他们一离开，孙海权就哈哈大笑着对连长说："清党的时候就发现这碎子儿是一颗'冷子'，你看，一般人还真镇不住，干脆就留到我的警卫班算了！"

就这样，磨石坚就成了孙海权的贴身警卫。后来的一次剿匪战斗中，他又意外地为孙海权挡了一回黑枪，当场就被提拔成了班长。

"不愧是龙威将军！一下子就混到长官身边了。"听了磨石坚的讲述，袁国良笑着说。

"我那纯粹就是瞎驴碰草垛——端端碰到嘴上了！我当时真连挨枪子儿的准备都有了。"

袁国良又嘿嘿笑了几声，随即话锋一转："也不能一直当警卫，一定要想办法下去带兵，还要把威信立起来，一旦时机成熟，就直接把你的兵拉过来。所以你现在就要着手考虑这个问题，计划一定要周密，要用脑子，不能光靠勇莽。其实你有时候也是个心细人，就是自个儿老把自个儿当莽汉。这样不行！"

……

两个人就这样一直聊到第二天麻亮，磨石坚要返回警备司令部才结束。

城里人显然要比农村人逍遥，这个时段大都没起床，街道上只稀稀拉拉几个人影。毛乌素初夏的黎明依然略略有些凉意，凉飕飕的晨风不停地从空荡荡的街道上掠过，送来阵阵野艾般的清爽。临近十字街的时候，磨石坚突然探过身子说："二娃，你记不记你那年过生日的事儿了？"

"哪一年？"袁国良问。

"就你妈看见狼那次嘛！"

那是袁国良过十二岁生日那天，磨六和他婆姨到百里之外的石家坪镇买大缸去了，得第二天才能回来，便将三个孩子依托到了袁家。在袁家，小子娃一过十二就要被当作成人了，所以中午吃饭的时候，袁继耀便破例让两个儿子和磨石坚喝了好几杯。由于都是第一次喝酒，几个人很快都有些晕乎了，一吃完饭就都到袁国良他们起居的窑洞里睡了。半后晌，红椒进到窑里找东西，刚一跨进门槛就惨叫了一声，随即便连滚带爬地跑了出来，惊慌失措地指着窑里喊着："狼、狼！"这让大家很是惊愕，急忙拉着棍棒跑进窑里，但里面除了几个还在昏睡的小后生便没有其他任何东西。可红椒却始终坚持自己刚才明明看见炕上平展展地卧着一红一苍两条狼，都平展着前肢，奋拉着头颅，好像睡着了一样。

袁国良狠劲儿搂了搂他的肩膀："既然是狼，就得有狼的样子。狼行千里吃肉嘛！"

　　说着已经到了十字街，二人便就此分开，磨石坚去位于城西的警备司令部报到，袁国良则要赶回东山下的沙城中学。临别前，磨石坚转身跟袁国良握了一手："主狼神，那咱就就此别过吧！你放心，我尽量用脑子把所有的事儿都给咱办好！"说完便仰头冲着微曦的天空来了一声雄壮的狼嗥，直引得满城的家狗一阵杂乱的狂吠。

第三十四章

袁国良的两项任务就这么顺利地、彻底地完成了。按理来说，这绝对应该说是高兴事儿了，但他怎都高兴不起来，因为给他下达任务的子川先生已经出事好几个月了。

子川先生是在一次秘密会议上因为叛徒的告密而被捕的，之后就一直在当局的监狱里关着，并且据黎明先生说，子川先生近来的身体状况很差，又坚持不肯服用狱方提供的药品，估计怕是"麻烦"了！"无论如何要吃药呢嘛！这药又不分反动不反动。"这些天，袁国良简直焦虑极了。而正当他为这事儿感到焦虑的时候，一道十分蹊跷的命令下来了。

六月十九日下午，景山岳突然召集教育局相关负责人和沙城中学、沙城女师、绥州师范三所学校的校长召开了一次紧急会议，宣布上述几所学校即日起停止正常教学，开展为期一个月的战备训练，期间将严格实行军事管制，所有学生必须统一在学校住宿用餐，绝对隔绝对外联系。

会议一散，一支由二十五人组成的"教导队"就火速进驻了沙城中学，当即接管了包括门禁在内的几乎所有管理工作，并且利用晚饭后的活动时间召开了一次动员大会，火急火燎地开始了训练。

起初，大家还都比较兴奋，因为好多人都猜测是要和日本人全面开战了。尽管动员大会很简单，也没具体说备什么战，只笼统来了一句"推动国民革命的需要"，可大家依然对自己的猜测很自信。国家机密嘛！哪能随便乱说呢！

但随着时间的推移，所有人就越来越感觉到不对劲儿了。既然是战备训练，为什么每天只走走队列、喊喊口号，基本就跟平常上体育课没什么区别，从来都不涉及任何军事方面的知识呢？唯一明显的变化就是门禁的确比之前严格多了，不仅坚决禁止任何人出入，还停发了报纸，就连正常的采买也由教导队派人经手了，简直都服务到家了。可尽管如此，所有人都还配合着，毕竟灶上的伙食明显改善了，不仅白面馍馍管饱，还能顿顿见肉。够怎美气！

但仅仅第三天，也就是二十二日晚上，大家就在一片悲怆之中明白了一个道理：这个世界上还真的没有无缘无故的猪肉撬板粉！

那天晚上，熄灯号刚刚吹过，宿舍后面的东山梁上就突然生起了一堆很大很大的篝火，而正当所有人都为此感到困惑的时候，一袭带着哭腔的愤怒的声音就伴着已经略显燥热的夏风飘来了。

"今夜，我们在这莽莽毛乌素浩瀚的星空下，沉痛悼念陕北现代教育的伟大奠基者和先行者刘子川先生……"

整个宿舍区瞬间就炸了。

"我说怎突然战备呢！原来是这么回事！"

一时间，喊叫声、咒骂声、号哭声，甚至还有打砸声，所有的声音汇聚成一片，简直都要把整座学校掀翻了。不少人已经冲出了宿舍，站在当院仰头望着那堆篝火泪流满面了。而就在这一片混乱之中，女生宿舍那边传来了一袭尖厉的口号声："反对政治迫害！还我子川先生！"

教导队很快就赶过来了，并且已经开始着手强力弹压了，但杂乱的喊叫声依然很快统一了起来，几百名学生迅速向操场涌集着，"还我子川先生"的口号声响彻茫茫暗夜，甚至有部分学生已经开始鼓动上街游行了。

混乱中，景山岳也立即带着相关人士赶过来了。

这景山岳不愧是久经世事的老江湖，做事很懂得讲策略，一来就对着教导队的人厉声喝道："把家什都收起来，学生娃们有点情绪很正常嘛！扛枪做啥呢！"说完就在杜校长的陪同下上到操场边的典阅台上，对着群情激奋的学生们吼起话来：“娃们！静一静！你们都是咱家秀川的同学，给你们当个叔没麻达吧！叔给你们说几句话。”

台下暂时安静了下来。

景山岳清了清嗓子：“娃们！你们听叔说。叔也是今天后晌才得到子川先生去世的消息的，还专门跟省城订正了一下，说是在里面得病去世的。”

“是谁把先生关进监狱的？”台下又一哇声地喊开了。

景山岳展开双臂朝下压了压，示意大家安静，然后继续说道：“等叔把话说完嘛！咱知道你们都得过子川先生的教导，对先生拥有很深的感情，得知先生去世的消息都很伤心，所以喊一喊、闹一闹没啥！有些话本来不能说，但叔今天就说了，咱这会儿的心情其实跟你们没啥区别，也很伤心！咱老景没文化，但一贯敬重文化人。子川先生在沙城的时候，咱俩真是没麻达，只要他提出的要求，咱基本上都照办咧！”说着便指着学校的图书馆：“那图书馆就是他要修的，咱当场就应下咧！修嘛！不光要修，还要修得美美的！不是叔吹呢，就这图书馆，放到省城都打不下马。修好以后，咱还准备拿他的名字命名呢！但他说啥都不让，最后只好以先总理的名讳叫了个中山图书馆。”说完转身看了一眼杜校长：“老兄，得是这情况？”

杜校长点头表示认可。

“谎言，一派谎言，既然你下午才得到消息，为什么十九号就开始战备训练呢？这究竟备的是什么战？”有人直接提出了疑问。

“娃们呀！说句实话，这次战备训练其实是咱的突发奇想。那天坐着没事，突然想到咱家秀川最近的变化，主要就是沾了跟着袁国良同学锻炼身体的光咧，所以咱就想着把你们都练一练，让大家都能进步。你们都是咱陕北的秀才，你们进步了，咱陕北可就进步了。这纯粹跟子川先生的事无关。咱又不是鼻嘴子娃，还能不明白纸包不住火的道理？”

“你怎突然这么好！”人群中有人大声喊道。

景山岳笑了笑："娃，你说这话可真把你叔的心都亏咧！啥叫突然呢？叔其他不敢说，但在教育上，叔敢拍着胸脯说，咱老景真是把吃奶的劲儿都用上咧！这沙城中学就是咱老景挤占军饷扩建的，而且咱个人也捐了两千大洋，部分老师也是咱亲自到上海、平津请来的。你们按着胸脯说，咱这学校修得怎样？省城咱不敢吹，我老家关中算是富庶之地吧，但那里的中学真连咱的脚把把都拾不上。"说完便话锋一转："当然，不是说咱有多少功劳，咱做得还远远不够！所以就想听听大家的意见，包括大家对子川先生去世的一些想法，只要不是过于出格，都成嘛！谁叫你娃们都是咱陕北的秀才呢！但家有千口主事一人，你们就派几个代表吧！你们自个儿选，咱和杜校长在会议室等你们。"

代表很快就选好了，包括袁国良在内，十二个班每班推举了一个。作为教务长的黎明先生也参加了座谈。待袁国良经过他身后的时候，他顺手在本子上写了个"一"字，又在旁边画了个圆圈。

凭着他俩一年多的默契，袁国良很快就明白了他的意思："第一步不能破裂"，以争取准备时间。

不用说，座谈很是激烈，整整吵了大半夜，但最终还是在杜校长和黎先生的斡旋下达成了一致意见。当然，景山岳也的确做了一定的让步。

座谈会商定，六月二十五日为子川先生举行追悼会，但仅限于学校师生参加。不登报，不设灵堂，不摆放花圈，不喊口号，指定由杜校长主持，黎先生致悼词，每个班出一个代表发言，并且悼词和发言必须事先报杜校长、教育局局长、景山岳和教导队长同堂会审。

第二天晚上，黎先生就以探讨主持词和悼词为掩护，把袁国良叫到办公室耳提面命了一番。

六月二十五日上午九点，追悼会在一派哀伤中开始了。起初，一切都还顺利，但等到与袁国良同班的柳明海发言的时候，风向就突然变了，他竟然一连用了几个诸如"黑暗、迫害、背叛先总理、继承先生遗志"等敏感词汇，并且置教导队长多次提醒于不顾。

无奈之下，教导队长便带了几名士兵上台，揪住柳明海的衣领就要往台下扯。几乎同时，台下至少十几名学生冲到台前表示抗议："追悼会上动用暴力，这是对先生在天之灵最大的亵渎！"教导队其他士兵一看情况不妙，也赶忙前去制止。又有几十名学生冲了上去，双方很快就撕扯成一片。

现场一片混乱，教导队长情急之下便准备鸣枪警告，但说来也巧，也许是因为有人上去夺枪对他造成了影响，一枪打出去，竟然不偏不倚地打在了一名学生的肩膀上。这下事儿就大了，一名学生当即跑到台上喊起了口号："反对暴力，反对迫害，还我子川先生！上街！"尽管杜校长、黎先生和袁国良几人一起上前制止，用最大的音量喊道："误会，误会，大家不要冲动！"但几百名学生根本不听，都洪水一般朝大门口涌去，三下五除二就制服了守门的士兵，冲到了街面上，并且很快就到旁边的布号和四宝斋做好了写有"反对暴力，反对迫害，还我子川先生"的标语，扛着游行去了。

等景山岳听到枪声赶来的时候，一切都已经晚了。

恼羞成怒的景司令照准教导队长的脸上就是一耳光："谁让你动枪了？你能干个啥嘛！"

那队长也很委屈，唯唯诺诺地说："那个学生代表竟然说蒋委员长背叛了先总理，我怕出乱子，刚上去制止，现场就乱了……"

景山岳皱着眉头略略思索了一下，随即将胳膊一甩："咱算是明白了，这就是有人成心跟咱玩阴的呢！"说完转身对身边的参谋吼道："把警卫连给老子调过来，抓，长短先把那个胡说的先抓起来，让老子看一下是谁想在老子下巴底支砖呢！"

此时，游行的队伍已经到了沙城女师大门口了。一名同学直接爬上墙头开始演讲。

"这是最昏庸、最无能的政府，东三省即将沦陷殆尽，他们却视而不见，专对无辜百姓下手。子川先生一介书生，何罪之有？竟遭如此迫害！黑暗！绝对的黑暗，伸手不见五指的黑暗，连太阳都无法照亮的黑暗……"

在这番激烈言辞的鼓动下，女师的学生们也被动员起来了，也扛着标语加入了游行的队伍。

景山岳的警卫连很快就荷枪实弹地开过来了，但只这一百来个人根本控制不了场面，双方再次发生了激烈冲突。

震怒之下，景山岳又从城外增调了两个步兵营，由他的参谋长亲自指挥，强行将所有学生押回学校，并且将表现最激进的四十多人集中押往司令部会议室关押了起来，又在沙中和女师实行了更加严厉的戒严制度。

这四十多人里面就包括发表"出格言论"的柳明海。哦！对了。就在去年，袁国良为他在景秀川那里出了那口恶气之后不多时，柳明海就加入了黎先生和袁国良在沙中组建的秘密团体，并且早已被培养成骨干成员了，所以我们便不难想象他为什么要故意出格了。

因为都是学生，景山岳也并不敢对他们采取什么措施，主要以攻心为主。但无奈，那四十多人根本就不吃他那一套，虽然失去了自由，但战斗力依旧丝毫不减，"反暴力、反迫害，还我子川先生"的口号声一刻都没有停止过。

与此同时，被强行困在学校的学生们竟然集体绝食了。他们不顾军警的阻拦，再次集合到操场上静坐，昼夜不散，并且把用来上晚自习的马灯点着，于炽热的太阳下挂到操场边的树杈上。

杜校长和黎先生一次又一次过来劝说，要他们以身体为重，无论如何先吃饭，剩余的事儿由他俩跟景司令交涉处理，但他们根本不听，只大声呼喊："感谢校长和先生的关心，但是天太黑了，我们担心会把饭吃到鼻孔里！"

六月底正是沙城一年里最热的时候，不到三天，就陆续有学生因为高温和饥饿而休克了。

第四天下午，整个沙城都骚动了起来，工商界、文艺界都纷纷派代表前往警备司令部请愿，恳求景山岳尽快妥善处理此事，让学校恢复正常秩序。普通市民则更不用说了，因为他们好多人的子弟就在绝食的行列里，所以他们也都开始串联了，并且很快就达成了共识："老师死了，娃娃们伤心，说几句过头话很正常嘛！还用得着这样？又没犯下死罪呢！天下总有个说理的地方呢！"甚至就连曾经与袁国良一起担茅粪的那些"粪友"们也看不下去了，当下就撂了挑子，直接声称学生不吃饭，他们就不上工。

眼看一场更大的震荡即将成形，景山岳便只好再次服软了。六月二十八日下午，他带领教育局局长和商会主席等一干人等来到沙中，再次与学生代表进行了座谈，并且很快被迫答应了学生提出的几乎全部条件：第一，立即释放在押学生，并将受伤的学生全部送往医院免费治疗；第二，承认此次悼念活动是学生对老师的正常追思和缅怀；第三，责令教导队长向全体学生道歉，并严加惩处；第四，撤销军事管制，恢复正常教学秩序。

不用说，我们完全可以想象得到此时的景山岳是什么样的心情。一回到司令部，他就劈头盖脸将所有的憋屈转嫁给了随行的警察局长。

"你是干啥的？乱党在沙中和女师都渗透到骨髓里了，都直接把棒槌戳到老子的门牙上了！你眼窝瞎了？我麻糊你也是乱党分子。给老子查！半年之内要是把沙城乱党的根给老子拔不了，土给老子挖不了，老子就直接要你这颗'黑杀'！"

至此，沙城的这场学运就在景山岳的一片骂娘声中宣告胜利了。

但美中不足的是，百里之外绥州师范的学运却因种种原因没能尽如人意。这一方面是因为当局在得到子川先生去世的消息后提前做了防范，并且考虑到这所号称"陕北的上海大学"的学校的设立就是子川先生当年一手推动促成的，还亲自担任过两年多的校长，所以相对于沙中而言，这里的师生对子川先生的感情肯定更深一些，所以就把防范的重点放在了这里，学运从一开始就遭到了当局的强力打压，没有像沙城中学那样争取到宝贵的策划和准备时间，导致这里的学运工作举步维艰；另一方面是因为绥州师范的学生相对少一些，况且独处于百里之外，不容易像沙中和女师那样形成相互策应之势，力量就相对薄弱多了。尽管如此，绥州师范最后也搭了便车，基本上是按照沙城中学的政策处理的。

学运平息之后没几天，景山岳就全面加强了对治内所有中小学校的管控。几乎所有的学校都成立了三民主义教导队，并且将三民主义讲义作为重点课程与学生的毕业挂钩。与此同时，各学校的师生队伍中也突然增加了一些新面孔，尤其是沙城中学、沙城女师和绥州师范这三所重点学校，几乎每个班级都突然转来了一两位"新同学"。于是，一场针对进步师生的特务管制便就此开始了。

基于这种情况，各校的组织活动便只能被迫暂时停止了。但即便这样，还是或多或少地遭受到了一些损失。这不，就在三民主义教导队进驻没几天，两名进步教师就被捕了，局面一下子就严峻起来。

但正当袁国良、杜光霞他们为此感到焦虑的时候，事情竟然出现了一个十分蹊跷的转机。景山岳竟然没有进一步深挖，只将两名进步教师关押了起来，然后在沙城中学开展了为期一个月的自省悔过运动。当然并没有人真的去自省，但也就这么草草收场了。

而绥州师范就没那么简单了。因为之前的学运中有人变节，所以当地驻军很快就顺藤摸瓜地开始了抓捕。起先都是一些外围成员，也就是一些仅仅思想上进步，尚未正式加入组织的学生，但很快就挖到一些党员、团员学生身上了。这不，就在教导队进驻之后的第三天，一下子就抓了八名共进社成员，局面瞬间严峻了起来。

那天晚自习，教国文的杨先生突然抱着一摞作文本来到教室，说他明天要请假，所以借用一节晚自习的时间讲评一下作文，说着就让前排的几名同学挨个儿将本子发到大家手里。

就在耿志高打开本子看批语的时候，瞬间就愣了，因为先生给他的批语竟然只有两个字："快跑！"

我们已经知道，耿志高早在雁栖岭的时候就加入了共产主义青年团，成了梁毓文的"四大金刚"之一。但到绥州师范以后，因为人生地不熟，他起先只能按照梁毓文的嘱咐，像袁国良刚进沙城中学那样"盘龙卧虎"，直到去年秋天的木图峪会议，由梁毓文和袁国良联合向黎明先生推荐之后才进入了组织的视野，秘密入了党，加入了共进社，并很快成为骨干成员，还担任了绥州师范党组织的交通员。

晚自习一下，耿志高就趁着混乱，从宿舍后面的排水暗渠钻出去跑了。

果然，第二天天还不亮，整个绥州就全部戒严了，到处都是通缉耿志高和其他五位共进社骨干成员的告示。大批军警像无头苍蝇一般在整座县城乱窜，掘地三尺地开始了搜捕，并且很快就将杨先生和那五名骨干成员抓了起来。唯独耿志高一直逍遥法外，惹得绥州县长王书田一连被景山岳"翻了好几回先人"。

第三天临明，绥州一带突然下了一场暴雨。天一亮，就有捞河柴的群众到警察局报告，说他们在无定河边发现了一只鞋和一个书包，疑似有人落水。

警察局长当即带人赶到现场，把这些东西查验了一番。书包里竟然装着一本被洪水浸透了的署着耿志高名字的笔记本，警察局长便立即向县长作了汇报。

此时的王县长正为找不到耿志高而发愁呢，没想到"正想上天就等上个龙抓"！所以并没有进一步考证，当即给景山岳草拟了一份报告："绥州乱党骨干分子耿志高疑于六月二十四日夜趁暴雨畏罪潜逃，葬身洪水。目前已于河床起获该犯日常用物两件，属下即带部属沿河查巡，力争见尸。"

耿志高葬身于洪水的事很快由学校告知了家属。

接到噩耗，耿万顺当即两腿一软瘫倒在了脚地上，他婆姨则更是哀号了一声就晕了过去。耿氏家族其他人也都闻讯赶来，陷入了一片悲痛之中。要知道，自打袁继耀当年一轿杆把他们戳成三瓣以后，这个家族还从来没有这么步调统一过。

哀号了半天后，饱经世事的耿得禄终于从这揪心的悲痛中定下了心，立即着手安排起了接下来的事情。第二天一大早，耿万顺和耿万财兄弟俩就带着门族和亲戚十多人赶赴绥州，同校方一块儿找寻耿志高去了，当然大概率只能是找尸了。

袁继耀也对耿家的突然蒙难给予了极大的发自内心的同情，立马将地里的活计丢给黑栓，带着两名长工加入了耿家的找人队伍。

但遗憾的是，一行十几人加上学校派出的几十人整整找了十多天，一直从绥州县城找到无定河与黄河的交汇处都没有任何结果。最后只能带着绥州县政府出具的"咎由自取"的结论，于透骨的悲戚中返回了雁栖岭。

尽管耿万顺实在想不通，自己好好的儿子怎突然就成了乱党，但还是在一片揪心的晦暗中用九块银圆锤了一个银人，代替耿志高入土为安了。于是，雁栖岭陡然出现了一座新坟。之后好长一段时间，面水山那边的人几乎天天都能听到万顺婆姨那信天游苦调一般的哀号声："妈的金蛋吧……"

第三十五章

"无苦难，不陕北。"只要翻开陕北任何一本地方志，你就会发现，那厚实沉重的陕北史其实就是一部灾难与动乱相互掺和着的苦难史。且不说那太过远古的记忆，仅明清两朝有记录的灭绝性灾难就多达八十余次，平均间隔时间还不到七年。在此，笔者仅列举几次具有代表性的案例加以说明：崇祯元年（公元1628年），夏旱，狂风大作，田苗皆被拔尽，秋无所获，民甚饥，割蓬而炊，散亡大半；崇祯二年（公元1629年），再度受旱，人相残食，几近于绝；崇祯五年（公元1632年），天旱大荒，斗米八钱，民始掘草根树叶为食，继而揭石啖之，至十月，人相残食，白骨遍野；康熙六十年（公元1721年），颗粒无收，斗米千钱，饿殍枕藉于道，县内民众散亡大半；光绪三年（公元1877年），大旱，人相残食，十室九空……

由此看来，自民国以来，雁栖岭的年头基本上还算顺当了，尽管民国九年（公元1920年）的那场蝗灾造成了一次灾害，但还远远没有达到"人相残食"的地步。可就在人们为此感到庆幸的时候，一场百年不遇的旱灾便铺天盖地地袭来了。

"民国十八年，又是一个黑死年。打得二升秕荞面，一口吹上天。叫一声我的乡长哥，我短不了卖老婆，换上二升粗谷糠，全家把命活！"这便是后来被深深植入陕北人记忆的"民国十八年（公元1929年）"。但事实上，把这顶帽子完全扣到"十八年"头上还真有些委屈它了，因为真正的灾难是民国十七年（公元1928年）的春夏大旱造成的，只是大面积饿死人的现象发生在十八年开春之后罢了。

其实，灾相早在民国十六年（公元 1927 年）就有所显露了。

那年八月初一后晌，阴麻麻的天空突然落起了雨，但只不到一顿饭的工夫便消停了。"八月初一下一阵，来年旱到五月尽。"尽管如此，所有人并没有将这当回事，直到第二年正月才猛然发现了情况不妙，因为整整一个冬天，岭上始终片雪未落。

春旱则更为严重，刚刚出头的百草芽很快就枯萎了。直到清明时分，山野依旧一派肃杀的荒芜，没有一星绿意。眼看过了春种的节令，农人们便只好硬着头皮将籽饷"干倒"进地里，期盼着不久的将来能降一场饱雨。但那旷远的高天却始终一如既往地晴朗着，直到四月尽都滴雨未落。大地被炙烤得一片通透，如涛的群山于赤蓝的天宇下泛着粼粼白光，似乎只需用火镰那么轻轻一触便会"砰"地一下腾起冲天的烈焰。

雁栖岭一带一直流传着"大旱不过五月十三"的说法。据说每年的那一天，天上的关老爷都要泼水磨刀，所以大都是要下雨的。但等终于熬到那天，依旧晴空万里。临近日落的时候，西天竟又突然生起一片如火的云霞。所有人终于完全绝望了，一个个紧锁着眉头，哀伤地望着那漫天的烟紫，发出了一声声寒彻骨髓的叹息："唉！看来连关老爷也铁了心不要这茬人了。刀是磨了，但忘泼水了，咋看，火星子就溅开一世界！"

至此，人们便只能把最后一宝押到他们祖祖辈辈虔诚敬奉着的神仙身上了！于是，岭上很快就出现了十多支祈雨的队伍，这些饱受旱灾折磨的汉子们全都打着赤脚，赤裸着黝黑的上身，一边敲打着沉闷的锣鼓，一边咧着干裂的嘴唇不厌其烦地吟唱着哭丧般哀切的祈雨调，幽灵一般游荡在一座座白花花的山梁上。

天旱了唉……火烧了！

地上的黄土着火了唉……

龙王老爷哟！

　　　锣一声唉……鼓二声，

　　　清风细雨你救万民唉……

　　　龙王老爷哟!

　　但任凭他们怎样揪心扯肺地号哭，旱情依旧固执地持续着，直到七月十四才终于了心（注：陕北方言"敷衍"的意思）一般地下了一场"二指雨"，可这时候，一场恐怖的"黑死老年成"早已经铁板钉钉了。

　　起初，因为多数人或多或少还都有些余粮，加之那些被迫宰杀殆尽的牲畜、家禽也架了不少力，所以在民国十七年那个寒冷的冬天，人们尽管已经挨了大半年的饿，但还没有出现死人的现象，情况也就不至于太危急。但等到民国十八年开春前后，大多数家户都断粮了，每天都有人饿死。一开始，大多是些老人和婴幼儿，但后来就不分年龄了，越来越多的青壮年陆续被抬出窑院，于一阵阵哀号声中归于黄土。仅仅一个正月，岭上便陡然增添了一百多座新坟。来袁家大院借粮的人几乎源源不断。起初，只要是雁栖岭的人或者是自家的亲戚，袁继耀都来者不拒，或多或少都会借给他们一些。但随着情况的进一步恶化，他就越来越强烈地意识到，就这么下去是绝对不行的，因为税赋一年重过一年，他家也没有多少积攒，即便再像民国九年（公元 1920 年）那样把全部家底贡献出来，最多也只能支撑三两个月，就这还没算即将要入地的籽响。这么一想，他便到前庄叫上马子杰，到面水山找耿得禄商谈应对办法去了。

　　耿得禄正靠着柴垛晒太阳呢，见袁继耀过来后，竟抢先拉起了哭腔："继耀啊！我这门槛都快让借粮的给踢断了。关键是我也没多少了，即便都拿出来也分不来啊！"

　　袁继耀无奈地点了点头："去年天旱得连麦子都没种，今年即便顺头，也得等到八月。这岭上总共两千来口子人呢！咱三家把粮食全部拿出来都熬不出三月，所以真得想个办法了，不然都活不了。"

"有甚办法呢!"耿得禄无奈地说。

袁继耀顺手捡起一根柴棍儿,紧锁着眉头把玩了一小会儿,随即一搓拇指将其折断,两眼直直地盯着耿得禄,语气坚定地说:"我看不如筛人保关键!"

其实耿得禄也是这么想的,只是没敢先说出来,所以便直接问道:"怎个筛法?"

"除了咱三家和我先生哥、我杜干大两家,其他人一家只留一个,留男不留女,留长不留幼。成家但没有子女的,除了像我这种独苗之外一概不留。总之一个原则,只尽量保证各家都不绝后,其他的就管不了那么多了。当然,咱三家的亲近亲戚,比如娘舅姊妹、姑父、丈人妻舅、挑担也都留下,但仅限亲的,叔伯的不算。至于长工,超过十年的每家两个名额,三年以上的每家一个,其余不管。"这个方案他早在年前就琢磨好了,所以便一股脑地端了出来。

"办法倒是个办法,但老太爷当年给你家定的那个规矩你知道不?"耿得禄一脸担忧地问。

袁继耀当然知道。清光绪三年绝收后,正是因为袁老太爷拿出全部余粮,才使岭上没有像其他地方一样出现"人相残食"的惨象。第二年秋收后,在岭上乡亲们的提议下,老太爷在大院旁边修了三个大仓库,按照"自愿参加,以田摊量"的原则,将岭上各家各户的少量余粮集中起来弄了一个"备灾仓"。当时的背水山还属于靖州,那靖州县令有感于老太爷的仁义,还出席了粮仓的落成典礼,并挥笔题写了一块"雁栖义仓"的匾额。就在这"雁栖义仓"的落成典礼上,作为管事会会长的袁海宽当场表态:"从今以后,不光这义仓,只要我袁家有一点儿粮食,就不会让岭上把人饿死,除非我袁家死绝了!"虽然这义仓只维持了不到五年就在耿得禄他大耿茂盛的煽风点火下塌伏了,但老太爷的承诺却早已深入人心,如今经耿得禄这么一提,袁继耀便不得不考虑这事儿。但他很快就拿定了主意:"我爷爷当年也就那么一说,如果真为了别人把自己家死绝,估计他老人家也做不到,都是笼络人心的话嘛!"在铺天盖地的灾难面前,彼此之间的话语也似乎真诚多了。

"那就筛？"见他主意已定，耿得禄便急忙附和。

"筛！这个人我惹。"袁继耀当即一拍腿就定了下来。

第二天一大早，岭上各户族的主事人就被集中到了雁栖高小。袁继耀双膝跪地，泪流满面地说："大爷干大弟兄们，我爷爷九岁逃荒来到咱雁栖岭才捡了条命，没有岭上人就没有我袁家，所以每次遭灾，我袁家都鼎力扶持。上一次蝗灾，耿马两家也拿出全部余粮陪着大家挨了几个月的饿。但去年夏秋两季全部绝收，加之这几年税赋越来越重，我三家也没多少积攒，即便全拿出来也撑不过三月，如果再这么下去的话，咱就都活不了！所以我们几家商量了一下，决定筛人保关键，其他人就只能出去逃命了。当然，我也知道老太爷当年立下的那个规矩，但问题是即便我袁家真死绝也救不了大家嘛！希望干大、弟兄们都能理解我的难肠。"说完便深深磕了一头，随即让耿万顺当众公布了筛人方案。

他本以为会引起一场骚动的，但所有的乡亲似乎都能理解他的难处，待搞明白筛人的规矩后，竟然齐刷刷跪下给他还了一头便转身走了，并且当晚就把各自留岭的人选筛出来了。

第二天早上，袁、耿、马三家又在雁栖高小的大灶上给即将上路逃荒路的乡亲们管了最后一顿早饭，并且给每人发了三个麸子窝窝作为路上救急的干粮。

生离远远要难过死别。所有人都哭了，父抱子，母拥女，千安顿，万嘱咐，因为大家都很清楚这一别意味着什么。尽管如此，他们还是很快就背起简单的行囊准备离开了。

而正当他们即将跨出门楼的时候，接替梁毓文担任雁栖高小校长的孙秉文开口了："等一下！我先让你们见个人。"说着便转身打开了办公室的门锁。

所有人都惊呆了，因为从里面出来的竟然是已经一年多没见面的小梁先生。

梁先生显然没想到能在这个时候见到儿子，一脸惊愕地问："你什么时间回来的？"

"回来十几天了。"梁毓文笑了笑说。

"那怎不回家呢？"梁先生更加惊愕了。

"以后慢慢给你说。"说完便一纵身跳上旁边的石桌，大声问道："你们这是干甚去？"

"逃荒。"上百人一起回答。

"整个西北都在遭灾，千里之内到处都在死人，上哪逃呢？"

"那有甚办法呢？反正都是死，还不如试伙一下！"众人你一言他一语地说着。

梁毓文又摆了摆手，提高嗓门吼道："不！办法还是有的，就看你们听不听。"

他这话一下子就吊起了所有人的胃口，大家都聚了过来。袁继耀也急忙盯着他问："甚办法？"

梁毓文朝袁继耀点了点头，随即把头一扬："岭上没粮了，但县上赈灾仓里的谷子、糜子、麦子堆积如山。这些粮都是从全县百姓手里收的，就是咱们每年缴纳的赋税。可是狗县长刘占雄放着百姓的死活不管，一边忙着回收那些绝了户的无主土地窑院，一边正准备把这些粮食高价往甘肃地界贩卖呢！所以我们要想活命就要斗争，坚决地斗争！绝不能让这批粮食走了外地。我此番回延北，正是奉共产党陕西省委的指示，广泛发动灾民，逼迫狗政府开仓放粮，赈济百姓。不瞒大家说，其他十几个区都已经发动起来了，定于今晚在兴隆寨集合发起斗争。反正活路我已经给你们指明了，去不去就由你们自己决定了。"

在这种情形下，动员工作自然很是简单，他的话音刚一落地，现场立即群情激奋："走，不去怕甚呢！舍得一身剐，敢把皇帝拉下马。反正都是死，怎死都一样！"

上千名灾民很快就在梁毓文的带领下浩浩荡荡地开出了雁栖关。就像袁继耀他们当年斗争朱清民一样，等他们于太阳落山时分赶到兴隆寨的时候，寨墙下面早已聚集了黑压压一大批灾民。

斗争出乎意料地顺利，那刘占雄也算是个识时务的人，见已无回天之力，就全盘接受了开仓放粮的条件，并且很快就按照人丁表册将赈灾库里的全部粮食划分到各区了。雁栖区也分得了八十石，没几天就按人口分到各家各户了。

也就是在岭上分粮的那天，耿万顺突然得知了一个简直能让他惊掉下巴的消息。这消息是他的二姑舅——徐世林的二儿子徐继华带来的。

那天天刚一抹黑，当耿万顺在高小给灾民们分完粮食返回官帽梁村口的时候，迎面就碰到了徐继华。那徐继华连马都没下就哭丧了起来："姑舅，出大事了！"

"甚大事？我大姑殁下了？"耿万顺急忙问。

"不是，回家说，操心人家听见。"徐继华颤抖着说。

二人急匆匆回到耿家东院，连马都没拴便进了窑。

"你家金蛋把我家给抢了。"徐继华劈头就说。

"说甚鬼话呢！金蛋都埋了快一年了，怎还抢你呢？"耿万顺当即愣了。

"真的嘛！带着几百号灾民，一阵就打死我家三个团丁，还把你姑父和我们兄弟几个五花大绑地凌迟了半天，逼着我们把窑粮和埋硬货的地方全给指了！要不是我们服软，估计你就见不上姑舅了。"

耿万顺只感到浑身一阵阵发冷，但依然不愿相信："你认清了没？真是金蛋？"

"啊呀！我看着长大的娃娃还能认错？绑我的时候那碎孙就在我面前站着，还叫我二叔呢！当时把我也怕了一跳，还当看见鬼了！还问他你不是已经埋了？他还说他又爬出来了！"

耿万顺这才完全相信了，当即眼一黑就瘫软了下去。婆姨耿王氏也放声大哭起来，这一哭便惊动了耿得禄。这老耿已经六十多岁了，自然经不起这个打击，当即昏死过去。不过，老人家毕竟也是久经世事的人，一醒过来就咬着嘴唇对耿万顺说："把你大大他们都叫来！"

一大家子人全都乱了，整整吵嚷了半夜，直到鸡叫时分，耿得禄才黑着脸宣布了自己作为族长的最后一项决定："反正咱已经把他埋了！从现在起，咱耿家的门谱里就没耿志高这个人了。他活着也好，死了也罢，跟咱也就没关系了！"说完便主动放下了族长的位子，并且提议由万字辈里的老大——耿得福的长子耿万财接任。耿得福父子急忙拒辞，并主张由耿万顺接任。但耿得禄狠狠抽了自己两耳光，痛哭流涕地说："我二门家的人没这个脸了。"

耿志高还活着并且已经当了土匪头子的事儿很快就在整个雁栖岭传开了。尽管几乎所有人都已经饿得前胸贴后背了，但这毫不影响他们对闲事的关注，并且自然而然地记起了几十年前那档子事儿。于是岭上便传开了一个说法："这都是耿茂盛当年造下的孽，把土匪给勾到自个儿家了。"

这铺天盖地的议论就像一把把锋利的尖刀，直直地刺向耿万顺的心尖。这些天，他虽然一直闭门不出，但依然很清楚自己乃至整个耿家正在经受着怎样一场致命的舆论危机，心里便烦乱得要命。婆姨耿王氏也已经好几天粒米未进了，成天睡到炕上嚎一阵哭一阵，快崩溃了。当然，作为母亲，她此刻还顾不上耿家的名声，只担心好不容易"活过来"的儿子再被官家拿住，为那几条人命偿了命，所以便一边哭一边不停地催促男人："赶紧想办法嘛！不行就找袁继耀，他不是认得道里的大官吗？只要把金蛋的命救下，咱砸锅卖铁都不说那话。"耿万顺便趁机哄她："你长短先吃点饭，等你吃完了我就去找袁继耀。"她这才勉强喝了一碗稀米汤。

耿万顺当然不会真去找袁继耀，而是径直去了梁先生那里。当然，他并不是找梁先生摆事去了，因为他很清楚，这事儿谁都摆不平，只是因为憋得难受，想找个人倾诉一番罢了。而在整个雁栖岭，梁先生无疑就是最好的倾诉对象，一来是因为人家是文化人，看问题肯定要通透得多，最重要的是他现在正承担着和自己一样的痛苦，他的儿子也当土匪了，只不过人家抢的是官家，还没遭下人命，所以压力比自己小一些罢了。

耿万顺来到梁先生家的时候，先生竟然挺着直溜溜的腰板在书桌上写字呢，表情似乎很是镇定。这让他深感意外，便直接问道："还练字儿呢？"

梁先生这才发现了他，便急忙搁下笔，一边起身给他看座一边说："闲着没事，胡乱划拉划拉。"

见梁先生依旧一副不紧不慢的样子，耿万顺急了："哥呀，这天都塌了，你怎还有心思划拉呢？"

梁先生抬起头朝窗外望了望："这不好好的嘛！哪塌了？"

耿万顺一下子就被他这充满戏谑的话惹怒了，竟然不顾体面地叫喊起来："先生哥，我知道我在你心里远没有袁继耀的分量重，但你也不能这样啊！金蛋还活着，当了土匪了，你知道不？"

"听说了！怎了？"梁先生依旧一副不以为然的神态。

"还怎了？如果袁继耀的儿当了土匪，你早就跑过去了。我的儿当了土匪你就这态度？他不是你的学生？"

梁先生伸手在他的肩膀上拍了拍："兄弟啊！我的儿也当土匪了，比志高的匪还大，并且我还听说志高就是叫毓文带上道的，可有甚办法呢？"

"按你说，咱当大人的就眼睁睁地看着他们往黑眼子里跳？"耿万顺两手一摊，几乎就要哭了。

正说着，马子俊、马子杰和袁继耀也火急火燎地来了。马子俊一进门就哭诉起来："行顺，麻烦了，我们二宝子那和尚小子带人把桃花川的高家崖窑给挖了，还遭下两条人命。"

"甚时候的事儿？"梁先生问。

"就毓文带人逼刘占雄开仓放粮那天嘛！官家刚来我那儿抓人我才知道的。"马子俊颤抖着说。

"马飚不是在绥州念书呢嘛？"梁先生问。

"谁知道呢！"马子俊一边拍打大腿一边说。

耿万顺一听就又拉起了哭腔："碎老子们哟！你们是吃不上还是喝不上？为

甚都要当土匪呢嘛！"

"还谁当土匪了？"袁继耀问。

耿万顺停住哭腔大声吼道："你还装屁呢！"

"哦！听人说呢，看来是真的。"

耿万顺看着袁继耀继续哭诉道："你说现在这学校怎就都教出来些土匪？毓文、金蛋、二宝子，唉！不过都怨自个儿，你看你们二娃和磨六家那个起世，从小比谁都顽，但人家就学好呢嘛！一个好好念人家的书，一个都当排长了。我的娃娃怎就都当土匪了呢！"

袁继耀掬起双手搓了搓脸，痛苦地来了一句："你知道个屁呢！二娃……"正说着，猛然看到梁先生正鼓着一双大眼瞪他，便刹住了话脚，改口说："现在说这些有甚用呢！赶紧让先生哥想个办法才是正事。"

听袁继耀这么一说，梁先生这才大惊初定一般吐了口气，接着便恢复了之前的轻淡："我有甚办法呢！他们成天来无影去无踪，连根毛都抓不住，能怎办？即便抓住了，他们能听你的？"

"那咱就眼睁睁地看着他们当土匪？"马子杰痛苦地问。

梁先生再没说话，只把头微微仰起，定定地朝窗外望着。那一刻，他猛然看到一堵齐天的风墙正以雷霆万钧之势从北边的天际线上推将过来，而风头显然已经抵近了雁栖岭。"十八罗汉"顶上，那些在寒冬里沉寂了小半年的树叶和尘土显然已经嗅到了风暴的气息，都争着飘到了半空，蝴蝶一般飞舞起来。

"风真的来了！"梁先生自言自语般地说。

大家都以为他这半天是在想办法呢，谁承想竟来了这么一句话，便齐声责怪了起来："这雁栖岭都成土匪窝子了，你还有心思管刮风不刮风呢？"

梁先生这才慢慢回转神，挨个儿将大家扫了一眼，然后又是一句模棱两可的话："还不知谁才是土匪呢！"

第三十六章

这绝对是一场罄竹难书的灾难！

就在笔者为创作这部小说收集材料的时候，还曾就这一灭绝性灾难造成的惨重后果进行了深入采访，但遗憾的是，那些真正的亲历者都已经过世了，健在的这些老年人所掌握的情况也都是从他们的老人那里听来的。即便如此，那耸人听闻的惨状依然让笔者的背心一阵阵发凉。当小说写到这里的时候，笔者也曾想狠下一番功夫，力求对这次灾难造成的惨重后果做到真实再现，但无奈因为架构和篇幅的限制，不能将所有材料一一详细记述。好在陕北说书一代宗师张俊功先生在他的代表作《卖婆姨》中曾以"以古喻今"的方式对此进行了近乎完美的提炼。那就请大家随我领略老先生那天才般的语言艺术和一句三哽咽的无二唱腔吧！

那黎民百姓就泪纷纷，男女都哭成了一窝蜂！

有的人他饿得发迷昏，有的人他饿得坐不定。

你天一声来，地一声，我们全家都活不成人！

啊唉……

饿得是人吃人狗吃狗，鸦跟老鸹它就啄石头。

上庄里不敢到下庄下，干儿家锅里煮个干大。

前庄里呀不敢走后头，外甥家锅里煮个舅舅。

后庄不敢到前庄里去，丈人家锅里就煮女婿。

啊唉……

城里头立起个卖人市，城外挖下一个埋人坑。

顶好的女人六百个铜，中等等女人就米半升。

啊唉……

人一上四十她就没人要，十七八的女子白跟人跑。

她连嚎带哭都还没人引，女人给男人家还贴烧饼。

啊唉……

也许你会认为这一定是艺术手法上所惯用的夸张，但笔者小时候确曾与邻村一位亲身经历过这次灾难的当事人一块儿听过这本书。当时她已经是七十多岁的老人了，这场灾难也已过去六十多年了，但每当听到这段的时候，老人家总要放声大哭一场。老人家说，她正是民国十八年（公元 1929 年）被我二干爷买过来的。那年，她父母都被饿死了，她便带着十一岁的弟弟踏上了逃荒路，整整走了十多天，又坐船过了一条"很大很大的河"，然后走了好几天才到了距离笔者老家八十里的石湾镇。刚到镇上，她弟弟就饿得倒在了路上。因为要不到吃的，她便只好来到"人市"出卖自己。她并不要钱，唯一的条件就是连她弟弟一块儿带走。但在那个人吃人的年头，多一个人就多一张嘴，没人愿意满足她的条件。眼看天黑了，弟弟也快饿死了，她便只好一咬牙，把自己以"两个馃馅"的身价卖给了二干爷。老人说，那馃馅她只掰了一小口，其余的都给了弟弟，但她从此就再没见过弟弟。后来，大约在我上初中的时候，老人家去世了，因为她也姓张，她的儿子还特意邀请我的父亲作为"娘家人"参加了葬礼。而从老人家当时两个馃馅的身价来看，张大师"米半升"的唱词非但没有夸张，反倒有些保守了。

让我们再把目光转回雁栖岭。

对于几十个村庄的近两千人口人来说，那八十石赈灾粮充其量就是"一颗菜籽丢到沙堆里——看都看不见"的事儿。为了不像徐世林那样被吃了大户，袁耿马三家便商量着将全部余粮集中到崖窑，安排专人看管，定量向全岭灾民救济，每人每天仅限一两。好在这个时候，各色野菜都慢慢长出来了，所有人便都把目光投向了山上，狠了劲儿地往回刨挖，甚至连杏树、桑树等所有勉强可以入口的树叶也都没有放过，因为从那一群一群从北边涌来的外路饥民来看，如不趁早动手，就连这些东西也很快就没了。至于榆树，则就差连根拔回来了，以至于竟然造成了之后岭上长达十年的"榆树绝种期"。

但再多的野菜和树叶也不能代替粮食！没几天，所有人就更加消瘦了，一个个病恹恹的，肚皮薄得就像一张马莲纸，透亮透亮的，以至于都能看到胃里蠕动着的野菜和树叶子。

那榆树皮生涩坚硬，纤维又韧，难下口就不说了，关键是不好消化，根本就拉不出来。尤其是娃娃们，每次都要大人们用木签子一点一点地往出抠挖，所以拉屎竟然成了比吃饭更难解决的问题，以至于后来都没法准确分辨死掉的那些人究竟是饿死的还是憋死的！

而对袁继耀和其他两家大户来说，更让他们扎心的却是那些外来灾民。他们三三两两地聚集在门楼外面，一个劲儿地磕头哀号着，一口一个"老爷"，一口一个"救命"。因为粮食都已经被集中到崖窑了，所以便直接打开门楼让他们进来查看。看到他们也真的断粮了之后，一些人便爬着走了，但有些人却就地倒毙了。更有人直接将装满黄土的袋子往饿得皮包骨头的娃娃身上一绑就扭头走了，但你又不敢救，因为只要一搭救，明天就会更多，所以便只能眼睁睁地看着他们活活饿死，这真比挨饿都折磨人。

后来，情况就愈加严峻了，因为岭上突然生起了人吃人的可怕传闻，事实上，的确有好几个拔野菜的娃娃一出门就再也没能回来，而且死不见尸。至此，他们便不得不将剩余的全部一千来口人转移到两面沟谷的崖窑里。但此时，因为春种又用掉了一部分籽晌，所以粮食基本就被转化为调料了，一大锅菜汤一碗米，死人自然成了常事，几乎每天都要抬出去十几个。等到四月份的时候，就连崖窑里也慢慢出现了一种不安的苗头，好些人竟然开始直勾勾地盯着仓库门了，那眼神如饿狼一般凶残，迫使看守粮仓的人不得不时刻握着铁锨。而就在这暗流涌动的关键时候，一件极其离奇的事儿发生了。

那天夜里，袁继耀突然做了一个梦，梦见自己正在雁头峁的烽火台下坐着，一条瘦骨嶙峋的老狼慢慢朝他走了过来。那老狼亲昵地看了他几眼，竟然蹲在他身边开口了："狼娃儿，你饿不？"

"饿！"

那狼笑了笑："那就把我吃了吧！反正我也老了！"

"这不能，我袁家是狼的后人，怎能吃狼肉呢？"

那狼微微一笑，竟然变成了老太爷，袁继耀便慌忙跪到他面前，泪流满面地叫了声"爷爷"，接着便被睡在旁边的梁先生推醒了。

"梦见老太爷了？"

"嗯！我梦见一条老狼，后来突然变成我爷爷了。"袁继耀显然还没从慌乱中走出来，颤抖着说。

正说着，崖窑门口值夜的黑栓就跑过来了，一脸惊怵地说："顶上刚掉下来一个东西，好像是条狼。"

袁继耀一惊，随即起身跑了过去。借着马灯微弱的亮光，他看到河滩上果然趴着一只狼，但好像只把腿给摔断了，并没有死。

他哇的一声就哭了："我刚还梦见老太爷了，没想到他老人家就真来了。"

"梦见老太爷了？"刚刚赶过来的马子杰不解地问。

袁继耀一边哭一边朝崖窑下面指了指。

几个人随即拉来软梯，扛着镢头下到河滩上。

那狼真没有死，但似乎也并不感到惊惧，只仰着头颅定定地看着袁继耀，那眼神一改狼的凶残，温柔多了。

马子杰抹了一把眼泪跪到老狼面前："你真是我干大？"

那狼对着他哼了一声。

"干大呀！你老人家这不是为难我们呢嘛！"马子杰哭着说。

袁继耀也痛哭流涕地跪了下来："爷爷？你让我怎弄呢嘛！"

那老狼竟对着他一连嗥叫了几声。

袁继耀号啕大哭着重重磕了三个响头，站起来泪流满面地对黑栓说："打！"

"狼娃儿，不能打！"马子杰急忙制止。

袁继耀号叫着说："打！救人当紧。"

"我不敢！"黑栓一连后退了好几步。

袁继耀顺手夺过他手里的老镢头，大吼了一声，照着老狼的脑门就砸了下去，随即两眼一黑晕过去了。

尽管都已经饿到极限了，但等狼肉小米汤开锅以后，好多人又都不敢下嘴，尤其是那些见过老太爷的老年人，说啥都不动筷子。无奈之下，袁继耀只好带头开吃，一仰头就将半碗腥膻逼人的肉汤喝了下去，随后又叫人把骨头装进筐子，挂在崖窑外面的崖壁上，好待晾干后敲碎磨面继续食用。

也就是从那天起，袁家的四位寡妇就绝食了，任凭所有人怎么乞求都无济于事，并且第二天半夜就手拉手一齐跳下了悬崖，当即摔了个没动弹。在这般情况下，袁继耀当然没能力厚葬她们，只能在崖窑对面的阳坡上挑了几个坑子，草草安葬了事。从此以后，这石崖便有了一个令人感动的名字：四仙姑崖！

她们这一跳，竟然拉开了一道口子，很快又有七个老年人摔死了！逼得袁继耀不得不安排人昼夜轮流，把本就不大的窗口全部把死。可跳是跳不下去了，这些老年人又都绝食了，带头的正是袁家的"摄政王"马玉山。等到五月份的时候，背水山这边崖窑里五十岁以上的老人就全部绝迹了，因为他们都明白，连袁家四寡妇都为了把活命的机会留给年轻人而跳崖了，其他人还有什么理由继续在这人世上逗留呢？这样一来，加上前后陆续被抬出去的青壮年和娃娃们，人口数量也由进窑时的六百多人急剧下降到二百来人，而且每天还有新的尸体被抬出去。

那真是一段地狱般的日子！

尽管这灾难一直都恶魔般地蹂躏着所有残存的生命，使他们无时无刻不在死亡的边缘痛苦挣扎着，但正如信天游里唱的那样："雪压不住春天山挡不住风。"这不，当酷热的大暑终于在一派地狱般晦暗的气氛中姗姗到来的时候，玉米终于开始上籽了！所有人都按捺不住了，很快撤离了那地狱般的崖窑，重新回归人间了。尽管玉米籽才刚刚开始包浆，但对这些苦苦坚持到这会儿，并且已经连续两个多月没见到粮食的幸运者来说，这水啦啦的吃食绝对不啻说书人嘴里的鱿鱼海参。仅仅十多天，那刮瘦刮瘦的几近僵尸的脸颊上就荡起了一丝隐约的红晕。

也许是老天终于良心发现了，民国十八年（公元 1929 年）的年头竟然出奇地顺当，要风是风，要雨是雨，虽然因为籽饷的缺乏致使土地大面积减种，但只要点到地里的全部获得了丰收，正如马子杰所言："把擀面杖插到地里都能摘几筐果子。"

的确，尽管灾难和死亡给人们带来的阴影绝不会像风驱秋云那般快速消散，但生的希望总能轻而易举地冲淡死的悲怆，这也许正是人类能一次又一次从几近灭顶的灾难中重新挺起胸膛，从天地初开的混沌绵延至今的主要原因吧！而陕北这片焦枯的土地和生活在这里的子民则更是如此。

从崖窑下来的当天，袁继耀就带着长工们掩埋了倒在大院周围的陌生尸体，简单打扫了一下窑院，随即进入存放农具的偏房，将几十把镰刀一齐抱了出来，蹲到碾畔的一块细砂石边不顾一切地磨了起来。每磨一会儿，他都要用拇指摸摸刀刃，而且每磨好一把还总要会心地微笑一下，那松垮垮的样子根本不像是刚刚经历过死亡威胁的难民。"笑嘛！不笑干甚？难道号？号那顶屁呢！如果嚎能顶事的话，就不会死人了！"他此刻一定是这么想的。

　　尽管如此，那一具具被抬出崖窑的尸体还是无时无刻不缠绕着他的心！好在忙碌的秋收很快就开始了，一忙起来也就顾不上考虑那么多了。但只要一歇下来，那些熟悉的面孔便又一齐涌了过来。其时，他总要呆呆地，满腹忧伤地朝那怒海惊涛般的远山望上一会儿，似乎那缕缕如烟的岚气里就有他们的影子。尤其是劳累了一天睡定以后，总能梦见老太爷和四位婶娘，他们都嘿嘿笑着，一口一个"狼娃儿"地叫着，他也又成了娃娃，留个鬓鬏，穿个小肚兜，挣个小屁帘，憨笑着屁颠屁颠地朝他们跑去。正当他就要够着他们的时候，他们却又都不见了，只留下他一个人在那空荡荡的陌生的地方无所适从地傻站着。他哇的一声就哭了，直到睡在旁边的红椒慌忙将他推醒，都还能听到自己困兽般的哀嚎！

　　一旦醒过来，便又睡不着了，久久地在被窝里坐着，一锅接一锅地抽着旱烟。本来，他计划等秋收一停当就要移葬四位婶娘，然后年一过就把大儿子的婚事办了。但自从出了耿志高和马飙那档子事儿以后，他的主意就变了。

　　对眼下这世事，他是越来越没底了，就像耿万顺说的，娃娃们这书念着念着怎都念成土匪了？他很清楚，他的二小子早就入了梁毓文那伙了，并且他越来越强烈地意识到，这小子之所以眼下还没跳出来，是因为那伙人正把他当作压台的培养着呢！就像唱戏一样，每当主将露脸前，就得有几个喽啰首先出来咿咿呀呀地转上几圈。正因为如此，他又觉得袁国良的处境其实比梁毓文和耿志高他们都要危险得多，人家虽然已经跳出来了，官家也正在缉拿，但他们整天来无影去无踪，哪是说逮就能逮住的！可袁国良就不一样了，纯粹就在人家眼皮子底下呢，哪天一发现，那颗小蒜脑就得就地搬家。也正因为如此，他很快就改变了先埋人再成亲的主意。活人当紧，长短先把老大拴住再说，不然哪天也让梁毓文拐跑就连一个都抓不住了。于是他便看了一眼红椒说："抓紧收割，等庄稼一停当就给老大办婚事。我就是绑也要把他绑回来。"

　　"那不搬埋老人们了？"

　　"老人们等过完年再说，活人当紧。当下这年轻人，一不注意就走歪路了，长短先把臭娃拴住再说。"

这么一想，袁继耀就再也坐不住了，天一亮就将地里的活安顿给了黑栓，直奔梁先生那里去了。

对于他的安排，梁先生也深感诧异，一脸疑惑地问："那四位婶子不搬埋了？"

"明年再搬。活人当紧。我看楚立革我干大说的那场风真来了，我怕这一风把国温也给刮走呢！"

"好！那你准备什么时候办呢？"

"等秋收一停当就办，越快越好！"袁继耀说。

梁先生点了点头，随即面带难色地说："不过这时间也太紧了，什么都来不及准备，我原来还想……"

袁继耀直接打断了他："我甚都不要，就要人。我那边也顾不上准备了，以后补上，我给山菊说。反正长短先把国温拴住再说。"说着便让梁李氏将毓书叫了过来。其实他们之间的对话，梁毓书全都听见了，所以没等双方大人开口，她便抢先开口了："我倒没什么，可国温还想念大学呢！"

"他给你说的？"袁继耀一脸惊讶地问。

梁毓书点了点头。

"还念屁呢！那'二老子'已经飞了，家里这摊子将来谁管？忙忙给老子回来受苦。"

梁毓书原本还想说点什么，但一看公公是这么个态度，便没再开口，只微微苦笑了一下。

这时，袁继耀才意识到自己刚才有些失态了，便又急忙补充道："反正这书是绝对不念了。你都二十了，还往多会儿等他呀！"

袁国温和梁毓书成亲的日子被定到了十一月二十四。当然，袁继耀并没有真去绥州绑儿子，因为早在当月中旬，袁家两兄弟就分别从绥州师范和沙城中学毕业回家了。

因为这是袁家自他成亲以后所办的第一场喜事，也是整个雁栖岭大灾之后的第一场高兴事，所以袁继耀一咬牙就来了个轰轰烈烈。秋收还没完全停当，他就打发黑栓带了三个长工，与马子杰相跟着到北草地买回来二百只绵羊和其他一大堆牲口。"咱猪没喂起，就拿羊肉顶上，杀它几十只，来个管肚饱。"看他如此大操大办，梁先生便善意提醒了他一下："差不多就行了。灾难刚刚过去，弄那么大的排场干甚呢！"但这次袁继耀却没听他的话："没事，粮食虽然不多，但响洋有的是。这雁栖岭人都跟阎王爷掰了二年手腕了，都请来让他们放开高兴两天。再说娃娃们一辈子就这么一回，这个钱不能省。"

二十四一大早，整个雁栖岭就沉浸在了一片久违的激动之中。袁家大院则更是被装扮得极为喜庆，门楼和前后十八孔窑洞挂满了木架纸糊的大红灯笼，作为新房的后院套窑也整个重新装扮了一遍。尽管时间紧迫，袁家还是抢时间打制了一批新家具，柜子、箱子、桌椅板凳一应俱全，做工也很是细法，只是因为没来得及油漆，效果还不能完全凸显。

当天一大早，亲戚们喝过用豇豆和小米熬成的"红火汤"后就动身去梁家娶亲了。按照岭上的风俗，娶亲的队伍由一个舅舅、一个姨父、一个姑父、一个本家叔父或者哥哥（因为没有，就只能让把兄弟黑栓顶替了）组成，当然还得去两个"引人婆姨"。总之一个原则——去单不去双。但新女婿是不能去的，而是由他的兄弟或侄子前去为新媳妇牵马，被称作"拉硬马娃娃"。这个任务自然就落到了袁国良身上。

梁家的宴席也完全是按照袁家的规格安排的，只是因为他家并非本地老户，所以客人明显少多了，只请了经常打交道的几十个人，刚过晌午就待完了。紧接着，娶亲的队伍就该回程了。按照总管的安排，吹鼓手来到梁毓书的房门外面，仰天就是一声长号。一阵激昂的"三吹三打"过后，梁毓书便在几位娶亲和送亲婆姨的陪同下出来了，随即被扶着上了袁国良牵着的那匹枣红马。人群瞬间生起了一阵激烈的骚动："哈呀！你看人山菊不像穆桂英！"此刻的梁毓书真是漂亮极了，粉嘟嘟的鹅蛋脸，毛闪闪的大花眼，顺溜溜的长辫子，梢溜溜的身段子，九天仙女一般。按风俗来讲，这会儿是要哭两声的，所以她也没有例外，但也只是象征性地掉了几颗泪珠，这当即引起了一番议论。

"这娃娃怎不哭呢？"

"寻下那么好的人家还哭甚呢！给我我也不哭。"

等队伍返回牛背梁对面的杨树崄的时候，迎面碰上了另外一支娶亲的队伍。按照老讲究，这时候就得抢路了，并且一旦抢输了，就表明从别人"桥底"过去了，据说这对主家和一对新人都是不吉利的征兆，所以人们都一直很重视这个。当然，这抢绝不是动武斗狠，而是全凭两家的吹鼓手一决高下，哪家的吹鼓手被吹下马了，就得无条件给对方让路。因为袁家请的吹鼓手是秋后才从绥州西川逃荒来到雁栖岭的马家班，虽然技艺很高，但一时还没打开艺路，这一下便正好放开手脚夸一番手艺了。所以，当那班主一看见对面的娶亲队，立即让号手冲天来了一号，随即鼓起腮帮子吹起《大摆队》发起了挑战。对方自然不会轻易示弱，也急忙回了一号，吹起了相同的曲牌。可别小看了这《大摆队》，虽然只是一个曲牌，里面却有好几个变曲，一不小心就会被引进对方的路子，这样一来就被动了，因为你根本摸不来对方什么时候换曲，很容易乱了阵脚。可这天，针尖恰恰遇上了麦芒，眼看太阳快要触顶了，却依然没能吹出胜负。但看红火的永远都不怕事大。偌大的杨树崄上围着黑压压一群人，并且还在源源不断地往来跑着。这看戏的一多，戏子自然就越来劲儿了。一看对方还不服输，马家班就开始亮绝活了。只见那马班主竟然两把将唢呐碗子拧下来顶到头上吹了起来，助手们也被他带上劲儿了，捣鼓的、拍镲的全都发狂般地跳了起来。一时间，长号声、唢呐声、锣鼓声、叫好声、狗吠声、山谷沟洼的回响声等所有的声音都汇聚到了一起，简直能将高天都掀到一边了。

就在这难分难解的时候，新娘子梁毓书突然发话了："二娃，你叫一下二干爷。"

袁国良便跑过去把代事官马子杰叫了过来。

"二干爷，咱路近，让开叫人家走，耍一耍图会儿红火就行了！"梁毓书说。

马子杰急忙否决："这可不敢！那就从人家'桥底'过去了，对你和臭娃不好。"

但梁毓书似乎并不在乎，又笑着说："老年人就那么一说嘛！哪有这个说事！再说，咱袁家一贯以仁义待人，即便抢赢了，也是护住左脸丢了右脸，图甚呢！你尽管让，我老人问起就说我说的。"

袁国良也笑着发话了："啊呀！不愧是咱老袁家的儿媳妇！对，护住左脸丢了右脸，图甚呢！就按你说的来，让！"说着便将马缰递给梁毓书，直接跑过去将两边的吹手叫停，然后把梁毓书刚才那番话对双方讲了一遍。两把吹手也都快支撑不住了，一听这话便自然接受了，一场激烈的争斗也就此平息了。

迎亲的队伍加快步伐回到大院。各项礼仪极其烦琐，但大多数人都已经没事可干了，男人们便拾闹起了酒场子，猜拳喝令地喝起了雁回头。女人们也凑到其他窑里聊起了家常。娃娃们则嬉嬉闹闹，不停地在前后院乱窜着。后院的洞房里，用红纸罩着的马灯光摇摇曳曳。此刻，黑栓婆姨正给两位新人并头呢！那充满祝福和愿景的口歌透过闪闪烁烁的糊窗纸传了出来，诵经一般：

　　　　一梳子长，二梳子短，
　　　　三老木梳娃娃往转翻。
　　　　养小子，要好的，
　　　　穿阑衫，戴顶子。
　　　　养女子，要巧的，
　　　　石榴牡丹冒剪的！

第三十七章

　　灾和匪自古就是一对孪生兄弟，有灾必有匪，有匪必成灾。从民国十七年秋天开始，整个陕北就闹起了匪患，等到十八年秋收后，情况就更加严重了。据统计，整个沙城道地界，光是成气候的土匪就有一百多股。这些土匪成分极其复杂，有常年惯匪，有被迫落草的饥民，还有地方官员和当地驻军的"副业队"。尽管景山岳早在春上就曾严厉督导各县征剿过一次，可非但没有什么成效，反而有越剿越烈之势。尤其是紧靠黄河的葭吴二县，光聚众上百人的土匪就有十三股。他们很会利用晋陕交界的地利，这边一上劲儿，木筏子一划就跑到山西了，但等你一退，就又跟着杀过来了。并且从去年冬天开始，土匪们竟然合股主动挑衅起了地方保安团，甚至连景山岳大舅哥的票号都敢下手，简直到了"鼠大欺猫"的地步。基于这种情况，景山岳便决定抽调主力部队直接开进葭吴二县进行围剿。于是，他便又想起了之前的警卫连长孙海权。

　　孙海权早在一年前就从肤施守备营营长擢升为司令部直属的骑步混成团团长了，眼下正在怀原波罗堡驻扎。十月初三，景山岳带着一众随从来到波罗堡，并于当天下午主持召开了排以上军官会议，当场通报了匪患情况，并就如何尽快彻底荡平葭吴二县的土匪作了一番具体安排。

　　已经被提拔为该团警卫排长的磨石坚也参加了会议。其实，他半个月前就知道景山岳要征调混成团到葭吴剿匪的事儿了。消息是袁国良从景秀川那里听来的。那个周末，袁国良专程到波罗堡找到磨石坚，和他就抓住这个机会离开警卫排到一线带兵的事制定了一个周密的实施方案。所以等景山岳刚说要抽调整个混成团的时候，他便故意嘿嘿笑了一声。

这出格的举动自然被景山岳看到了，当即指着磨石坚问孙海权："那后生，就那个'龙威将军'叫什么来着？"

"叫磨石坚，现在是团部的警卫排长。"孙海权赶忙回答。

景山岳点了点头，随即黑着脸问磨石坚："你刚笑啥呢？"

磨石坚故作一惊，一个立正站起，唯唯诺诺地说："报告司令，属下有个想法，不知该讲不该讲？"

孙海权当即慌了，急忙朝他挤了几下眼睛，但他依旧站着没动。

"讲！"景山岳命令道。

磨石坚挺了挺胸脯："属下认为，区区几个蟊贼竟然抽调一个主力团去剿，这真有些高抬他们了。"

"磨石坚，坐下！"孙海权赶忙制止。

景山岳伸手把孙海权的胳膊按了下去，把胖乎乎的身子朝前倾了倾，两眼直直地盯着磨石坚问："那你说怎么个剿法？"

"司令，只要您给我一个加强连，我就敢保证三个月之内彻底荡平葭吴二县的匪患，否则我亲自把我的人头送到您的公案上。"

景山岳一惊，随即定定地盯着他说："娃，军中无戏言！"

"这我自然知道。"磨石坚毫不犹豫地说。

景山岳点了点头："你多大了？"

"十九了。"

"好！自古英雄出少年！那咱就应了你。"景山岳说完看了一眼旁边的参谋长，"拟命令！"

"等等！我还有几个条件，如果司令答应我就去。"

"讲！"

"第一，我只要兵不要官，副连长和排班长全部由我在警卫排的人里面指定，任何人不得干涉；第二，执行任务期间，葭吴二县县长和保安团必须由我统一节制；第三，授予我充分的生杀大权，并保证永不追究；第四，凡是我呈上来的报告，只要有利于剿匪，您必须批准，这主要是指对问题官员的处置；第五，所有殉职和伤残官兵及其家属都必须厚葬厚恤。"

景山岳仔细听完这些条件，当即哈哈一笑："行！要说这，只要你娃不要老景这乌纱帽，再提几条都行！"说完就站了起来，亲自宣读起了命令："兹任命磨石坚为葭吴二县特别专员兼司令部直属剿匪特遣连连长，十天内进驻葭州县城，期间授予生杀大权，并统一节制两县全部政府官员和地方保安团。"

初十那天，磨石坚就率部开进了葭州县城，第二天便派人将葭吴二县县长和保安团长叫来开了一个联席会议。这些人一看景山岳竟然派来个娃娃，都不由得露出几分轻蔑，尤其是葭州县县长焦利民，竟然一脸坏笑地问："兄弟多大了？"语气里充满了挑衅。这自然很让磨石坚恼火，但也只能忍着，因为他很清楚，如果不露一手，这些老油子们是无论如何都不会相信"马王爷真有三只眼"的。

第二天，磨石坚就带了一个排和葭州保安团团长去县城附近走访群众去了。起初，所有人都闭口不谈，甚至直接躲起了他，导致整整一天都一无所获。第三天，磨石坚便只带了两名警卫，并向群众表了一番决心："干大弟兄们，来前儿，我就当着几十人的面给景司令立下军令状了，三月内不把葭吴二县的土匪灭掉，我就得把自个儿的脑袋送到景司令的公案上。我把命都押上了，所以请大家千万相信，我和之前的所有人绝对不一样。"

人们这才稍稍放下了顾虑，连嚎带哭地倾诉开了。

不用说，土匪的残暴实在令人发指，尤其是盘踞在黑龙寨的烂肝花，简直恶劣得没法形容了。据当地百姓说，这小子本是山西人，但已在当地为非作歹快两年了。这两年里，只要谁家娶媳妇，他就全副武装前来"收红利"，并且在他奸淫新媳妇的时候，婆家全家老小还得跪在地上现场观看，稍有不从便要灭门，致使他们这些年都不敢娶媳妇了！可他连女子也不放过，只要略略有些姿色的婆姨女子，无一能逃出他的魔掌。

"那官家和保安团呢？为甚不管？"磨石坚几乎是喊叫着问。

"官家！这土匪就是官家养的，让他们管，那就等于让贼娃子左手照右手呢！"

磨石坚实在听不下去了："你们今天就都跟我去县城吧，小心这里有他们的眼线，咱明天就拿这烂肝花开刀祭旗。"

"年轻人，这烂肝花枪多势重，可不是好惹的！"也不知是为了刺激他还是善意的提醒，一位老者竟然这样说。

磨石坚轻蔑地一笑："我还就想惹一下他这种不好惹的！"

正如磨石坚所料，这烂肝花很快就得到了情报，等他们刚回到驻地就派人找上门了，并且直接报起了家门："黑龙寨刘老板派我来拜访连长大人。刘老板说了，有财大家发，都是漂江湖的，让人一步自己宽。"说着便将五根一拃长的黄灿灿的金条一字排开，放在了他的公案上。

磨石坚这才知道老百姓"官养匪"的说法真不是危言耸听，也才知道那些保安团长们为什么一个个都油头粉面，不是置宅子就是纳妾养小。一股怒火当即蹿了上来，但他还是忍住怒火对来人笑了笑，咣的一声将金条扔进了桌兜。

当天半夜，磨石坚就集合部队，进行了一番阵前动员："弟兄们！这是咱剿匪第一仗，也是咱们连能否在葭吴地面上立脚的关键一战。咱们大部分人对我还不太了解，但警卫排的弟兄们都是一年多的老弟兄了，你们可以打听一下，我姓磨的是如何对待自家兄弟的。如果咱把局面打开了，我在景司令那儿说话就硬气了，前途也就光明了，你们自然就跟着水涨船高了，此次警卫排的弟兄全部提拔就是证明。反正我已经把这颗脑押到景司令那了，能不能保住就看大家的了。"

部队的士气当即被鼓动起来了。鸡叫时分，一百四十多人就将整个黑龙寨围了个水泄不通。

这黑龙寨背靠大山，三面临崖，易守难攻，加之都是些惯匪，火力也的确很强，还真有些战斗力。但在正规军面前，这战斗力也只能勉强算作可以了。不到半上午，靠山那边的寨墙就被突破了，副连长张明山率领两个排，洪水般地冲进了寨子。这些螽贼哪见过这个阵势，都争着举手投降。但因为部队在攻寨的时候也付出了八个人的牺牲，所有人早已红了眼，根本没有理会他们，猛冲猛打，大开了一番杀戒，直到磨石坚鸣枪制止才停了下来。这一战，当场击毙匪徒四十一人，剩余的包括烂肝花在内的二十人全部做了俘虏，并且很快就被五花大绑地押回了县城。

当他们押着烂肝花回到县城的时候，不大的山城立即轰动了，就连附近村庄里的人听到消息也纷纷赶来了。黑压压的人群将窄窄的街道堵了个水泄不通，石头、瓦块、烟锅子、老布鞋雨点般地朝烂肝花飞了过来，根本制止不住。磨石坚便只好下令每六名战士护一个土匪，将他们围到中间，这才勉强回到驻地。

半下午，审讯就开始了。此时的烂肝花已被平绑到了一块床板上。一进到窑里，磨石坚就让手下把他剥了个赤光，然后顺手拿起放在旁边桌上的羊绒凿子在他面前晃了晃："认得这是甚不？"

"羊绒凿子。"烂肝花浑身颤抖着回答。

磨石坚笑着点了点头："对！刚买的，正准备往老家捎呢！咱现在就试伙一下看这匠人的手艺如何。"说着便照准烂肝花的两条小腿骨一连就是两家伙。那一排尖利的凿尖当即在烂肝花干巴巴的小腿上拉开了十几道深深的血口子，血糊糊的肉末掉了一地，那撕心裂肺的惨叫声几乎响彻整个县城。

磨石坚把脸凑到他面前笑着说："这叫'活凿绒'。如果不好受的话，就把你干下的所有屙黑血的事儿都说出来，包括与谁勾结。我就不一一问了。但你千万要相信，你那些事我都已掌握了，少说一件一凿子，直到活活凿成一副骨架为止。"

烂肝花当即一边号哭一边供述起来，竹筒倒豆子一般。

十月十八日，一场声势浩大的"征剿黑龙寨死难志士公祭大会"在葭州县城下面的黄河滩上隆重召开了。因为早几天就做了宣传，黑压压的人群一大早就把偌大的河滩挤了个满满当当，据说几乎整个葭州和大半个吴州县的百姓都来了。

会场早在前一天就布置好了。靠山的崖根下，用石头和木板搭了一个一米来高、几十米见方的大台子。台上正后方扯通就是一座大灵棚，里面安放着在此次征剿中阵亡的八名士兵的柏木棺材。台下的空地上栽了四根端溜溜的白杨树干，并将顶端用横木钉接起来，和地面一道构成了三个巨大的方框。

日上三竿，磨石坚带着葭吴二县县长和保安团团长上了台子，大会正式开始。整个现场瞬间静了下来。磨石坚清了清嗓子，大声宣布："征剿黑龙寨阵亡志士公祭大会现在开始！第一项，鸣枪！"

八名士兵齐步来到八副棺木前面，伴着口令一连朝天放了九枪。

枪声一落，葭州县县长焦利民便开始宣读烂肝花和黑龙寨土匪的滔天罪行。现场再次骚动起来。"活剐了他！""活剥皮！"不少人已经放声号开了，致使宣读接连被打断了好几次。

好不容易宣读完之后，磨石坚又大声吼道："把人犯押上来。"

这些平日里不可一世的家伙全被扒掉了衣裳，只穿了一条衬裤，被几十名士兵押着来到台下的空地上。当然，与其说押倒不如说提，因为大多数人已经吓得立不住了。

磨石坚黑着脸将他们扫了一眼，大声吼道："第三项：领牲！"

领牲是陕北葬礼上的一个重要环节，大体就是把一头猪和几只羊拉到灵棚前，用清水和烧酒净了身，再由总管和跪在四旁的孝子们请求死者接受它们的魂灵，如果死者愿意，猪就会用嘴在地上拱几下，而羊则猛地摆动几下身子，便是所谓的"浑身大领"了。随后，这些猪和羊就要被宰杀掉，人们在鼓乐的伴奏下，将猪头供到棺木前的灵桌上，而羊则被送到伙房下锅。所以，当磨石坚宣布领牲的时候，所有人还左瞅右看，等着往来拉猪羊呢！

而正当他们左顾右盼之时，磨石坚又发话了："净身！"

　　只见十九名背着大刀的士兵每人手里提了一桶水来到人犯面前，唰的一下顺头浇了下去。人们这才明白，今天可是"领人"呢！现场便更加乱了，哀嚎声、尖叫声混作一团。那些被五花大绑的土匪们已经吓得灵魂出窍了，都软软地倒在地上，好多人甚至已经失了禁，一股逼人的恶臭迅速飘满了整个会场。

　　"杀！"磨石坚又大吼了一声。

　　十九位士兵高高扬起大刀，猛地砍了下去。随着十几股血流喷溅而出，土匪们瞬间便身首分离，但身子却依然在地上抽动着，直惊得人群猛然向后移动了好几米。

　　随后，十九颗血淋淋的人头就被装到木盘子里，在鼓乐队的导引下被敬献到了棺木前面的灵桌上。那些吹手们显然也被吓得不轻，不住地哆嗦着，连吹出来的曲子都明显跑调了。

　　可真正的"本戏"还没开演呢！当人们稍稍镇定下来，开始讨论哪一具尸身是烂肝花的时候，磨石坚又突然大声吼道："把烂肝花押上来！"

　　这烂肝花同样被扒掉了衣裳，被几位士兵押解着来到居中的那个木框子下面，被反绑着双手，唰一下拉到了半空。紧接着，士兵们又抬来三只巨大的、用粗木椽钉成的栅箱，分别放在三个木框子下面，每只栅箱里还装着几条大狗。这些狗显然都被饿到位了，不停地嗷嗷哀叫。人们这才知道要把烂肝花喂狗了。可问题是另外两箱子饿狗是给谁准备的？正当众人为此感到疑惑的时候，磨石坚又开口了："葭州县县长焦利民、保安团团长李维山，二人身为党国官员，非但上不思报效党国，下不顾百姓死活，反而勾结土匪，狼狈为奸，鱼肉百姓。经报请陕北镇守使景山岳司令批准，对上述二人就地正法，以儆效尤！"

　　天地就此一瞬。刚还人五人六站在台上的焦利民和李维山很快也被扒了衣裳，和烂肝花一样被拉到了半空。

　　这一突加的戏码一下子将现场的气氛推向了顶点，几乎所有人都喊叫了起来："杀！杀了那狗官！"在一片喊叫声中，磨石坚跟台下的士兵要了一支步枪，对着三根麻绳一连就是几枪。三名人犯当即像三包装满粮食的麻袋一样掉进了栅箱。已经饿到极点的恶狗们吼叫着扑了上去，只不到一顿饭工夫，就让三个大活人变成了一堆血疵疵的白骨。

待滴血的栅箱于一片尖叫声中被抬出会场之后，磨石坚又朝天放了一枪，对大会作了一番总结："我知道这会场里有土匪的线人和帮凶，甚至还有土匪。那就请你转告你们的头头，限十日内到我驻地自首坦白！十天之后，我将开始篦梳式征剿。至于后果，你们都已经看见了，我就不多说了。散会！"

大会结束后，接着召开了葭吴二县县长、保安团团长和各区区长联席会议（葭州新任县长已于前一天到位，只是还没有宣布罢了，保安团团长由特遣连副连长张明山兼任）。这时候，所有人自然都不会藐视这个娃娃长官了，一口一个专员，一口一个连长。磨石坚的腰板也硬了："从现在到明天上午，我一直都在这里。如果你们感觉到自己屁股下面也有屎，就尽快来我这儿坦白，我保证既往不咎！当然，光坦白还不行，还要尽心尽力剿匪。限你们一月之内平息各自地盘内的匪患，对于那些没有人命账的土匪，只要他们上缴非法所得，并保证再不为非作歹，皆可饶恕；但对那些有命账的，坚决征剿，概不饶恕。一月后，我将亲赴各区巡视，如有迟缓不力和徇私枉法者，新账旧账一起算。至于怎么个算法，请恕我暂不透露。但你们千万要相信，我是一个喜欢耍花样的人。"

就这样，仅仅不到两个月，葭吴二县的匪患就被彻底荡平了。当磨石坚拿着他的"成绩单"和孙海权一道去沙城警备司令部面见景山岳的时候，自然被美美夸奖了一番："你娃不愧是'龙威将军'！把你那'杀'好好给咱长着，以后好给咱当团长、当旅长。等国良和秀川念完军校回来，你仨就是咱老景的'新三大金刚'！"

临近过年的时候，磨石坚跟景山岳和孙海权请了个假，把部队交给副连长张明山，回岭上过年来了。当然主要是为了给袁国良"述职"，因为他知道袁国良已经从沙城中学毕业回到岭上了。

不用说，他一定是骑着高头大马回来的，还带了两个警卫。他这一回来，几乎整个雁栖岭都轰动了。磨六也自然成了个人物了，四邻抬，八庄爱，见天陪着儿子吃请，被灌得晕晕乎乎。

"六子，我看你屁股上短不了拽个碾轱辘。"黑栓逗他。

"拽上干甚？"

"我怕你飘到半空中下不来呢！"

"老爷是那种人？"

……

因为磨石坚此番回岭只有短短五天时间，所以他和袁国良基本上一直在一起泡着，甚至晚上都要在一个炕头过夜。

半前晌天气稍一暖和，他们就爬上雁头峁，靠着烽火台生一堆火，然后就地坐下海聊上半天。

"那土匪暂时也不能彻底剿灭！只要在你控制范围内，适当时候还可以让他们再猖獗一下。"

"为甚？"

"飞鸟尽，良弓藏。你要给你常驻葭州找个理由呢嘛！不然调回波罗堡就不好弄了。"

"带兵不能光靠悍性，还要注意培养你的人格魅力，让他们打心眼里服你，服才是最厉害的。要达到你哪怕让他跳崖他连眉头都不皱一下这种效果。这样将来真正执行兵运的时候才不会出麻达。"

"哦！对。就像咱小时候，你让我打谁我拳头一攥就上，根本不考虑后果。"

袁国良爱惜地看着他嘿嘿一笑："大体就是这么个意思。"

他们当然也会聊起梁毓文他们。

"你说梁老师、金蛋、二宝子他们这会儿在哪里？"

"谁知道呢！估计在西边陕甘界的游击队，老龙在那边活动呢。"

"你们几个现在都有事干了，就我一无建树。这个速成班还得十个月，我真是等不上了。"袁国良说。

磨石坚看了他一眼："你怎是一无建树呢？你的任务跟我们不一样嘛！就跟坐席吃八碗一样，硬菜都在后面呢！你就是咱们的硬菜。"说完又猛地坐直身子问："哎！如果咱岭上五狼神那个传说真有那么回事的话，你说都是谁？"

"你说呢？"袁国良笑着反问道。

"我前几天在葭州没事的时候还真考虑这个问题了。你看哦！你是那条红的，主狼神。我、金蛋、二宝子就是那三条苍的，就是没弄明白那条白的是谁。按老辈人说那是母的，会不会是你将来的婆姨？"

袁国良嘿嘿一笑："我的婆姨还不知道在哪一道圪梁上拔苦菜着呢！"说完又笑着提醒道："那咱梁老师呢？"

"我看咱梁老师就跟拦羊的一样，是拦狼的，就是上天专门派来培养咱几个的。"

袁国良仰起头略略思索了一会儿，随即笑了笑："你这分析还真有点意思。不过拦狼的不好听。北草地的蒙古人把拦羊叫游牧，把拦羊的叫牧羊人，那咱梁老师就是牧狼人！"

"对对对！牧狼人好。洋气！反正等你从太原回来，我们几个就都想办法把各自的队伍往这雁栖岭一带。到时候，咱牧狼人和狼就都聚齐了，就放开手弄。"

袁国良再没有搭话，只把目光投向远方的群山。那群山连绵不绝，有如怒海惊涛一般于淡蓝色的岚烟中一圈一圈地一直延伸到他视野所及的尽头。望着望着，他就又像之前那样觉得它们好像都活了，变成了一群披坚执锐的勇士，正呐喊着、呼号着迎面向他涌了过来，而他也似乎突然成了他们中间的一员。于是，那幅熟悉的、不知已经被他在心里描摹了多少次的画面再次浮上了脑海："总有一天，我也要像那威武豪壮的上古勇士一样，旋风般地驰骋于属于自己的疆场。雄浑的大地有如重槌擂击之下的鼓面在脚下震颤；凛冽的狂风席卷着杂尘败叶军号般地在耳边呼啸；如火的马鬃伴着犀利的嘶鸣旌旗般地在鞍前飞扬；气冲霄汉的拼杀声和刀剑撞击声洪雷般地响彻茫茫旷野。而当一切都终归安静之后，我将拧干滴血的战袍，擦掉全身的血渍，迎着如血的残阳重归故园，找一位心爱的姑娘，寻一处向阳的山湾挖几孔土窑，开几亩薄田，牧几只牛羊，生几个孩子，直到地老天荒！"

（上部完）

第一稿：2021 年 3 月至 10 月于安塞办公室

第二稿：2022 年 2 月至 4 月于横山雷龙湾林场

第三稿：2023 年 9 月至 10 月于延川清水湾民宿